'현해탄' 트라우마

-식민주의의 산물, 그 언어와 문학-

'기억과 경계' 학술총서 간행사

기억과 경계는 특정한 공동체의 정체성을 구성하는 핵심적인 요소이다. 남과 다른 '우리'만의 고유한 기억과 경계는 근대 민족주의의 중요한 자원으로 활용되어 왔다. 그렇지만 일국 문화의 근대성을 하나의 민족과 인종이 지닌 어떤 본질의 진보적인 발로라고 가정하는 것은 역사적 사실과 어긋나는 상상이다. 에드워드 사이드가 "겹치는 영토, 섞이는 역사"라고 묘사한 제국주의 지배 하의 지구적 문화적 상황은 한국 혹은 동아시아의 문화적 근대성의 조건이기도 했다. 본 '기억과 경계' 학술총서는 경계화된 국민문화들을 횡단하는 동아시아인의 경험을 국가 간 지배와 저항의 낡은 이분법으로부터 벗어나 재조명함으로써 그 문화정체성의 과거, 현재, 미래를 광범위한 지정학적 판도 속에서 읽고자 하는 기획이다.

본 '기억과 경계' 학술총서는 국민문화의 강고한 경계에 대한 재고와 함께 식민지와 그 이후 세계의 '기억'의 생산과 전유 양상에 대한 도전적인 문제제기를 위해 기획했다. 본 총서는 기억과 경계를 문제 삼으며 일국적 경험을 넘어서는 비판적 상상력에 충실하고자 한다. '자연스러운 것'으로 여겨져 왔던 국민적 정체성에 의문부호를 달고, 그 주변과 바깥 그리고 그 중심의 균열 지점에서 생성된 사실과 지식, 사상과 실천, 수사와 표상 등에 대한 지적 고민을 여기에 담고자 한다. 앞으로 이어질 이 공동의 작업에 뜻있는 연구자들의 동참과 편달을 기대한다.

「현해탄」 트라우마

식민주의의 산물, 그 언어와 문학

박광현 지음

어문학사

책머리에

　현해탄(玄海灘), 한반도 남동쪽의 끝자락과 일본 열도(列島) 남단의 규슈(九州) 사이의 거리 320km에 걸친 바다를 이렇게 부른다. 한국에서는 이 바다를 대한해협이라 부르고자 한다. 어쩌면 이 바다는 대한해협과 현해탄 사이에 존재하는지도 모르겠다. 하지만 현해탄이라는 기호가 식민지 역사를 상상하기에 더 적절한 듯하다. 말뜻으로만 보면 '검고 얕은' 바다 혹은 '검은 바다 여울'이다. 그러나 사실 그보다 한층 복잡한 기호가 아닐까. 일본어로는 바다 '해(海)'자가 아닌 경계 '계(界)'자를 써서 '겐카이나다(玄界灘)'라고 읽는다. 거기에는 겐카이도(玄界島)라 불리는 작은 섬이 있기도 하다. 일본인들이 스스로를 '시마쿠니'(島國=섬나라)라고 표상하는 관점에서 보면, '겐(玄)카이(界)나다(灘)'는 '머나먼 경계의 여울'이라는 의미를 지닌다. 문학적이며 상징적이다. 일본인들에게 '겐카이(界)나다'는 시마쿠니, 즉 일본 열도의 한계를 벗어나 머나먼 타자의 세계와 만나는 통로이자 동시에 타자의 세계를 자기와 구분하기 위한 경계인 것이다. 따라서 이렇게 한일 양국은 '바다 해(海)'자와 '경계 계(界)'자의 차이로 이 검은 바다를 표상했다. 그만큼 이 바다에 대해 서로가 느끼고 경험한 문화나 역사, 혹은 감수성의 차이는 컸다. 그런 '현해탄'을 1996년에 나는 건넜다.

1980년대 시위 현장에서 자주 불리던 민중가요 중에 〈해방가〉라는 노래가 있었다. "어둡고 괴로워라 밤도 깊더니"로 시작한다. 특히, 시위가 끝나고 매캐한 최루탄 냄새가 아직 바람에 쓸려가지 않은 어둠이 내리는 교정의 해질녘, 전경들의 워커 자국이 흩어져 있는 교정에서 해방의 굿판이라도 벌리는 듯 그 노래를 부르며 4박자의 해방춤을 춘다. 그렇게 난장을 치며 자주 부르던 그 노래의 2절은 "어둠아 물러가라 현해탄 건너/눈물아 한숨아 너희도 함께"라는 가사로 시작한다. '지금-여기'의 어둠, 눈물, 한숨……, 즉 외세의 억압 속에 살아온 한민족의 고통이여 다시금 현해탄으로 물러가라고 목 놓아 노래했다. 그때 '현해탄'은 질곡의 한국 근·현대사에 내재해 있는 모순의 근원이었다. 그와 동시에 두 나라 사이의 물리적 거리를 초월해 '가깝고도 먼 나라'라는 심상지리의 감각이 현해탄의 리얼리티였다. 1980년대를 대학에서 보낸 나 또한 그와 다르지 않은 감각과 생각을 갖고 있었다.

그리고 일본 생활 7년 동안 근대 이후 현해탄을 사이에 두고 각 개인들과 집단이 만들어온 '기억'들을 찾았고 또 만났다.

2000년 어느 여름날, 나는 유학 도중 일시 귀국할 일이 생겼다. 그때 『만세전』의 이인화처럼 현해탄을 건너 귀국하자 싶어 내가 공부하던 나고야(名古屋)에서 시모노세키(下関)로 향했다. 시모노세키에서 배편을 기다렸다. 지금은 3시간이면 충분히 건널 수 있는 쾌속정의 뱃길까지 놓여 있지만, 하룻밤이 꼬박 걸리는 부관페리를 굳이 고집했다. 이제 시모노세키항에는 이인화를 괴롭히던 인바네스를 입은 형사 떼는 없다. 그 옛날 '관부연락선' 안 목욕탕에서 이인화가 민족적 모욕을 겪었던 것과 같은 상황을 경험하지 않을 것이다. 그런데 난 선착장에서 기다리고 있는 동안 마치 이인화가 되어 있었다. "예술, 학문, 움직일 수 없는 진리……/ 그의 꿈꾸는 사상이 높다랗게 굽이치는 동경(東京)/ 모든 것을 배워 모든 것을 익혀,/ 다시 이 바다 물결 위에 올랐을 때,/ 나는 슬픈 고향의 한 밤,/ 홰보다도 밝게 타는 별이 되리라./ 청년의 가슴은 바다보다 더 설레였다."(임화, 「해협의 로맨티시즘」 중에서)는 설렘과, "-정녕 이 속에 고향으로 가지고 갈 보배가 있는가?/ 나는 학생으로부터 무엇이 되어 돌아갈 것인가?"(임화, 「해상에서」에서)라며 현해탄을 건너는 임화가 되어 있었다. 현해탄이라는 심상지리는 식민지시대를 살아가는 당시 지식인들이 품었던 세계관의 하나였다. 난 시모노세키항에 정박해 있는 부관페리를 통해 그 옛날 '관부연락선'의 추체험을 기다렸다. 멀리 거칠게 물결치는 현해탄을 바라보면서 말이다.

그때 재일조선인 작가 이기승의 「제로한(ゼロハン)」(50cc 오토바이, 한국에서는 「잃어버린 도시」라는 제목으로 번역됨)이라는 소설이 떠올랐다. 이 소설 속 주인공은 친구들과 오토바이로 폭주 행각을 벌이다 경찰과 마주친 상황에서 '외국인등록증 소지자', 즉 외국인인 자신들이 저들과 다르다는 사실에 기인한 '조건반사적'인 도피증이 발동한다. '조선인'이기 때문에 당할 번거로운 검문을 피하려다 그들 중 한 친구가 교통사고를 당한다. 그 친구의 죽음을 방치한 채 혼자 도망친 것에 대한 죄책감에 시달리던 주인공은, 자신들의 삶을 옥죄었던 '원수' 같은 그 원죄의 장소=조국을 확인하기 위해 현해탄을 건너기로 한다. 두 시간이면 갈 수 있는 비행기를 일부러 타지 않는다. 왜냐하면, 조선인이라는 사

실 때문에 "20년 동안이나 괴로움을 당해 왔는데……그런 걸 단 두 시간에 시시껍적한 TV프로의 부모와 자식 간의 만남처럼" 조국과 대면할 수 없다는 생각에서였다. 현해탄 너머의 조국은 박영호(보쿠에이코)라는 본명을 감추고 기무라 히로시(木村浩)라는 통명(通名)으로 살아가는 재일조선인 2세 청년에게는 이 정도면 트라우마다. 물론 식민지 지식인이 걸어간 길을 답사하는 기분으로 떠난 나에겐 그런 현실의 절실함은 없을 수밖에 없다. 하지만 나는 그의 체험을 쫓아가고 싶어졌다.

이 책의 제Ⅱ부에서 다룬 김달수의 대표작 중 하나인 장편 『현해탄』의 제목은 암흑 같은 1940년대 식민지 조선의 현실에 대한 비유이다. 그에게 당시 민족의 현실＝격랑의 민족사는 소설의 제목 그대로 '현해탄', 즉 어둡고 컴컴한 바다 여울과 같은 것이었다. 그는 그런 현해탄의 한 가운데 띄워져 있는 주인공들의 삶을 그리고 있다. 한편, 소설 「쓰시마까지(對馬まで)」에서 등장인물들은 분단된 조국의 어느 한쪽도 선택하지 못하고, '무국적자'로 살아가며, 향수를 못 이겨 현해탄에 떠 있는 쓰시마(對馬)섬까지 와서 고국을 향해 눈물 짓고 있다(그는 실제 『삼천리』의 편집진으로 활동하던 1981년에 이진희 등과 함께 결국 방한한다). 그리고 장편 『밀항자(密航者)』에서는 오무라(大村)형무소에 수감되어 국외 추방을 기다리는 주인공으로 하여금 이렇게 노래하게 했다. "나라를 떠나/ 꿈을 좇아/ 별빛에 의지하여/ 흘러 왔으나/ 지금은 이르지 못하고/ 헛된 꿈이던가/ 눈가를 적시는/ 오무라의 달이여"

결국 김달수는 밀항의 상상력을 통해만 현해탄을 건널 수 있었다. 거기에 압도적으로 작동했던 것은 바로 망향의 정이었다. 그래서 그는 일본에 살며 국민국가에 대해 의문을 던지면서도 거꾸로 조국이라는 국민국가로부터 쉽게 자유로워질 수 없는 상상력에 갇혀 살아야만 했던 것이다. 그의 그런 삶과 상상력은 제Ⅱ부는 물론이고, 이 책의 전체 구성에 있어 중요한 시발점이 되었다.

어느 일본인 평론가는 일본의 '전후'(문학)는 '귀환하는 것'으로부터 시작했다고 말했다. 그것은 '신체적' 의미의 귀환뿐만이 아닌 '전후' 내셔널리즘에의 '정신적' 귀환도 포함한 것이리라. 그러나 '전후' 일본 사회는 과거 '제국'의 역사를 말하는 것 자체를 '소아병적'이라고 할 만큼 금기시해 왔다. '귀환하기 전에 자신들은 한반도에서 무엇을 했는가', '왜 귀환해야 했는가', '왜 현해탄을 건너야만 했는가' 등 많은 의문들에 대해서 침묵했다. 그야말로 그들에게 현해탄은 '제국'의 역사로부터 열도(列島)의 '국민국가'의 역사로 귀환하는 '망각의 바다'였던 것이다. 그렇게 '망각의 바다' 현해탄을 건넌 사람들이 일본의 패전 당시 조선에만 무려 70만 명이 넘었다. 그들이 식민지 조선에서 어떠한 삶을 살았는지 재구성하고자 하는 지적 호기심이 일었다.

제Ⅰ부에서 다룬 「식민의 문학·문화」라는 주제가 바로 그 결과이다. 거기에서 현해탄을 건너와 조선에 살았던 식민자들의 삶과 문학을 다뤘다. 이른바 재조(在朝)일본인들은 일찍이 신문과 잡지 등을 통해 일본어 커뮤니티를 구성했다. 그러면서 '내지'와는 다른 문학 영토를 식민지 조선에 만들고자 했다. 그들에게도 현해탄은 망향의 정서, 노스탤지어를 만들어내는 출발점이었다. 한편으로는 부지(不知)의 타자 혹은 타자의 장소를 만날 것에 대한 두려움을 품고 떠나는 출발점이기도 했다. 그들이 현해탄을 건너와 조선에 살면서 조선과 조선인을 표상하는 것은 다름 아닌 조선에 대한 식민화=자기화의 연장선상에 있는 것이었으며, 재조일본인이라는 자기동일성을 구성해 가는 과정 중에 자연스럽게 이뤄진 것이라고 할 수 있다.

식민지 초기부터 당시 다종의 미디어를 통해 시도된 식민지 문예의 기획은 조선어가 압도적인 현실에서 '일본어=문명의 권위'를 지키며, 새로운 '제국 판도(版圖)'에 대한 경험을 통해 만들어지는 정서나 감정의 소산이었다. 물론 그것은 내지의 문학계로부터 자유롭지 못했지만, '이동(mobility)'을 통해 새로운 일본어 공동체를 상상하도록 했다. 본국의 일본인과는 다른 정서나 감정의 표현 혹은 자기서사의 욕망이 그 안에 담겨 있던 것이다. 『한반도』, 『조선지실업』, 『조선』(『조선급만주』) 등의 잡지 안에 편재된 문예면은 바로 그런 '식민' 문단의 기원인 것이다.

식민1세의 조선 이민사가 두드러지게 소설로 형상화되는 시기는 1930년대 이후이다. 1930년대 중반에 총독부는 시정(施政)의 성과를 바탕으로 대내외적으로 '신조선'을 캐치프레이즈로 내세웠다. 그것은 크게 조선에 대해 상상하는 심상지리와 지정학적 인식의 변화에 기인한 것이었다. 1910·1920년대처럼 조선의 문명화를 위한 담당자로서 자신들을 자임했던 것과 달리 재조일본인 사이에서는 1930년대부터 '신조선' 담론을 통해 '우리 조선'에 일체화된 새로이 상상된 자기동일성을 창안하기 시작했던 것이다. 그와 관련해 한 가지 중요한 특징은 식민2세라는 새로운 세대의 부각을 들 수 있다. 조선에서 나고 자란 그들은 조선을 상상하는 방식이 부모 세대와 달랐다. 그들 존재의 부각은 새로운 서사의 가능성을 배태한 것이었다. 또한 본국 문단으로부터 하여금 식민지 문단의 존재를 의식하게 만들었다. 더불어 식민2세로서의 경험을 바탕으로 글쓰기를 시작한 나카지마 아쓰시(中島敦)나 유아사 가쓰에(湯浅克衛) 등과 같은 새로운 작가군도 등장하였다.

'신기한 조선', '무서운 조선', '갱생의 결의' 등 현해탄을 건너는 식민자들이 정작 조선에서 살아가는 동안 얻은 것은 본국의 일본인과 다른 재조일본인의 자기정체성이었다. (패)전후 일본은 그들의 그런 경험과 상상력을 내셔널리즘으로 회수하였다. 식민의 기억은 망각되었다. 하지만 일부 식민지 출신의 작가들은 어느 평론가의 지적처럼 '아나키적인 상태에 대한 회귀 갈망'을 통해 자신들의 기억＝역사를 재구성하며 그 상처를 그렸다. 그들은 '망각의 바다'를 건너 일본인이 되었지만 그때 식민의 기억은 트라우마로 남아 있다.

제Ⅱ부는 「(탈)식민주의와 재일문학」이라는 주제로 앞서 언급한 김달수를 비롯해 이회성, 다카하라 마사아키 등 재일조선인(한국인) 작가의 문학에 대해서 논했다. 그들은 식민지 역사에 대한 침묵과 망각 속에 일본의 '전후' 내셔널리즘 안에서 살았다. 또한 그들을 이어서 「제로한(ゼロハン)」의 주인공과 같은 재일조선인 2, 3세들에게 현해탄은 조국을 상상하는 모티브이며 과거의 식민지 종주국에서 살아가는 소수자의 아픔을 각인하는 현재진행형의 역사이다. 따라서 그들의 문학을 거론하는 것만으로도 일본 내셔널리즘을 되묻는 일이기도 했다. 일본에서 먼저 이뤄진 재일문학에 대한 연구 성과는 한국에서도 의외로 많이 축적되어 있다. 하지만 이 책에서는 기존 연구처럼 개별 작가나 개별 작품을 논하는 장을 구성하고 있지 않다. 오히려 재일문학이 읽히는 장(場)의 의미나 그 맥락을 주로 논하고자 했다.

　앞서 언급했듯이 '전후' 일본 사회는 과거 '제국'의 기억에 관해 말하기를 꺼렸다. 다른 방식이기는 하지만, 그 점은 한국 사회에서도 마찬가지였다. 그래서 마지막으로 제Ⅲ부에서는 「전후와 센고(戰後)의 사이에서」라는 주제로 해방 이후 한국 사회의 일본론과 두 나라 사이의 '전후'를 상상하는 방식 차이를 다루었다. 그리고 두 나라 모두에 존재하는 식민지(주의) 유산(遺産)으로서의 제도, 인식, 담론에 관해 살폈다. 어떠한 민족주의도 배타적인 타자를 상정하지 않고는 성립하거나 유지될 수 없다. 특히, 식민지 기억을 민족주의로 해석하려 하지만 오히려 어느 시대보다 타자＝제국과의 긴밀한 관계 속에서 형성된 것이 역사의 실상이다. 그것은 민족이라는 단위에 기초한 인식, 즉 민족과 타자(혹은 반/비민족)라는 이분법을 초월해 오히려 초국가적(transnational)으로 진행되어 왔다. 그런 과거의 기억/역사를 재현한 문학·문화와 그 제도들 안에서 '민족적인 것' 혹은 민족주의는 타자와의 관계를 기억/망각하는 방법을 통해 재구성된 것이 적지 않았음을 살폈다.

　일본 유학을 마치고 귀국한지 올해로 꼭 10년이 되었다. 박사논문의 연장으로 학술제도사를 계속 공부하겠다는 생각은 갖고 있었지만 그것만으로는 왠지 내 할 일을 다 하고 사는 것 같은 느낌이 아니었다. 그런 와중에 막연하게 갖고 있는 생각에서 떠오른 것이 바로 현해탄이었다. 앞서도 밝혔지만 '현해탄'이란 기호 혹은 심상지리에 관한 관심은 내가 일본 유학을 떠나게 된 이유였는지 모른다. 내 박사학위논문 「경성제국대학과 '조선학'」에서 출발한 식민지시기의 학술제도사도 현해탄이라는 주제와 그리 멀리 있는 것이 아니다. 현해탄을 건너와 식민지 조선의 최고학부 경성제대라는 지적(知的) 제도의 권위를 바탕으로 제국 일본의 '식민지학'의 지평을 확장한 사람들의 이야기는 현해탄 이야기를 빼놓고는 상상할 수 없기 때문이다. 경성제대 철학교수였던 아베 요시시게(安倍能成)가 방학 중에 관부연락선으로 조선과 본국을 오갈 때 현해탄을 건너며 과연 무엇을 사색했을까. 이 책에서도 다루고 있지만 그것은 바로 이동(mobility)하는 주체로서 자기를 구성하며 형성한 학문적 정체성과 무관할 수 없는 것이다.

나는 부관페리(관부연락선)에서 『만세전』의 이인화처럼 민족적 모욕을 경험하지 않는다. 임화처럼 현해탄을 건너며 슬픈 고향을 상상하지도 않는다. 망향의 슬픔을 못 이기며 쓰시마섬에서 털썩 주저앉아 목놓아 울고 마는 김달수도 아니다. 하지만 나는 그들의 삶과 정신을 추체험하고자 한다. 나의 학문적 상상력은 현해탄 혹은 식민지시대로부터 자유롭지 못하다. 그것도 어쩌면 1980년대를 대학에서 보낸 나의 트라우마다. 이 책은 그런 트라우마로부터 출발한다. 또한 이 책에서 다룬 인물들과 텍스트들도 현해탄 트라우마의 산물이다. 일본어와 조선어의 사이에 구속되어 살아온 사람들, 혹은 그 경계를 콤플렉스로 느끼며 살아온 사람들, 혹은 그 경계를 무시하고 초월해 살아온 사람들, 그리고 그들이 만들어낸 문화와 그 기억, 모두 트라우마의 산물이다.

이 책은 일본에서 귀국 후 꼭 10년의 결산 중 하나이다. 이렇게 털어내지 않으면 아무것도 다시 쌓이지 않을 것 같았다. 부끄럽지만 나의 가족에게는 자식으로서, 아빠 그리고 남편으로서 제대로 못한 것에 대한 조금의 변명이라도 되었으면 좋겠다. 이제까지 몇 권의 공편저로 나의 학문적 고민은 제시한 바 있다. 그 기회를 통해 학회지에 발표하는 글이 독백에 지나지만 않다는 생각을 가질 수 있었다. 돌이켜보면 그 동안 많은 분들께 신세를 졌다. '일어국문과'라는 반농담의 조어로 나의 학문적 정체성을 표현하는 분들도 있었다. 그만큼 일본에서 또 한국에서 많은 분께 학문적 빚을 지고 살았다. 이 책은 그 신세들의 결과물이기도 하다. 감사의 말씀을 다 전하지 못하는 점, 양해 바란다.

이렇게 10년 결산의 기회를 제공해준 어문학사의 윤석전 대표님이나 편집부, 그리고 선생의 학문적 고민을 처음부터 끝까지 꼼꼼히 읽어준 조은애 양에게 감사의 뜻을 전한다. 특히 어문학사에서는 '국민국가적 정체성의 강고한 확집(確執)을 넘어 상상하기'라는 이번 나의 고민과 같은 취지의 글들을 모아 학술총서로 만들어보자는 나의 제안을 흔쾌히 받아주었다. 이번 '기억과 경계' 학술총서가 부디 많은 선후배 동학들의 고민과 그 결실의 장으로 발전했으면 좋겠다.

2013년 1월

남산골에서 박광현

차례

제1부

식민의 문학·문화

—현해탄을 건너온 문학·문화—

제1장

조선 내 '식민' 문단의 기원 탐색

1. 한 서점 주인의 포부와 잡지 『조선(朝鮮)』, 그리고 그 위상

잡지 『조선』의 발행인 모리야마 요시오(森山美夫)는 1908년 2월 3일에 개최된 창간 피로연에서 "한국에는 아직 한국을 대표할 만한 잡지가 없음을 유감으로 여겨 이에 발행할 뜻"[1]을 갖게 되었다고 밝힌다. 1881년생으로 와세다(早稲田)대학을 졸업한 그가 조선에 건너온 것은 1906년 8월, 그의 나이 20대 중반이었다. 도한 직후 일한서방(日韓書房)을 개점한 그는 당시 경성의 서점 상황에 대해서 이렇게 회고한다.

그때 경성에 서점이라는 것은 겨우 두 집밖에 없었다. 이것도 실은 이름뿐으로 지극히 미미하며 재경내지인의 희망을 만족하는 신간서적은 거

---

1) 「本紙發刊の披露會」(末端記者), 『朝鮮』 1호, 1908. 3, 94쪽.

의 없었다. 지금의 고서점보다 조금 나은 체제인 정도였다. 더구나 책 가격은 정가에 우송료를 부가했기 때문에 엄청난 가격이었다. 나는 그래서 책방을 하게 되었다. 물론 서적은 정가 그대로 받고 우송료 등은 받지 않았다.[2]

이렇듯 모리야마가 회고하는 당시는 조선과 내지 사이의 출판 유통에 분명한 경계가 존재했다. "나의 희망은 (내지의 - 인용자) 신간서적의 배급을 신속하게 하려는 것이다. 하지만 내지(內地)신문도 이틀 후에 볼 수 있는 오늘날 새로운 출판물 등도 자연히 신속하게 주문하여 동도(東都, 도쿄 - 인용자)와 다름없도록 만들고 싶다."[3]는 서적유통업자로서의 포부를 가지고 있던 그는 서점 성공을 통해 출판업에도 뛰어든다. 사실, 조선에서의 일본어 잡지의 발간은 러일전쟁을 즈음하여 『한반도(韓半島)』나 『조선지실업(朝鮮之實業)』 등을 필두로 이뤄지기 시작했는데, 이들 잡지는 대개 연구회나 협회의 중심 활동 중 하나로 발행된 것이었다.[4] 반면, 모리야마가 일한서방이라는 서점을 기반으로 했던 『조선』의 발간은 비록 소자본이기는 했지만 영리 목적의 출판자본

---

2) 森山美夫, 「朝鮮の出版及び讀書界」, 『朝鮮及滿洲』 69호, 1913. 4, 166쪽.

3) 위의 글, 167쪽.

4) 『朝鮮之實業』 1호, 1905. 5, 1-2쪽. 조선실업회가 결의하고 실행할 3가지를 밝히고 있는데, 1) 도한기업자의 소개 안내, 2) 시사문제의 연구 3) 기관잡지 『朝鮮之實業』의 발행이 그것이다. 그런 점에서 1)과 2)의 목적과 성과를 담아낼 이 잡지의 역할은 무엇보다 중요했다고 하겠다. 심지어 이 협회는 "실체를 가지고 구체적인 활동을 벌인 조직이라기보다는 잡지 발간을 중심으로 회원을 확보하고 운영된 것"이라는 주장까지 있다(「朝鮮之實業 해제」, 동양학총서 『개화기 재한일본인 잡지자료집: 朝鮮之實業』, 단국대학교 부설 동양학연구소, 제이엔씨, ix쪽). 『韓半島』에 대해서도 『韓國硏究會談話錄』과의 유관성이 지적된 바 있다(「韓半島 해제」, 『동양학총서: 開化期 在韓日本人 雜誌資料集: 韓半島』(이하 『韓半島』), 단국대학교 부설 동양학연구소, 제이엔씨, vii쪽).

에 의해 발행된 것이라는 점에서 새로운 시도였다. 이와 같이 서적 유통업자가 직접 책을 제작하는 출판업자로서 성장한 예는 메이지(明治) 시기 일본의 유력출판업자가 대부분 그러했기 때문에 본국에서는 흔한 일이었다. 모리야마는 결국 본국의 그러한 출판유통의 관례를 조선에 실험한 것이었다.[5] 청일·러일 두 전쟁의 승리로 일본의 잡지출판계는 비약적인 발전을 거두는데, 그 잡지들의 독과점은 각 출판유통업자의 성공에 결정적인 역할을 하였다.[6] 조선에서 새로운 일본어 서적의 유통 시스템을 만들어낸 모리야마의 성공도 그와 무관하지 않았을 것이다. 게다가 그는 같은 시기 내지에서 특히『일본급일본인(日本及日本人)』이나『태양(太陽)』과 같은 종합지가 성공을 거둔 경험을 바탕으로 유혹의 '조선'을 구성할 대표적인 잡지의 기획에 뛰어든 것이다. 그러한 잡지『조선』의 기획은 이미 내지 출판계에서 일고 있던 '조선 붐'의 대표라는 현재적 의미는 물론, 향후『소년한반도』,『소년』,『청춘』등과 같은 조선어 잡지의 등장과 내지 잡지의 조선 진출이 예견되는 상황이 도래한 후에도 조선을 대표하려는 욕망을 동시에 함의한 것이었다.[7]

---

5) 大倉書店, 有斐閣, 春陽堂書店, 富山房 등과 같은 메이지시기의 유력출판업자 거의 대부분은 에도(江戸)시대 서사(書肆)업자의 업무형태가 출판·'取次'(도리쓰기―유통)·소매가 미분화한 상태에서 세 기능을 겸한 업종으로 성립하였다(清水文吉,『本は流れる―出版流通機構の成立史』, 日本エディタスクール, 1991, 27–28쪽).

6) 위의 책, 44–50쪽.

7) 한편, 조선을 대표하려는 욕망은 동시에 조선이라는 장소에 대한 구속성을 가질 수밖에 없다. 그래서『소년한반도』,『소년』,『청춘』등과 같은 당시 조선어 잡지나 각종 저널들에 의한 근대 기획에 대해서 경합할 수밖에 없으면서도, 언어나 지향의 차이로 말미암아 제국의 로컬시장을 그와 함께 분할해야 했다. 그 둘은 어쩌면 '경합이라는 경계 위의 병존적 관계'에 있었는지 모르겠다. 그러나 비문자적 현실에서는 여전히 조선어가 압도적이었는데, 그

나가미네 시게토시(永峰重敏)의 지적에 따르면, 일본에서 잡지라는 매체가 지방에까지 널리 유통되기 시작한 것은 메이지 20년대(1880년대 후반기) 이후인데, 그때부터 도쿄가 지방 잡지 시장의 독점화를 이미 완료했다고 한다.[8] 앞서 인용한 모리야마의 글에서 알 수 있듯이, 조선의 일본어 잡지계는 아직 어느 정도 내지의 영향력으로부터 자유로운 측면이 있었지만, 조선의 식민화가 진행되면 될수록 조선의 잡지계도 그러한 시장 독점의 파장으로부터 자유로울 수 없는 상황에 놓일 가능성은 명약관화했다. 모리야마의 말처럼, 내지인 인구 증가와 새로운 서적 유통 시스템의 시도가 그 후 조선에서의 서점 즉 출판유통시장의 '번창'을 가져왔는데, 이는 조선과 내지 사이의 '간극'이 점차 좁혀지고 있음을 의미하는 것이기도 했다. 특히 그는 1913년의 잡지 판매 현황을 예로 들며, "잡지류가 팔리는 상황은 대단"해 창업 당시보다

런 환경 속에서 당시 『조선』이 창간될 수 있었던 것은 식민 지식인들로서는 일본어가 매체 언어로서나 근대(지식)언어로서 상대적으로 우위의 입장에 서 있다고 믿었던 까닭일 것이다. 그것은 권력과 자본의 힘의 우위에서 비롯된 믿음이기도 하다. 그런 일본어 잡지들의 특징은 '知의 주체＝일본'과 '知의 대상＝조선'을 분명하게 이분화해서 조선의 사정(事情)을 언어와 지식으로 재현하고 있다는 데 있다. 반면, 조선어 지식계는 오히려 일본으로부터 직수입된 지식을 자기 표상의 한 방식으로 전유하는 태도가 강했다. 그것은 기본적으로 '지식의 평등'이라는 관점 위에서 전근대 사회와는 다른 구성 및 배열법을 채택하고 각종 지식 상호간의 사회적 위계질서를 철폐시키는 상황을 만들어내는 방식으로 전개된 것이기 때문에(한기형, 「근대잡지와 근대문학 형성의 제도적 연관」, 『근대어·근대매체·근대문학』, 성균관대학교 대동문화연구원, 2006, 276쪽) 일방적으로 수용된 것이라고 취급해서는 안 될 것이다. 어떤 면에서 조선어 지식계는 조선에서 발행된 일본어 잡지와는 다른 독자적 환경을 확보해간 측면이 있었다. 그러한 '경합이라는 경계 위의 병존적 관계'를 초월하기 위해 竹內錄之助 등과 같은 일본인들은 『新聞界』나 『半島時論』와 같이 조선어 잡지를 발행하기도 했던 것이다. 이는 1910년대에 들어서면서 일본어와 조선어 사이에서 조선에 관한 지식의 생산과 전파, 재생산과 배치에 있어 경합 혹은 공존이라는 이중적 상황에 놓이게 되었음을 의미하는 것이다.

8) 나가미네 시게토시, 다지마 데쓰오·송태욱 옮김, 『독서국민의 탄생』, 푸른역사, 2010, 26–29쪽.

5배 이상 성장했다고 회고한다.[9] 그 중에서도 "부인이나 아동 서적의 매상이 많다. 잡지 총체의 매월 판매부수는 1만 5, 6천 부를 내려가지 않는다. 이와 같이 판매부수가 많은 것은 하나는 인구의 증가 때문이기도 하겠지만, 독서취미가 널리 미치고 있다는 것."[10]이라고 전망한다. 이는 조선에서의 '독서취미의 변화'에 따른 잡지 시장의 가능성을 의미하는 것이기도 한 반면, 이미 내지에서 완료된 '도쿄의 지방 잡지 시장의 독점화'가 조선으로 확대될 위험성을 전망한 것이기도 했다. 그럼에도 불구하고 모리야마가 조선 최대의 서점 '일한서방의 주인'으로서 출판계에 뛰어들어, 잡지 『조선』을 발행했다는 사실에는 적어도 조선의 일본인 커뮤니티뿐만 아니라 내지의 독자와 조선인 독자를 괄호 친 채 잠정 독자층으로 염두에 둔, 조선을 대표하는 잡지로서의 욕망이 내재되어 있다고 짐작할 수 있다.

그렇다면 『조선』의 창간에 대한 당시 주변 저널의 반응은 어떠했을까. 『조선』 2호에서는 조선에서 발행되는 각 신문에서 발췌한 이 잡지의 창간에 관한 논평 기사들을 모아 소개하고 있다.[11] 그 내용의 대강을 정리하면 다음과 같다. "체제는 박문관(博文館)의 『태양』식"이며 "편집에 있어서는 아직 정돈되지 않은 점이 있고"(조선일일신문－朝鮮日日新聞), "체제와 내용 모두 역시 완비하여 잡지계의 백미라 칭할 만하고"(조선신보), "체제는 『일본급일본인』과 같고" "우리는 한국에 이러한 대

---

9) 森山美夫, 앞의 글, 167쪽.

10) 위의 글, 167쪽. 이런 생각 때문에 그는 1908년에 들어서 『조선』을 창간하고 출판업에까지 손을 댄다.

11) 「本誌 『朝鮮』に対する批評」, 『朝鮮』 1호, 1908. 4, 90-92쪽.

잡지가 탄생한 것을 기쁘게 생각하며"(조선타임즈), "본지가 한국의 사정을 널리 세계에 소개함과 동시에 보호유액(保護誘掖)의 대책무를 지녔음에도 불구하고…(중략)…한인 측의 논의를 게재함이 근소한 점은 유감스럽고"(대한일보－大韓日報), "기사의 체제, 배치, 거의『태양』의 형제라 할 만하다…(중략)…특히 잡지의 경우는 일기일부(一起一仆), 그 존립 지극히 위험한데 손득을 생각지 않고 본 잡지를 발행"(진남포신문)했다고 논평하고 있다.

이상의 내용을 통해 당시 지식계 혹은 언론계의 반응을 짐작할 수 있다. 대개 그 내용은 ① 형식: 내지 잡지의 모방, ② 목적: 한국 사정의 홍보와 통치를 위한 매체, ③ 의의: 손익의 불확실성에도 불구하고 체제를 갖춘 대잡지의 탄생, ④ 한계: 한인 측을 배제한 점 등으로 요약할 수 있을 것이다. 즉, 형식은 내지 잡지를 모방하여 체제를 갖췄지만 내용은 조선의 사정에 한정하고 있으며, 실험적이지만 일본어 공동체라는 커뮤니티의 한계를 벗어나지 못했다고 주장하고 있다. 이는 곧 이 잡지 안에는 일본어로 조선만을 대상으로 재현한 세계가 구성되어 있음을 말하고 있다. 거기에는 조선어가 개입할 여지가 없다. 주체와 대상이 이분법적으로 분리되어 있는 것이다. 그러면서 발행자나 편집자가 "다년간 한국에 거주하며 명민(明敏)의 식(識), ○리(○利)의 관(觀), 한인을 이해하고, 한국을 이해하는"(진남포신문－○는 불해독자) 사람들, 즉 재조일본인의 위치에 있음을 강조하고 있다.

그런 가운데 이 잡지가 당시 대체적으로 호평을 받은 이유 중 하나는 "편집주임자의 기량이 범상치 않다"(대한일보)는 점이었다. 그 주간과 편집장은 각각 저널리스트 기쿠치 겐조(菊池謙讓)와 샤쿠오 슌조(釈

尾春旿)가 맡았는데, 그 두 사람도 창간 피로연에서 모리야마의 뒤를 이어 포부를 밝힌다. 기쿠치는 "조선문제에 관해서 각 계급과 각 방면의 취미를 정리하고 또 널리 세상에 소개하겠노라"고 강조했고, 또 샤쿠오는 "본지는 모든 방면에 공개하고 실로 의견 있고, 문자 있는 자의 공유기관으로 제공할 생각"이라며 조선통치의 자료가 되더라도 정치, 경제, 종교, 문학은 물론 평론적이거나 연구에 편중되지 않도록 할 생각이라고 밝힌다.[12]

앞서 모리야마의 발언을 비롯해 기쿠치와 샤쿠오 등 세 사람이 피로연에서 밝힌 포부를 요약하자면, ① 한국의 대표 잡지, ② 초계급적이고 다양한 취미로서의 조선문제=종합잡지, ③ 문자 해독자의 공유기관 등 세 가지로 정리할 수 있겠다. 그렇다면 이 세 가지의 주장들이 의미하는 것은 무엇일까.

첫째, 조선 내 일본어 잡지의 '대표'로서의 자기동일성(identity)이다. 다시 말하지만 이는 주체와 대상 사이의 관계 즉, '누가-무엇을'이라는 관계를 분명히 하고 있다는 사실을 의미한다. 이전에 조선에서 일본어 잡지가 발행되지 않았던 것은 아니지만, 그 잡지들과는 다른『조선』이라는 잡지가 지닌 성격적 차이를 강조한다.[13] 가령, 1903년에 창간된『한반도』라는 잡지명이 그들=조선인이 '자기'를 언명하는

---

12) 「本紙發刊の披露會」(末端記者),『朝鮮』1호, 1908. 3, 94쪽.

13) 창간호의「朝鮮問題の時論」이라는 항목에서 '內地人の韓國觀'이라는 글을 통해 "일본에서의 한국관이 심히 냉담하고 또 유치함을 개탄하며 말하길 한국에서의 정치, 경제, 사회, 사정 및 재한방인의 실정 등에 대해서 내지 사람들의 지식은 너무도 빈한하다"(81쪽)라고 밝힌 것처럼, 내지인과 자신들을 차별화하려는 의식이 분명하게 드러난 지점에 이들의 자기동일성이 있다고 하겠다. 물론 그 자기동일성은 일본인이라는 동일자를 전제로 할 수밖에 없는 것이다.

수사에 따른 것인 반면, 「잡지『조선』의 해(解)」에서 밝혔듯이 "한반도를 대표하여 총칭해야 할 명칭을 부여하는 데 있어 한국이라 하지 않고 특히 조선이라는 칭호를 선택한 발행자의 의중"은 우선, "한국이란 정치상, 형식상 사용되지만 조선이란 지리적 관계의 실제적 의미를 표명"할 수 있기 때문이었다.[14] 이때 『조선』이라는 잡지명은 '지금-여기'에 누가 어떻게 살아왔고 또 살고 있는지 하는 기원과 현재에 대한 의심을 함의한 것이다. 그리고 '누가=주체가, 무엇=대상을'이라는 관계 안에 새롭게 일본인과 조선인을 대입시키며, 그로부터 출발하는 새로운 시간, 즉 통감정치(혹은 '도한자(渡韓者)'의 역사)를 기원으로 삼아 한반도의 역사적 시간을 재편하려 했던 것이다. 그래서 「잡지『조선』의 해」라는 글에서는 더 나아가 두 가지의 이유를 덧붙인다. 그 하나는 '덴지 덴노(天智天皇)' 이후 해(日)의 근원(本)=日本이라 부르는 동일한 맥락에서 '아침 해(朝日)의 땅'이라는 자연적 환경을 그대로 표현한 것, 즉 기원의 동일성이라는 의미와, "한국의 국토와 인민은 쇠퇴"하는 존재로서 "일신우일신(一新又一新)"하는 『조선』의 "혁신의 의미"를 함의하고 있음을 강조한다.[15]

둘째, 연구 대상의 분할과 이 잡지의 지면 할애의 측면이다. 즉, 조선이라는 대상에 대해 다양한 양식의 글을 통해 지면을 할애하겠다는 것인데, 앞서 기쿠치나 샤쿠오의 말처럼 "각 계급과 각 방면의 취미"를 초월하며 "정치, 경제, 종교, 문학"은 물론 평론이나 연구에 편중되지

---

14) 中井錦城, 「雜誌『朝鮮』の解」, 『朝鮮』 1호, 1908. 3, 25쪽.
15) 위의 글, 25쪽.

않고 '조선'을 가시화하고 재현하고자 했다는 점이다.[16] 한마디로 종합잡지를 지향하겠다는 것이지만, 거기에는 오로지 '조선'을 대상으로 한 지식에 국한한 '종합'이라는 제약을 두고 있다. 따라서 이 잡지는 '조선문제'라는 대상의 제약과 종합의 지향이라는 모순을 애초부터 가지고 있었던 것이다. 이는 내지에서 발행된 종합잡지와의 차별화라는 맥락뿐만 아니라, 이제까지 '조선문제'를 다뤄온 내지 쪽의 담론과 형식에 대한 차이화를 주장한 것이라 할 수 있다. 이는 창간호의 목차를 보면 확연하게 드러난다. '시사평론－폭도문제－논설－잡찬－실업의 자료－문예－조선문제와 시론(時論)－중요기사'로 이어지는 구성은 모두 '재(在)경성'의 위치에서 내지 즉 식민본국을 향해 조선을 가시화하고 재현하는 태도를 견지하고 있다. 또한 그것은 '재경(在京)일본인'이라는 자기의 역사와 조선 통치의 사명감, 그리고 조선에 관한 지식과 정보의 보급이라는 기사 내용들의 교묘한 조합을 통해 가능한 일이었다. 이러한 차이화는 한편으로 본국의 일본인을 타자화함으로써 자기동일성을 획득하려는 의도에서 비롯된 것이라고 할 수 있다.

셋째, '문자 해독자의 공유기관'이란 다름 아닌 문자 민주화의 이념에 근거한 일본어 커뮤니티의 동일성을 지향한다는 뜻이다. 물론 당시 조선에 건너와 형성된 일본어 커뮤니티가 균질화된 집단일 리 만무하다. 당시는 도한자의 현격한 인구 증가에 따른 계층과 각 계층별 이익지향의 다양화가 이뤄지던 시기였다. 그런 점에서 편집자인 샤쿠오가 '경성낭인(京城浪人)'이라는 표현을 자주 사용한 것에 주목할 필요가 있

---

16) 「本紙發刊の披露會」(末端記者), 앞의 책, 94쪽.

다. 특히 1909년 4월부터 샤쿠오가 이 잡지의 발행처를 조선잡지사로 변경하여 경영과 편집을 전담하면서 그것을 강조하였는데, 그는 "낭인이란 무엇인가"라고 자문하고, "관료도 아니요, 실업가도 아니요, 교원도 아니요, 중도 아니요, 월급쟁이도 아니요, 또한 기업가도 아니요, 소위 무직업자이다. 무직업자라고 해도 부랑인은 아니다. 즉 어떤 직업과 자산을 갖지는 않았어도 흉중(胸中)에 천하 삼분의 책략을 세우고, 항상 천하 국가 사회의 문제를 연구하고 풍운에 따라야 한다면 분기하여 천하에 패권을 다투려고 하는 자"라고 정의한다. 그런 '경성 낭인'에게는 "금권과 관권의 발호를 제어할" "필권(筆權)과 설권(舌權), 그리고 헌책(獻策)"이 필요한데, 그것은 다름 아닌 "재한 20만의 재경 방인을 대표하여 통감부를 움직이는" 잡지 『조선』에 관여하는 바로 자신들을 가리키는 것이었다.[17] 그러한 의식에서 비롯된 조선에 대해서 가지는 분기(憤氣)와 사명감은 오히려 독서 시장, 즉 조선 내 일본어 커뮤니티 전반과 때로는 상충하는 측면이 없지 않았다.[18] 이 잡지가 그로 인해 '재미있는 잡지'가 될 수 없었다고 그들은 판단했는데, 이는 전

---

17) ヒマラヤ山人, 「京城の我浪人界」, 『朝鮮及満洲』 19호, 1909. 9, 58쪽. 『朝鮮』은 일찍부터 관리와 상인을 희화화하거나 조롱하는 글들을 많이 싣고 있는데, 이 또한 그런 '낭인' 의식의 발로라고 할 수 있겠다. 그런 내용은 히마라야산인(ヒマラヤ山人)의 「京城の我浪人界」를 비롯해 「腰弁当」, 「オンドル會小集」(『朝鮮』, 1908. 3. 1), 「役人と商人」(岩佐定一, 『朝鮮』, 1917. 3), 「初めて観たる京城」(渡辺倪天子, 『朝鮮』, 1909. 11)과 같이 산문과 시 등에서는 물론이고 鳥越靜岐의 삽화에까지 광범위하게 표현되었다.

18) 샤쿠오는 "경성은 아직 공무원과 상인의 시대로 거의 野에 遺賢 없도다. 하여튼 국면의 전개를 기도하지 않으면 경성의 사상계는 어떻게 될 것이다. …(중략)… 旭邦(샤쿠오 – 인용자)은 長風(기쿠치 – 인용자)군의 글을 읽고 筆硯 점차 多端함을 한탄한다. 하지만 점차 誌友 증가하고 名論의 寄書 많은 것을 기뻐하고 있다. 그런데 너무도 野에 유현이 없고 월급쟁이와 상인의 경성에서는 재미있는 잡지를 만들기란 심히 곤란하다고 투덜'대기도 했다(「編輯室消息」, 『朝鮮』 11호, 1909. 1, 116쪽).

적으로 조선이라는 상황적 한계에서 그 이유를 찾았음을 의미한다. 하지만 그들 스스로가 잡지 사업을 버리지 못하는 것은 역시 자신들이 그 누구보다도 '조선을 제대로 숙지하고 있는 집단'이고 또 조선 내 일본어 커뮤니티를 '대표'한다는 자의식 때문일 것이다. 그런 가운데 이 잡지는 창간호부터 문예면만의 독특한 표기체계를 통해 장르를 구분하였다. 고양이를 의인화한 산문 「새끼 고양이여(小描よ)」에서는 동일 지면의 「군산의 야박(群山の夜泊)」이나 「작금의 느낌(今昔の感)」 등의 산문과 달리 글 중의 한자어 옆에는 후리가나(振りがな)로 독음을 부기하는 표기체계를 채택하고 있다. 이 표기체계는 글의 가독력을 높이기 위해 사용된 것이며, 「새끼 고양이여」가 콩트이기 때문에 적어도 최소한의 교육 수혜자라면 읽을 수 있는 장르로 인식되었음을 알 수 있다. 이러한 표기체계는 점차 확대되어 소설 전체와 일부의 산문과 와카 작품에도 사용되었는데, 4호에서는 나리타 지쿠우(成田竹雨)의 「남대문」과 다카하마 덴가(高浜天我)의 「청량리를 가서」와 같은 시 장르에서도 일부 한자어에 후리가나로 독음을 부기하고 있다. 그렇게 볼 때, 한문(한시)에서부터 히라가나(ひらがな)까지 다양한 층위의 표기체계를 통해 다양한 지식과 감정 층위의 가상 독자층을 염두에 두고 동일 지면에 구성해 낸 문예물이야말로 '문자 해독자의 공유기관'으로서 다른 어느 편집항목보다 독서 – 문자의 민주화의 기획을 잘 드러내고 있다고 할 수 있다.

이상과 같은 세 가지의 맥락에서 자기를 구성하려 했던 『조선』 편집진의 의도를 염두에 두고, 이 글에서는 과연 문예면이 어떤 의도에서 기획되고, 또 어떤 양상으로 전개되었을까 하는 점을 고찰하고자 한다. 그러면 다시 모리야마의 회고로 돌아가 보자. 그는 자신이 서점을 낼 당시에 비하면, 잡지의 판매량은 5배 이상 증가했는데, 그 중 가장 많이 팔린 것은 부인이나 아동 대상의 잡지라고 했다. 이 진술을 통해 그가 잡지출판에 뛰어든 이유는 충분히 짐작할 수 있을 것이다. 그리고 모리야마는 조선의 독서 취향에 대해 진술한 대목에서 "조선 특유의 독서물은 특별히 없으나 식민지인 만큼 저절로 멀어진 취미라는 점도 없지는 않다. 각자가 식민지론이라도 나오면 곧바로 그것을 읽는 경향은 내지에서는 보이지 않는 점이다. 고바야시(小林) 박사의 식민지 재정론 등의 판매 경향은 대단했다"고 한다.[19] 1913년 2월에 도쿄에서 출판된 '고바야시 박사' 즉 고바야시 우사부로(小林丑三郎)의 『식민지재정론(植民地財政論)』(有斐閣書房, 1913. 2)은 조선에서 발행된 것이 아니라 내지에서 발행된 것이다. "당시 조선인 측의 수요라고 말하는 것은 어불성설이다. 일어학교의 교과서 정도였지만 이렇게 일어학교의 교과서 정도였기 때문에 우리 서점과는 거의 교섭하지 않는 상태"였다고 그는 말한다.[20] 따라서 결국 그가 진술하는 출판시장이란 내지인 대상의 시장을 의미하는 것이다. 다시 말해, 조선 내 내지인의 독서시장에서 보이는 특징 중 하나는 부인이나 아동 대상의 잡지이며, 다른 하나는 식민지론 혹은 조선론이라는 것이다. 이러한 극단의 독서 취향에 대처하기 위해 애독서로서(아니 애독서의 기획물로) 『조선』이 점차 바뀌어가는 점은 흥미롭다. 이때 전자를 위해 중요하게 할애된 지

---

19) 森山美夫, 앞의 글, 167쪽.
20) 위의 글, 166쪽.

면이 바로 문예면과 그 앞뒤로 배치된 가정란이나 부인란이라고 할 수 있다. 문예면은 적어도 감정이나 정서라는 내면의 문제를 통해 조선이라는 이향(異鄕)에 살아가는 자기들을 구성하기 위해 활용된 지면이라는 성격이 강했다. 또한 그것은 이념의 차원에서 성별과 연령, 그리고 계급과 계층을 초월해 공유될 수 있다고 믿는 일본어에 의한 공통의 감각과 전통적 독서관습을 배양하고 유지하는 흥미와 취미의 장이었다.

이 글에서는 이처럼 식민지 조선 내 일본어 잡지계의 상황 변화 안에서 잡지『조선』(『조선급만주』)이 놓인 위치를 염두에 두면서, 특히 그 잡지의 문예면을 중심으로 1910년대 식민지 조선 내 일본어 문학에 대해서 살피고자 한다. 문학이 지니는 언어의 규정성이라는 측면에서 볼 때, 『조선』의 일본어 문학은 동일 지면에 구성된 다른 일본어 지식에 비해 '조선'이라는 장소에 구애받지 않는 특성이 존재했다. 그러면서도 당시 조선어가 압도적인 현실에서 '일본어의 권위'를 지켜야 했으며, 새로운 '제국 판도(版圖)'에 대한 경험을 통해 만들어지는 정서나 감정의 소산으로서 내지의 문학계로부터 자유롭지 못한 식민지라는 '변방'의 기획물이었다. 그것은 『조선』의 문예면이 제국의 형성기에 '이주'를 통해 새롭게 일본어의 공동체가 모색되고 창조되는 공간이었음을 의미하는 것이었다. 그것이 잡지『조선』의 문예면에서는 구체적으로 어떻게 구현되었는지를 특히 서사 장르를 중심으로 살피고자 한다.

2. 새로운 영토와 국민, 그리고 새로운 서사와 소재의 '발견'

2-1. 새로운 영토, '조선'이라는 소재

『조선』은 창간호부터 문예면을 독립 항목으로 설치하고 그 안에 다양한 장르를 배치하고 있다. 그것은 앞서 살폈듯이, 전체 편집에 있어 내지 잡지를 모방한 데 따른 것이기도 했지만, 적어도 『한반도』나 『조선지실업』 등의 전례나 경험이 그 바탕에 있다는 사실은 간과할 수 없다.[21] 우선 창간호의 문예면을 보면, 「군산의 야박(群山の夜泊)」이라는 여행기를 비롯해 산문과 한시를 섞어 쓴 「작금의 느낌(今昔の感)」, 「온돌회 소집(小集)」의 하이쿠(俳句), 「하급관리(腰弁当)[22]」라는 제목의 와카(和歌), 콩트 「새끼고양이여(小猫よ)」, 그리고 한시 「북한소품(北韓小品)」이 실렸다. 이렇듯 향후의 본격적인 체계에 비하면 미흡하지만 적어도 문예면의 독자성을 확보하고자 했던 의도를 엿볼 수 있다. 또한 흥미로운 것은 '시사평론 – 폭도문제 – 논설 – 잡찬' 등처럼 편집 항목이 조선에 대한 지식을 분할했던 것과 같이 문예면에서는 다양한 문학 장르를 통해 조선에 대한 '감각'이나 '취미'를 분할하려 했던 의도가 나타난다는 사실이다.

특히 문예면의 편집에 있어 두 가지 측면에 주목할 필요가 있다. 하나는 이 잡지의 문예면을 통한 하이쿠 집단인 '온돌회'의 활동이다.

---

21) 박광현, 「조선에서의 일본어 문학의 형성과 (비)동시대성 – 『韓半島』와 『朝鮮之實業』을 중심으로」, 『日本學研究』 31집, 단국대 일본연구소, 2010 참조.
22) 옆구리에 도시락을 차고 다니는 하급 관리를 풍자하여 부르는 말.

그들은 스스로의 성격과 구성에 대해서 이렇게 쓰고 있다.

> 세쓰분(節分, 2월 3일경 – 인용자)의 밤에 또 모여 전병을 씹고 반차(番茶)로 목을 적시며 구(句)를 지었다. 온돌회라고 이름을 짓고 시구를 짓는 것도 이미 3년이 되었다. 그 전부터도 경성에 와 살았다. …(중략)… 회원이나 이름을 세어보니 충분히 다수가 떠오르나 이때도 식민지의 상태는 면하지 못했는지 신진대사라고나 할 만한 교체로 3년 전의 사람들은 얼굴 보기가 어렵다. …(중략)… 회원의 종류는 여보(ㅋ ㅆ)식 훈장을 받았다든가 하는 지위 높은 사람도 있고, 어쩌구 관(官)인가 하는 명함을 내미는 진임관(奏任官, 메이지 헌법 하의 관직 중 하나 – 인용자)도 있으나, 실업가도 있고, 신문기자도 있다. 내지는 반(半)여보화(조선인화 – 인용자)한 하급 관리(腰辨) 소생까지 있어 상하(上下) 혼합이다. 그 전에는 박사라고 불리는 사람도 회원이었다. 문진 나온 의사님도 있었지만 지금은 모두 떠나고 이땅에 없다. 만한(滿韓) 경영을 양어깨에 짊어지고 호걸다운 높은 지위의 인물도, cosmetic(두발용 화장품 – 인용자 주)을 사용한 하이칼라(高襟)나 주위를 전혀 개의치 않는(逢頭垢面) 인간도, 신경 써서 자세히 보면 얼굴의 어딘가 얼빠진 구석이 있어서 왠지 쓸쓸한 느낌이 든다.[23]

이미 3년이라는 역사를 지닌 온돌회는 하이쿠=일본적 전통 양식

---

[23] 牛人, 「オンドル會小集」, 『朝鮮』 1호, 1908. 3, 77-78쪽. 岡良助의 『京城繁昌記』에 따르면 1915년의 하이단(俳壇)은 "언제나 사물에 접하여 이것을 재밌게 혹은 이상하게 17문자로 짓고 諷諫을 위해서 사람에게 제시"하는 사람들을 포함해 "경성 7만의 인구 그 작자도 또한 많다"며 그 규모를 서술하고 있다(岡良助, 「百人百藝」, 『京城繁昌記』, 博文社, 1915, 543쪽). 이미 하이쿠는 대중적이고 범인적인 차원에서 전통 장르로서의 지위를 가지고 일본인이 소유한 공통 감각의 하나로 향유되고 있던 것임을 알 수 있다.

과 조선이라는 장소=소재가 결합한 하이쿠를 창작하는 하이단(俳壇)으로서 '상하 혼합'의 회원으로 구성되어 있었으며, 내지의 가인 집단과는 별개로 초기 『조선』에서 활동한 최대의 가인 집단이었다. 하이쿠란 5·7·5, 즉 고작 17자 내외의 단형시인 데다 계어(季語)와 절자(切字) 등의 형식상의 제약이 존재했지만, 그들에게는 그 제약이야말로 오히려 '한(閑)문자'의 여흥을 담아내며 일본인이라는 동일자의 감각을 공유할 수 있는 적절한 장르였던 것이다.[24]

특히 '온돌회'라고 명명한 데서도 알 수 있듯이, 그들은 하이쿠가 상황적 서사를 담아낼 수 없는 단형시임에도 불구하고 식민지 조선을 소재로 한 특유의 하이쿠를 창작하려고 노력하였다.[25] 이는 문예활동을 통한 자기 구성의 한 방식이기도 했다. 가령, 『조선』의 하이쿠 선자(選者) 중 한 명인 우인(牛人-橋本)은 3호의 하이쿠 계어(季語)로서 '식목매(植木賣)'를 제시하고 다음과 같이 적고 있다.

경성에서는 매년 음력 2월부터 3월에 걸쳐서 한인들은 뿌리 채 뽑은 소나무, 진달래, 개나리, 석류, 단풍나무 등을 마을마다 돌아다니며 파는 일로 성황이다. 지금 가령 그것을 식목매(植木賣)라 하여 봄의 계어로서 오구음(伍句吟)을 시도한다. 더구나 경성 연중행사의 하나로 손꼽을 만한 것이다.[26]

---

24) 박광현, 앞의 글, 98쪽.

25) 이러한 움직임은 이미 앞서 발행되었던 『한반도』나 『조선지실업』에 실린 하이쿠나 와카에서도 나타난다. 하지만 특히 그 두 잡지가 『조선』과 비교할 때 보여준 확연한 경향이라면, 와카나 하이쿠는 물론 특정 지방의 민요 등과 같은 전통 장르에 조선이라는 소재를 더해 새로운 작품을 창작하려는 움직임일 것이다. 이와 관련해서는 위의 글 참조.

26) 牛人, 「オンドル會例會」, 『朝鮮』 3호, 1908. 5, 73쪽. 물론 하이쿠의 일반적 계어가 주로

　이렇듯 전통 장르인 하이쿠가 하이쿠일 수 있는 기준 중 하나인 계어를 경성의 연중행사 중 하나로 정하고 회원의 하이쿠 19수를 싣고 있다. 이와 같은 장면이 전체적으로 잘 드러나는 것은 4호의 문예면이다. 거기를 보면, 소설이 실려 있지 않았지만 시로는 앞서 언급했던 나라타 지쿠우(재경성 문학사)의 「남대문」과 다카하마 덴가의 「청량리를 가서」, 한시로는 고운사객(孤雲査客, 경성)의 「노인정 오수」와 다카하시 슈이치(高橋修一, 재원산 空哉)의 「북한잡영」, 하이쿠로는 온돌회의 회원 작품, 한문으로는 사토 히로시(佐藤寬)의 「계림신창(鷄林新唱)」이 실려 있다. 이렇듯 문예면은 '조선'이라는 장소가 작가 혹은 문학 제재를 일정하게 규정하는 내용과 형식의 글들로 주로 구성되었다. 그렇다면 소설 장르에서는 새로운 영토로서 조선이라는 소재가 어떻게 재현되고 획득되어갔는지를 살펴보자.

2-2. 초기 소설란의 과잉 욕망

　이 잡지는 창간호부터 산문-하이쿠-한시 등의 각 장르별로 조선에 대한 정취나 '취미'를 분할하려 했는데, 특히 2호(1908. 4)와 3호에서는 '소설-(산문)-와카-하이쿠-한시(한문)'라는 체제로 구성되어 새롭게 소설이 첨가되었다. 이 소설란은 당시 재조일본인 사회의 현실

사용되기는 했지만, 전대의 잡지들(가령 『韓半島』나 『朝鮮之實業』)에 비하면 조선의 연중행사를 계어로 사용한 빈도가 크게 늘어난다. 그와 반대로 전통 장르로서의 하이쿠답게 일본인의 자기동일성을 강조하며 자신들 문화의 역사적 기원으로서 '平安朝時代의 風俗'을 시제로 읊으며 노스텔지아를 위로하기도 했다(「オンドル會例會」, 『朝鮮』 8호, 1908. 10, 80쪽).

을 간과한, 동시대의 다른 잡지에서는 예를 찾아볼 수 없는 일종의 과잉된 욕망이 자아낸 지면이라고 할 만했다. 그렇게 말할 수 있는 이유는 4호부터 10호까지 소설을 싣지 못할 뿐 아니라, 11호를 발간할 때가 되어서야 다시금 소설이 등장하지만 그 또한 자신들의 이야기가 아닌, "도쿄 문단의 명가의 손"[27]을 빌려서야 채워졌기 때문이다.

기존 하이단(俳壇)이나 한(문)시 창작 집단에 의한 작품 이외에 새롭게 조선의 일본어 문학 중에 소설 장르가 본격적으로 등장했다는 사실은 재조일본인 사회의 측면에서 볼 때 무척 의미 있는 일이었다.[28] 적어도 자신들의 삶을 서사화하려는 욕망을 그 안에서 읽을 수 있기 때문이다. 『조선』 2호에 게재된 첫 소설 「몰락(沒落)」을 발표한 우스다 잔운(薄田斬雲)은 1906년에 조선에 건너와 「경성일보」의 초대 사회부 기자로 활동하며 문예면에도 관여한 인물이었다. 그는 한국에 오기 전에 이미 『태양』과 『신소설』 등에 「몽기(濛氣)」, 「평범한 비극」 등의 단편을 발표한 기성 작가였는데, 조선 최초의 일본어 문학사라 할 정도로 초기 일본어 문학에 관해 구체적으로 회고한 「경성과 문학적 운동(京城と文學的運動)」이라는 글에서는 그를 "경성의 내지인 사이에 순문예적 운동의 초막을 연" 인물로 꼽았다.[29] 그는 『요보기(ヨボ記)』, 『암흑의 조선(暗黑なる朝鮮)』, 『조선만화(朝鮮漫畫)』 등과 같은 저서를 통해 과거의 조선 사정을 다룬 저서와는 변별되는 "조선 토산"의 저자로 명

---

27) 「本誌の値上げ」, 『朝鮮』 10호, 1908. 12, 97쪽.

28) 1913년 4월에 창간된 『朝鮮公論』도 '공론문단'이라는 문예면을 설치하였지만, 소설은 1913년 8월호(5호)에 江上白榮의 「映景」 이후로 보이지 않다가 1918년 이후에야 다시 게재되기 시작한다.

29) 英夫, 「京城と文學的運動」, 『朝鮮及滿洲』 117호, 1917. 3, 103쪽.

성을 날린 작가였다.[30] 「몰락」이라는 작품은 7년 전 큰 야망을 품고 경성으로 건너온 오마사(お政)라는 여인의 회한을 그린 소설이다. 그리고 2호에는 취공(醉公)이라는 필명의 작가가 쓴 「수양대군」도 실린다. 3호에 실린 취향(翠香)이라는 필명의 작가가 쓴 「사랑의 마음(愛の心)」도 "옅은 어둠의" "낮은 온돌의 실내"에서 이야기가 시작되는데 조선이라는 이향에서 살아가는 재경일본인의 군상을 그린 작품이다. 이처럼 우스다나 취향(翠香) 등과 같은 작가는 이로써 새로운 작품 소재로서 '조선'을 얻고 이제까지 일본 문단이 보여준 바 없는 새로운 영토의 일본어 문학을 만들어내기 시작했던 것이다. 그것은 한편 일본어 문학이 새롭게 '발견'된 인종, 즉 식민지에 거주하는 국민을 얻게 된 것이나 마찬가지였다. 또한 이들의 작품은 이전의 잡지 『한반도』의 문예 창작자들이 에도(江戸) 시대의 산문인 희작(戲作)의 잔존 양식에다 조선을 소재로 작품화한 것과는 다른 차원의 것이었다. 다시 말해 기성 작가에 의한 일본어 문학의 조선 진출이라는 차원에서 그 전에는 없었던 새로운 성과였다.

또한 그들은 조선의 일본어 문단과 내지 문단 사이의 새로운 소통에서 중요한 역할도 하였다. 그럼에도 불구하고 앞서 언급했지만 그 과잉된 욕망의 실험은 일정 기간 중단 혹은 지연될 수밖에 없었는데, 아마도 그것은 그 집단의 형성 과정에 있어 불가피하게 나타날 수밖에 없었던 진통이자 한계였다고 할 만하다. 그 대신 앞서 살핀 바처럼

---

30) 『ヨボ記』, 『暗黑なる朝鮮』, 『朝鮮漫畫』의 잡지 『朝鮮』에 실린 광고 카피 중에는 유독 '조선 토산'임을 강조하고 있다(이들 광고 카피에 대한 분석은 한일비교문화세미나 역저, 『조선만화―100년 전 조선, 만화가 되다―』, 어문학사, 2012 참조).

'온돌회'의 활동을 중심으로 한 하이쿠의 비중이 점차 높아졌고, 또 하이쿠를 일반 모집하는 등의 기획을 통해 문예면의 비중은 줄곧 유지되었다.[31]

이렇듯 잡지 『조선』의 문예면은 처음부터 그 어떤 지면보다 계급이나 성별을 초월해 다양한 계층이 활동한 일본어 커뮤니티의 공간으로서, 특히 다른 지면에서는 볼 수 없는 여성이나 아동 – 가정과 같은 독자 대중을 대상으로 삼았던 경향이 두드러졌다. 또한 『태양』과 『일본급일본인』의 지면 할애를 모방하여 만들어진 이 문예면에는 '소설 – (산문) – 와카 – 하이쿠 – 한시(한문)'라는 일정한 체계의 지면 분할을 통해 그 안에서 다양한 실험이 이뤄졌다. 이것은 내지 문학의 단순한 이식이 아니었다고 할 수 있는데, 왜냐하면 창작자나 창작 집단이 전통적이든 근대적이든 장르마다의 관습에 '조선'이라는 새로운 영토는 물론 새롭게 '내지' 바깥의 국민인 재조일본인을 문학적 소재로 발견하고, 또 그것을 표상·작품화함으로써 이제까지 내지 문학에서는 찾아볼 수 없던 새로운 서사와 미적 정서나 감각을 만들어내려 했기 때문이다. 이는 그 자체로 '내지' 문단=문학과는 변별되는 자기동일성을 구현하고자 하는 의식의 하나이면서, 결국 이제까지 일본어 문학에는 부재했던 '낯선' 서사와 미적 정서나 감각이 '내지' 문학으로 역류할 수 있는 가능성을 의미하는 것이다. 이와 같이 '내지' 문단과 차별화된

---

31) 『朝鮮』에서는 일반 공모한 하이쿠에 대한 총평도 싣고 있다. 가령 이러한 평이 실렸다. "본호 모집 하이쿠 중 선발될 만한 것이 극히 적은 것은 유감스러운 바이다. 또한 천지인 (天地人) 3좌(座)에 오를 만한 하이쿠가 없어 비교적 우수한 것을 入位에 올려 평등하게 도서권을 증정하였다. 다음 회부터 투고가 제씨의 한층 분발을 바란다"(「追記 オンドル會 例會」, 『朝鮮』 4호, 1908. 6, 66~67쪽).

집단으로서의 재조일본인 문단이라는 존재는 특히 '내지' 문단 제도와
는 상이한 '변방'만이 지닌 재생산 구조의 특징, 즉 탈계보적이면서 불
안정적인 특징을 지니는 방식으로 유지되었다. 그러한 특징과 변화 양
상에 대해서는 뒤에서 상술하도록 하겠다.[32]

3. '경성 문학'의 구성과 장소성―'~으로부터(~より)'와 '재(在)' 의식의 분할

앞서 언급한 바와 같이 2호부터 애초 문예면의 중요한 장르 중 하
나로 소설을 설정했던 이 잡지가 일정 기간 소설을 게재하지 못했다.
소설이 다시금 문예면의 전면에 등장한 것은 11호부터였는데, 그때 구
독료를 인상하면서 "정월 호부터 증면하고 재료를 풍부히 하며 또 매
호 도쿄 문단의 명가의 손에 의한 단편소설도 싣고자 하기에"라며, 구
독료 인상에 대한 독자들의 양해를 구했다.[33] '단편소설'에 방점을 찍
은 이 내용으로 볼 때, 4호 이후 소설이 게재되지 못한 사정을 짐작할

---

32) 그러한 특징과 관련하여, 1916년의 한 해 동안에 경성에서 어떤 책이 주로 팔렸는지를 소
개한 「京城と讀書力」이라는 글은 흥미롭다. "어떤 지방에서 어떤 서적이 많이 팔리고 어
떤 종류의 잡지가 애독되었는지를 아는 것은 그 토지의 민도, 지식, 취미, 요구 등을 아는
데 가장 좋은 바로미터"라는 취지에서 편집자로 추측되는 글쓴이는 경성에서는 광업에 관
한 서적이 가장 많이 팔렸다고 한다. 『朝鮮及滿洲』도 그 해 지면에 광업과 관련한 기사
및 정보가 많이 실렸다. 이는 1915년 12월 24일 조선총독부에서 공포한 조선광업령 이후
조선의 광산이 중요한 부원(富源)의 하나로 부상하며 대중적인 관심이 고양되었던 까닭
이라고 할 수 있다. 반면, 경성이 "의외로 문예물의 인기가 없는 풍토"를 가지고 있어 문예
물의 판매가 지극히 부진했다고 지적하고 있다. 이러한 경향이 『朝鮮及滿洲』의 편집진에
게는 문예면을 구성하는 데 적지 않은 어려움이었다고 할 수 있겠다(「京城と讀書力」, 『朝
鮮及滿洲』 115호, 1917. 1, 136쪽).

33) 「本誌の値上げ」, 『朝鮮』 10호, 1908. 12, 97쪽.

수 있는데, 결국 조선 내 작가를 통한 소설란의 구성이 실질적으로 어려운 환경이었음을 고백한 것이기도 했다.

실제 11호에는 내지의 작가 야마기시 가요(山岸荷葉)의 「와카나부네(若菜船)」를 싣고 있는데, 그는 오자키 고요(尾崎紅葉)의 문하생이면서 당시 일본 문단의 중심 세력 중 하나였던 겐유샤(硯友社)의 동인이었다.[34] 하지만 이런 시도는 2호와 3호 때 기획한 조선에서의 일본어 소설의 형성이라는 측면에서 보면 동전의 양면과 같은 결과를 낳기 마련이었다. 왜냐하면 한편으로는 내지 문단의 적극적인 개입을 통해 이 잡지의 문예면의 수준을 극도로 끌어올리면서 내지 문단과의 동일성(혹은 동시대성)에 근거한 직접적 소통이 가능해지는 측면이 있었지만, 다른 한편으로는 재조일본인 작가의 재생산에는 어느 정도 제약 조건이 될 수 있을 뿐만 아니라 다른 장르에서 조선의 정취와 심상을 작품화했던 것과는 다른 다소 이질적 성격의 작품으로 문예면을 구성할 수밖에 없기 때문이었다. 12호(1909. 2)에도 '시구레온나(しぐれ女)'라는 필명의 작가가 소설 「아지랑이(靄)」를 발표했다. 그의 본명은 하세가와 시구레(長谷川時雨)이며, 1905년에 광녀(狂女)의 슬픈 사랑 이야기를 그린 처녀작 희곡 「해조음(海潮音)」으로 등단한 '내지'의 신진작가였다. 이들 '내지' 작가는 '내지' 문학의 조선=식민지 진출 또는 조선에서 발행된 지면에의 진출이라는, '내지' 문학의 영토 확장에 있어 기원적인 존재들이었다. 하지만 잡지 『조선』이 궁극적으로 지향했던 장소성에

---

34) "문예에는 山岸荷葉의 소설을 싣"는다는 언급을 통해 "伍錢 인상한 가치"가 있다고 편집실이 밝히고 있다(「編輯室だより」, 『朝鮮』 11호, 1908. 1, 116쪽).

는 다소 모순적 존재들이었다고도 할 수 있다.

그렇다면 문예면의 다른 장르와 달리 유독 많은 비용이 소요됨에도 불구하고, 왜 소설만 의도적으로 '내지' 작가의 작품을 게재하려 했을까. 이 문제는 아직 의문이 남는 부분이다. 14호부터 소설란에 다시금 조선에 거주하는 작가의 작품이 보이긴 했지만, 한동안 도쿄 문단에 크게 의지하는 경향을 보였다. 하여간 이러한 변화는 앞서 인용한 바 있지만, 편집자들이 "경성은 …(중략)… 너무도 재야에 유현(遺賢)이 없고 월급쟁이와 상인의 경성에서는 재미있는 잡지를 만들기란 심히 곤란한"35)(강조-인용자) 상황이라고 판단했던 시기에 일어났던 것이다.

이 잡지 초기에 수록된 소설 장르의 추이에 대해서 좀 더 살펴보자. 14호를 보면 가시마 다키하마(鹿島竜浜)의 「제멋대로(見勝手)」(소설), 다키가와(滝川)의 「이사(轉居)」(수필), 마미야 데루히코(間宮照彦)의 「정숙(靜寂)」(수필) 등의 산문이 실린다. 가시마의 작품은 월급을 도쿄보다 더 준다고 해서 경성으로 전직한 인물의 이야기를 소재로 한 것이고, 다키가와의 작품은 경성에서 교편을 잡고 있는 한 내지인의 이사를 둘러싼 에피소드를 소재로 한 것이다. 이 두 작가는 모두 경성에 거주하는 것으로 짐작되는데, 반면 마미야는 작품의 내용상 '내지'의 작가로 여겨진다. 한때 도회에 살며 생존경쟁이 너무나 심한 가운데도 사회주의자의 주장을 신문이나 잡지에 기고한 적이 있다는 작중 인물이 이제 '정적' 즉 평화로운 삶을 위해 시골로 내려가 사는 모습을 그린 작품이며 그 배경은 역시 '내지'였다. 또한 15호에는 운산생(雲山生)이

---

35) 「編輯室消息」, 『朝鮮』 11호, 1909. 1, 116쪽.

라는 필명의 작가가 쓴 「이혼장(離緣狀)」(소설), 오바 세이후(大庭青楓)의 「옆집(隣家)」(수필)이 실리는데, 이들은 각각 조선과 '내지'의 작가이다. 「이혼장」은 "작년 우국(憂國)의 신념으로 사직하고" 조선에 홀로 건너온 주인공이 '내지'의 아내로부터 결국 이혼장을 받았다는 내용의 작품이다.[36] 오바라는 작가는 18호와 19호에도 「기생 연극(藝妓芝居)」을 각각 연재할 뿐만 아니라 이 잡지에 다수의 글을 싣는 주요 필자 중 한 명인데, 1929년에 일본으로 돌아가 일본불교신문사의 사장과 몽고통신(蒙古通信)의 사장을 역임하면서도 글을 투고한다.[37]

이렇듯 문예면을 통해 각각 경성과 도쿄에 거주하는 재조일본인 작가와 '내지' 작가의 글이 지면을 분할하는 양상을 보이는 것은 대개 소설란이나 산문란에서 일어나기 시작한 현상이다. 특히 도쿄 작가들의 필자명 앞에 '도쿄(東京)'라는 거주지를 기입하는 관습이 만들어졌는데, 가령 20호부터 「제2차(第二次)」를 연재하는 작가를 "도쿄(東京) 가미야 쓰쿠바(神谷つくば)"와 같이 표기하였다. 반면, 21호에 게재된 소설 「현해탄(玄海灘)」의 필자명은 "구레가시(くれがし)"라고만 표기했다. 「제2차」가 도쿄의 한 사립대학을 졸업한 한 남자의 실연담이자 여학생 취향의 작품이라면,[38] 「현해탄」은 제목에서 짐작되듯 약혼자

---

36) 雲山生, 「離緣狀」, 『朝鮮』 15호, 1909. 5, 63쪽.

37) 大庭青楓가 조선 언론계에 끼친 영향력은 이미 내지로 돌아간 뒤 도쿄에서 출간한 그의 책을 1927년과 1935년에 동아일보 「신간소개」란에서 소개했던 것을 보아도 짐작할 수 있다(「신간소개」, 〈동아일보〉, 1927년 4월 28일자/1935년 5월 20일자). 한편, 大庭는 위의 작품이 게재될 당시 수양서의 일종으로 『修養訓』(大盛堂, 1910), 『新悪戱小僧日記』(大盛堂, 1910), 『教訓道話－頼山陽』(国文館, 1911) 등을 내지에서 발간했던 작가이다.

38) "神谷つくば"라는 작가는 그 후 작품이 보이지 않는데, 神谷鶴伴가 아닐까 짐작이 되기도 한다. 神谷鶴伴은 시즈오카(静岡) 출신으로 幸田露伴의 수하에서 문학수업을 받고

를 쫓아 '현해탄'을 건너와 경성에서 신혼생활을 시작한 지 얼마 안 되어 남편에게 정조에 대한 의심을 받고 자살하는 젊은 부인의 비극담이다. 이렇게 집필지에 따라 작품의 배경이 뚜렷한 차이를 보였는데, 조선 거주의 작가가 조선을 서사화하려는 것은 다름 아닌 자신에게 작가로서의 지위를 갖게 만든 조선이라는 장소성에 대한 집착이기도 했다.

이러한 작자의 출신지를 기호화하는 경향은 점차 다른 장르로 확대되고, 또 조선 내 다른 지역의 거주자에 대해서도 그 지명을 부기하는 경향으로 확대되었다. 가령 26호에서는 「산상여음(山上旅吟)」이라는 시를 발표한 "도쿄(東京) 고다마 가가이(兒玉花外)"[39]나 27호에서는 단카 「온천장(いで湯)」을 발표한 "부산(釜山) 구메 주로(久米重郎)"와 같이 표기하였다.

이러한 지명의 기호는 무엇을 의미하는 것일까. 하나는 잡지 『조선』이 경성을 본거지로 삼아 출판된 데 따른 결과로서 그 주요 필자들은 향(向)만주와 향(向)'내지'의 기점으로서 경성의 장소성을 상상했음을 의미한다.[40] 특히 도쿄라는 기표 안에는 '~으로부터(より)'라는 의

『신소설』에 젊은 청년의 사랑을 둘러싼 고뇌를 그린 「富士の煙」라는 작품으로 데뷔하여 『少年界』와 『少女界』 등의 편집을 담당하기도 했던 작가이다. 작품의 경향으로 보아 두 필자는 동일인물일 가능성이 높다.

39) 1874-1943. 야마구치(山口)県 출신으로 출생 직후 교토(京都)로 이주한 것을 비롯해 센다이(仙台), 삿포로(札幌)농학교를 거쳐 1894년에 도쿄전문학교(지금의 와세다대학) 문과에 입학, 1899년에는 시집 『風月万象』를 공저의 형태로 출판한다. 그 후 사회주의에 관심을 갖고 1903년에 두 번째 시집 『社会主義詩集』을 간행하려 했지만 발매금지 처분을 받는다. 1906년에는 사회주의 문예운동 동인잡지 「火鞭」의 발기인이 되었으며 『태양』 등에서 활발한 시작 활동을 하였다. 그런 가운데 1910년에 『조선』에 시를 발표하였다. 그녀는 또한 38호(1911. 4)에도 「落葉焚く煙」라는 에세이를 발표한다.

40) 이는 『조선』의 주요 필자들에게서 보이는 장소 의식, 즉 '경성' 표상 의식에서 비롯된 것이라고 할 수 있다. 이와 관련한 논의는 박광현의 「재조일본인의 '재경성(在京城) 의식'과

식이 내재해 있는 반면, 경성이라는 기표에는 '재(在)' 의식, 즉 재경성 의식이 내재되어 있는 것으로 보인다. 문예면에만 한정하여 생각한다면, 이는 일본어 커뮤니티가 기정사실화된 '내지'와 차이화하려는 사고를 통해 적어도 새로운 문단 의식이 잉태할 가능성을 보여주고 있는 것이기도 하다. 동일한 지면에 공존하는 이러한 장소의식의 차이는 재경성 문단이 지니는 '변방성'으로 말미암은 것이기는 하지만, 한편으로는 그 한계를 넘어서기 위한 의도가 동시에 함의된 것이기도 했다. 다시 말해, '내지' 문학과의 동시대성을 유지하는 동시에 묘사하고 있는 대상의 차이를 보여줌으로써 일본어 커뮤니티의 일원임을 확인하고, 또 그것을 초월한 새로운 영토에서 새롭게 뿌리를 내리는 경성을 중심으로 한 '식민 문단'을 의식한 것이라 할 수 있다.

4. 식민 문학사의 회고와 '변방'으로서의 '경성 문단'의 이념

경성의 식민 문단을 다룰 때 빼놓을 수 없는 글 중 하나는 앞서 잠깐 언급한 바 있는 난바 히데오(難波英夫)의 회고 「경성과 문학적 운동(京城と文學的運動)」[41]이다. 식민지 조선에서 발표된 최초의 일본어 문학사라고 할 만한 이 글은, 우선 회고 형식으로 식민 문학의 기원과 그 전개과정을 서술한 것이라는 점에서 식민 문단에 대한 끊임없는 자기 구성의 의지를 엿볼 수 있으며, 또한 이 글이 씌어진 시점이 1917년이

'경성' 표상」(『상허학보』 29집, 2010. 6) 참조.
41) 英夫, 앞의 글, 103–105쪽.

라는 점은 1910년대의 전반에 걸친 조선 내 일본어 문학의 존재 양상을 일러주고 있다고 할 수 있다. 그리고 이 글은 "다이쇼(大正) 6년(1917년-인용자)이라는 해는 문단의 신구 교체가 극적으로 진행"되었다는 '내지' 문단의 흐름이라는 문맥에서도 읽을 필요가 있다.[42] 내지에서는 신구 교체의 흐름 속에서 "다이쇼 7년에 근대문학의 흐름을 회고하는 다양한 기획이 미디어를 시끄럽게 했던" 사정이 있었던 것이다.[43] 난바는 일찍이 「동도문단기억 그대로(東都文壇記憶のまま)」[44]라는 제목으로 내지문단의 흐름을 조선에 소개한 바 있기도 할 뿐만 아니라, 이 글을 쓴 이듬해인 1918년에는 '구사이생(九四二生)'이라는 필명으로 「문예소식(文藝消息)」을 오래도록 연재할 만큼 '내지' 문단의 사정에 민감했고 또 밝았던 점을 생각할 때 더욱 그러하다.

이 글은 "한 때 경성문단의 권위를 이룬"[45] 바 있다는 『조선급만주』의 문예면이나 『조선공론』 등 각 매체의 문예면에 관한 언급에서부터 간자키 렌케이(神崎戀桂)가 주도한 부산의 『식민지에서(植民地より)』, 비록 기획에 그쳤지만 다카야마 가쿠세이(高山覺成)가 주도한 『반도문예(半島文藝)』나 창간호 발간 후 발매금지 처분을 받은 『반도문학(半島

---

42) 山本芳明, 『文學者はつくられる』, ひつじ書房, 2000, 90쪽. 山本芳明가 예를 들어 제시하고 있는 것은 다음과 같다. "『文章世界』(1918. 1-3)에는 潮青居의 「文壇舊夢錄」과 「一昔前の流行兒―明治四十年頃の文壇の人々―」, 『早稲田文學』(1918. 5)에는 15명의 와세다파 문학자에 의한 「『早稲田文學』及文壇十二年史」, 『読売新聞』에서는 野上豊一郎의 「木曜會から得た夏目先生の印象(上)」(1918. 7. 9)로 시작되는 「文壇昔話」가 1918년 말까지 73회에 걸쳐 단속적으로 연재되었다."(위의 책, 107쪽)

43) 위의 책, 90쪽.

44) 可水 또는 可水生이라는 필명으로 쓴 「東都文壇記憶のまま」라는 글은 『朝鮮及滿洲』 38호(1911. 4), 40호(1911. 6), 44호(1911. 10)에 걸쳐 발표되었다.

45) 英夫, 앞의 글, 104쪽.

文學)』, 그리고 『적나라(赤裸裸)』 등과 같은 순 문예지를 언급하며 당시 일본어 문학의 존재 양상뿐만 아니라, (식민지) 문단으로서의 자기 구성의 의지를 보여주고 있다. 또한 그 안에서는 식민 문단의 형성 원리를 짐작케 하는 부분이 존재하는데, 특히 하이쿠의 경우 '호토토기스파(ホトトギス派)', '벽파(碧派)', '층운파(層雲派)' 등을 언급하며 '내지' 하이단에 직간접적으로 영향을 받으면서도 각 분파들이 조선에 건너와서는 동일한 지면에서 활동했음을 기술하고 있다. 오히려 다카하마 교시(高浜虛子)와 가와히가시 헤이고토(河東碧梧桐) 두 사람 사이의 논쟁 이후 분열되었던 내지 하이단과는 다르게 '경성의 분파'로서의 동일성을 도모하며 일정 정도 균질한 활동을 전개했음을 지적하고 있다.[46] 이는 식민 문단의 중요한 특징 중 하나라고 할 수 있겠다. 또한 난바가 도쿄에서 『조선급만주』에 관여할 때 "고다마 가가이(兒玉花外) 씨와 하이노 쇼헤이(灰野庄平) 군, 엽촌(葉村), 유왕랑(留王郎), 나의 동생인 스미오(純夫) 등의 시, 극평, 번역물, 소설 등을"[47]을 받았다고 한 것처럼, 식민지 조선 내 일본인만의 인적 구성과 동력으로는 각 잡지의 문예면을 구성하기 어려웠다. 이러한 문단 환경에 있어 그 자생성의 한계가 뚜렷한 가운데 '내지' 문단에 기댈 수밖에 없었다. 따라서 '내지' 문단은 중요한 작품 공급처였던 것이다. 그 뿐만 아니라, 중심으로서의 '내

---

46) 이미 내지의 하이단은 크게 분열된 상태였다. 正岡子規의 문하였던 高浜虛子와 河東碧梧桐가 子規의 사후 「ホトトギス」에 발표한 「溫泉百句」를 둘러싸고 그 둘 사이에 논쟁이 벌어졌다. 그 후 碧梧桐은 '碧派'를 결성하여 신풍창도(新風唱導)를 위해 전국 하이쿠 순례(俳行脚)를 거행했는데, 점차 '層雲派' 등과 같은 다양한 파벌이 형성되기 시작했다. 이 때 전국적으로 이른바 신경향 하이쿠운동이 일어났다.

47) 英夫, 앞의 글, 104쪽.

지' 문단은 숙지의 대상으로서 인식되기도 했는데 그것은 '내지' 문단에 대한 정보가 필요하다는 인식으로 이어졌다. '내지' 문단에 대한 정보 공급자로서 중요한 역할을 했던 인물이 바로 난바였다. 그는 앞서 언급했지만 38호(1911. 4)부터 "도쿄지국의 기자"라는 위치에서[48] 「동도 문단기억 그대로」라는 제목의 글을 3차례에 걸쳐 연재하며 도쿄문단의 소식을 전한 바 있다. 이 시기는 도쿄 작가의 소설이 유독 많이 실리던 시기로, 흑룡생(黑龍生)이 28호부터 총 5회에 걸쳐 두 편의 작품을 발표한 후 35호에는 '도쿄(東京) 구레가시(くれがし)'의 「여자와 뱀(女と蛇)」, 36호에는 미야다 시모토(宮田霜人)의 「강약(强弱)」, 37호에는 하세가와 사쓰키(長谷川さつき)의 「요시다씨(吉田さん)」, 38호에는 소우자(疏雨子)의 「영아(嬰兒)」가 게재되었다. 그러한 맥락 속에 연재된 「동도문단기억 그대로」는 처음 게재되었을 때만 해도 연작을 염두에 두지 않았다. 사실 서두에는 주로 연극에 대해 다루다가 후반부에 가서 『호토토기스(ホトトギス)』, 『신초(新潮)』 등의 문예잡지 소개를 비롯해 개별 소설 작품의 줄거리를 간단히 소개하며 글을 마쳤다. 문예잡지와 소설을 두서없이 나열하는 수준에서 소개하고 있을 뿐인데, 그 점은 2회(40호)에서도 마찬가지였다. 겨우 3회(44호)에 들어서 조금 체제를 갖추어서, 전반부에는 작가를 중심으로 소설을 소개하고, 후반부에는 문

---

48) 可水生, 「名家訪問印象錄」, 『朝鮮及滿洲』 36호, 1911. 2, 53-54쪽. 그는 이후 조선과 내지를 오가며 문필활동을 하였다. 르포 취재 기자로도 활동했는데, 53호의 「東拓の移民を訪ふ」는 경성일보에서 이민의 "多幸多福"한 생활을 취재하여 연재한 것을 두고 어용신문의 기사라며 비판하고. 이민의 비참한 삶을 그려내고 있다. "나는 이민의 각자에 대해서 그 경험담을 들었기 때문에 이것을 소설적으로 쓰면 또한 이외의 흥미로운 일이라고 생각하지만"(14쪽) 지금을 상세하게 쓸 수 없다며 글을 맺는다.

예잡지를 중심으로 거기에 게재된 소설을 다루고 있다. 글의 마지막에는 "아직 더 쓰고 싶지만, 너무 길어졌으니 그만 두겠다"는 말로 글을 맺고 있다.[49]

반면, 그로부터 7년 후인 130호(1918. 4)부터 그는 '구사이생(九四二生)'이라는 필명으로 「문예소식(文藝消息)」이라는 본격적인 연재물을 1919년 4월까지 거의 매월 발표하고 있다. 이 글은 문단 월평에 가까운 수준의 글로 그 관심의 정도가 이전과는 전혀 다른 것이었다. 문예면 이외에 '내지'의 사정에 관해 주기적이고 직접적으로 지면을 할애했던 시기도 이때였다. 1917년에 일기자(一記者)의 이름으로 「도쿄에서(東京より)」라는 글이 간간이 게재되거나, 「도쿄통신(東京通信)[50]」이라는 글을 비롯해 도쿄지국 기자들의 글이 실린다.[51] 그 중 일기자의 글은 "도쿄에서 전할 일은 산처럼 많지만 너무 쓰면 또한 번거로우니 다음호부터는 조금 언급한 문제제기를 하고 독자 앞에 제도(帝都)에서의 조선관을 전개하고자 한다."(강조 - 인용자)로 맺는다.[52] 이러한 일기자가 말하고자 하는 '제도의 조선관'이란 적어도 조선에 거주하는 일본인 즉, 자신들의 조선관과의 차이를 전제한 것일 뿐만 아니라, 어찌 보면

---

49) 可水生, 「東都文壇記憶のまま」, 『朝鮮及滿洲』 44호, 1911. 10, 79쪽.

50) 飛魚漁朗의 글로는 「東京通信」 이외에도 「東京生活どん底通信」(1917. 10)이라는 제목의 글이 있는데 이 또한 같은 성격의 글이다.

51) 1917년은 내지에서 총선거가 있던 해였다. 총선거에서 寺內 내각의 승리로 끝나자 그에 대한 반발을 도쿄 통신 형식의 글에 쓴다. "재한방인으로부터 自活을 강탈한 데라우치 총독에게 굴복한 인간이 의정단상에서 국가의 정치를 운운하려는 것은 모순이며 골개의 극치이자 片腹이 아픈 일이기도 하다"(一記者, 「東京より」, 『朝鮮及滿洲』 119호, 1917. 5, 91쪽). 여기에서 "재한방인"의 입장을 견지하고 있다는 점이 흥미롭다.

52) 위의 글, 92쪽.

'제도'의 시선에 의해 타자화된 자기를 인식한 것이라고 할 수 있다. 반면, 문예면(특히 소설란)의 도쿄에 대한 관심은 '변방' 문단으로서의 위치로 자기 정의하기 위한 것인 동시에, 일본어에 대한 공통 감각과 그를 통해 재현되는 일본 및 일본인에 대한 미적 취향에서 '내지'와 조선(혹은 만주) 사이의 차이를 무화시키려는 의도에서 비롯된 것이었다. 그러한 시기에 바로 「경성과 문학적 운동」과 같은 식민의 문학사에 준하는 회고가 나올 수 있었으며, 그 회고는 자신들의 기원을 탐색하는 동시에 새로운 문학사의 전개에 대한 기대를 함의하고 있는 것이라 할 수 있다.

5. '변방' 문예면의 작가들―소설란의 작가를 중심으로

이미 앞서 지적했듯이, 창간 초기 문예면의 소설 장르는 재조일본인 사회의 현실을 간과한 욕망 과잉으로 인해 다른 어떤 장르보다도 불안정했다. 특히 "도쿄 문단의 명가의 손"[53]을 빌려 단편소설을 싣겠다고 공지한 10호(1908. 9) 이후에는 거의 도쿄 문단에 기대는 경향을 띠면서 오히려 소설의 게재 빈도가 크게 줄어들었다. 그러다가 1914년에 일시적으로 야마나 시로베니(山名白紅)의 「갱의(衣替)」(5월호)와 야미노오토코(闇の男)의 「사쿠라이정의 여자(櫻井町の女)」(6월호)[54]와 같

---

53) 「本誌の値上げ」, 『朝鮮』 10호, 1908. 12, 97쪽.

54) 闇の男의 「櫻井町の女」는 제목에 櫻井町 즉 지금의 인현동이 들어가 있듯이 경성을 배경으로 한 소설로, 르포에 가까운 작품이다. 이 작품은 闇の男(어둠 속의 남자)라는 필명도 그렇지만, 유곽을 소재로 다룬 「色酒家の女」(鐵火生)와 「京城の下女研究」(匪之助)가 같은 호에 함께 실려 있기 때문에 이 글이 조선의 여자를 소재로 한 흥미본위의 기획물

은 재조일본인 작가의 소설이 다시금 등장했지만, 독립적으로 편집되어오던 문예면은 소멸되고 주로 '한시 – 하이쿠'로만 구성된 호수가 늘어났다.

반면, 소설 게재의 빈도수는 크게 늘지 않았지만 여전히 도쿄의 작가에 의해 소설란은 지면을 채웠다. 그것은 일본 내의 어떤 특정 동인 내지는 사조에 의해 주도되었다기보다 대개 신진 작가들의 작품으로 채워졌다. 도쿄 문단의 야마기시 가요(山岸荷葉)가 「와카바부네(若菜船)」를 게재한 이래 1910년대 『조선급만주』 문예면의 소설은 도쿄 문단의 조선 진출사라고 정의할 만했다. 하지만 1913, 4년 사이에 문예면이 '한시 – 하이쿠'를 주요 장르로 삼아 구성되는 과정에서 소설의 게재 빈도수는 현격하게 줄어든다. 그러다가 100호 특집호(1915. 11)에 '도쿄(東京) 오쿠라 모모로(大倉桃郎)'의 「태평원의 땅(太平原の土)」과 '도쿄(東京) 고바야시 슈게쓰(小林蹴月)'의 「조선에서 온 여자(朝鮮から来た女)」 두 작품이 실린 이후,[55] 1917년 2월부터 각 호의 후미에 소설란을 따로 설치하여 거의 고정적으로 소설이 게재된다. 이때 문예면에도 변화가 생기는데, 이제까지는 주로 '한시 – 하이쿠'로 구성되었던 경향에서 벗어나 와카의 비중을 늘려 '한시 – 와카(단카) – 하이쿠'로 구성하였다. 특히 하이쿠란에 대해서는 '조선급만주하이단'이라 명명하여 '치자랑(稚子郎)'이라는 필명의 인물이 선자(選者)로 활동했다. 그 후 '한시 –

중 하나라는 사실을 알 수 있다.

55) 100호 특집호는 지면이 전체 248쪽으로 통상의 두 배에 달하며 가격도 원래 25전 하던 것을 그 두 배인 50전을 받았다. 150호 특집호 또한 통상 40전 하던 것을 80전을 받고 지면도 223쪽으로 발행했다. 이러한 지면의 증면에 따라 100호와 150호에는 소설이 각각 2편씩 실렸다.

와카(단카) – 하이쿠'의 체제가 안정화되기 시작했으며 그와 동시에 별도로 설치된 소설란도 안정화되었다.[56]

100호 특집호에 실린 발행인 교쿠호(旭邦, 釈尾春芿)의 「100호 뒤에(百號の後ちに)」라는 글을 보면, 조선에서 잡지 경영이 어려운 사정을 밝히며, 특히 "조선이나 만주에 거주하는 사람들이 조선이나 만주에서 만든 잡지보다는 도쿄에서 만든 것을 읽고 싶어 할" 뿐 아니라 "내지의 거주자는 조선이나 만주의 잡지를 읽을 여유와 흥미를 갖고 있지 않다"고 토로한다.[57] 조선인과 '지나인' 중에서 일본문의 잡지를 읽는 사람이 드문 것은 물론, "정치 쪽뿐만 아니라 사회문제에서도, 그리고 문예에 관한 것이라도 자극성이 강한 것은 검열관 쪽에서 발행정지" 처분을 내리는데, 비교적 관대한 것이 "3면적인 음매(淫賣) 기사"라고 밝힌다.[58] 따라서 "여자 관련 기사나 소설이 없으면 반응이 나쁜데," 이는 도쿄의 잡지계를 보면 잘 알 수 있는 일이라면서도 자신들은 반응

---

56) 하이쿠란에서도 중요한 변화들이 보인다. 가령 1916년부터 「朝鮮及滿洲俳壇」이라는 하이쿠 고정란이 설치된 것이 대표적인 예 중 하나라고 할 수 있다. 그것은 당시 『朝鮮公論』, 『滿韓之實業』 등과 같은 잡지수의 증가로 인해 어쩔 수 없이 경쟁의 체제에 편입되면서 상호 문예면의 구성에 영향을 주고 받은 결과였다. 특히 1913년에 창간된 『조선공론』이 몇 차례의 시행착오를 거치면서 문예면 체계를 갖춰가는 동안 '朝鮮俳句獎勵會俳句大募集'이라는 타이틀로 현상 공모하는 방식을 택한 적이 있는데, 이는 하이쿠를 매개로 독자층의 확대를 꾀하려던 기획이었다. 또한 이는 17자 내외의 하이쿠를 지면에 할애함으로써 그 창작자를 새롭게 구독자로 확보할 수 있다는 경제성 때문에 가능한 기획이었다. 『조선공론』에서는 1915년 이후 '공론문예'면을 위한 편집국을 따로 설치하는 등 적극적이었는데, 「公論俳壇」이 바로 그 결과물이었다. 그러한 상황에 대응하는 차원에서 『朝鮮及滿洲』에서는 「朝鮮及滿洲俳壇」이라는 독립된 항목을 두었던 것으로 판단되며, 또한 이는 하이쿠에 지면을 확대하여 할애하는 것뿐만 아니라 조선과 만주의 독자적인 하이쿠 문단의 존재와 대표성을 강조하려고 의도했던 것으로 판단된다. 이와 같은 조선 내 일본어 잡지의 경쟁 관계와 문예면의 변화에 관해서는 차후 연구 과제로 넘긴다.

57) 旭邦生, 「百號の後ちに」, 『朝鮮及滿洲』 100호, 1915. 11, 247쪽.

58) 위의 글, 247쪽.

이 나쁘더라도 "주의 주장이나 학예, 그리고 조사의 강경한 입장에서 수행하려 하기 때문에 한층 경영난에 직면"할 수밖에 없었다고 주장한다.[59] 하지만 1917년 이후 이처럼 검열과 경영난, 그리고 조선이라는 장소에서의 일본어(잡지) 현황이라는 다기한 상황적 관계 속에서 필명 일야산인(日野山人)[60] 등과 같은 작가에 의한 현장 르포나 여성을 소재로 한 "음매 기사"와 같은 흥미 위주의 산문을 잡지 후미에 싣는 빈도수가 크게 늘어나기 시작했다. 그런 가운데 소설 게재의 빈도수가 늘어났고, 급기야 소설란을 문예면에서 독립시켜 잡지 후미에 고정란으로 편집하기 시작한 것으로 보인다.

그와 같은 100호 이후의 전개 양상 속에서 『조선급만주』에 소설을 발표한 작가들은 크게 세 유형으로 나눌 수 있는데, 여기서는 그 유형을 살피고 그러한 구성이 의미하는 바가 무엇인지를 살피고자 한다.

하나는 조선에 대한 경험이 전혀 없는 작가들이다. 그들은 대개 조선과는 무관한 작품을 발표했다. 한때 "도쿄 문단의 명가"[61]로 불렸던 작가들이 있었지만 그들도 대개는 신진 작가였다. 그러나 100호 특집호의 오쿠라 모모로와 고바야시 슈게쓰를 비롯해 그 이후에는 기쿠치 간(菊池寬)이 「선생의 소식(先生の消息)」을 싣고 있다. 그리고 150호 특집호에는 나가이 가후(永井荷風)에게 사숙을 받은 구니에다 간지(邦枝完二)의 「비겁자(臆病者)」와 작사가로 알려진 마쓰미 사유(松美佐雄)의

---

59) 위의 글, 247쪽.

60) 필명 日野山人이라는 작가는 「呪はれたる一家」(130호)나 「泥水から泥水へ」(132호)와 같은 르포를 쓴 작가이다.

61) 「本誌の値上げ」, 『朝鮮』 10호, 1908. 12, 97쪽.

「필까 피지 않을까(咲くか咲かぬか)」를 싣고 있다.[62] 그 다음으로는 조선과 특별한 인연이 없는 내지의 작가임에도 불구하고 조선 관련의 작품을 발표한 작가들을 들 수 있다. 하세가와 사쓰키와 고바야시 슈게쓰 등과 같은 작가의 경우가 그 예에 속한다. 하세가와는 「요시다 씨(吉田さん)」(36호)에서 "해외발전주의" 운운하며 식민지에 여자를 송출하는 사업에 뛰어든 등장인물의 삶을 그리고 있다. 반면, 고바야시의 「조선에서 온 여자」(100호)나 마쓰미의 「필까 피지 않을까」는 일본을 배경으로 한 작품임에도 불구하고 발표 지면이 조선이라는 사정을 염두에 두고 쓴 작품 중 하나이다. 고바야시의 소설은 내지에 거주하는 화자를 통해 두 번의 결혼을 모두 사별로 끝맺는 기구한 운명의 여인을 그린 소설이다. 주인공은 결혼 후 조선에 건너가지만 두 번씩이나 그곳에서 남편을 잃고 홀로 돌아온 인물이다. 이 두 작품은 조선이라는 발행지를 고려하여 쓴 소설이라는 점에서나, 도쿄의 작가에게도 조선이라는 장소가 이제는 작가 개인의 경험 유무와 상관없이 소재로 채택되었다는 점에서 의미를 갖는다고 할 수 있다.

그리고 마지막으로 주목할 만한 사실 중 하나는 조선에서의 개인적 경험과 그 경험을 통해 체득한 정서에 바탕을 두고 서사화하는 작

---

62) 과연 이들이 어떠한 인간관계와 경로를 통해 기고하였는지는 좀더 면밀한 검토가 필요할 것이다. 즉, 적어도 도쿄 문단의 지형도 안에서 그들의 위치나 계보를 정리할 필요가 있다. 하지만 앞서 인용한 難波의 회고에서 알 수 있듯이, 일단 짐작할 수 있는 것은 내지 문단의 현재적 상황과는 별개로 편집진의 인맥이나 친분에 의해 작품을 끌어온 경우가 많았던 것으로 여겨진다. 150호 특집호에 실린 두 작품 중 「咲くか咲かぬか」는 내지를 배경으로 '金'이라는 귀족 출신의 조선인과 智果子라는 일본 여인 사이의 연정을 다룬 작품이다. 그 결말이 나지 않았지만 내선 결혼의 뉘앙스를 풍기는 작품이기도 하다. 그런 점에서는 小林蹴月의 「朝鮮から来た女」와 비슷한 배경에서 쓰여진 작품이라고 할 수 있다.

가들의 등장이다. 그들은 대개 1917년 이후에 주로 발표하기 시작한 작가들인데,[63] 그들 외에도 만주에 거주하는 장성생(長城生)이나 범불(凡佛)과 같은 필명의 작가도 보인다. 이는 창간 초기에 우스다 잔운이 「몰락」(2호)을 발표한 이래 거의 10년 만에 생겨난 흐름이었다. 하지만 대개가 연애담이거나 여자를 소재로 한 서사 혹은 지극히 사변적인 서사에 그쳤는데, 그것은 오카시마 아쓰시(岡島睦)의 「방랑자의 마음(放浪者の心)」(120호), 아키야마 에세(秋山永世)의 「조선에서 자란 소년의 고백(朝鮮で育った少年の告白)」(127호), 민번의 남자(悶煩の男)라는 필명의 작가가 쓴 「부상 4개월(負傷の四ヶ月)」(131호)과 같은 작품에서 드러나듯 대개가 방랑과 우울, 쓸쓸함과 상처 등으로 대표되는 조선 생활의 정서를 일반화하는 경향을 보이기도 한다. 조선 내 자생적 그룹이라고 할 만한 이들의 등장은 1910년대 말의 두드러진 특징 중 하나이긴 하지만, 난바처럼 6년간의 조선 생활 동안 다양한 문필 활동을 전개했던 인물이 도쿄로 돌아가 소설을 발표한 예를 제외하고는 모두 단기간의 활동에 그쳤던 인물들이라는 점을 염두에 둔다면, '문단'이라는 관점에서 이들을 모두 아울러서 설명하는 것은 무리일 듯싶다. 그 중 이와나미 구시지(岩波櫛二)는 1917, 8년 사이에만 다섯 편의 작품을 발표했는데, 그 뒤로는 작품이 보이지 않는다. 이렇게 일정 시기에 작품을 쓰다가 도쿄로 돌아가거나 하는 이유로 작품을 쓰지 않는 경우가 많았는데, 이는 식민지 문단의 불안정성의 원인이 되기도 했다. 반면,

---

63) 거기에 속하는 작가들은 松枝雪子, 岩波櫛二, 岡島睦, 山崎阿水良, 須賀野, 難波英夫 등이 있다.

난바처럼 "조선에서는 어떤 공상도 만족시켜 주지"[64] 못했다며 도쿄로 돌아간 후에도 소설 등의 작품을 발표하는 것은 물론 「문단소식」을 연재하는 등의 활동을 계속 이어갔던 작가조차 왜 본국 문단에서는 활동을 하지 못했을까 하는 점도 식민지 문단의 변방성 외에는 달리 설명할 도리가 없다.

아무튼 이상과 같은 세 가지 유형으로 나눌 경우 내지 작가와 재조 일본인 작가 사이에는 변별되는 점이 있긴 하지만, 그들 모두는 1910년대 『조선급만주』 소설란이나 식민 문단의 형성에 있어 중요한 역할을 했던 존재였다. 특히 간과할 수 없는 것은 두 번째 언급한 작가들의 존재 의미일 것이다. 이는 도쿄 문단이 단순히 식민 문단에 일방적으로 영향을 끼쳤다는 의미만이 아니라, 그들의 작품을 통해 도쿄 문단에서도 조선을 소재로 한 작품이 출현하기 시작했음을 의미하기 때문이다.

6. '변방' 문단과 식민 서사의 가능성

사실 『조선』은 1912년에 『조선급만주』로 개명한 후 그 성격도 변화한다. 그 중 가장 큰 변화는 지면에서 다루는 대상이 조선에서 '만선(滿

---

64) 難波英夫, 「京城から東京へ」, 『朝鮮及滿洲』 128호, 1918. 2, 67쪽. 難波의 경우는 이 글 외에도 몇 편의 회고글을 『朝鮮及滿洲』에 게재했다. 그가 일본으로 돌아간 후의 흔적은 『一社會運動家の回想』(白石書店, 1974)이라는 책을 통해 알 수 있는데, 西光万吉 등에게서 사상적 영향을 받은 그는 1924년 이후 사회운동가로 변신한다. 하지만 이 책에는 조선에서의 활동에 대한 회고가 누락되어 있다. 단지 편집자 주를 통해 "메이지 45년(1912년 – 인용자)에 경성에 가서" 모잡지 편집장이 되었다고만 적고 있다(위의 책, 23쪽).

鮮)' 즉 조선과 만주로 확대되었다는 점일 것이다. 물론 그 이전에도 만주를 대상으로 다룬 기사가 없지는 않았지만, 그때부터 만주를 다루는 기사가 급격하게 증가한다. 또한 개명 직후 일시적이지만 15일 호를 따로 발행하여 월 2회 발행하기도 한다. 1일 호는 종래의 "경적(硬的) 기사"의 특색을 유지하고 별도로 15일 호에서는 "연적(軟的) 기사"를 주로 싣겠다고 했는데, 그럼으로써 지면이 크게 확대되었다.[65] 특히 15일 호는 1일 호에 비해 가벼운 글, 즉 주로 에세이 형식의 글이나 선정적인 사회 고발 기사로 구성되었는데, 그것은 1일 호의 문예면 체제에도 적지 않은 영향을 끼칠 수밖에 없었다. 우선, 15일 호 발행 이후 일시적으로 문예면이 불안정하게 구성된다는 사실을 지적할 수 있을 것이다. 그리고 도쿄 문단의 작가의 참여가 확대되기 시작한 사실을 들 수 있는데, 이는 재경일본인의 커뮤니티 안에서 자생적인 작가의 등장이라는 『조선』당시의 기대에 반하는 결과였다. 그런 양상은 앞서 살핀 바와 같이 특히 소설에서 두드러졌다.[66] 1913년 이후 이 잡지가 보여준 모색과 변화는 "일반 시민(町人)이나 백성 모두 어려워서 읽지 못

---

65) 「本誌は月二回発行とせり」, 『朝鮮及滿洲』 52호, 1912. 6, 8쪽.

66) 1913년부터는 문예면이 따로 편집되지 않아 그 체제가 어느 정도 유동적이고 불안정하게 구성되었다. 66호(1913. 1)에는 '歌', '漢詩', '俳句', '喜劇'의 순으로 배열하였지만 이전과 달리 문예면을 따로 두지 않았다. 이후 일정 기간 문예면이 따로 없이 와카 – 한시 – 하이쿠의 순서가 유동적이기는 했지만 어느 정도 패턴을 형성하며 그것을 앞뒤로 에세이류의 산문들을 배치하는 방식으로 편집되었다. 그러한 편집 방식은 1912년 12월에 15일 호가 정간된 뒤 1913년부터 다시 월간으로 전환될 때 나타난 15일 호 발간의 영향이라고 할 수 있다. 그 에세이류의 산문들이 눈에 띄게 늘어나면서 일찍부터 부각되었던 조선 거주의 시인들과 더불어 山地白雨, 松尾目池, 岩佐蘆人, 速水光風, 荻野枯蘆 등과 같은 에세이스트의 활동이 두드러지기 시작했다. 그것은 어쩌면 그보다 앞선 시기에 소설을 중심으로 도쿄 문단에 기댈 수밖에 없었던 경향에서 벗어나기 위한 움직임으로 생각할 수 있겠다.

하고" 자신들과 무관하다고 여기는 상황에서,[67] 15일호를 발행했으나 그것이 실패로 끝난 후 특히 문예면의 재편을 요구받았던 것으로 여겨진다.

그러한 상황을 고려할 때, 도쿄문단의 중견 평론가에 의해 '신영토'의 문학에 대한 논의 중 하나로 1913년에 발표된 이쿠타 조코(生田長江) 글 「문예와 신영토(文藝と新領土)」는 그 의미가 더욱 크다고 할 수 있다. 그는 도쿄제대 철학과를 졸업한 후 「이른바 자연주의란 무엇인가(謂ふところの自然主義とは何ぞや)」(『読売新聞』, 1907. 9)나 「자연주의론(自然主義論)」(『趣味』, 1908. 3) 등을 발표하며 당시 최절정에 있던 일본 자연주의 문학의 이론가로서 문단 활동을 했던 인물이다. 1914년경부터 그는 오스키 사카에(大杉栄)나 사카이 도시히코(堺利彦) 등과 친교를 맺으면서 문단비평보다 사회문제에 깊은 관심을 기울이기 시작했는데, 그때 발표한 이 글은 "근래 우리 문단의 경향은 주로 심리적 흥미에 대한 것만 많다. 한편 사회적 흥미에 대한 것은 거의 잊혀지고 있는 상태다."라는 문장으로 시작한다.[68] 그것은 다름 아닌 당대 일본 문단의 자연주의에 대한 비판이다. 특히 '신영토'의 『조선급만주』라는 발표 지면을 염두에 두고, "금후는 널리 각 지방을 무대로 한 작품이 왕성히 나타나기를 희망"하며, "특히 대만(臺灣)이라든가 가타이(樺太, 지금의 사할린 – 인용자)라든가 또는 조선과 같은 신영토에서 소재를 취할 수 있도록 한다면 매우 재미있는 것이 나올 것"이라는 기대를 표시한

---

67) 「本誌は月二回発行とせり」, 『朝鮮及満洲』 52호, 1912. 6, 8쪽.
68) 生田長江, 「文藝と新領土」, 『朝鮮及満洲』 70호, 1913. 5, 12쪽.

다.[69] "가능하면 작가가 1년 혹은 2년간 그 토지에 체재할 수 있도록 하는 방법을 강구하면 좋을 것"이라면서, 덧붙여 "사회적 흥미 중심의 작품과 신영토를 무대로 한 작품을 금후의 작가에게 부탁하며, 그 출현을 간절히 희망하는 바"라고 글을 마무리한다.[70] 그의 바람이 곧바로 『조선급만주』에서 실현된 것은 물론 아니었다. 굳이 말하자면, 이쿠타의 발언은 오히려 조선 내 일본어 문학의 부재에 대한 아쉬움에 무게를 두고 있는 것이었다. 하지만, 이미 앞서 살핀 바와 같이 문예면은 물론 1917년 이후 그로부터 독립한 소설란을 통해 '변방' 문단의 가능성과 그 특성을 보여주었던 것처럼 그의 바람은 일정 부분 조선 내에서 가시화되기 시작했다고 할 수 있다. 이런 점에서 창간 당시 『조선』과의 확연한 차이를 확인할 수 있다.

도쿄 문단에서도 조선을 소재로 한 소설이 등장하기 시작했지만, 초기에는 미미한 수준에 불과했다. 하지만 1920년대 초반 이후 조선 혹은 조선인을 소재로 한 작품이 출현하는 시기와 관련하여 생각할 때 그 의미는 크다고 하겠다. 1920년대의 경향은 삼일만세운동이나 관동대지진과 조선인 학살이라는 시대적 배경이 있긴 하지만 도쿄 문단이 조선에서 건너온 이들, 즉 조선인과 재조일본인에 대해 관심을 갖기 시작한 시기라는 점에서 이후 '외지(外地)문학'의 탄생에 중요한 계기를 제공했음은 의심할 여지가 없다. 특히 조선을 경험한 초기 사회주의 작가 중 한 명인 나카니시 이노스케(中西伊之助)와 같은 작가가 조

---

69) 위의 글, 13쪽.
70) 위의 글, 13쪽.

선과 조선인을 그리거나 그의 작품에 대해 조선인 문단이 즉각적으로 반응하여 이를 번역하는 상황도 그러한 맥락에서 이뤄진 것이라 할 수 있겠다. 나카니시의 장편 『적토에 움트는 것(赫土に芽ぐむもの)』(1922)은 주인공 마키시마(槇島)가 이질적인 공간(=조선)으로 향하는 장면으로부터 시작한다. 그것은 단지 공간의 이질성뿐만 아니라, 그 공간에 대한 자신의 이방인성을 확인하는 절차이기도 하다. 또한 「불령선인(不逞鮮人)」(1922)이나 조선인이 주로 등장하는 『너희들 배후에서(汝等の背後より)』(1923)에서도 조선인과 일본인 사이의 대화는 주로 '통역'을 통해서 이뤄진다. 이러한 조선인과 일본인 사이의 직접적인 의사소통의 곤란은 그 자체로 둘 관계의 이질성을 상징한다. 반면, 1910년대 후반의 『조선급만주』에 수록된 소설에서는 조선인의 부재라는 특징을 공통적으로 갖고 있는데, 이는 당시만 하더라도 일본인 작가들이 조선인을 작품화하기 위한 구체적인 경험이 부재했기 때문일 것이다. 나카니시의 예처럼 그러한 변화가 도쿄 문단으로 환원되는 과정에서 어떤 동력을 만들어내었는지에 대해서 향후 살펴볼 필요가 있다고 하겠다.

제2장

'외지문학'[1]의 '조선어'

1. 들어가며

'한일병합' 이후 조선어는 국가어, 즉 국어로서의 지위를 상실했다. 그 자리를 대신한 것은 물론 일본어였다. 조선어가 국어로부터 배제되어가는 언어였다는 사실은 이 글을 쓰는 데 중요한 전제가 되어야 할 것이다. 사실 그 이전부터 일본어는 조선으로 건너와 지(知)의 주체=일본(어)과 지(知)의 대상=조선(어)을 분명하게 이분법화해서 조선의 사정(事情)을 재현하는(represent) 역할을 했다. 그러면서 일본어는 우월한 정치·문화 등의 힘을 배경으로 '권위'와 '권력'을 획득해갔다. 한편, 조선어 지식계는 오히려 일본으로부터 직수입된 지식을 자기 표상

---

1) 이 제목 중의 '외지문학'이란 전전(戰前) 일본에서 이른바 '내지'=본토 이외의 통치 구역을 지칭하는 '외지'라는 장소에서 창작된 문학 및, '외지'의 사람과 풍물 등을 소재로 한 작품을 통칭하지만, 이 글에서는 후자의 의미로 사용했음을 일러둔다.

의 한 방식으로 전유(appropriation)하는 태도가 강했지만, 식민지배의 현지 대리인인 재조일본인 지식사회에 대해서는 일정 정도 경합의 대상으로 생각하는 측면이 있었다. 그로 인해 조선에서 두 언어 사이에는 '경합적인 병존 관계'가 형성되기도 했다.[2]

그런데 1910년대에 다케우치 로쿠노스케(竹內錄之助) 등과 같은 일본인들은 왜 『신문계(新聞界)』(1915년 창간)나 『반도시론(半島時論)』(1917년 창간)과 같은 조선어 잡지를 발행했을까. 이는 1910년대 중반에 들어서면서 점차 경합과 공존이라는 이중적 상황이 심화되었으며, 또 일본인 사회에서 조선어가 '조선'에 관한 지식의 생산과 전파, 재생산과 재배치를 중심으로 한 계몽 담론에 충분한 언어로서 인식되었음을 의미하는 것이다.[3]

일례로, 1919년 삼일운동 이후 정무총감으로 부임한 미즈노 렌타로(水野鍊太郎)가 조선어를 배워 대정친목회에서 조선어로 연설하는 풍경이 연출되기도 했다. 미즈노는 당시 조선의 정치를 조선인과 의사가 통하지 않았기에 "장님, 벙어리, 귀머거리" 정치였다고 회고한다.[4] '내선융화'의 언어로서의 조선어를 운운하는 이런 움직임은 사실 통치언어로서 조선어가 부각되었음을 의미하는 것이었다.[5] 또한 이 시

---

2) 이 책의 제1장 참조.
3) 『신문계』의 잡지 성격에 대해서는 한기형의 「문단통치기 문화정책의 성격—잡지 『신문계』를 통한 사례분석」(『한국근대소설사의 시각』, 소명출판, 1999) 참조.
4) 「水野 前政務總監의 「朝鮮語」에 對한 述懷」, 『삼천리』, 1939. 7, 111쪽.
5) 「朝鮮總督府道警部及道警部補特別任用に関する考試規程」(大正9년 12월 27일. 朝鮮總督府令第196号)에 따르면 '学術試験과 実務考査'에서 각각 "内地人に在りては朝鮮語朝鮮人に在りては国語"가 시험과목으로 지정되었다. 이렇듯 식민과 피식민 사이에서 조선어가 '경찰'의 수단이 되었던 것이다.

기는 잘 알다시피 동아와 조선 두 신문의 창간을 비롯해 다양한 조선어 매체가 급증했던 시기이기도 했다. 이른바 문화통치는 조선어를 통한 조선인의 자기 표상, 즉 저항을 어떻게 식민지배 체제 안으로 내재화할 것인가가 관건이었다. 1905년에 조선에 건너온 다카하시 도오루(高橋亨)가 "비밀리에 일본어를 조선어로 번역함에 있어 절대(絶大)의 고심을 기울여, 결국 오늘과 같은 조선어가 몇 년 전과는 전혀 모습이 달라져 극히 새로운 언표 방식을 취하게 되었고, 그 어떤 일본어라도 번역하는 데 거의 지장이 없게 되었다"고 한 것은 1923년의 일이다.[6] 다카하시는 이미 조선어가 일본어 못지않게 근대학술이나 정보의 언어로서 면모를 갖췄다고 판단했던 것이다. 이상의 점들을 생각할 때, 1920년대의 식민지배자들은 그 어느 때보다 훨씬 이중언어적인(bilingual) 상황에 직면하여 민감하게 반응할 수밖에 없었다는 사실을 짐작할 수 있다.

그렇다면 당시 일상의 차원에서 조선어는 일본인에게 어떤 것이었을까. 특히 현지와 분리된 채 '조선 속의 일본'에서 생활을 하던 일본인들에게 조선어는 무엇이었을까. 조선에 거주한 일본인은 조선인을 스테레오타입적으로 혹은 후경화된 존재로 경험했을 가능성이 높다. "조선인은 일종의 풍경의 일부 같았다"[7]라고 어느 식민 2세가 회고한 것처럼, 그런 그들에게 조선어도 식민지배의 공적 담론에서와는 사뭇 다

른 그 무엇이었을 것이다. 그러한 정황은 바로 당시 일본문학에서 조선어 환경 혹은 조선어 사용자들이 등장하지 않는 가장 큰 이유 중 하나인 것이다. 식민지 말기인 1940년대조차 재조일본인 작가들은 조선에 관해 "쓸 수 없음"을 고백할 정도였다.[8] 그것은 조선인 작가들이 '국어'로 창작을 하는 데 있어 '쓸 수 있는 것'과 '쓸 수 없는 것'에 대해 고민해야 했던 것과 같은 구속이었다.[9]

이 글에서는 주로 1920년대의 조선을 배경으로 한 작품을 남긴 두 작가를 통해 당시 일본문학에서 조선어 사용자들이 어떻게 표상(representation)되었고, 또 그 작품들 안에서는 '복수의 모어 화자가 동시에 등장하는 상황'[10]이 어떻게 일본어로 연출되었는지를 살펴보고자 한다.

2. '불안'의 조선어

나카니시 이노스케(中西伊之助)는 1912년에서 1913년에 걸쳐 『평양

---

8) 좌담회, 「國民文學の一年を語る」, 『國民文學』, 1942. 11, 93쪽. 이 좌담회에서 牧洋 즉 이석훈이 "田中 씨는 조선의 생활이 익숙하지 않기 때문에 조선에 대해 쓸 수 없는 것이지요, 가령 펄 벅은 지나인 이상으로 지나에 대해 쓰고 있어요. 지나인과 같이 쓸 수 없는 부분도 있었지만요."라고 발언하자, 田中英光는 "쓸 수 있어요. 쓸 수 있지만 조선에 오래 살지 않은 사람이 아니면 쓸 수 없는 부분도 있어요."라고 답변한다.
9) 박광현, 「조선문인협회와 '내지인 반도작가'」, 『현대소설연구』, 한국현대소설학회, 2010. 4, 106-107쪽 참조.
10) 渡辺直紀는 나카니시 이노스케(中西伊之助) 소설의 그러한 상황에서는 '화법상의 특징'이 존재한다고 보았다. 그리고 '화법상의 특징'을 주로 사용언어나 표기 문체에 의해서 등장인물이 어떻게 전경화/후경화되는지 하는 점에 주목하여 논하였다(渡辺直紀, 「中西伊之助の朝鮮の小説について」, 『日本學』 22집, 동국대 일본학연구소, 2003. 12).

일일신문』의 기자로 재직할 당시, 조선광업계에 적극적으로 진출한 후지타구미(藤田組)의 탄광에서 벌어지는 노동자 학대를 폭로하여 조선에서 감옥에 갇힌 바 있다. 또한 삼일운동 이후『동아일보』의 초대 주간이었던 장덕수 등과 마르크스주의 연구회를 결성하며 이른 시기에 조선문단, 특히 카프작가들과 관계를 맺기도 했던 작가이다.[11] 그런 경험들을 바탕으로『적토에 움트는 것(赭土に芽ぐむもの)』(1922),「불령선인(不逞鮮人)」(1922),『너희들 배후에서(汝等の背後より)』(1923),『나라와 인민(国と人民)』(1926) 등을 남겼는데, 그 중 아주 드물게 조선인만이 등장하는 소설인『너희들 배후에서』의 경우는 1926년에 이익상의 번역으로 건설사에서 번역·간행되었다. 그는 일본 작가 중 누구보다 먼저 조선을 제재로 작품을 쓴 작가 중 한 명이기도 하다.

이 장에서는 주로「불령선인」[12]을 통해 작품 안에서 조선어가 어떻게 표상되는지를 살펴보고자 한다. 이 소설은 '불온'한 조선인 사회 속으로 들어가는 일본인의 심리적 동요를 그린 흥미로운 작품이다. '세계주의자'로 설정되어 있는 주인공 우스이 에사쿠(碓井栄策)는 경성에서 조선인 동지 홍희계(洪熙桂)의 소개로 조선 서북부에 있는 '불령선인 소굴'에서 칩거하는 '두목'을 만나러 간다. S역에서 하차하며 시작되는 이 여정의 기록은 S역에서부터 45리(里)나 더 들어가는 'E면 K동'의 소굴에서 '두목'=주인을 만나 하룻밤을 보내고 끝난다. 그 지방 출

---

11) 高柳俊男,「中西伊之助と朝鮮」,『季刊三千里』, 三千里社, 1982년 봄호, 221쪽. 특히 高柳의 논문은 본문에서 언급한 네 작품 외의 에세이 등을 텍스트로 다루고 있어 中西의 조선관을 이해하는 데 많은 도움이 된다.

12) 이 소설은 잡지『改造』(1922. 9)에 실린 작품으로 여기서의 인용은 黒川創 편,『〈外地〉日本語文學選 朝鮮』(新宿書房, 1996)에 의거한다.

신의 조선인 통역 한 명을 데리고 떠나는 그 하루의 여정에서 그는 '배일선인단(排日鮮人團)', '불령선인', '불의(不意)의 폭도', '불온한 정보', '전율' 등의 낱말을 연상하며 "신경과민의 불안"에 사로잡힌 외로운 탐험자가 된다. 그것은 조선인 통역마저 심지어 '위험'하다는 이유로 거절하는 장소로의 여행이기도 했다. 시간적으로는 삼일운동이 발발한 3년 뒤의 어수선한 시점이었다. 이 시점이 소설에서 중요한 이유는 에사쿠 자신이 처한 '불안'의 상황이 만약 삼일운동 발발 이전이었다면 겪지 않아도 되었을 일이라고 누차 생각하고 있기 때문이다. 결국 그 '불안'의 상황은 강압적인 식민의 통치력이 제대로 작동하지 않는 데서 기인한 것이라고 할 수 있다.

소설에서 여정은 크게 세 국면으로 나눠져 있다. 첫 번째는 S역에 도착하기 전까지 탐험자의 '불안'이 연속되는 이동의 국면이고, 두 번째는 'E면 K동'에 도착해 그 집주인과 대면하는 국면이며, 세 번째는 그 집에서 하룻밤을 지내는 동안 '불안'에 잠 못 이루는 국면이다.

우선 첫 국면에 등장하는 통역의 존재는 흥미롭다. 이 통역은 식민자와 피식민자 사이에 직접 소통이 불가능함을 전제로 그 둘간의 의사교환을 매개하는 역할을 한다. 그런데 만약 식민자와 피식민자 사이에 극도의 긴장감이 고조된 상황일 때, 통역이 피식민자라면 과연 그는 어느 편에 섰을까. 식민자의 본의와는 다른 메시지가 통역의 왜곡에 의해 피식민자에게 전달될지도 모르는 상황은 항상 가능성으로 존재한다. 더구나 피식민자 집단에 '포위'되었을 때 식민자가 자신을 둘러싼 다수의 피식민자의 목소리를 통역을 통해 온전히 알아듣기란 곤란하다. 따라서 그런 조선어에 의해 '포위'되는 순간에 식민자라는 자기 확인은 그 자체로 긴장감과 '불안'을 초래할 수밖에 없다.

그런 점을 염두에 두고 이 소설의 첫 번째 국면을 읽어보자. 이런 곳에 기차역이 필요할까 싶을 정도의 외딴 S역에 내린 에사쿠는 굳이 "자신이 일본인이라는" 사실을 알리기 위해 "명석한 일본어로" 역장에게 말을 건넨다. 그러면서 그것이 일본인과 말을 섞는 마지막이 될지도 모른다는 센티멘탈에 젖는다. 하지만 통역은 에사쿠에게 서두르라고 재촉할 뿐 전혀 무관심하다. "선인복(鮮人服)"을 입은 통역과 일본인 역장 사이에는 일종의 긴장감마저 도는 듯한 느낌이다. 에사쿠는 역장을 향해 "이 사람이 이 주변의 지리를 대단히 잘 알고 있으니 괜찮습니다."(31쪽)라는 말을 하지만, 이는 애써 통역에 대해서 신뢰하고 있음을 전달하기 위한 것이었다. 이와 같이 통역과의 미묘한 갈등 속에서 에사쿠에게 일본인이라는 자기 확인은 오히려 '불안'으로 나타난다.

이제 S역을 떠나는 에사쿠에게는 그 시간 이후 조선어만이 존재하는, 즉 통역을 통하지 않고는 세계를 이해할 수 없는 '위험지대'로의 탐험에 대한 '불안'이 더욱 강하게 엄습해온다. '세비로(背広)' 입은 자신의 모습을 바라보는 조선인 행인의 '생생한 시선'에 위축되거나, (3년 전 – 삼일운동 때) 자신들의 동포를 죽인 일본인과 단 둘만이 있는 때 "이 조선인(鮮人) 통역은 어떤 감개를 품고" 있을까 하는 '불안'을 느끼며 목적지로 향한다. 일본인 역장과 나눈 마지막 대화 이후 에사쿠에게 일본어는 오로지 통역이라는 매개 없이는 무의미한 말에 불과하다.

에사쿠와 통역은 강을 건너야 하는 상황에 처한다. 그런데 사공(船頭)이 보이지 않는다. 마치 그 강에는 "마성(魔性)을 지닌 무엇인가"가 살고 있는 듯한 '오싹한 느낌(凄み)'마저 든다. 통역이 버드나무 그늘에

서 낮잠을 자는 사공을 찾아내곤 조바심 나는 투로 그에게 조선어로 '무언가'를 말한다. 하품을 하며 일어선 사공이 에사쿠를 보더니 다시 주저앉는다. 다시 그 둘은 조선어로 '무언가' 얘기를 나눈다. 에사쿠에 게 그 장면은 불가해(不可解)한 세계였고, 공백(blank)이었다. 조선어를 전혀 모르는 식민자는 통역이 존재함에도 불구하고 "이 조선인 통역은 어떤 감개를 품고" 있을까 하는 의구심을 품는다. 그와 동행한 통역은 과연 얼마나 신뢰할 수 있는 존재일까.

> 폭력 없이는 미동도 하지 않을 것 같은 사공의 거만한 태도를 에사쿠가 응시하고 있자, 그의 강한 반감이 이상하게도 어느 새 일종의 통쾌감으로 바뀌었다. 그것은 그 사공의 모습이 완전히 자신의 심상이 되어 나타나는 듯이 생각되었기 때문이다. 그는 지금까지 자신의 심정을 생각했다. 그리 고 그것이 웬 우몽(愚蒙)이었던가 하고 생각했다. 그 우몽—오랜 시간 동 안 우월감을 지닌 인간의 마음에 깃들어 있는 우몽이 대개의 인간을 학대 하는 수단으로 강구시키는 것이라고 그는 생각했다.(37-38쪽)

조선인 사공이 '내지인'이라서 배를 띄울 수 없다는 말을 통역으로 부터 전해 듣자, 그것이 에사쿠에게는 오히려 자기 성찰의 기회가 된 다. 그에게 사공은 "버드나무 그늘의 프로테스탄트"(38쪽)로 보인다. 에 사쿠의 자기 성찰은 언어적 소수자의 상황에 처한 자로서 더 이상 그 어떤 행동으로 옮길 수 없는 자신에 대한 자각일지 모른다. 사공의 입 장에서 보면 사보타주를 통해 '세계주의자'와 '문명인'을 희롱하고 또 그에게 저항하고 있는 것이다. 결국 에사쿠는 스스로를 조롱거리로 만든다. 벌거벗고 "마성을 지닌 무엇인가"가 살고 있을지 모를 그 강을 헤엄쳐 건너기로 한다. "4, 5년 전이라면 저 배를 빼앗고라도 건넜을 것"(39쪽)이라는 '우몽'만이 가슴 속에서 들끓는다. 에사쿠가 벗어놓은 옷을 든 통역만을 태운 배가 헤엄쳐 건너는 그의 옆을 구경하며 지난다. 강안(江岸)에 도착한 통역은 에사쿠에게 "사공이 돌아갈 때는 꼭 태워준다고 하네요"라고 사공의 말을 전한다. 그 말이 조롱조로밖에 들리지 않을 상황에서 그는 웃어버린다.

스스로 조롱거리가 되어버린 에사쿠, '불령선인 소굴'에 도착하자 점점 "현실에서 환상으로, 역사에서 역사 이전으로, 꿈을 더듬고 있는 듯 그는 그 곳의 처마 밑을 걷고 있다."(41쪽) 그때부터 그들＝조선인 한 사람, 한 사람의 시선에 대해서 "기이한 복장"(41쪽)의 에사쿠는 번쩍이는 칼날을 보는 듯한 '불안'과 '공포'에 휩싸인다. 아무 것도 알아들을 수 없는 조선어만의 공간에 갇힌 그는 '불쾌', '굴욕', '자기 환멸'을 느낀다. 그러한 감정들을 바깥으로 뱉지 못하고 혼자 품고 있어야 한다. 식민통치의 폭력이 미치지 않는 십승지(十勝地)와 같은 장소에서 혼자가 된 듯한 기분에, 신뢰할 수 없는 통역의 입만을 바라보고 있는 식민자의 모습. 그에게 조선어(의 세계)는 정신착란마저 일으킬 듯한 '불안'의 세계였던 것이다. 마치 그것은 눈에 '보이지 않는' 공포과 같았다.

에사쿠는 '불령선인'의 '두목'＝주인과 대화 주선을 위해 집 안으로 들어간 통역을 기다린다. 그 동안 새로운 의혹에 휩싸인다. "이 지방 출신인 통역과 그 주인은 과연 무슨 얘기를 나누고 있을까" 하고 자문한다. "친구 홍과 통역, 그리고 주인"이 품고 있는 민족의식의 근저, 그것은 그가 도저히 소통하거나 이해할 수 없는 세계인 것이다. 그는 거기에서 어떤 일이 꾸며지고 있지는 않을까 하는 의혹을 품는다.

나카니시는 이른 시기에 "복수의 모어 화자가 동시에 등장하는 상황"을 그린 일본소설 중 상당히 예외적인 측면을 지닌 작품을 쓰고 있다. 그런 상황은 대개 만주사변과 중일전쟁 이후 문명화나 내선일체의 관점에서 일본화의 성공적 인물의 전형 혹은 그 실패를 다룬 소설 부류에서 등장한다. 그것은 시점적으로 식민 2세 작가군의 등장 이후라고 볼 수도 있겠다. 가령 「간난이(カンナニ)」의 작가로 잘 알려진 유아사 가쓰에가 그 대표적인 예일 텐데, 그는 브라질의 일본계 개척 이민자들을 만나고 그들이 자기들(일본인)과 다른 브라질의 얼굴을 하고 있다는 것에 빗대어 자기들(재조일본인)도 '조선의 얼굴'을 해야 한다고 주장한다. 특히 '조선에서 자란 우리들은 (조선에 관해 누구보다) 잘 알고 있다'라고 주장한 유아사의 경우 조선 안의 일본인 사회, 즉 일본어 사회 속의 조선인을 그리는 데 그치고 있다. 즉 일본인 주인공을 이질의 공간 속으로 들여보내거나 장소로부터의 비동일화=이방인화하는 실험을 전혀 하고 있지 않다. 유아사의 소설은 일본어를 자유자재로 구사하는, 그럼으로써 서로간의 의사소통과 인식의 공유가 용이한 인물을 전형화한 작품들이 주류를 이루고 있다.

그에 비하면 역시 나카니시의 소설은 사뭇 다른 양상을 보인다. 「불령선인」과 같은 해에 발표된 『적토에 움트는 것』은 일본인 신문기자 마키시마(槇島)의 삶을 기조로 한 부분과 총독부의 토지매수사업에 조상 대대로 물려온 토지를 빼앗긴 조선인 김기호의 비참한 삶을 기조로 한 부분이 병행하여 서사화되는 소설이다. 그러다가 두 사람은 감옥에서 만난다.[13] 마키시마는 거기에서 사형을 목전에 둔 피정복자의 억울하고 처참한 삶에 대해 듣게 된다. 하지만 그 감옥에는 13, 4명이나 되는 수인 중에서 두 명의 일본인만이 수감되어 있다. 그 상황은 조선어가 지배하고(혹은 주로 사용되고) 있으며 마키시마에게는 이질적 공간이라고 해도 무방하다. 마키시마와 김기호의 대화는 조선어로 이뤄지는데, 그 때 조선어는 일본어로 번역되어(조선어 발음이 후리가나로 부기되어) 표기되어 있다. 그 조선어를 통해 조선인의 반항과 애상, 그리고 감개가 적나라하게 일본인에게 전달되고 있는 것이다.[14] 나카니시는 "그(마키시마-인용자)는 자신의 마음가짐을 상대(조선인-인용자)에게 알릴 수 없는 장벽—오히려 자신들에 존재하는 민족적인 반감—그들(조선인-인용자)에 대해서 권력을 지닌 민족으로서의 특종의 반감을 품고 있다고 여기는 상대에 대해서 진정한 자신들의 마음가짐을 알릴 수 없는 불만과 초조가 그에게는 있었다"[15]고 적고 있다. 이처럼 마키시마를 통해 자신이 조선어를 충분히 구사할 수 없다는 아쉬움까지 토로하고 있다. 이는 조선어의 숙지가 연대를 가능하게 할 것인데 하는 아쉬움이기도 하겠지만, 그보다 어쩌면 그들 조선인의 반감을 더 이상 폭로할 수 없는 아쉬움의 토로이기도 한 것이다.

그러면 다시 「불령선인」으로 돌아가보자. 소설의 두 번째 국면에서

---

13) 앞서 지적한 대로 이 장면은 그의 『평양일일신문』 기자 시절의 투옥 체험을 바탕으로 쓴 것으로 여겨진다.

14) 渡辺直紀의 앞의 글에서는 大杉栄(「勞動運動と労働文學」, 『新潮』, 1922. 10), 堺利彦(「赭土」の中西君」, 『改造』, 1922. 10), 江口渙(「中西君の作品を通読して」, 『読売新聞』, 1922. 12. 26–29) 등의 글을 통해 『적토에 움트는 것』이 발표되었을 당시의 평가를 분석하고 있다.

15) 中西伊之助, 『赭土に芽ぐむもの』, 改造社, 1922, 470쪽.

에사쿠가 주인을 만난다. 그리고 소설은 반전을 준비하고 있다. '불령선인'의 '두목'=주인의 첫 인사는 의외로 "여보 오늘밤은 편히 쉬시오(あなた、今晩はゆっくりなさい)……"(44쪽)라는 일본어였던 것이다. 그는 안도한다. 그다지 유창하지 않은 주인의 일본어이지만 통역이 필요하지 않은 상황, 그것은 불가해(不可解)한 조선어의 세계에 대한 불안과 공포로부터 에사쿠가 해방되는 순간이었다.

하지만 두 번째 장면에서 주인에게서 듣는 일본어는 삼일운동 때 비참히 살해된 그의 딸이 남긴, 피의 흔적이 생생한 옷에서 느끼는 것처럼 그를 더욱 어지럽힌다. 그 옷을 보는 순간, "요괴담 중에 나오는 여자가 뚫어지게 자신을 노려보는 듯한 착각"(56쪽)에 빠지면서 그는 자신도 "최후의 단죄"(56쪽)를 받는 듯 전율을 느낀다. 이미 에사쿠는 일본어조차 편안하지 않다. 주인은 지배자의 언어를 전유하여 생생하게 '민족'을 말한다. 그리고 에사쿠에게 주인이 이따금 말하는 조선어는 "무언가"라는 말로밖에 표현할 수 없는, 즉 이해할 수 없는 세계이다. 그가 알아듣는 말은 오로지 상대방이 맞장구치는 "그렇지, 정말이여"(62쪽)라는 말뿐이다. 아직 불안하다. 한편, 그에게 들려지는 일본어는 전율과 적개심이 담겨 있기에 더 끔찍하다. 주인이 첫 인사를 일본어로 함으로써 느꼈던 안도감은 잠시뿐이었던 것이다.

조선에 사는 일본인들이 고국을 흔히 '내지'라고 부르던 상황에서 (일본인화한) 조선인들도 그렇게 불렀는데, 주인은 반드시 '일본'이라 부른다. 에사쿠는 그 말을 들을 때면 또 왠지 모를 '불안'을 느끼게 된다. 주인이 '일본'이라 부르는 것은 일본(인)을 상대화하여 조선(인)의 차이를 표상하기 위함인 동시에 그 자체는 자신의 일본어와 일본인의 일본어=국어와의 차이화를 함의하고 있다. 즉, 주인과 에사쿠 사이의 소통 언어는 분명 지배자의 언어인 일본어였지만, 에사쿠는 그 소통 과정에서의 차이를 직감하고 있다. 그 차이가 자신의 감정과 사상으로 전유한 피식민자의 일본어로 적나라하게 드러나고 있는 것이다. "조선인이 일본어를 사용할 때 아직 발음이 익숙하지 않은 사람은 탁음을 청음으로 발음하거나, 또는 반탁음으로 발음한다. 그리고 흔히 모음을 생략하"(45쪽)는 것처럼, 그런 주인의 일그러진 일본어에 대해서 에사쿠가 '불안'을 느끼는 이유는 바로 소통 언어가 단일 언어이지만 지배자의 발화와 피지배자의 발화 사이에 사용 의미의 차이와 불통의 가능성이 존재하기 때문이다. 그것은 언어 자체의 문제보다 그 언어를 사용하는 인물의 감정과 사상의 문제에서 기인하는 것이다. 따라서 소통 언어가 비록 일본어라는 단일 언어인 이 장면에서도 '복수의 모어 화자가 동시에 등장하는 상황'이 지속되고 있는 것이다.

식민지 조선을 배경으로 한 일본어 소설의 '복수의 모어 화자가 동시에 등장하는 상황'은 흔히 두 언어를 중개하는 통역을 동반한다. 이 상황은 어쩌면 일본문학 중에서 국경(혹은 민족간의 경계)을 넘어서는 작품들의 특성, 즉 '내지'의 다른 작품과 변별하기 위한 작가의 전략적 선택일지 모른다. 하지만 작가의 그러한 전략적 선택도 단일 언어로 표현하는 문학의 한계로 말미암아 리얼리티의 상실을 초래할 수 있다. 이 소설에서도 그 상황 묘사는 단일언어의 소설이기 때문에 통역의 일본어만이 드러날 뿐 조선어는 흔히 '공백'으로 처리되고 있다. 그리고 통역의 일본어에도 항상 의도적인 누락과 첨가의 조선어(세계)가 존재할 가능성이 있다. 이 소설 속 조선어 사용자들은 후경화되어 그려져 있지만, 그 통역에 의해 재연된 일본어 진술과 조선어의 '공백'이 모두 식민자에게 '불안'을 초래하고, 또 그것이 보이지 않는 공포로 그려져 있는 이 소설의 특징을 잘 보여주고 있다. 그래서 통역되지 않은 언어와 통역의 의도된 왜곡이 항상 존재 가능하기 때문에, 에사쿠와 같은 식민자＝원텍스트의 발화자는 '불안'과 공포를 느낄 수밖에 없는 것이다. 따라서 강을 건너야 할 때 배를 태워주지 않았던 사공의 사보타주에 통역이 동조하는 것처럼 보인 것도 바로 에사쿠＝식민자에게는 통역의 의도된 왜곡이라는 공포의 하나일 수밖에 없던 것이다.

에사쿠를 '불안'으로 내모는 조선어, 일그러지는 일본어, 말 없음＝생생한 시선의 공포, 통역＝번역의 불가능성의 잉태, 이 모든 것은 바로 에사쿠가 주인과의 작별인사 후 품게 되는 "모두 자신들 민족이 짊어질 죄(すべては自分達民族の負うべき罪)"(73쪽)인 것이다. 따라서 이 소설에서 조선어와 일본어 사이에 존재하는 식민지의 언어적 권력 관계는 통역＝번역의 불가능성을 내포한 불완전한 것이며, 또한 그로 인한 전복의 가능성이 내재된 상상력이 작동할 수 있는 관계임을 보여주는 것이라고 할 수 있다.

3. 일본어의 가학과 침묵하는 조선어

식민지 조선에서 유년기를 보낸 나카지마 아쓰시는 그 체험을 바탕으로 한 세 편의 소설을 남긴다. 습작기의 「순사가 있는 풍경(巡査の居る風景)」을 비롯해 「호랑이 사냥(虎狩)」과 「풀(pool) 주변에서(プウルの傍で)」가 그것들이다. 「호랑이 사냥」이 한 잡지의 공모전에 출품한 첫

작품이듯이 소설가로서 나카지마의 출발은 조선 소재의 소설들에 '기원'을 두고 있다. 그는 경성에 사는 동안 줄곧 '내지인(內地人)' 거주지인 용산(효창동)에 살면서 용산소학교와 경성중학교를 다녔다. 그가 조선인을 만나는 것은 극히 드문 경험이었다. 하지만 그도 앞의 나카니시와 같이 위의 작품들을 통해 "복수의 모어 화자가 동시에 등장하는 상황"을 일본어로 자주 그렸던 작가 중 한 명이다.[16] 그렇다면 그의 작품에서 조선어는 어떻게 표상되었는지 또 그 상대어로서 일본어는 어떻게 의미화되었는지를 살펴보자.

우선 「풀 주변에서」(1932년으로 추정, 배경은 1923년으로 추정됨)[17]에서 그리고 있는 조선인 소녀가 있는데 그녀들은 '기집애(キチベエ)'나 '간난아(カンナナ)'라고 불렸다. 주인공 '산조(三造)'의 여동생이 갓난아이였을 때 그의 집에서는 여동생을 돌볼 11, 2살 정도의 조선인 소녀를 고용했는데, '산조'가 일상에서 만날 수 있는 조선인은 바로 그녀들이었다. 하지만 소설 속에서는 '산조'와 그 '기집애' 사이에 어떻게 의사소통이 이뤄졌는지를 그리고 있지 않다. '산조'는 그녀를 통해 몇 마디 단어에 불과한 조선어를 익혔고, 그녀에게 자신의 의사를 전달하기 위해 일본어에 그 단어들을 섞어서 사용했으리라는 것이 행간 읽기를 통해 짐작 가능할 뿐이다.

「풀 주변에서」에는 또 다른 조선인 소녀와 '산조'의 만남이 그려져 있다. 그는 '내지인' 거주지를 벗어나 조선인 거리에서 방황하는 일탈

---

16) 이상 언급한 작품 외에도 미완의 장편으로 끝난 『北方行』에서도 조선인이 등장한다.
17) 나카지마 소설의 인용은 『中島敦全集』 1, 2, 3(ちくま書店, 1993)에 따른다.

의 경험을 통해 소녀 매춘부를 만난다. 그곳 유곽의 좁은 방안, 즉 "3조(疊) 정도의 온돌"(290쪽)에 들어선 그에게 소녀는 "앉아(座れ), 라고 하는 듯한"(291쪽) 손짓을 하며 조선어로 "무언가"(291쪽)를 말한다. 조선식 가옥의 이질적 공간이자 단 둘만의 공간인 그 방 안에서 서로는 유일한 타자이지만 그 사이에 의사소통은 부자연스럽다. '산조'는 "앉아, 라고 하는 듯한" 손짓으로 의미는 파악했지만, "무언가" 말하는 조선어는 전혀 알아듣지 못한다. 다시 말해 '앉아' 이외의 조선어는 불가해(不可解)한 언어들인 것이다(아니, '앉아'라는 조선어조차 자의적 해석에 불과하다).

그런 불가해한 타자를 상상하거나 직관할 수 있는 것은 바로 나카지마가 세계를 상대적으로 바라보는 자질의 문제와 깊은 관련이 있다. 타자에 대한 그의 문학적 형상화는 자기와의 '차이'를 신체화하는 데서 출발하는데, 결국 그것은 자기 스스로를 상대화하는, 즉 자기 이방인화=이질화를 통해 가능한 것임을 알 수 있다. 나카지마는 그러한 체험을 「풀 주변에서」에서 매춘 소녀의 방에 들어갔을 때 그랬듯이 '모험'이라 정의하여 기억한다. 그런 '모험'은 「호랑이사냥」에서도 등장한다. 「호랑이사냥」은 '반도인' 조(趙)와 '내지인' 소년 '나'의 관계를 그린 소설이다. '나'는 조의 세계에 대한 관찰자로 등장한다. 그 둘 사이는 서로에 대한 동정으로부터 시작된 관계가 차곡차곡 쌓여감에 따라 내면적 유사성을 지닌 관계로 발전한다. 그 둘이 관계를 맺는 첫 장면은 식민지 조선의 소학교 '국어' 읽기 시간에서 벌어진 에피소드였다. 내지에서 경성으로 전학온 지 2, 3일 밖에 안 되는 '나'는 선생님의 지명에 따라 독본의 "고지마 다카노리(児島高徳)"[18] 부분을 읽는다. 하지만 급우 모두가 웃는다. 그 이유는 "다른 습관, 다른 규칙, 다른 발음, 다른 독본 읽기 방법"(1권, 92쪽) 때문이다. 아무리 고쳐 읽어도 오히려 웃음소리는 더 커진다. 식민지 조선의 일본인·일본어와 '나'의 그것과의 차이가 '나'를 웃음거리로 만든다. 나카지마는 여기서 식민지 경성의 교실 풍경을 통해 '내지'의 일본어가 웃음거리가 되는 상황을 연출하고 있다. 그때 '나'에게 다가온 것이 그 클래스의 유일한 '반도인' 조였던 것이다. 그렇게 해서 친해진 '나'와 조는 그의 아버지 일행과 함께 호랑이사냥을 떠난다. 그것은 조선이기 때문에 가능한 '정진정명(正眞正銘)'의 모험으로 기억된다. 이 장면에서 '나'는 그들 일행 사이에 오가는 대화 가운데 '호랑이'라는 단어만을 알아들을 수 있을 뿐인 전혀 불가해한 언어 공간 속으로 내몰린다. 이렇듯 나카지마의 작품들에서 등장인물은 조선어에 의해 '포위'되는 모험을 통해 자기를 확인하는 동시에 불가해한 타자를 체험한다. 그것이 바로 그의 소설 속 조선어의 역할인 것이다.

그렇다면 「풀 주변에서」에서의 조선어는 그 외 다른 역할이나 의미가 없을까. 그 점에 대해 논하기 위해서는 우선 이 소설에서의 조선어가 「불령선인」에서와는 달리 일본인의 조선어와 조선인의 조선어로 각각 상대화되어 존재한다는 점에 주목할 필요가 있다. 그 둘은 통역을 매개로 하고 있지 않으며 그래서 의미가 소통되다가도 서로 엇갈리는 지점에서 교차적으로 발화되곤 한다. 그런 의미에서 보면 다른 한

---

18) 남북조 시대의 장군으로 『太平記』에 등장하지만 실존인물인지는 밝혀지지 않았다.

편에 일본어도 마찬가지의 방식으로 존재한다.

가령, '산조'가 소녀와 나눈 대화 중에 "얼마요?(ォルマヨ)"라고 소녀에게 조선어로 묻자, 소녀는 "イクラ, カマワナイ(얼마? 관계없어)"(291쪽)라고 거꾸로 일본어로 대답하는 장면이 나온다. 물론 "얼마요?"라는 조선어는 '산조'가 알고 있는 얼마 안 되는 조선어 중 하나이다. 그리고 소녀의 일본어도 고작 "편어(片言)"에 불과한 것이다. 이러한 두 사람의 발화는 이중언어의 공간이기 때문에 의미를 가질 수 있는 것이다. 바로 이 "3조(畳) 정도의 온돌" 안은 그 바깥의 세계를 표상하는 것이기도 하다. 그런데 흥미로운 것은 두 사람이 발화한 대사가 모두 '가타카나'로 표기되어 있다는 점이다. '가타카나'로 표기되었다는 사실은 그 언어들이 적어도 서술자에게는 민족어나 모어로서의 일본어와 조선어가 아닌 서로 소통 가능한 새로운 언어로 인식되었음이 전제되어 있는 것이다. 소녀의 일본어는 '가타카나'로 표기 가능한 반면, 그녀의 조선어는 공백의, 혹은 '무언가'라는 부지의 언어이기에 표기될 수 없는 것이다. 따라서 그 '가타카나'의 언어는 모두 민족어로서 단일하거나 균질하다고 여겨지는 '국어'＝일본어나 조선어가 아닌 것이 틀림없다. 이렇듯 "3조(畳) 정도의 온돌" 공간은 불균질한 언어들이 난무하는 가운데 조선어 대 일본어의 부자연스러운 관계가 표상되고 있는 것이다. 그것은 곧 권력의 비대칭적 관계를 드러낸 것이기도 하다.

'산조'의 조선어는 일본어의 우위라는 차별을 내면화한 위치에서 발화된 언어다. 또 그것은 "의구(疑懼)와 주저, 그리고 호기심"(286쪽)이 뒤섞인 감정을 불러일으키는 체험 속에서 발화된 말이다. 따라서 상대가 이해하든 이해하지 못하든 상관없다. 마치 배설의 욕망과 같은 차

원에서 구사된다. 자신이 뱉은 말이 상대에게 어느 정도나 전달될지,
굳이 알 필요도 없다. 그것은 조선인 매춘부 소녀에게는 일본어가 혼
신을 다해 표현해야 하는 언어이자, 상대를 꼭 이해시켜야 하는 간절
함에서 발화되는 언어라는 점에 대해서 상대적인 것이다.

그러나 이 장면은 이와 같은 해석 이상의 의미를 함의하고 있다.
그 '산조'와 소녀 사이에는 더 이상의 대화가 이어지지 않는데, 소녀가
"イクラ(얼마냐고), カマワナイ(상관없어)"라고 말하곤 잠시 골몰하다가
내뱉은 "ヤスイヨ(싸다구)"라는 일본어를 끝으로 대화는 끊어진다는 점
을 눈여겨볼 필요가 있다. 어쩌면 그 뒤 얼마간의 침묵은 바로 자신들
각자의 모어, 즉 발화되지 않은 일본어와 조선어일는지 모른다. 얼마
간의 침묵 뒤에 '산조'는 "자신이 알고 있는 한의 조선어를 일본어와 섞
어서" 말하기 시작한다. 오늘 밤 손님이 자기 혼자였느냐고 묻는다. 하
지만 그녀는 "ヒトリデナイ(혼자가 아니야). タクサン(많아)"이라고 대답
한다. '산조'가 묻는 말에 대한 적절한 대답이 아니다. 이 집에 그녀 외
에도 그녀의 '친구(朋輩)'가 많다는 의미인 듯하다. 점점 대화가 서로
엇갈리며 시간이 갈수록 그녀는 당혹스러워할 뿐이다. 마침내 '산조'
는 침상을 가리키며 "아무튼 너는 자라"라고 일본어를 내뱉는다. 겨우
알아들은 듯한 소녀를 등지고 누운 '산조'는 베르나르댕 드 생피에르
(Bernardin de Saint-Pierre)의 『폴과 비르지니(Paul et Virgine)』[19]를 읽

---

19) 소설 「プウルの傍で」에서 『ポオルとヴィルジニヱ』라고 나오지만, 나카지마가 인용하는
1917년에 간행된 'ウェルテル叢書'(新潮社 간행) 중에는 『海の嘆き』(生田春月訳)라는 제
목으로 번역되었다. 베르나르댕 드 생 피에르(Bernardin de Saint-Pierre)의 원작 『폴과
비르지니(Paul et Virgine)는 "그곳(식민지-인용자 주)으로 이주한 유럽 사람들의 풍습은
그 고장의 풍취를 해치기가 일쑤였다."라는 비판이 나오는데, 이 소설은 연애담 이외에도

는 척한다. "빨간 책(アカイホン, 야한 책)"이냐고 묻는 소녀의 반응 이후 '산조'의 언어는 심기 불편하고 거친 어조 혹은 명령조의 일본어로 변한다.

여기서 잠시 조선어 사용자만이 나오는 나카지마의 습작 「순사가 있는 풍경」의 한 장면을 살펴보자. 그 작품에는 관동대지진 때 남편을 잃은 김동련이라는 매음부의 이야기가 나온다. 일본으로 장사차 건너간 남편을 잃은 뒤 매음부가 된 그녀는, 어느 날 조선인 객으로부터 남편의 사망 이유에 대해 알게 된다. 몇 시간 뒤 새벽녘 길거리로 달려나온 그녀는 "머리를 흐트러뜨린 채 혈안이 되어" 소리친다. "모두들 알고 있나요? 지진 때의 일을" "놈들 모두가 그것(조선인학살 - 인용자)을 감추고 있어"(1권, 338쪽)라고. 통행인들이 그녀의 주변으로 몰려든다. 그러다 그녀는 조선인 순사에게 제압당한다. 그리고 그녀의 조선어는 침묵을 당한다.

나카지마가 의도한 바와 상관없이 이 대목에서 조선어는 의미심장하다. "기름종이 바닥 위에 깔린 때 묻은 이불" 속에서의 조선인 객과 김동련의 대화는 조선어였다. 그런데 그 대화는 주로 '……', 즉 말줄임표나 단문의 대화인데다 "オイ、しゃあ" "ㅗ?"(같은 쪽) 등 정확한 정보가 드러나지 않는 기호들로 이어진다. 어쩌면 그것은 일본어로는 전달되지 않는, 혹은 번역되지 않는 상황의 언어였을지 모르겠다. 하지만 결국 객이 "너무 떠벌리면 안 될걸. 무서워"(같은 쪽)라는 말을 남기고

<hr>

이국취향이 돋보이는 낭만주의의 결작 중 하나로 평가받고 있다. 한국어 번역본은 서호성 역, 『금성판 세계문학대전집 7』(금성출판사, 1990)에 수록된 『폴과 비르지니』를 참조.

떠나면서 대화가 끝이 나듯이, 그들의 대화는 '하나의 모어 상황'에서 유지될 수 있는 내밀한 언어일 수 있었던 것이다.

하지만 그 뒤로 "머리를 흐트러뜨린 채 혈안이 되어" 길거리에 나와 소리치는 김동련의 조선어는 다르다. '복수의 모어 상황'이 전제가 된 식민지의 길거리에서 그녀가 소리치는 조선어는 바로 폭로의 언어였던 것이다. 그때 비밀의 언어였던 조선어가 발화되는 순간, 그 폭로는 억압과 봉합의 폭력에 직면하게 되는 것이다. 또한 그 폭로에 대한 억압과 봉합의 주체가 조선어를 모어로 지닌 조선인 순사라는 설정도 흥미롭다. 왜냐하면 종주국의 언어로는 통제 불가능한 공간에서 조선어가 그 역할을 수행하고 있음을 보여주고 있기 때문이다. 이 소설의 부제가 '1923년의 하나의 스케치(一九二三年の一つのスケッチ)'인 점을 감안했을 때, 1923년이라는 시점은 조선인들 사이에서 조선, 동아 두 조선어신문을 비롯한 다양한 매체를 통해 조선어로 공식의 정보가 공유될 수 있는 상황이었지만, 그 공식의 정보는 검열이라는 제도에 의해 누락과 공백으로 처리되었을 뿐 언중에는 제대로 제공되지 않았다.[20] 그 누락과 공백의 정보는 이 소설에서처럼 통제 불능의 공간에서 검열 없이 직접 발화되고 폭로되는 저항의 양상으로 나타났던 것이다.

---

20) 실제 당시 신문들을 보면, 조선인학살과 관련한 기사는 찾아볼 수 없다. 『동아일보』에서는 「외인(外人) 피해조사결과」(1923. 9. 17)나 「외인(外人)사망 총 육백오십 인」(1923. 10. 6) 등의 기사를 통해 인도, 영국, 미국, 중국 등의 피해자 숫자는 공개하고서도 조선인 피해자는 조사중이라고 쓰고 있다. 오히려 관동대진재와 관련한 보도의 큰 취지는 '동정'이라는 말로 정리할 수 있겠는데, 조선 각지의 의연금 모금과 관련한 기사는 연일 보도되고 있다. 기획 보도 중에는 그로 인한 경제적 손실에 대해 크게 보도하고 있을 뿐이었다. 한편, 경기도 경찰부의 훈령을 인용하여 "동경지변에 대한 사회주의자의 활동이 경성까지 만연이 될까 염려"한다고 전하고 그것이 기우에 불과하다며 비꼬아 전하기도 했다(「횡설수설」, 1923. 9. 4). 이러한 보도 내용이 다름 아닌 공식의 정보였다고 할 수 있다.

그러면 다시 「풀 주변에서」로 돌아가 소설 『폴과 비르지니』의 이야기를 해보자. 이 소설은 인도양의 작은 섬을 배경으로 한 프랑스계 식민 2세 소년 폴과 소녀 비르지니 사이의 슬픈 연애담이다. 그 둘의 사랑이 식민지의 무구한 자연 속에서 극히 소박하고 단선적인 내용으로 전개되는 이 소설의 배경은 인도양의 '프랑스섬'이라는 작은 섬이다. 소녀 비르지니는 종주국의 문명사회로 떠났다가, 다시 문명사회의 관습과 편견을 버리고 사랑하는 폴에게로 돌아오는 뱃길에서 풍랑을 맞아 숨진다. 폴은 비르지니에 대한 사무치는 그리움을 못 이기고 세상을 떠난다. 이 애절한 소년 소녀의 순수한 연애담의 '일본어' 번역소설에 대해서 조선인 소녀가 "야한 책(アカイホン)"이냐고 물은 것이다. 그것은 식민 2세인 '산조'가 몰입하려는 애절함과 순수함의 '이국취향(exoticism)'이 소녀의 조선어 세계 혹은 일그러진 가타카나의 일본어 세계로부터 모욕당하는 순간이었다. 서로 간의 불통에서 기인한 그 순간으로부터 소녀는 침묵한다. 그녀의 침묵은 마치 '산조'의 일방적인 명령조 일본어가 삼켜 버린 조선어와 같다. 소녀는 '겁먹은 듯' 뒤로 물러나거나 '곤란한 듯한, 울다 웃는 듯한' 그리고 '의아한 듯한 표정'을 번갈아가며 짓고 있을 뿐이다.

이렇듯 "3조(畳) 정도의 온돌" 안에서 처음 대면했을 때, '산조'(서술자)가 전혀 알아듣지 못해 "무언가"라고밖에 표현할 수 없었던 소녀의 조선어가 결국 침묵으로 변한 것이다.

한편, 그 소녀에게 일본어는 "익숙하지 않아"(287쪽) 보이고, 고작 그것은 "편어(片言)"일 뿐만 아니라, "이상한(変な) 일본어"(291쪽)이다. 그리고 자신의 일본어가 "남자가 쓸 법한 거친 말이거나 상스러운(下

品な) 문구"(291쪽)인지도 모르고 내뱉는다. 그런 일본어는 "작은 체구"
(289쪽)에 "의외로 약해"(288쪽) '산조'의 뿌리치는 완력에 놀라 "순간, 용
서를 비는 듯한 여자다운 표정"(288쪽)을 띄우는 그녀의 '상냥함'과는
어울리지 않게 "골계적"(291쪽)이다. 이와 같은 소녀다움과 그녀의 일본
어 사이의 부조화는 식민지 일본어의 어그러짐을 의미한다. 소녀의 성
(性)을 사는 거친 남성들의 폭력에 '훈육'되듯 그녀는 몸으로 그런 일본
어를 익혔지만, 그것은 그들 앞에서 그녀의 조선어를 침묵시킬 수밖에
없었던 것이다. 결국 이처럼 '복수의 모어 화자가 동시에 발화하는' 식
민지 상황에서 조선어는 침묵할 수밖에 없었다. 그리고 그것은 다름
아닌 식민주의의 가학성이 만들어낸 두 언어 사이에 존재하는 언어권
력의 비대칭적 관계에 의한 연출이었던 것이다.

4. 조선어 세계의 역습

식민지 조선에서 조선어는 피식민의 언어였지만, 조선인이 인구
구성의 다수를 차지했다. 그렇기 때문에 종주국의 언어인 일본어가 지
배언어였다 하더라도 소수에 불과했던 일본어 사용자는 조선어의 환
경 속에서 낯선 경험을 하는 예가 많을 수 있다. 1920년대 일본어를 이
해하는 조선인의 비율이 1923년 말에 5.08%이며 1928년 말에도 6.91%
에 불과했던 점을 감안하면, 그 비대칭성은 쉽게 짐작할 수 있다.[21] 이

---

21) 일본어 보급률의 통계는 허재영, 「일제강점기 일본어보급 정책 연구」, 『한말연구』 14호,
   한말연구학회, 2004. 6, 308쪽.

는 언제든지 식민자가 언어적 타자 내지는 언어적 소수자의 위치에 놓일 수 있는 상황이었음을 의미한다.

하지만 식민 출신자들이 남긴 회고에서처럼, 현지인과 분리된 채 조선에 거주했던 그들은 굳이 조선어를 억지로 배워 익힐 필요를 느끼지 못하며 살았다. 식민지의 이상적 모델은 어쩌면 종주국의 언어가 균일하게 소통되는 사회일 것이다. 혹여 그렇지 않은 경우라 하더라도 '통역'을 매개로 소통이 가능하다면 문제될 것이 없었다.[22] 이와 같이 일본어로 소통이 가능한 공간은 바로 식민통치가 강력하게 미치는 권역일 수밖에 없다.

이미 본론에서 살폈듯이, 식민통치가 미치는 권역의 바깥, 즉 조선어만이 통용되는(혹은 조선어만이 사용되는) 공간에 대해서 일본어소설에서는 그것을 공백(blank)으로밖에 묘사할 수 없는 경우가 있었다. 또한 '복수의 모어 화자가 동시에 발화하는 상황'에서 피식민의 언어 조선어는 식민자의 '불안'을 초래하기도 했지만, 지배언어로 하여금 '침묵'을 강요당하기도 했다.

1930년대 말 이후의 식민지를 배경으로 한 작품에서는 일본어로

---

22) 1912년에 조선에 건너와 검열관으로 1940년까지 복무했던 西村真太郎마저 1930년대 상황에서는 "조선어는 집무상 필요하지만 (몰라도) 그다지 지장은 없다 해서 공부하는 사람이 감소하고 있는 것은 어쩔 수 없는 일"(西村真太郎, 「朝鮮語の研究」, 『警務彙報』, 1936. 12, 32쪽)이라고 했다. 그는 1920년대에는 "지방에 거주하는 동학제형(同學諸兄)은 대단히 난폭한 조선어를 사용하고 있다"며 우려를 표하면서, "조선어를 안다면, 조선인에게 친선의 감정을 가질 수 있기 때문에 그 제일선의 무기가 난폭하고 세밀한 세공이 불가능한 조각도라고 하니 더욱 연마해 주길 바란다"(西村真太郎, 「學修瑣言」, 『朝鮮語』, 1925. 6, 61쪽)는 취지의 언급을 했던 것과는 사뭇 다른 진술을 하고 있다. 이와 관련한 좀더 자세한 논의는 박광현, 「검열관 니시무라 신타로에 관한 연구」, 『한국문학연구』 32집, 동국대 한국문학연구소, 2007, 103-109쪽 참조.

소통하는 식민과 피식민의 관계가 많이 그려졌다. 그것은 '복수의 모어 화자가 동시에 발화하는 상황'이라기보다 단일 언어로 식민과 피식민의 관계가 규정되는 상황이었다. 오비 주조(小尾十三)의 「등반(登攀)」처럼, 그때 피식민자의 심적 갈등이나 감정은 이미 식민자에게 적나라하게 노출된 상황으로 그려지기 일쑤였던 것이다. 「등반」의 화자인 교사 가타하라(北原)에게 조선인 생도 야스하라 주젠(安原壽善)도 바로 그러한 관계 위의 존재였다.[23]

그렇다면 거꾸로 피식민자의 언어인 조선어가 일본인에 의해 제대로 구사되는 상황이라면 어떠했을까. 이러한 상황을 묘사한 소설은 일본어 작품에서는 보이지 않고, 그 적절한 예 중 하나는 염상섭의 『광분』(1929-1930)에서 찾아볼 수 있다. 이 소설에는 '유창한 조선말'을 하는 일본인 사법주임이 등장한다. 사법주임은 조선어 실력을 유감없이 발휘하며 뽐내는데, 그것이 오히려 훨씬 식민지화의 심화를 보여주는 장면이라고 할 수 있다.[24] 즉, 조선어 능력은 조선의 상황을 직시하거나 조선인의 마음을 읽을 수 있는 능력으로 표현되고 있는 것이다. 피식민자의 입장에서 보면, 그들의 탁월한 조선어 능력은 자신들의 마음

---

23) 小尾十三, 「登攀」, 『國民文學』, 1944. 2.
24) 이혜령, 「문지방의 언어들」, 『한국어문학연구』 54집, 한국어문학연구회, 2010. 6, 63-64쪽. 한편, 염상섭의 다른 소설 『사랑과 죄』(1927)에서도 '심초매부'라는 일본인이 등장한다. 이 소설의 배경은 1924년의 조선인데, 심초는 조선인이 부끄러울 정도로 "궁중용어의 연구와 조선 고전문학과 속요에 대한 조예가 깁흔" 인물로 나온다. 그는 젊은 조선청년을 보면 "당신네들은 〈정말 조선〉이 어쩌한 것을 아시오. 지금 조선은 〈틱기〉입넨다. 진짜 조선은 거의 다 헐려 나가고 지금 남은 것은 조선인지 일본인지 서양인지 까닭을 모를 반신불수가 되엇소. 인제는 조선에 더 살 홍미조차 일헛소"(염상섭, 『사랑과 죄』(1927), 『염상섭전집 2』, 민음사, 1987, 329쪽)라며 자주 탄식한다는데, 이처럼 조선어를 자유자재로 구사한다는 것은 조선인보다 더 조선인다운 식민자의 면모를 표상한다.

=비밀을 감출 수 없는 검열의 기능을 의미하는 것이다.[25]

하지만 식민지 조선에서 그 검열의 기능이 작용했던 범위는 크게 제한적일 수밖에 없었으며, 그 범위의 바깥에서는 어떤 무서운 저항이 상상되었는지 알 수 없다. 그것은 대개 예상하지 못하고, 보이지 않으며, 들리지 않는 공포와 같은 것이었다.

그러면, 마지막으로 해방 직후 발표된 이주홍의 소설 「명암」(『인민』, 1946. 1)[26]에 나오는 에피소드를 인용하면서 조선어 부지(不知)의 통치자에 닥칠 조선어의 역습 상황을 상상하면서 이 글을 마무리하고자 한다. 식민지 말기 감옥이 배경으로 설정된 이 소설에서 정치범들은 지금의 정세, 즉 과연 소련이 참전했는지를 궁금해 한다. 그것이 일본의 패전을 의미하는 것이라 믿고 있기 때문이다. 하지만 조선인 수감자들이 그렇게 생각하고 있는지는 조선어로만 이야기된다. 그래서 조선인 간수마저도 '일소(日蘇)' 개전 뉴스를 비밀로 지켜왔다. 수감자 중한 사람이 무심결에 "사사키 씨, 일본과 소련이 전쟁을 하고 있나요?/ 사사키상 닛소가 센소 얏도룬데스까(佐々木さん日ソが戰争やっておるんですか)"(99쪽)라고 신출내기 일본인 간수 사사키(佐々木)에게 묻는다. 그

---

25) 조선문인들은 검열관 니시무라 신타로(西村眞太郎)를 회고하며, "당시 도서과에는 '니시무라'(西村)라는 통역관이 있었는데 그는 한국어를 잘해서 한국신문의 검열관이 된 사람으로 어찌나 성격이 날카롭고 매서운지 조금이라도 저희들에게 해로운 기사가 있으면 마치 족집게 집어내듯, 영락없이 그것을 적발하여 민족신문에 있어서는 가위 염라대왕과 같은 위인이었다"고 말한다. 분명 조선인 입장에서 그는 "우리 신문을 잡아먹으려는 총독부 관리"로 여겨졌기에 가해자로서 거리감을 느낄 수밖에 없는 존재였다(김을한, 「日帝의 南綿北羊·産金政策의 內幕」, 『言論秘話50篇 ― 元老記者들의 直筆手記』, 한국신문연구소, 1978, 31-34쪽). 이 회고는 김을한이 1926년 조선일보 기자로 입사하여 1930년 매일신문사로 이직했기 때문에 1920년대 후반의 일을 회고한 것으로 여겨진다.
26) 이 글의 인용은 『이주홍소설전집 2』(이주홍문학재단 편, 세종출판사, 2006)에 따른다.

러자 사사키는 "너희들 이제까지 그것도 모르고 일본에서 주는 밥을 먹고 있었느냐/키사마라 이마마데 소레모 시라나이데 닛뽄노 메시 구야 갓데룽까이(貴様ら今までそれも知らないで日本の飯くやかっているかい)"(99쪽)라는 일본어 폭언을 통해 그 비밀이 폭로되고 만다. 그리곤 "망해라 망해라" 하는 "사무치는 주문(呪文)"(101쪽)이 조선인 수감자들 사이에서 울려 퍼진다. 이 신출내기 간수 사사키의 실수는 검열의 능력, 즉 조선어 능력의 부재로부터 기인한 것이며, 그로 인해 조선인의 저항이 초래되었던 것이다. 비록 이 소설이 해방 직후의 작품이기는 하지만, 조선인이 식민지 내내 상상했던 이 에피소드는 조금 과장하여 말하자면, 식민통치자의 조선어에 대한 부지가 통치 실패로 이어지는 결과를 보여주는 상황인 것이다.

제3장

식민 2세의 '고향'

1. 조선(인) 소재 문학과 유아사 가쓰에(湯浅克衛)

근대 일본은 '내국 식민지'라 일컬어지는 홋카이도(北海道)나 오키나와(沖縄)를 비롯해, 열도를 벗어나 "전방위에 걸친 집약적인 방사형의 식민지 제국"[1]을 형성하고 있었다. 일본의 근대문학사는 그런 역사적 배경을 바탕으로 존재하고 있다고 해도 과언이 아닐 것이다. 당시 작가들이 '국어'로 표상한 식민지 경험은 곧 '국어'의 경험이자 '국민'의 경험인 것이다.

다카하마 교시(高浜虛子)는 '한일합방' 직후 발표한 『조선(朝鮮)』에서 '제국의 판도(지도)' 즉 제국 풍경 속의 조선과 조선인을 묘사하고 있는데, 그 중에 이런 구절이 있다. "가옥은 모두 일본풍으로, 점포에

---

[1] 姜尚中, 『オリエンタリズムの彼方へ』, 岩波書店, 1996, 86쪽.

있는 사람도 일본인이었다." 다카하마(혹은 당시 일본의 근대 지식인)에게 조선에 대한 '동정'이라는 휴머니즘은 '소멸'과 '생성'이 교차하는 지점에서 이뤄진 심상의 표현이다. 다카하마는 그 작품속에 '묘한 비애의 목소리'로 아리랑을 흉내 내어 부르며 이 노래를 '망국의 노래'라고 소개한 인물을 등장시키고 있다. 그렇게 다카하마는 일본의 것 혹은 일본적인 것을 '드러나는 것'(생성)으로 표현하여, 일본풍의 점포 앞을 방황하는 조선 노동자나 화재로 사라지는 작은 조선 초가 등 '소멸하는 것'에 대한 '동정'을 극대화하고 있다. 결국 쇠망한 피정복자를 애민하는 동정과 동시에 근대적 모습으로 조선을 변모시킨 일본 근대의 위대한 힘 즉 폭력성을 찬미하며 글을 맺고 있다. 다카하마는 '소멸에 대한 동정'과 '생성에 대한 찬미'의 이율배반을 동시에 표현함으로써 당시 일본 지식인의 자기도취적인 면을 단적으로 보여주고 있다.[2]

'한일합방' 전후에 발표된 도쿠토미 소호(德富蘇峰)의 『평양에서 의주(平壤より義州)』(1906), 나쓰메 소세키(夏目漱石)의 『만한의 곳곳(滿韓ところどころ)』(1909), 다야마 가타이(田山花袋)의 『만조의 행락(滿朝の行樂)』이나 다니자키 준이치로(谷崎潤一郎)의 『조선잡감(朝鮮雜感)』(1918) 등도 다카하마의 『조선』에 대한 지적과 같이 근대 여행자들의 시선＝투어리즘(tourism)의 폭력성에 대한 비판으로부터 자유로울 수 없다. 그들의 시선은 근대의 상징물인 철도를 따라 일본이 실어 나른 근대성과 식민성의 풍경으로 향해 있다. 그리고 그 구체적인 '곳곳', 주로 일

---

2) 박광현, 「'경성제국대학'의 문예사적 연구를 위한 시론」, 『한국문학연구』21집, 1999, 356-357쪽.

본인='국민'의 거주지 풍경을 통해 조선은 '국민'이 공유해야 할 대상의 장소로 그려졌다. '이역(異域)'인 동시에 새로운 '국민의 장소'라는 모순으로 형용된 조선이 '국어'를 통해 일본 본국='내지'에서 전달되었던 것이다.

그러한 작가들의 조선 체험에 기초한 여행기 이후에, 조선을 배경으로 한 소설이 등장하는 데는 더 많은 시간과 '제국' 의식의 축적이 필요하였다. 일반적으로 소설의 장르적 특성상 여행기보다는 더 깊고 복잡한 인간관계나 일상의 경험이 필요하기 때문이다.[3]

1930년대 후반에 들어서 일본문단에서는 '외지(인)'을 소재로 한 장르, 즉 당시 흔히 '외지문학'이라 불리던 장르가 주목받기 시작하였다. 가와무라 미나토(川村湊)는 1935년에 기쿠치 간(菊地寬)이 제정한 아쿠타가와(芥川)상과 수상 작품의 관계를 밝히며, 그 상이 '외지문학의 흥융(興隆)'에 크게 공헌하였다고 지적하였다.[4] 남미 이민을 테마로 이민자의 군상을 그린 이시카와 다쓰조(石川達三)의 「창맹(蒼氓)」이 제1회 수상작이었던 것을 필두로, 조선, 타이완, 만주 등을 공간적 배경으로 하거나 그 지역민='외지인'을 주인공으로 씌어진 작품들이 다수 그 상을 수상하였다. 1940년대에 접어들어서 후보작에 그치긴 했으나 김사량의 「빛 속으로(光の中に)」(제10회)나, 조선에서 발행된 『국민문학』(1943. 2)에 실려 제19회 수상작으로 선정되었던 오비 주조(小尾十三)의

---

3) 이부세 마스지(井伏鱒二)의 작품 「조선의 구원사(朝鮮の久遠寺)」(1940)와 같이 예외적인 작품도 있지만, 대개 조선 소재의 소설은 개인적인 조선 체험을 배경으로 하고 있다. 그러나 예외적인 이부세의 작품도 제국시대의 말기에 이미 '국민'적으로 공유된 장소에 대한 '국민'적 경험을 바탕으로 씌어진 것이라는 점을 간과해서는 안 될 것이다.

4) 川村湊, 「異郷の昭和文学」, 岩波書店, 1990, 140쪽.

「등반(登攀)」(제19회)은 조선과 직접적인 관련이 있는 작품이다.

일본문단이 외부로 눈을 돌려 관심을 갖기 시작한 1930년대 후반에야 비로소 '외지' 출신의 작가들이 문단의 정면에 등장하며, 그들은 식민지를 '고향'으로 여기고 살아가는 정주자(생활자)의 시선에서 이른바 '외지문학'을 양산하였다. 어찌 보면 그것은 4반세기 동안 축적된 식민통치의 성과라고 할 수 있을지 모른다. 그 가운데는 "산천초목이 다른 이역에서 그 다른 곳의 지리인정(地理人情)에 정통(精通)하고, 그 토지의 취미를 느낀"[5] 생활자가 갖는 이향의 취미뿐만 아니라, 유아사 가쓰에(1910~1982)가 '조선에서 자란 우리들이 (조선에 관해서는－필자 주) 가장 잘 안다'고 한 것과 같은 식민자(colon)의 시선에서 식민지의 문제를 다룬 작품들이 주를 이루고 있다.

특히, 그런 문학사적 배경 가운데서도 유아사는 흔치 않은 예의 식민 2세 작가라고 할 수 있다. 유아사 소설의 특징은 식민지라는 근대국가의 시스템 안에서 대립적으로 존재하는 자아와 타자 사이의 문화적 차이가 '혼재(混在)'된 시대상을 잘 반영한 점에 있다. 또한 오늘날에도 민족을 규정하는 중요한 기준이기도 한 언어, 혈통, 주체와 장소 등의 문제들을 통해 당시 유아사는 자신의 문학적 주제를 구축해갔다.

유아사의 소설이 그보다 앞서 씌어진 다른 작가의 조선(인) 소재의 작품들과 크게 차이를 보이는 점은 바로 의사소통(언어)의 문제이다. 누구보다 이른 시기에 조선 소재의 소설을 쓰기 시작한 나카니시 이노

---

5) 西村真太郎, 「序」, 『朝鮮の俤』, 朝鮮警察協会, 1923, 1쪽.

스케(中西伊之助)의 경우를 보자. 『적토에 움트는 것(赫土に芽ぐむもの)』
(1922)은 주인공 마키시마(槇島)가 이질적인 공간(＝조선)으로 향하는
장면으로부터 시작한다. 그것은 단지 공간의 이질성뿐만 아니라, 그
공간에 대한 자신의 이방인성을 확인하는 절차이기도 하다. 또한 『불
령선인(不逞鮮人)』(1922)이나 조선인이 주로 등장하는 『너희들 배후에
서(汝等の背後より)』(1923)에서도 조선인과 일본인 사이의 대화는 주로
'통역'을 통해서 이뤄진다.[6] 조선인과 일본인 사이의 직접적인 의사소
통의 곤란은 그 자체로 둘 사이의 관계의 이질성을 상징한다.

그러나 1930년 이후에는 일본어를 자유자재로 구사하는 조선인을
주로 등장시킴으로써, 서로 간의 인식의 소통과 공유가 용이하도록 그
려진다. 설령 어눌한 일본어를 구사하는 조선인을 등장시킨 경우라도
그것은 이질적 성격으로 묘사되기보다 식민정책의 과(過)로 판단하곤
한다(유아사의 작품 중 「심전개발(心田開發)」). 이미 언어의 소통문제가 민
족관계를 전형화하는 기준일 수 없는 시점에서 작품들이 창작되기 시
작한다. 그가 작가로서 데뷔한 시대는 "내지인은 조선어라고 생각하
고 무의식적으로 사용하고 있는 말에 조선어와 국어의 중간어(中間語)
가 많다"[7]는 어느 검열관의 말처럼, 4반세기 동안의 식민정책에 의해
식민자들의 의식을 지배하는 언어마저도 이미 '혼재'되어 있던 때였다.
당시 유아사와 같은 식민 2세들의 문학에 나타나는 '혼재성'은 그들의

---

6) 『汝等の背後より』는 伊藤永之介의 「万宝山」(1931)과 함께 보기 드물게 조선인만이 등장
하는 소설로, 다른 작가들의 작품과 변별적인 차이를 지니고 있다는 점에 주목할 필요가
있다.
7) 西村真太郎, 앞의 책, 1쪽.

문학을 읽는 데 중요한 출발점이라고 할 수 있다.

2. 유아사 가쓰에와 단편 「간난이」

이제까지 유아사 문학은 '일본근대문학에 나타난 조선(인)상'이라는 테마의 범주에서 주로 연구되어 왔다.[8] 그 가운데 그의 조선(인) 묘사에 관한 윤리성의 문제가 자주 언급되었다. 그것은 작가 개인의 정치적 태도를 평가한다는 측면에서 그 가치를 인정할 수 있을지 모르나, 유아사가 식민 2세 작가로서 그의 문학에서 보여준 존재의식이 다른 작가들과는 어떤 변별적인 면을 지니고 있는가를 밝히는 데는 방법적으로 역부족인 측면이 있다.

그의 문학에 관한 그와 같은 종래의 연구 경향에는 단편소설 「간난이(カンナニ)」의 존재가 대단히 큰 비중을 차지한다. 박춘일은 「간난이」(정확히 말하자면 패전 후 유아사 스스로가 복원한 「간난이」)가 한국인(특히 '재일' 조선인)에게 많이 읽혔던 이유는 이 작품이 지닌 '리얼리티'와 '시적 형상화'의 매력 때문이라고 지적하였다.[9] 박춘일은 「간난이」와 대조적인 그 이후의 작품들에 대해서는 "일본의 조선지배를 긍정한 지점까지 전락한 사실을 『반도의 아침(半島の朝)』 등에서 여실히 보여주고 있

---

8) 그런 범주에 대한 기존 연구로는, 그 방면에 선구적인 김달수의 「日本文学のなかの朝鮮人」(『文学』 27-1, 1959, 1월호)를 비롯하여, 박춘일의 『近代日本文学における朝鮮像』(1969년, 1985년 증보판, 未来社), 鶴見俊輔의 「朝鮮人の登場する小説」(『文学理論の研究』岩波書店, 1976), 高崎隆治의 『文学のなかの朝鮮像』(青弓社, 1982) 등이 있다.

9) 박춘일, 앞의 책, 121–122쪽.

다"고 비판하였다.[10] 일찍이 김달수가 일본문학계에 '일본문학 속의 조선인'을 테마로 언급한 이후, 재일조선인(한국인)에게 그 테마는 자신들의 정체성과 관련하여 중대한 관심거리였다. 박춘일의 논저는 기본적으로 그 테마와 관련한 문학사의 편제를 통해 재일조선인(한국인)의 정체성을 구축하기 위한 시도였다. 그 점은 자민족이 윤리적으로 상대적 우위에 있음을 강조하기 위한 텍스트의 선정에 치중했다는 데서 쉽게 확인할 수 있다.[11]

재일조선인(한국인)문학의 연구자로 잘 알려진 임전혜는 특히 유아사를 '식민자 2세'로 위치짓고, 이제까지 「간난이」를 통해 긍정적인 평가를 받았던 유아사 문학의 평가에 관한 본질적인 의문을 제기하였

---

10) 위의 책, 124쪽. 『半島の朝』(教書院, 1942)는 1931년부터 1942년까지 여러 잡지 등에 실린 조선과 관련한 에세이들을 모아 출판한 책이다.

11) 김달수 이후, 재일조선인(한국인)은 그 테마를 자신의 정체성과 관련하여 중대한 관심의 대상으로 삼았다. 그 가운데 대표적인 연구자인 박춘일은 앞의 논저에서 일본근대를 네 시기(明治, 大正, 昭和1, 昭和2기)로 구분하고, 각 시기의 조선(혹은 조선인)을 소재로 쒸어진 문학작품을 한일 양국 사이에 일어났던 역사적 사건들과 관련시켜 분석하고 있다. 그는 "일본문학은 그 총체(하나의 민족문학이 타의 국가와 민족을 어떻게 파악하고, 어떻게 형상해 왔는가—인용자 주)에서 보면, 일본 사회와 인간을 반영한 '거울'인 동시에 인근 나라들의 사회와 인간을 반영하는 '거울'"(8쪽)이라는 시각에서, '제국주의와 식민지주의에 반대해 싸우는 작가들의 진실한 연대'(9쪽)에 이바지하기 위한 자신의 연구목적에 의의를 부여하였다. 그리고 작가는 시대의 '양심'이어야 함을 주장하고, 그는 그 '양심'을 프리즘으로 일본작가와 작품들에 드러난 시대인식을 투영하여 분석하였다. 그것은 한일 양국 사이의 과거사를 통해 상대적으로 한민족이 지니는 윤리상 우위의 관점에서 일본 사회와 그 구성원에 대해 윤리의식을 문제제기하였다. 그 과거사를 현재화하려는 목적에도 불구하고, 그의 격앙된 목소리(문체)만큼이나 문화적 본질주의의 함정에 빠져 있다는 비판도 피할 수 없을 것이다. 모름지기 '거울'이란 실상과 허상이 아무리 닮았어도 하나일 수 없고, 그 둘 사이에는 일정한 차이=거리가 유지되어야만 상이 형성되기 마련이다. 그러나 박춘일은 현실과 문학을 완전히 등치시키고 있고 백화점식의 작품 나열로 논의를 전개하고 있기 때문에, 문학작품마다의 내적 구조상의 제(諸)문제들을 등한시하고 말았다고 지적할 수 있다.

다.[12] 임전혜는 "일본문학자의 양심의 등불"[13]이라고 평가되어온 「간난이」가 각각 전전(戰前)과 전후의 텍스트 사이에 갖는 내용과 의미성의 차이를 비판적으로 규명하였다. 그렇게 두 텍스트 간의 차이에 대한 분석을 통해 패전 후 복원된 「간난이」의 진위성에 의문을 제기하였다.

유아사의 기억에 따르면, "독립을 바라는 조선인들의 마음에 감복하여 울면서"[14] 썼다는 단편 「간난이」는 1935년 4월호 『문학평론(文學評論)』에 게재된 작품이다. 당시 『문학평론』에는 작품의 '성질상' '무참한 모습'으로 편집되었다는 이 작품을 추천한 도쿠나가 스나오(德永直)의 '부기'가 함께 실렸다. 도쿠나가는 작가(유아사)가 삭제된 후반부의 '만세사건'(3·1독립운동 - 인용자)을 '다른 구도'로 개작할 것이라 하니 차후 언젠가 다른 모습으로 독자 앞에 찾아갈 것을 기대한다고 적고 있다. 실제 이 작품은 검열에 의해 후반부 46매(전체 11장 중 제6장 이하)가 삭제된 것 이외에도, 5장 중간에 12행이 삭제되고 전체 20군데가 복자(伏字)로 처리되어 수록되었다.

그야말로 '무참한 모습'으로 발표된 「간난이」가 다시금 복원(?)된 것은 패전 후 1946년에 고단샤(講談社)에서 발행된 그의 전후 첫 창작집 『간난이』를 통해서였다. 유아사의 말에 의하면, 패전 후 일본으로 인양되는 길에서 '조선민족'이 독립을 환호하는 '경성'의 풍경을 보며 10년 전 「간난이」를 상기하였다고 한다. 그는 전후 「간난이」를 복원하

---

12) 任展慧, 「植民者二世の文学」, 『季刊三千里』, 1976, 春号.

13) 中村新太郎는 「カンナニ」를 가리켜 "많은 문학가는 침묵하고 있지만, 일본문학자의 양심의 등불로서 기억될 만한 작품"이라고 평가하였다(「日本のなかの朝鮮像」, 『日本と朝鮮』, 1975, 9월호).

14) 박춘일, 앞의 책, 122쪽에서 재인용.

며 조선에서 '무의식중에 저지른 일'에 대한 반성을 그 '후기'를 통해 밝혔다. 다카사키 류지(高崎隆治)의 지적처럼, 유아사는 '전쟁추진작가'[15]로서의 과거 행적에 대해 (전후) 「간난이」를 '면죄부'[16] 삼아 스스로를 사면하려 하였던 것이다.

> 전반의 삭제 부분도, 채워 넣을 내용을 짐작할 수 없는 곳이 있었다. 후반부도 원형을 더듬고 더듬어 고통스럽게 원고를 써갔으나, (그렇게) 써 내려가는 사이에 나는 최근 느끼지 못했던 생기 넘치는 정열에 휩싸였다.[17]

『문학평론』에 실린 「간난이」의 삭제 부분에 대한 복원 작업은 그 자신의 진술처럼 재창작 혹은 개작의 수준에서 이뤄진 것이었다. 특히 후반부 46매의 삭제 부분에는 삼일 독립운동 당시의 수원 교회 방화 사건과 주인공 간난이가 일본인의 군도(軍刀)에 살해되는 데까지 복원해 넣었다. 당시 정치 상황에서 쉽게 용인될 수 없는 식민지 민중에 대한 폭압을 고발한 내용으로 채워져 있다. 물론 그 때문에 1935년 당시 삭제되어 '혀 잘린 작품'으로 남겨졌던 것이다. 하지만 임전혜가 전후 「간난이」 복원에 있어 진위의 정도를 분석하며 지적한 바처럼, 『문예평론』에 복자 처리된 부분 중 그 내용이 확실히 짐작되는 것조차 충실히 복원하지 못한 점에 주목할 필요가 있다. 식민주의에 의한 정치적

---

15) 高崎隆治, 앞의 책, 32쪽.

16) 위의 책, 34쪽.

17) 湯浅克衛, 「作品解説と思ひ出」, 『カンナニ』, 講談社, 1946. 단 이 글에서는 池田浩士 편, 『カンナニ 湯浅克衛植民地小説集』(インパクト出版会, 1994, 525쪽)에서 재인용.

피해자로서의 자신을 언급하기에 너무도 적절한 서사적 소재인 「간난이」를 통해 정치적 책임을 면죄 받으려 했던 의도가 있는 이상, 내용의 복원에는 적지 않게 그와 똑같은 정치적 의도가 개입될 수밖에 없었을 것이다.[18]

더구나 그에 대한 후대의 평가 가운데 작가로서의 윤리적 긍정성은 전후의 「간난이」만을 대상으로 한 것일 가능성이 높다.[19] 그런 '「간난이」의 작가'로서 유아사에 대한 기억(평가)은 전전의 무자비한 검열로 인한 「간난이」의 상흔이 재생되는 과정을 통해 확대 재생산되었던 것이다. 즉 고단샤의 『간난이』(1946)를 통해 『문학평론』의 「간난이」(1935)의 존재가 확인되었고, 또 그것은 '전후 일본'이라는 컨텍스트 속에서 작가의 의도대로 제작된 것이라고 할 수 있다.

사실, 유아사만큼 조선을 다룬 소설을 많이 남긴 작가도 드물다. 또한 한 작가가 암흑의 시기를 밝힌 '일본문학자의 양심의 등불'에서 '전쟁추진작가'까지 양극단을 오가는 평가를 받고 있는 것도 결코 흔치

---

18) 『문학평론』에 실린 「간난이」를 전후 개작(작가는 삭제된 46매에 대한 복원이라 설명함) 과정에서 첨삭된 예와는 반대로, 「푸른 하늘 어디까지(青空何処まで)」(1942)와 같이 전후(1947)의 복간본을 통해 내용의 일부를 삭제한 경우도 있다. 전후 복간본은 조선인 이만세(李万世 - 창씨개명 후 松田彦之郎)가 등장하는 후반의 3장 모두를 작가는 삭제하여 싣고 있다. 연령 미달에도 불구하고 이만세는 지원병이 될 것을 결심한다. 그 일을 둘러싼 문제가 소재가 된 삭제 부분의 전전(戰前) 텍스트에는 '직역봉공(職域奉公)', '동아공영권', '만주개척' 등과 관련한 '총후(銃後)'의 임무에 대한 논의가 강조되어 있다. 그런 점에서 전후 「간난이」의 개작과 「푸른 하늘 어디까지」의 삭제는 동일한 차원에서 작가의 정치적 의도가 개입된 것이라 할 수 있다.

19) 본문에 인용하지 않은 연구 중에서는 黒田しのぶ가 "정복자의 비대해진 심장에 비수를 꽂은 작품"(「カンナニ」, 『私の文学鑑賞』, 1955, 峰書房), 中村新太郎가 "많은 문학사는 침묵하고 있지만, 일본문학자의 양심의 등불로서 기억될 만한 작품"(「日本のなかの朝鮮像」, 『日本と朝鮮』, 1975. 9월호)이라고 높이 평가하였다. 이들 작품평은 모두 전후에 재창작된 「カンナニ」에 대한 것일 가능성이 농후하다.

않은 일이다. 그와 마찬가지로, 우리 앞에 놓여 있는 두 「간난이」(전전의 것과 전후의 것)가 '혀를 잘린 작가의 상처'와 그 상처를 '면죄부'로 삼으려는 전후의 '변명'으로 각각 우리에게 읽혀온 것도 「간난이」와 그 외 다른 작품을 식민지 체제에 대한 '저항'과 '부역'이라는 윤리적 잣대로 양단한 결과라고 할 수 있다. 물론 그런 결과가 패전 직후 유아사가 「간난이」를 복원한 의도와 무관할 수 없는 것은 사실이다. 그 까닭에 유아사의 소설이 지금도 우리에게 윤리상의 판단만을 강요하고 있는지도 모른다.

이 글의 출발점은 유아사 문학에 대한 윤리적 평가보다, 그의 문학이 조선을 표상하는 데 있어 어떤 요소들이 근저를 구성하고 있는가에 대한 문제제기이다. 그것은 유아사 문학이 다른 작가의 (식민지 소재의) 작품과 어떤 변별성을 지녔는가를 탐구하는 것과도 닿는 문제라 할 수 있다. 그래서 우선 일본근대문학사에 존재하는 조선(인) 소재 소설을 사적인 측면에서 간단히 고찰하고, 그 안에서 유아사 문학이 차지하는 위치를 살폈다. 이어서는 「간난이」의 발표 시기와 비슷한 시기의 작품에 대한 분석을 통해, 검열로 다 드러나지 않은 「간난이」를 비롯해, 그와 같은 시기의 소설들에서 나타나는 그의 조선에 관한 사고구조를 살펴보고자 한다.

3. 유아사 문학 속 식민자의 '조선'

유아사는 1934년 잡지 『개조(改造)』의 현상창작부문에 「간난이」[20]를 응모, 총 25편의 '선외가작'으로 뽑혔다. 당시 편집부의 선평(選評)에는, "식민지 생활을 비판적으로 그린 것", "특히 「간난이」와 같이 발표가 곤란하기 때문에 채택할 수 없었다. 투고가 제군은 발표 가능성에 대해서도 충분히 주의하길 바란다" 운운, 「간난이」를 지칭하거나 그럴 것으로 예상되는 내용이 기사화되어 있다.[21] 결국 유아사는 이듬해 「세상(世相)」[22]이란 소설로 『아사히그래프(アサヒグラフ)』을 통해 데뷔한다. 그리고, 같은 해 「불꽃의 기억(焔の記憶)」으로 『개조』의 현상창작부문에 '2등 입선'(당시 '1등 입선' 해당작은 없음)하여 동 잡지에 그 작품이 게재되었다.

그렇게 볼 때, 「불꽃의 기억」은 「간난이」가 '무참한 모습'으로 독자에게 다가가기에 앞서 당시 현상공모에서의 실패를 염두에 두고 씌어진 작품이랄 수 있다. 이 글에서는 『문학평론』에 실린 '무참한 모습'의 작품을 텍스트로 삼는다. 그것은 「불꽃의 기억」 등 동 시기의 작품 분석을 통해, 「간난이」의 원형에 나타난 작가의 의식을 분석하기 위함이다. 그런 분석이 적어도 오늘날까지도 유아사라는 작가의 전체상을 파악함에 있어 「간난이」의 작가'라는 담론의 견고함과 재생과정이 끼쳐

---

20) 이 작품은 이후 1935년 4월호의 『文学評論』에 게재되었다.

21) 池田浩士, 앞의 책, 527쪽.

22) 이 소설이 1935년 3월호의 『アサヒグラフ』에 게재되었으므로, 湯浅의 공식적인 데뷔작이라고 할 수 있다.

온 장애를 해체하는 데 중요한 방법이 될 것이다.

3-1. '일선혼잡(日鮮混雜)'의 사고

유아사의 (식민지)소설은 '일선혼잡(日鮮混雜)'(「불꽃의 기억(焰の記憶)」)의 장소를 구상하는 데서 출발한다.[23] 「간난이」에서도 두 주인공, 모가미 류지(最上龍二)와 간난이의 만남에 관한 설정도 그와 비슷하다. 순사인 아버지가 조선 세도가 이근택(李根宅) 자작의 집에 들어와 청원 순사로 일하게 되어, 류지는 그 집 문지기의 딸 '간난이'와 만난다. 작품 속에서 가장 중요한 소설적 동기가 되는 그 둘이 만난 것은 "풍습이 다른 집에 이사 온 다음날"(499쪽, 강조점 - 인용자)이었다고 표현하고 있다.[24] 류지에게는 그런 조선인과의 동거=ʼ일선혼잡ʼ을 통해 전혀 다른 조선 생활이 시작된다. 유아사는 때로는 '오뎅집'엔 조선인이 드나들고 (조선인의) '주막'에는 일본인이 드나드는 주객전도의 '일선혼잡'(「심전개발(心田開發)」, 1937)을 통해 조선이라는 소설적 배경을 설정하기도 한다.

「간난이」에서의 '일선혼잡'은 다음과 같은 장면에서 더욱 두드러진다. 간난이가 류지에게 "조선말을 배워. 내가 일본말을 할 수 있는 것처럼. 그러면 너('당신')와 나('우리')는 조선어와 일본어를 섞어서 이야

---

23) 「焰の記憶」에 대해 조금 부연해 두어야 할 것 같다. 작품에서 두 모녀에게 식민지 경험은 '부산의 어느 산동네'의 '일선혼잡'하고 '지저분한' 곳에서 시작된다. 그리고 '분(糞)과 썩은 해초 때문에 악취가 심한 조선인 동네'로부터 방랑을 선택하여 '이역 땅의 장난'에 휘말려 각지를 전전하는 삶으로 이어진다. 성공을 통해 남편과 그의 첩에 대한 복수를 다짐하며 건너온 조선이었지만, 현미빵 장사, 하역인부, 매춘부, 유랑 게이샤(芸者) 등 밑바닥 삶을 전전한다. 유아사는 그런 그들의 삶의 장소를 '일선혼잡'한 곳이라 표현하고 있다. 낯선 표현이지만 이 글에서는 유아사의 표현을 살려 쓰기로 한다.

24) 이하, 인용부분의 쪽수는 池田浩士 편, 『カンナニ─湯浅克衛植民地小説集』에 준함.

기할 수 있잖아.”(504쪽)라고 말하고, 그 말에 류지는 조선어를 배워 간난이와 친해질 것을 다짐한다(간난이의 대사 중 ‘너’와 ‘나’에는 일본어가 아닌 ‘당신’과 ‘우리’라는 조선어를 사용하였음을 의미하는 토(ルビ)를 달고 있다). 거기서 “조선어와 일본어를 섞어서”=‘일선혼잡’이 지니는 의미와 그것에 대한 류지의 동의는 조선이라는 이역에 대한 유아사의 기본적인 사고이다. 유아사 자신은 물론 그의 (조선 소재의) 소설 속 인물들은 이민 생활로 인한 향수의 대상으로 본국(고향)과 정작 뿌리를 내려야 할 땅(식민지) ‘사이’에서 살아가야 할 ‘재조일본인’이다.

그런 의미에서 유아사의 ‘일선혼잡’은 그가 발견한 이민=‘재조일본인’의 삶의 본질성, 즉 그들의 삶을 지배하는 정신구조의 표현을 위한 구상이다. 「불꽃의 기억」, 「이민(移民)」(1936), 「뿌리(根)」(1938), 「망향(望鄕)」(1938) 등과 같은 계몽적 이민소설에서는 ‘일선혼잡’이 더욱 밀도 있게 그려지는데, 그런 조선에 대한 이역(異域) 의식의 탈구축=해체로 이어지는 서사구조는 본래 그의 문학을 지배하는 본질성을 더 깊이 있게 드러낸 것이다. 따라서 「간난이」 이후 그의 작품상에 나타나는 정치적 태도의 변화 즉, ‘전향’이나 ‘변절’과는 무관하게 그의 문학세계의 근저에는 ‘일선혼잡’의 구조가 내재되어 있다고 할 수 있다.

또, ‘재조일본인’의 삶에 있어서의 조선 땅=토지(의 소유)에 대한 집착은 자연스럽게 유아사의 (식민지)소설의 소재이자 주제로 나타난다. 특히 이민의 성공은 땅의 소유 관계로 표현되기도 한다.

그 「불꽃의 기억」은 ‘내지=일본’에서 남편과 그의 첩에게 버림받은 모녀(딸 아야코(綾子)는 양녀임)가 조선으로 건너가 겪는 파란만장한 삶을 그린 작품이다. 이 소설에서 이민의 땅 조선은 ‘내지’로부터 내몰린 약자에게 인생 반전의 땅으로 인식되고 있다. 그 점은 '이민 소설'이라 부를 만한 다른 작품, 즉 「이민」, 「뿌리」, 「망향」 등에서도 마찬가지다. 모범적인 이민에 필요한 덕목과 자세, 이민과 향수의 갈등 등을 다룬 이들 작품들에서는 결국 이민의 경제적 성공의 기준이 땅의 소유임을 제시한다. 그런 이민과 땅 소유의 문제는 '그 땅'에 '뿌리내린 자'로서의 삶을 바람직한 이민상으로 제시하는 유아사의 기본적인 사고와 무관치 않다.

「불꽃의 기억」에서 아야코 모녀의 성공은, 일찍이 '한일합방' 직후 조선으로 건너와 토지조사사업 과정에서 등기부에 소유권자가 명기되지 않은 토지를 탈취하여 부를 축적한 정치깡패 출신의 재력가를 만나면서 이뤄진다. 그는 근대 초기의 사쓰마(薩摩) 번주(藩主)인 사이고 다카모리(西鄉隆盛)의 조선정벌의 야망을 좇아 자신이 '적으나마 일부를 정복'하였다고 자부하던 자였다. 그가 세상을 떠나고 땅을 상속받아 그녀들은 대지주가 된다. 그의 유서에 따라 유일한 친족인 생질과 재산을 둘로 나누는 과정에서 아야코의 어머니는 거침없이 동산을 마다하고 토지(부동산)를 선택한다. 여자 혼자 몸으로 그 토지를 어찌할 생각이냐고 상대편 친족들이 걱정할 정도로 그것은 의외의 결정이었다. 반드시 성공하여 전남편과 그의 첩에게 복수하겠노라 다짐해 조선에 건너왔기에 그녀는 그런 결정을 한 것이다.

그렇듯 토지의 소유는 곧 이민의 성공을 의미한다. 그리고 그녀는 더욱 '완고한 지주 기질'을 발휘하여 지독할 정도로 악착같이 '그 땅'을 지켜나간다. 그런 땅에 대한 집착은 「이민」에서도 '내지'에서 손바닥만한 땅을 붙여먹고 살던 소작농이었던 마쓰무라 마쓰지로(松村松次郎)

가 지주의 꿈=이민의 유혹을 안고 조선으로 건너온 삶을 통해 그리고 있다. 유아사는 마쓰무라를 통해 '적응과 정직'이라는 덕목을 갖춘 바람직한 이민상을 제시한다. 마쓰무라의 장례식에서 조선인들은 "아, 좋은 사람이 갔다. 이런 일본인은 본 적이 없다. 이후에도 없을지 모른다"라는 말을 주고받는 상황으로 소설을 맺고 있다. 마쓰무라가 아내와 사별 후, 이웃집의 정숙(貞淑)이와 이른바 '내선잡혼(內鮮雜婚)'에 이르는 상황도 그의 성공적 이민을 형상화하려는 의도와 결코 무관할 수 없다. 작품상에 드러나는 '일선혼잡'의 전체적인 구조는 바람직한 이민상을 제시하는 데까지 이어짐에도 불구하고, 유아사는 땅의 소유=자기화를 이민의 성공조건으로 제시하는 모순을 무의식 속에 드러내고 있다. 다시 말해, 그런 사고의 저변에는 일방적으로 조선인의 주변화=후경화를 강요하는 무의식이 내재해 있다.[25] 실제 그의 소설에서는 「간난이」를 제외하고 조선인이 주변화되어 그려져 있다. 「이민」의 경우에 조선인이 성공한 이민자의 헌신과 봉사의 일방적인 수혜자로 상정되었던 것도 그런 무의식의 결과라고 할 수 있겠다. 그런 무의식 속에서 유아사는 식민지와 '내지'라는 두 장소의 의미상 차이를 민족의 차이로 등치해 재현시킨다. 그를 통해 조선을 서열화된 민족관계가 만들어지는 장소로 그리고 있는 것이다.

---

[25] 이 점에 대해 이케다는 "후경으로서, 첨경(添景)으로서만 그려진 그들(조선인 - 필자 주)과 주인공인 일본인과의 사이에서는 주인공이 그들을 바라보는 시선은 있어도 주인공을 보는 그들의 시선은 없다"(앞의 책, 625쪽)라고 지적하고 있다. 또한 최근 와타나베 나오키(渡辺直紀)는 나카니시 이노스케의 소설을 대상으로 기술 언어와 타자의 인물 조형의 문제를 거론하면서, '국어'=일본어 소설에서 인물의 원근이 발생하는 실제를 다루고 있다(渡辺直紀, 「中西伊之助の朝鮮関連の小説について」, 『日本学』 22호, 2004 참조).

3-2. '귀성(歸省)' 소설의 조선

다음은 유아사의 소설 중 '귀성'을 소재로 한 작품을 통해 조선과 '내지'의 관계를 어떻게 그리고 있는지 살펴보고자 한다. 일본인이 '귀성'이라는 말을 사용한다면 일반적으로 일본으로 돌아가는 것을 의미한다. 하지만 유아사에게 '귀성' 장소는 오히려 조선이었다. 거기서 바로 '재조일본인', 특히 식민 2세라는 유아사의 존재적 위치가 분명히 드러난다고 하겠다.

「불꽃의 기억」에서 아야코는 자신의 과수원에 실습하러 온 학생인 도오루(融)를 사모한다. 그러나 도오루는 좌익 도서회원 사건으로 검거 직전에 부모에 의해 강제로 '내지'로 끌려간다. 이별 후, 아야코는 그를 쫓아 '내지'로 건너가 사회주의 운동에 투신하다가 결국 투옥된다. 옥중에서 전향을 강요받던 아야코는 어머니의 사망 소식을 듣고서야 '전향서'에 서명한다. 이 소설은 그녀가 출옥한 후 조선으로 돌아오는 길로부터 시작한다. 그리고 소설은 그 '귀성' 길에서 과거를 회상하는 형식으로 전개된다.

결국 어머니의 삶에 이어 다시금 '내지'에서 삶의 뿌리를 내리지 못하고, 패배자가 되어 돌아온 조선. 그녀는 '그 땅'=조선에서 악착같이 살아온 어머니의 모습을 마지막으로 집약하여 떠올린다. 그리곤 자신에게 다시 '일어서라'라고 부르짖는 어머니의 모습을 상상한다. 이케다 히로시는 이 소설을 '전향소설'로 분류하고, 전향자로서 다시금 일어서려는 결의와 '재조일본인' 지주로서 살아가려는 결의가 전혀 이질적인

것이 아니라고 지적하였다.[26] 그 점에서 이 소설은 프롤레타리아문학
운동에 참가했던 작가들이 이른 바 '만주문학'으로 전향할 때 '개척문
학'을 대안으로 여겼던 전향방식과 비슷한 작품구조를 띠고 있다고 할
수 있다. 또한 이 소설을 통해 유아사의 향후 문학적 선택도 '이민'을
소재로 한 '개척문학'으로 향하게 된다.

'귀성' 소재의 또 다른 작품은 「심전개발」이다. 이 소설은 순혈 지
향 사회의 바깥에서 살아가는 조선인과 일본인 사이의 혼혈아인 「대
추(棗)」(1937)의 주인공 '긴, 다로(金. 太郎)'가 '내지'에서 성장한 모습으
로 '귀성'한 직후의 일들을 다룬 작품이다. 유아사는 이 작품들을 통해
장소로서 '일선혼잡'뿐만 아니라, 인간관계 혹은 인간형의 구성에서도
'일선혼잡'의 전형을 창조하려 한다. 한 세대를 지낸 이민의 역사, 그것
은 자연히 혼혈인 혹은 혼혈 사회를 양산하기 마련이다. 잘 알려진 김
사량의 혼혈아 소재의 작품 「빛 속으로(光の中に)」가 '나'를 규정하는 이
름 '미나미(南)'와 '남(南)' 사이를 사는 의식적 혼혈인 '나'를 통해 혈통
적 혼혈아인 야마다 하루오(山田春雄)의 삶을 관찰하는 이중적 구조로
구성된 반면, 「대추」에서는 혼혈의 문제가 양자택일의 단순 갈등으로
이뤄져 있다.

혼혈은 인종의 혼교(婚交)에 의해서 두 인종 사이의 '일치와 차이'[27]
를 동시에 만들어낸다. 그러나 「대추」는 그 '일치와 차이'가 동시에 내
재하는 '사이'의 혼혈성을 다루기보다 오히려 각각을 분리시키는 역학

---

26) 池田浩士, 앞의 책, 596쪽.
27) 小山英三, 「植民社会学と混血現像」, 『高田先生古稀祝賀論文集 −社会学の諸問題』, 有
　　斐社, 1954, 414쪽.

이 작용하는 세계를 다루고 있다. 「대추」는 '긴, 다로'를 통해 그와 같은 두 민족의 혈연적 확집(確執) 속에 방황하며 굴절된 채 살아가는 혼혈아의 삶을 보여주고 있다. 즉, '긴, 다로'는 식민지 사회의 모순을 한 몸에 안고 성장하는 인물이다. 또한 그가 사는 곳은 강한 혈연적 인력이 작용하는 장소이다. 당시는 그런 혼혈 사회에 가해지는 정치적 혹은 법적 폭력에 대해 비판적 견해를 개진하기가 좀처럼 어려웠던 시기였기에, 작가는 「대추」를 가리켜 "검열망의 눈을 피해서 미약하나마 저항한" 작품이라고 회고하고 있는지 모른다.[28]

그런 '긴, 다로'가 법적으로 일본인이 되어 '내지'로부터 조선으로 5년여 만에 '귀성'한 후 옛 교우에게 전보를 보내면서 「심전개발」은 시작한다. 유아사는 이 소설을 통해 「대추」의 '긴, 다로'라는 창조된 '일선혼잡'의 새로운 인간형(국민)의 성장에 다시 관심을 보인 것이다. 이 소설은 작품 「대추」의 '현실로부터 도피'해 떠났던 '내지'에서 (조선으로) '귀성'한 '긴, 다로'의 이야기인 것이다. 이 소설에는 그가 옛 교우들과

---

28) 湯浅克衛, 「あとがき」, 『カンナニ』, 講談社(池田浩士 편, 앞의 책, 522쪽). '긴, 다로'에게 정체성의 문제가 중대한 선택 사항으로 받아들여지는 계기는 그가 취학 연령이 되어 학교를 선택해야 하면서부터이다. 당시 조선의 교육제도는 조선인은 '보통학교'에, 일본인은 '소학교'에 취학하는 이원적인 구조였기 때문에, 혼혈의 '긴, 다로'로서는 취학 제도의 양자택일이 곧 정체성의 양자택일의 문제일 수밖에 없었다. '아버지(조선인)의 핏줄'인가, '어머니(일본인)의 핏줄'인가라는 양자 구도는 확실히 혼혈아의 자기분열적인 신체성을 표상하고 있다. 결국, 소설에서는 '일본인이기 때문에', 혹은 '일본인이라면'이라는 일본인의 서사 속으로 함몰되어 가는 한계를 보인다. 그런 분리주의에 기초한 취학제도에 대한 비판은 곧 유아사의 '일선혼잡'의 사고에 기초하고 있다고 할 수 있다. 이 소설에서도 어김없이 초기 식민자로서 노인 이누이지지(乾爺)가 등장하며, 그는 '긴, 다로'에게 '일본인이 되어라'라며 일본정신을 강요하는 서사를 주도한다. 그 또한 뒤에서 살피겠지만, 식민 1세대에 대한 비판을 통해 조선에서의 식민의 삶으로부터 새로운 희망을 발견하려는 작가의 의도가 있는 것이라고 할 수 있다.

"너무 성공해서 실패했다고 말할 수 있는"(191쪽) 식민정책으로 인해 변모한 조선에 대해 대화를 나누며, 5년 전 조선의 과거를 대비해 회고하는 장면이 자주 나온다.

또한 '보통학교'를 나온 소녀가 일본문을 읽어내는 풍경, 공업화한 조선, 일본어로 표현된 경성의 거리명, 조선어와 일본어가 혼재되어 오가는 경성 풍경, 오뎅집으로 가는 조선인과 주막으로 가는 일본인, 조선 노래(권주가와 수심가)를 듣고자 하는 '내지'로부터의 귀성자('긴, 다로'), 조선 술집에서 어눌한 오사카(大阪) 사투리를 쓰는 '기지배'의 '내지'에 대한 동경 등의 삽화가 나열되어 있다. 그런 새로워진 조선의 풍경들을 통해 '현실로부터 도피만 하려던' '긴, 다로'는 5년여 만에 돌아와 깊은 감회에 잠기게 된다.

그럼, 여기서 이상 두 편의 소설 속 주인공의 여로를 분석하여 각 장소의 의미를 살펴보자. 우선 「불꽃의 기억」에서의 여로는 (-① 일본 → ① 조선 → ② 일본 → ③ 조선으로 설정되어 있다. -①은 조선을 삶의 장소로 선택한 사연을 지닌 장소이며(그러나 괄호를 친 이유는 '귀성'하는 주인공 아야코에게보다는 그녀의 어머니에게 사연이 있는 장소이기 때문이다), 이 소설의 출발점이자 아야코가 '귀성'의 장소를 조선으로 상정할 수 있는 전제이다. 그 전제 위에 소설은 ②와 ③의 사이인 현해탄의 부관연락선으로부터 출발하여, ①과 ②는 회상으로 처리되고 ③에서 끝을 맺고 있다. 즉, 그것을 다시 구성해 보면 ② 일본 → (회상: -① 일본 → ① 조선 → ② 일본 →) ③ 조선과 같다.

그리고 「심전개발」은 이 작품이 「대추」의 연작이라는 전제에서 보았을 때 ① 조선 → ② 일본 → ③ 조선으로 설정되어 있다고 할 수 있다. 그러나 ③만이 실제 소설이 전개되는 무대이며, ①은 주인공이 과거(「대추」)를 회고하거나 옛 교우들과 해후하며 회고하는 장면을 통해 묘사되고 있다. ②는 '5년 동안'이라는 시간이 명기되어 있으나 그다지 비중 있게 다루고 있지 않다.

위와 같이 두 소설의 중요한 서사구조인 주인공의 '귀성' 과정을 제시한 이유는 그 각각의 장소가 지니는 의미를 분석하기 위함이다. 앞서 전향소설로서 「불꽃의 기억」의 성격을 밝힌 바 있다. 「불꽃의 기억」의 −①이 어머니가 버림받고 떠난 장소라면, ②는 아야코가 버림받고 떠난 장소이다(작품에서 그녀는 일본에서 애인 도오루에게 배신당하고, 사상적으로 좌절＝전향하여 돌아온다). ①은 어머니에게는 선택과 이민의 성공을 통해 −①이 자신에게 부여한 가혹했던 삶을 극복하는 장소이지만, 아야코의 입장에서는 거스를 수 없는 운명의 장소이다. 그리고 ②에서의 사상적 좌절은 어머니의 삶을 껴안고 다시금 일어서려는 결의와 함께 ③으로 향하는 계기가 된다. 즉, ②는 전향의 장소이다. 그 결과로서 ③으로의 귀성을 통해 그곳에서의 삶을 운명적으로 받아들이게 된다. 다시 말해 앞의 여로에서 아야코에게 ①이 불가항력의 운명이 지배한 결과의 장소라면, ②는 자기 결정으로 선택한 장소이고, ③은 운명적인 삶으로 회귀한 장소이며 새로운 결의의 장소라고 할 수 있다. 그런 측면에서 이 소설이 '귀성' 소재 소설의 성격을 지니고 있다고 말할 수 있다.

「심전개발」에서는 그런 맥락이 더 분명하게 드러난다. 그 전편 「대추」와 연결되는 ① → ② → ③의 스토리 구성이 단순할 뿐만 아니라, ②의 과정을 극단적으로 생략함으로써 ① → ③의 '귀성' 경로를 분명히 하고 있기 때문이다. 「대추」의 현실=①은 '검열망의 눈'을 피해서 그려야만 했던 세계이다. 「심전개발」에서 기억하는 것에 따르면, 과거의 조선은 "5·6년 전까지 상급학교에서 보통학교에까지 파급된 휴교 소동"(191쪽)이 있었던 저항하는 조선이었다. 그러나 ③은 식민정책이 '너무 성공해 실패'라고 말할 정도로 급변한 조선의 모습만이 눈으로 확인되는 장소이다. ②의 극단적인 생략은 ①과 ③의 그런 극단적인 대비를 가능케 한다. ①과 ③의 차이(혹은 변화)는 단순히 5년이라는 객관적인 시간 경과의 결과라기보다, 5년이 지난 뒤 유아사 자신의 주관적인 인식 변화의 결과라고 보는 것이 타당할 것이다. 그렇게 볼 때, ②는 「불꽃의 기억」의 ②와 의미상 그다지 큰 차이가 없는 장소라고 하겠다. 결과적으로 「심전개발」의 ①과 ③도 각각 「불꽃의 기억」의 ①과 ③과 같은 의미의 장소로 파악될 수 있다.

이렇게 「불꽃의 기억」과 「심전개발」에서 '귀성'의 장소인 각각의 ③은 식민자의 새로운 운명의 선택(과 결의)을 확인시켜주는 장소로 설정되어 있다. 앞서 두 작품보다 2년 정도의 후작으로 여겨지는 또 다른 '귀성' 소재 소설 「하야마 모모코(葉山桃子)」에서, 유아사는 식민 2세들이 '귀성'하여 '자기 고향을 재발견'하게 된다는 설정을 통해 조선이라는 장소에 자신의 운명과 결의를 결합시키려는 태도를 더욱 분명하게 보여주고 있다. 물론 그것은 첫 공모작인 「간난이」부터 '일선혼잡'의 조선사회의 가능성(『문학평론』의 「간난이」에서는 확인할 수 없으나, 전후 개작(복원)된 「간난이」에서는 간난이가 살해당함으로써 무참히 실패로 끝이 난다)을 타진했던 유아사의 변함 없는 조선에 관한 사고에 따르고 있다. 그런 시도는 점차 더 깊이 있게 '일선혼잡'한 사회모델과 인간형을 소설을 통해 제시하며, 그 성공적인 케이스를 「이민」, 「뿌리」, 「망향」 등의 작품을 통해 보여주고 있다. 그와 같은 작품들에서 일관적으로 제시된 명제가 바로 '뿌리내린 자'의 삶이다. 「불꽃의 기억」과 「심전개발」의 결론도 예외는 아니다. 「불꽃의 기억」에서 아야코의 '귀성'뿐만 아니라, 「심전개발」의 '긴, 다로'가 식민지 관료인 옛 교우 이지마(飯島)에게서 '도쿄를 그리워하는 정'을 엿보거나, 조선 술집 '기지배'가 내뱉는 '내지'에 대한 가련한 동경[29]을 듣는 것은, '긴, 다로'를 통해 유아사가 그 후 식민자의 임무와 결의로서 '뿌리내린 자'라는 명제를 떠올리기에 충분한 조건이다.

3-3. 조선에 '뿌리내린 자'의 삶

「뿌리」와 「망향」 등의 작품은 유아사가 모색한 '뿌리내린 자'라는 명제를 통해 새롭게 이민의 문제에 접근하려는 태도를 보인 좋은 예이다. 두 작품은 「이민」에서 바람직한 이민상의 전형화에 지나치게 경도된 한계를 극복하고자 한 노력이 보인다. 이 두 작품의 내용은 이민자의 향수와 이민 사이의 내면적 갈등을 중심에 두고 있으며, 바람직한

---

29) 좀더 구체적으로 이야기해야 할 듯하다. 조선 술집의 '기지배'가 '긴, 다로'에게 발송지 인장이 찍힌 봉투 하나를 내민다. '도쿄시 조토쿠 오시마마치(東京市城東区大島町)'. '긴, 다로'는 '오시마마치(大島町)'라고 적힌 것을 보고 그녀의 오빠 직업이 '쓰레기 청소부'나 '도로 공사 인부' 정도일 것이라 떠올린다. 그러자 그녀는 묻는다. "넝마주이(バタヤ)라면 무슨 일을 하지요, 대개 벌이가 좋다던데"라고. 그 말만을 남기고 소설은 끝난다. 그녀는 'バタヤ'라는 일본어의 의미를 모르고 있고, 그저 돈을 잘 버는 직업이라 믿고 있다. 그런 오빠에게 가겠다는 술집 '기지배'의 가련한 사정 이야기가 남긴 것은 바로 동정과 교화의 대상=조선 사회의 모습 그 자체이며, 또한 '뿌리내린 자'로서의 자신의 임무 혹은 과제일 것이다.

이민자의 덕목으로서 「이민」에서 제시한 적응과 정직보다 운명과 희생을 중요하게 다루고 있다.

> 타관에 벌이하러 나온 근성을 단념하지 않는 한 일본은 토지를 넓혀도 그 땅에 복수될 것이다…(중략)…마치 뿌리 없는 풀(根無し草)이 아닌가. 뿌리 없는 풀이 흘러들어 마을을 이루고 있는 동안은 토지는 결코 굳지 않는다.(209쪽, 강조점 – 인용자)

위의 인용문은 「뿌리」의 등장인물 마쓰바야시(松林)가 취중에 사키코(咲子)라는 유랑 게이샤에게 힐난조로 내뱉은 말이다. 그는 7년 간이나 나진에서 통신원 생활을 하고 있는 인물이다. 도쿄에 대해서는 실업과 아픈 실연의 기억밖에 없는 주인공 무로토(室戶)는 신문기자를 상상하고 "스스로를 철저히 개조하기 위해"(208쪽) 조선에 건너 왔다. 그러나 실상 그가 하는 일은 '언문신문을 구축(驅逐)'하고 '일본자(日本字) 신문'을 확장하는 일이었다. 그런 생활을 시작하고 채 1년이 지나지 않아, 마쓰바야시에게 조선 생활에 대한 조언을 구했을 때, 그는 "일본인이 내지에서와 같이 생활하려 하면, 그것은 실패하게 된다"(207쪽)는 말을 듣는다. '내지'의 일본인과 다른 일본인, 즉 '재조일본인'의 정체성과 관련해 '조선인의 얼굴을 한 일본인'이라는 이민자의 모습을 강조했던 유아사의 말이 떠오르는 대목이다. 그리고 「뿌리」에서는 '재조일본인'의 바람직한 삶은 '그 땅'=조선에 뿌리를 내린 정착자의 삶임을 제시한다. 그러나 그것을 실제 깨닫게 한 것은 마쓰바야시의 '죽은 얼굴'이나 '자극 없는' 삶의 모습으로 '적응하기만 하면 그 땐 이쪽의

것(승리-필자 주)'이라며 '그 때'만을 기다리는 지식인의 관념적 태도가 아니었다. 마쓰바야시의 그런 관념적 삶에 대비적으로 들려오는, '많이 잡았다'(조선어)며 풍어의 기쁨을 노래하는 어부들(그 중에서도 주위에서 엉뚱하고 하찮게 여기던 '돈가메[どん亀, 자라]'라 불리는 어부)의 삶을 통해 진정한 '뿌리내린 자'의 삶의 모습을 확인하고 무로코는 가슴 벅차게 감격한다.

그런 식민자의 '적응'이라는 명제를 더욱 극명하게 보여준 작품은 「망향」이다. 이 소설에서도 「불꽃의 기억」에서 조선의 '일부를 정복'한 지주나 「이민」에서 '땅'을 찾아 이민해 온 마쓰무라와 같은 초기 이민자를 등장시키고 있다. 그 주인공 후키야 고스케(吹矢吳助)는 러일 전쟁 이후, 만주와 조선의 방어군으로 조선에 건너와 그대로 눌러 산 인물이다. 손바닥만한 '땅'도 소유하지 못한 가정의 5남으로 태어나 어려서부터 가족의 곁을 떠나 타관 생활을 했던 후키야는 자신에게는 '고향'이 없는 것과 마찬가지라며 자신이 뿌리를 내릴 수 있는 '이 땅'=조선이 곧 '고향'이라 말한다. 하지만 그와 같은 이민 1세대는 조선을 고향이라 의식적으로 스스로 강제하면 할수록 망향의 정이 깊어간다. 후키야의 처 이토에(絲江)는 자신의 딸이 조선의 아이들과 어울리는 것이 싫어서 항시 곁에 두고 생활한다. 그러면서 딸에게 고향의 추억을 들려준다. 또 그녀는 '삼천 엔이 모아지면' '내지'로 돌아갈 것을 남편에게 주장한다.

아내와 첫째 딸을 데리고 조선에 와서 4년째 되던 해에 둘째 딸을 얻은 후키야는 딸의 이름을 조선의 '선(鮮)'자를 따서 '아사코(鮮子)'라 짓는다. 그보다 선행 소설 「불꽃의 기억」과 「이민」 등에서 보여주지 못했던 이민 1세대의 내적 갈등을 이 작품은 부부의 '고향'에 관한 생각의 차이를 통해 피로하고 있다. 이 소설의 모티브는 바로 이런 이민의 희망과 향수의 갈등인 것이다.

　20여 년 동안의 식민 생활, 아내의 죽음 뒤에 후키야는 혼자서 두 딸을 키우게 된다. 주위의 식민자들 사이에는 '내지'의 연(緣)을 잇기 위해 사내자식들을 '내지'의 처자와 혼인시키려는 풍조가 있었다. 오랜 이민 생활에서 '내지'와 연을 잇는 유일한 방법은 순혈의 혼인 관계를 맺는 것이었다. 그것이 식민자의 이민과 향수 사이의 갈등을 해소하는 유일한 희망이었다. 후키야는 그런 풍조의 피해자가 된다. 자신의 큰 딸과 정혼했던 동업자의 아들이 '내지'로부터 아내를 맞이하는 배신을 당한 것이다. 그 충격에 노여워 하지만, 오히려 후키야는 아사코의 모습에서 "이 땅에 피어난 꽃은 자연스러운 성장"(227쪽)을 하고 있음을 보려 한다. 아사코를 바라보는 후키야의 시선을 통해 유아사는 식민 1세대의 자기비판을 담으려 했던 것이다. 후키야는 자연스레 '이 땅'에 뿌리를 내리고 자라는 꽃과 같은 아사코의 모습에서 새로운 희망을 느낀다. 그 점에서 이 소설의 소재나 주제도 장소에 의해 규정되는 정체성이 피의 순수성보다 중요시되는 유아사 문학의 지향, 즉 '일선혼잡'의 기본적 구조와 같은 맥락에 있다고 할 수 있다. 그것은 후키야 개인 차원의 문제가 아니라 식민정책의 차원에서 발견된 새로운 희망인 것이다. 또 유아사는 아사코를 통해 바로 '이 땅'＝조선이라는 장소와 동일화된 인물의 전형을 구하고 있는 것이다.

　앞서도 언급했지만, 이후 「하야마 모모코(葉山桃子)」에서는 식민 2세인 모모코를 주인공으로 한 '부모들의 고향이 아닌 자신의 고향' 이야기를 만들어간다. '내지'의 어느 특정 지역 출신이라는 인연을 매개로 한 동향성(同郷性)이 강한 식민 1세대는 이향(離郷)의 서사를 내면화하는 가운데 '고향' 의식을 창조한다. 그 때 조선은 '고향'에 대해 이향 대립적인 존재로 표상되기 마련이다. 그에 비해 모모코와 같은 새로운 세대의 '고향' 의식은 1세대로부터 물려받은 유산인 이향의 기억을 해체=탈구축하는 데서 출발한다. 그것이 식민의 주체화와 관련한 문제가 되고, '그 땅'에 동일화된 '고향' 의식으로 구축된다. 물론 그 방향은 식민통치상의 '조선의 재인식'과 무관하지 않다.[30]

이미 「이민」에서 주인공 마쓰무라의 장대한 장례식을 묘사하며 조선을 그의 '분묘의 땅'으로 그린 바 있는 유아사는, '재조일본인'의 현재적 삶과 '쫓겨난 조국'의 기억(그러나 그것은 향수로 재현된 기억) 사이의 갈등을 위와 같이 '뿌리내린 자'로서의 삶의 문제와 더불어 주요한 테마로 다루었다. 그 안에서도 조선의 운명을 문자 그대로 자신의 운명과 같이 느끼며 살아가는 식민의 모습을 제시하려 하였다. 그 결과, 『머나먼 지평(遙なる地平)』(1940)에서 식민자인 이치키 슌조(一木俊三)를 제어하여 "조선에서 자란 우리들은 가장 잘 알고 있다"고 인식케 한 것처럼, 유아사는 자연스럽게 타자를 숙지하고 있다는 "오만한 착각" 속에

---

30) 당시의 검열관 岸加四郎의 보고서는 그 점에 관해 이렇게 말하고 있다. "만주사변 이후 내지에서는 대륙병참기지로서의 조선 재인식이 시작되면서 조선에 대한 관심이 급격히 높아졌다."(岸加四郎, 「朝鮮出版文化小觀」, 『朝鮮』, 1942. 10, 59쪽, 강조점−인용자). 그리고 "근래 조선경제계에 대한 여러 논의와 황민연성(皇民練成), 내선일체 구현 등에 관한 보고적 기록과 이런 테마를 지닌 소설과 수필 등이 상당히 등장하는 것도 조선 사회의 시대상을 말하는 것이다. 이런 점에서 국문 단행본은 성격적으로 보아 관청성(官庁性)이랄까, 통치순응성(統治順応性)이랄까─물론 잡지에 대해서도 마찬가지지만─이 발견되는 것이다."(위의 글, 55쪽).

빠지게 된다.[31] 그런 착각 위에 '고향'=조선에 대한 애정과 그 장소에 일체화된 주체의 입장에서 그가 민족을 초월해 하나가 된다는 언어적 의미의, 이른바 '내선융화', '내선일체'의 길로 귀의한 것은 오히려 자연스러운 일일지 모른다.

4. '식민 2세 작가'의 등장과 문학사적 의미

유아사는 앞에서 살핀 것처럼 「간난이」의 작가로서 '일본문학자의 양심의 등불'이라는 평가와 '전쟁추진작가'라는 오명 사이의 양극단을 오가며 평가를 받고 있는 작가였다. 그래서 그가 검열에 의해 '무참한 모습'으로 소개되었던 「간난이」라는 한 작품에 고집스럽게 집착했고, 패전 직후 그 작품에 대한 복원작업에 착수하여 과거 자신의 잘못된 행적에 대한 '면죄부'로 삼으려 했는지 모른다.

박춘일이 지적한 대로라면, 재일조선인(한국인) 사이에도 「간난이」는 많이 읽혀왔다. 물론 그것은 전후의 상황이다. 왜 그 소설이 재일조선인(한국인)에게 많이 읽혔을까. 박춘일은 그 소설이 지니는 '리얼리티'와 '시적 형상화'의 매력 때문이라고 했지만, 사실은 한일근대사에 있어 자민족이 지니는 윤리상의 상대적 우위를 확인하기 위한 이유가 더 클 것이다. 박춘일의 작업을 비롯해 다수의 연구자들에 의한 '일본근대문학에 나타난 조선상'이라는 테마 자체가 그런 목적을 내재하고 있다고 볼 수 있다. 필자는 그런 방법으로 유아사 문학을 읽는 태도가

---

31) 池田浩士 편, 앞의 책, 651쪽.

범하게 되는 편협함의 오류를 문제 제기하면서 이 글을 시작하였다.

흔히 '개척문학'으로 분류되는 그의 '이민소설' 안에서 선의나 악의를 넘어서 조선을 누구보다 잘 '알고 있는' 타자라고 생각하는 '오만한 착각'이 '내선일체'라는 이념에 제어됨을 보았다. 그러나 다른 측면에서 보면, 누구보다 잘 '알고 있기' 때문에 굳이 표현할 필요를 느끼지 못하는 무의식이 유아사를 지배하고 있었는지 모른다. 그러하기에 이미 누구보다 잘 '알고 있는' 타자보다는 그가 흥미를 가지고 주목했던 것이 식민자의 삶이었는지 모른다. 실제 그의 작품에 등장하는 조선인은 작품을 구성하는 소품에 불과했다. 그래서 필자는 그의 조선 소재의 작품에 나타난 식민자들의 삶과 그들의 '고향' 의식에 초점을 맞추고, 또한 한 식민자 작가가 일관된 주제로 연작한 작품들을 나열해 살펴봄으로써, 어떻게 그 작품이 자신(식민자로서)의 문제를 심화시켜 그려내 갔는가를 확인하였다.

그 때문에 필자는 조선(인) 소재 소설을 사적으로 검토하면서, 유아사와 같은 '식민 2세 작가'의 등장이 지니는 문학사적 의미를 살펴본 것이다. 식민본국에서의 '외지'에 대한 깊은 관심을 배경으로 '그 땅'에 사는 식민 2세 작가들의 등장은 1930년대 후반기 일본문학의 큰 특징 가운데 하나였다. 필자는 그런 측면에서 일본근대문학사에 차지하는 유아사 문학의 위치를 이 글을 통해 확인할 수 있기를 기대한다.

제4장

월경(越境)하는 작가의 상상력
— 나카지마 아쓰시(中島敦) 문학을 중심으로

1. '나'는 누구인가, 그리고 국민국가적 상상력의 너머에서

그도 공자의 설을 따라서 술이부작(述而不作)의 방침을 고집했다. 그러나 그것은 공자의 그것과는 다분히 내용을 달리하는 술이부작이었다. 사마천에게 단순한 편년체의 사건 열거는 아직 '기술할 술(述)'에 속하지 않는 것이었고, 또 후세 사람들이 사실 그자체를 아는 것을 방해하는 듯한, 너무나 도의적인 단안(斷案)은 오히려 '꾸밀 작(作)'의 부류에 속한다고 생각했다.(『中島敦全集3』, 77쪽)[1]

졸라 선생의 지나치게 번거로운 사실주의가 서구 문단에서 유행한다고 들었다. 눈에 비치는 사물을 빠짐없이 세세하게 나열함으로써 자연 사실

---

[1] 이하 『全集』의 인용문은 권수와 쪽수만을 적어 내주 처리한다.

을 묘사할 수 있다든가. 그런 고루함 쯤은, 비웃어야 한다. 문학이란 선택이다. 작가의 눈이란 선택하는 눈이다. 절대적으로 현실을 묘사한다니? 누가 모든 현실을 파악할 수 있으랴. 현실은 가죽. 작품은 구두. 구두는 가죽으로 만든다고 해도 단순한 가죽이 아니다.(『全集1』, 235쪽)

위의 두 인용문은 나카지마 아쓰시(中島敦)의 소설 중 대표작으로 손꼽히는 두 작품 「이능(李陵)」과 「빛과 바람과 꿈(光と風と夢)」에서 인용한 것이다. 이 소설들의 등장인물인 사마천과 R·L·스티븐슨은 '기'록하는 자로서 숙명적 삶을 살았던 인물이다.[2] 따라서 이 두 인용문은 동서양의 구분을 넘어 과거 혹은 역사 안의 자기나 타자의 삶을 서사하는 의미의 '기(記)'를 숙명으로 여기고 살아온 인물들의 전거를 통해 자신의 문학관을 피력하고 있는 부분이라고 할 수 있다.

그런 나카지마의 작품 세계를 엿볼 수 있는 소설집이 한국에서 처음 번역·출간된 것은 1993년이었다. '요절한 작가'라는 번역서의 표지 문구처럼, 그는 서른셋의 나이에 세상을 떠난 작가이다. 그가 남긴 작품 수나 한국에서의 인지도 면에서 볼 때, 그의 작품이 한국어로 번역된 것은 조금 뜻밖의 일이기도 했다. 하지만 그 소설집 안에 수록된 작품들을 살펴보면 결코 뜻밖의 일만은 아니라는 사실을 확인하게 된다. 그 안에는 모두 중국의 고전을 소재로 한 「산월기」, 「명인전」, 「제자」,

---

2) 나카지마는 이능이 궁형에 처하면서까지 "'자신'이 비참하게 짓밟혔지만, 수사(修史)라는 일의 의의는 의심치 않는"(『全集3』, 85쪽)다고 하거나, 스티븐슨이 "하나의 풍경을 보고 거기에 어울리는 사건을 머리 속으로 구상하는 것은 어려서부터 식탐과 같을 정도로 강한 본능"(『全集1』, 211쪽)을 지녔다고 했다. 나카지마에게 그들은 '기'록하는 자로서의 숙명적 삶을 살았던 인물들로 묘사되고 있다.

「이능」 등 네 작품이 수록되었다. 책 제목도 '역사 속에서 걸어 나온 사람들'이라고 새롭게 부여되어 있다. 책의 서문을 쓴 신용복은 "때와 장소를 추월해 생환된 역사의 사람들을 삶의 현장으로 인도하는 이른바 '생환의 완성'도 어차피 당대 사람들이 고뇌해야 할 몫"임을 강조하며, 독자에게 나카지마 소설에 대한 창조적 글읽기를 권유한다.[3] 신용복의 말에서는 적어도 나카지마 소설이 동아시아 공통의 독서물, 즉 「인호전(人虎傳)」, 「열자」, 「논어」, 「사기」 중의 인물들을 전거로 해서 근대적으로 재해석한 것이기 때문에 공통의 이해가 가능하리라는 전제를 엿볼 수 있다.[4]

하지만 한국인(혹은 재일한국인)이 나카지마 문학에 처음 관심을 갖게 된 계기는 한국어로 번역된 소설집에 실린 작품들보다 그가 습작기에 유년기 식민지 경험을 배경으로 쓴 「순사가 있는 풍경(巡査の居る風景)」, 「D시 7월의 서경(D市七月の叙景)」, 「호랑이사냥(虎狩)」과 같은 작품들이다. 이 작품들은 1980년대 이후에 일본에서 간행된 식민지 문학의 앤솔러지에 수록되기 시작하면서 포스트 콜로니얼의 문제를 다루는 데 자주 거론되어온 소설이었다.

그렇다면, 이제 나카지마는 동아시아 공통의 독서물에 대한 재해석을 통해 재창작한 소설의 작가와 포스트 콜로니얼의 문제를 거론함에 있어 적절한 작가라는 두 방향에서 한국인의 관심을 받기 시작했다고 할 수 있다. 이 글에서는 그런 두 방향의 관심이 결코 변별적인 내

---

3) 나카지마 아쓰시, 『역사 속에서 걸어나온 사람들』, 명진숙 옮김, 다섯수레, 2004, 24쪽.
4) 특히 『사기』를 전거로 한 「이능」의 경우는 1944년에 이미 루시시(盧錫熹)가 중국어로 번역하여 대평출판공사(大平出版公司, 上海)에서 출간된 바 있다.

용이 아니라는 점을 살펴보고자 한다. 나카지마는 근대국민국가, 언어나 문학이라는 제도 등에 대해 스스로가 안고 있는 숙명적 속박을 오히려 역설과 일탈을 통해 작품화한 작가 중 한 사람이었다. 습작기와 초기 소설에서 조선·만주의 '북방' 식민지 경험을 바탕으로 작품을 썼던 그는, '자기' 회의로부터 사소설의 실험을 거친 후에 과거=역사(문자)에 대한 회의로, 그리고 문부성 촉탁으로 임명되어 사모아 섬 등 '남방' 식민지로 떠나 그곳의 경험을 작품화할 때까지 시간상 혹은 지리상으로 '전방위적'이라는 수사에 어울리는 작품 세계를 구축한 작가였다.[5]

---

5) 이 점에 대해서는 부연이 필요할 듯하다. 근대 일본은 1945년 패전까지 "전방위에 걸친 집약적인 방사형"(姜尙中, 『オリエンタリズムの彼方へ』, 岩波書店, 1996, 86쪽)의 식민지 제국이었다. 그 방사형의 중심='내지'는 원거리의 타자 혹은 그 지역에 대해 1920년대 이후 '외지'라고 공공연히 부르기 시작했다. 그 '외지'는 흔히 '내지 식민지'로 불리는 오키나와부터 홋카이도까지 동서로 횡단된 일본열도와는 상대적으로 남북으로 확대되어 갔다. 1910년 조선의 식민지화를 정점으로 1931년 9월 만주사변 이후 오족협화와 왕도낙토를 표방한 만주국의 건국은 관동군이 관할하는 '북방' 식민지의 상(像)을 확대시켜 갔다. 한편, 일찍이 타이완을 식민지화(1895)했던 일본은 제1차 세계대전의 종전 후 파리강화조약(1919)을 통해 남양제도에 관한 위임통치령을 국제적으로 승인받았으며, 태평양전쟁 후에는 동남아시아의 일부를 포식/점령하여 그 지역을 흔히 '남방'(혹은 '남양')이라 불렀다.
따라서 일본에서 흔히 식민지 문학이라고 부르는 장르는 거대한 일본 제국만큼이나 지역적으로 넓게 분포하였다. 앞서 지적한 바대로 크게는 '북방'과 '남방'으로 구분할 수 있고, 그 둘은 존재양상과 성격 면에서 크게 차이를 보이고 있다. 하지만 식민지 문학의 범주에 속하는 대개의 작품은 식민지(혹은 점령지)에서 '국어'로 국민의 일상=삶을 그리는 데 충실했다. 그것은 자신의 의지와 무관하게 '국어'로부터 자유로울 수 없는 작가로서의 삶에 동반된 숙명 혹은 필연이기도 했다.
그런 숙명적 속박에 대한 역설과 일탈을 작품을 통해 형상화한 작가 중 한 사람이 바로 나카지마 아쓰시였다. 습작기와 초기 소설에서 '북방' 식민지의 경험을 바탕으로 작품을 썼던 그는 '자기'에 대한 회의에서 비롯된 사소설적 경험을 거친 후에 과거=역사(문자)에 대한 회의로, 그리고 '낭질(狼疾)'에 걸린 와중에 '남방'으로 떠나 그곳의 경험을 소설화할 때까지 작품들을 통해 시간상 혹은 지리상으로 '전방위적'이라는 수사에 어울리는 세계를 구축한 작가라고 할 수 있다.

그런 그의 작품 세계를 분석하기 위해 이 글에서는, 우선 나카지마의 일본근대문학사적 위치를 밝히고, 그 다음 그의 문학의 출발점을 탐색하며, 더 나아가 작품 안에 담겨 있는 장소와 주체, 타자 경험과 '나는 누구인가'라는 자문(自問), 국민국가적 '경계'에의 대응 등에 관한 문제를 다루고자 한다.

2. '전후(戰後)' 와 나카지마 아쓰시

나카지마 아쓰시는 '전후'=패전 후 일본을 경험하지 못했다. 1942년 12월 4일, 그는 33세의 짧은 생을 마감한다. 잡지 『문학계(文學界)』(1942. 2)에 「산월기(山月記)」와 「문자화(文字禍)」가 게재된 것을 문단 데뷔의 시점으로 잡는다면, 그가 작가로서 살았던 삶은 1년도 채 되지 않는다. 하지만 그는 일본의 패전 직후 근대문학사가들에게 일찍이 주목받게 된다. 1947년 4월에 유고 와카(和歌)를 모은 「돌이 되었으면 좋을 밤의 노래(石とならまほしき夜の歌)」가 『예술(芸術)』에, 그리고 1948년 5월에 미완의 장편인 『북방행(北方行)』이 『표현(表現)』(第2号春季号, 角川書店)에 게재되었다. 그렇게 전후에도 작가로서 살아온 그의 삶을 찾는 작업은 계속 이어졌다. 그것은 패전의 상처가 채 아물지 않은 1948년부터 1949년 사이에 습작기의 작품들까지 모아 그의 문학전집(전3권, 筑摩書房)을 간행하는 성과로 이어졌다. 그와 같이 패전 직후부터 문학사가들이 그의 문학을 크게 주목한 이유는 무엇일까. 그 하나는 적어도 그의 작품 세계가 전쟁의 광기 속에 휩싸여 있던 당시 문학계의 동향과는 전혀 다른 길을 선택했다는 점일 것이다. 따라서 '전후'

일본 문학계는 나카지마와 같은 작가의 문학을 통해 과거 일본인 자신이 저지른 과오의 이면을 제시함으로써 근대문학사가 안고 있는 정신적 상처를 치유하려고 모색했던 것은 아니었을까 한다.

그런 문학사가들의 의도는 최근 근대문학사의 기술에서도 쉽게 발견할 수 있다. 이노우에 야스시(井上靖) 등이 편집위원으로 참여하여 간행한 『쇼와문학전집(昭和文学全集)』(전35권, 小学館)의 별권인 『쇼와문학사』(1990)[6]에서는, 전쟁 말기의 문학을 논하면서 이시카와 준(石川淳)이 공익우선과 멸사봉공을 공허하게 외치고 있었던 시국을 거들떠보지도 않았던 "유유자적한 정신 궤적"을 평가하고, 동일한 맥락에서 다자이 오사무(太宰治)나 호리 다쓰오(堀辰男)와 나란히 나카지마의 문학을 거론하였다.[7] 그 가운데 나카지마 아쓰시의 작품 「빛과 바람과 꿈」은 군국주의 전쟁 하에서 "가장 순결했던 예술파적 저항의 결실"(235쪽)의 하나라고 평가했다. 또한 오다기리 히데오(小田切秀雄)는 신감각파와 프롤레타리아 문학 작가들의 일부를 열거한 뒤, 역시 다자이, 이시카와, 사카구치 안고(坂口安吾) 등과 함께 나카지마를 언급하여 "예술적 저항파"라고 하나의 유파로 규정하는 것은 다소 부적절할지 모르지만, 분명한 것은 그들에 의해 "전쟁 하의 문학은 완전한 사멸(死滅)"의 상태로부터 지켜질 수 있었다고 지적하였다(小田切秀雄, 525쪽). 특히, 오다기리는 나카지마에 대해서 "고풍스런 문제와 새로운 내용"이라는 수사를 통해 별도로 좀더 상세히 소개하고 있는데, "시류의 압력

---

6) 이 글에서는 한국어 번역본 『일본쇼와문학사』(고재석·김환기 옮김, 동국대학교 출판부, 2001)에서 인용한다.
7) 위의 책, 234쪽.

에 규제되지 않고 비평성과 자유로운 표현력을 발휘"한 작가라고 하였다(532-533쪽). 일본의 근대문학사가 군국주의 전쟁에 굴복했지만, 또한 그 이면에는 "예술적 저항" 작가로 색인될 만한 작가에 대해 '전후' 근대문학사는 강조점을 두었고, 그 안에 나카지마가 포함되어 왔던 것이다.

나카지마가 남긴 마지막 유고인 「판타누스(열대성 상록 교목의 하나 - 필자 주)의 밑에서(章魚木の下で)」가 '전후' 일본에서 재독(再讀)되는 과정은 그에 대한 평가에 중요한 역할을 한다. 마지막 병상에서 집필된 것으로 알려진 그가 남긴 유일한 이 짧은 에세이는 『신창조(新創造)』(1943. 1)에 게재되었는데, 패전 후 얼마 지나지 않아 출간된 지쿠마(筑摩)서방의 전집에서는 「절필」이라는 타이틀로 개명·수록되었다.[8] 그러나 실제 원고에는 "혹시 제목이 필요하면 「판타누스 밑에서 생각했던 것(章魚木の下で考えたこと)」이라는 정도로" 해 달라는 문구가 연필로 적혀 있었다고 한다. 과연 '한가로운' 열대 표상의 판타누스 밑에서 그가 '생각'한 것이 무엇이기에, '전후' 문학자(그의 『전집』의 편집자)들은 그 에세이를 「절필」로 개명하여 읽었던 것일까.

나카지마는 1941년 6월 '남양청'의 편수서기에 임명되어 식민지용 국어교과서의 제작 준비를 위해, 당시 일본제국의 영토 안에 있던 '남방'의 파라오로 떠난다. 그리고는 약 6개월 정도 근무하다가 지병인 '심장성 천식'의 발작이 심해져 다시 '내지'로 돌아온다. 이 에세이는 그

---

8) 「章魚木の下で」는 『新創作』(1943년, 신년호)에 수록된 글인데, 筑摩書房 판의 1차 전집 3권(1949년)에는 「絶筆」이라는 제목으로 수록되었다. 실제는 원고의 여백 부분에 "만약 제목이 필요하다면 「판타누스 밑에서 생각한 것(章魚木の下で考えたこと)」이라는 정도로 해 둬 주세요"라고 연필로 씌어져 있었다고 한다(『全集3』, 479쪽).

동안 급변한 문단 상황을 보고 자신의 견해를 밝힌 글이다. 에세이는 "남양군도(南洋群島)의 토인들 사이에서 일을 하고 있던 기간은 '내지 (內地)'의 신문도 잡지도 일절 보지 않았다"(『全集3』, 125쪽)는 첫 문장으로 시작한다. 그 동안 자신은 "문학이란 것도 거의 잊고 있던 듯하다" 는 말로 이어간다. 1942년 일본은 이미 '총동원'(1937년) 체제하에서 태평양 전쟁에 돌입한 후였다. "작품에 시국성이 희박한 것을 우려해 억지로 국책적 색채를 입히는" 문학계의 모습이 그의 눈에는 못내 아쉽게 비춰졌다. "전쟁은 전쟁, 문학은 문학"이라는 소박한(?) 그의 생각에는 그런 문학계의 현실을 그대로 받아들일 수 없었다. 만약 전시하의 '국민의 한 사람으로서' 전쟁수행에 필요한 실무에 종사하고자 하는 작가가 있다면, 그는 "작가라는 이름을 반납"하고 그것을 수행하면 될 것이라고 말한다. '글을 쓰기 어려운 시기'라면 작가는 무리해서 글을 쓸 필요는 없으며, 그럴 때일수록 진정한 작품을 쓸 수 있을 때까지 작가들은 기다려야 한다고 피력한다. 이 세상에 문학의 '대용품'은 존재할 수 없다는 그는, 전쟁과 문학 역시 확연히 구별되어야 한다는 '생각'으로 글을 맺고 있다. 그 '생각'은 '전후' 일본의 문학자들에게 「절필」 선언으로 받아들여졌고, 결과적으로도 그 에세이는 그가 생애 마지막 남긴 글이 되었다.

나카지마가 세상을 떠나고 3개월 남짓의 시간이 지난 후, 나카무라 미쓰오(中村光夫)는 "전쟁소설이 횡행"하는 시대 현상이 상징하는 현대 문화가 '왜곡'된 시대, 즉 '전쟁광기의 시대'를 살다간 "문학의 순교자" 로 그를 묘사하고 있다. 또한 나카무라는 나카지마의 문학을 가리켜 "자연주의 이래 일본 문단을 지배해온 사소설의 이상에 대한 정면의 대항"이며 "서사와 인간적 진실의 결혼을 지향한 근대소설의 정도(正道)"를 가고자 했던 문학사적 시험이었다고 높이 평가하였다. 나카무라의 예지는 나카지마 아쓰시라는 존재와 그의 문학이 '전쟁의 시대'를 초월하는 '전후적 사고'의 전조를 지니고 있음을 발견한 것이다.[9]

3. '나'라는 존재의 상대화

그렇다면, 나카무라 미쓰오가 발견한 나카지마 문학에서의 '전후적 사고'란 어떤 것인지가 문제가 될 것이다. 나카지마 문학에서 '나는 누구인가'라는 질문은 결국 '나'라는 중심으로부터 일탈하려는 끊임없는 자기회의에서 비롯된 그의 문학 주제 중 하나이다. 나카지마는 그 질문을 통해 '나'라는 중심을 해체적으로 탐구하며, 그 중심의 복수성을 발견하려는 인식에 도달하고 있다. 그런 그의 문학 세계를 초기, 아니 습작기 작품에서부터 검토해가기로 하자.

나카지마는 습작기부터 복수의 단편을 하나로 엮어 제목을 붙여 발표하는 경향을 보여 왔다. 그의 그런 태도는 '나'라는 중심을 상대화하는 그의 문학적 주제에 대한 탐구를 위해 중요한 단서 중 하나라고 할 수 있다. 예컨대, 그는 작가로서의 꿈을 키우던 제일고(第一高) 시절 『교우회잡지(校友会雑誌)』에 투고하는데, 그의 첫 작품인 「단편 셋(短篇三つ)」(1928)에서부터 이미 「어떤 생활(ある生活)」, 「싸움(喧嘩)」, 「여자

---

9) 中村光夫, 氷上英廣, 郡司勝義編, 『中島敦研究』, 筑摩書房, 1978, 5-15쪽. 인용된 나카무라의 글(「青春と教養 – 中島敦について」)의 초출은 1943년 발행의 『批評』 4월이다.

(女)」라는 각각 독자적인 세 작품을 하나로 묶고 있다.[10] 그 다음 작품도 「궐·죽·노인(蕨·竹·老人)」과 「순사가 있는 풍경」을 하나로 묶어 「단편 둘(短篇二つ)」(1929)이라는 타이틀로 발표하였다. 그리고 중국의 한 도시(大連)를 배경으로 씌어진 「D시 7월의 서경」(1930)에서도 M사 총재의 일상, 중견사원 일가의 소시민적인 삶, 짐꾼과 같은 현지인 실업 노동자의 생활과 같은 각각 다른 계급의 삶을 독립적인 세 편의 이야기로 다룸으로써, 한 도시 속 인간의 삶이 있는 '서경'을 총체적으로 바라보았다. 그 작품도 앞서 두 작품과 같은 경향의 범주에 속하는 작품이다. 실질적인 문단 데뷔작인 「고담(古譚)」(「호빙(狐憑)」, 「미이라(木乃伊)」, 「산월기(山月記)」, 「문자화(文字禍)」로 구성)을 비롯해, 「과거장(過去帳)」[11](「카멜레온 일기(かめれおん日記)」, 「낭질기(狼疾記)」[12]로 구성), 「나의 서유기(わが西遊記)」(「오정출세(悟浄出世)」와 「오정탄이(悟浄歎異)」로 구성) 등 후작에서도 그런 태도는 이어졌다. 그와 같은 태도에 대해서 가쓰마타 히로시(勝又浩)는 나카지마의 '자질'에서 비롯된 것으로 판단하고, 나카지마 자신의 '독특한 체계 지향의 발로'이자 사물이나 현실을 항상 다각적·상대적으로 보려는 태도에서 비롯되었다고 지적하였다(『全集1』,

---

10) 하지만 이 세 작품 중에서 「어떤 생활(ある生活)」, 「싸움(喧嘩)」만이 게재되었다.

11) 절에서 죽은 사람들의 속명, 법명, 죽은 날짜 따위를 기록해두는 장부를 뜻하는 불길한 제목의 「過去帳」은 「かめれおん日記」와 「狼疾記」의 두 사소설로 묶여진 연작소설이다. 이 두 소설은 그가 문단 데뷔 이후에 발표한 소설 중에는 유일하게 일본을 공간적 배경으로 쓴 작품이다. 그 스스로의 삶을 투영한 이 작품은 나카지마의 두 번째 작품집인 『南島譚』(1942년)에 수록되어 있다.

12) 「狼疾記」의 제목으로도 쓰인 이 말은 『孟子』의 "養其一指, 而失其肩背, 而不知也, 則爲狼疾人也"(출전은 『孟子』의 '告子章句', 강조점 - 인용자), 즉 "손가락 하나를 아깝게 여겨 어깨와 등(몸)을 잃는지 모르는 사람이 곧 낭질인이다"는 문구에서 차용한 것이다.

480쪽).

소설 속 인물인 '나' 혹은 서술자를 주인공에 대한 관찰자인 동시에 주인공으로부터 관찰의 대상자로 위치시키는 인물 설정에서도 나카지마의 그런 자질은 잘 드러난다. '나' 혹은 서술자에 대해 유사성과 이질성을 동시에 지닌 인물을 주인공으로 설정함으로써 '자기'를 다각적으로 투영하고, 또 '자기' 스스로를 소설 속에서 상대화하는 방법을 자주 사용하곤 했다. 가령 「어떤 생활」의 '그'와 러시아인 '그녀', 「호랑이 사냥」의 '나'와 조선인 '조(趙)', 「두남 선생(斗南先生)」의 '산조(三造)'와 그의 조부 '두남(斗南)', 『북방행(北方行)』의 '덴키치(伝吉)'와 '산조(三造)' 등, 각각의 작품에서 나타나는 인물의 관계가 그 전형적인 예라고 할 수 있다. 그와 같은 인물 설정의 전형은 일단 그의 작품 중 사소설류에 속하는 「과거장」을 통해서는 과도기적인 성격으로 나타난다. 「과거장」 안에 수록된 두 개별 작품 「카멜레온 일기」와 「낭질기」에서는 자기분열적인 인물 관계로 설정된 『북방행』의 두 인물이 각각 '나'와 '산조'라는 인물로 분리되어 그려져 있다. 그 과도기를 거치면서 나카지마의 인물 설정은 사사키 미치루(佐々木充)가 '전생(転生)소설'류[13]라 지칭한 「나의 서유기」나 「이능(李陵)」에서처럼 '등장인물들에 의해 짜여진 대비적 관계성'의 형상화를 통해 '자아 없는 자아', 즉 '자아'라는 중심을 지양하는 방법으로 다시금 변화한다.

---

13) 佐々木充는 『中島敦の文学』(桜楓社, 1973)에서 나카지마의 문학을 크게 '사소설'류와 '전생소설'류로 나누고 있다. 그 중 '사소설'류의 대표작으로는 「과거장」 안의 작품 「카멜레온 일기」와 「낭질기」를 들고 있다. 조금은 낯선 '전생소설'류란 이미 존재하는 텍스트(주로 역사나 전승담) 속 인물의 삶을 소재로 한 작품들을 일컬으며, 그 범주에는 대표작 「이능」을 비롯해, 「산월기」, 「명인전」, 「제자」, 「빛과 바람과 꿈」 등의 작품들을 들 수 있다.

위에서 밝힌 바와 같은 작품 구성상이나 인물 설정상의 방법적 특징들을 염두에 두고, 이제부터는 나카지마 문학의 출발에 대해 논의해보고자 한다. 가쓰마타는 과연 "나카지마를 사로잡은 것은 무엇일까?"라는 다케다 다이준(武田泰淳)의 물음을 인용하여 묻고, 그는 '죽음'의 문제에 사로잡혔을 것이라고 대답한 바 있다. 나카지마 문학 안에서 죽음이란, 역설적으로 '생(生)에의 집착'으로 그려지고 있다. 인간에게 '죽음'의 문제는 철학과 종교의 경계에 있는 것일지 모른다. 병약했던 그는 자신에게 머지않아 찾아올지 모를 '죽음'을 느끼기 시작하면서, 여러 작품에서 죽음에 이르기까지의 삶의 기록, 즉 과거의 기억에 대한 회의와 존재의 '불확실함', '공포'와 '불안'의 문제를 집착증세까지 보이며 다루고 있다. 그런 기억에 대한 회의는 극단적으로 "자신이 죽더라도 그것들(세상의 모든 것 ― 필자 주)은 역시 존재한다"(『全集1』, 293쪽)는 공허한 '나'를 발견하는 것에서 비롯된다.

나카지마는 1909년에 도쿄에서 태어났다. 하지만 이듬해 부모의 이혼으로 사이타마(埼玉), 나라(奈良), 시즈오카(静岡) 등으로 전전하며, 그 스스로가 말하는 '방랑'의 시절이 시작된다. 1920년에는 '경성'의 용산중학교의 한문 교사로 부임하는 그의 아버지 나카지마 다비조(中島田人)를 따라서 식민지 조선에서의 생활을 시작한다. 그가 다시 일본으로 돌아온 것은 5년제인 경성중학교를 4년 만에 수료하고 도쿄제대 예과에 해당하는 제일고(第一高)에 입학하는 1926년의 일이다. 그러나 그 이듬해 습성늑막염에 걸려 다롄(大連)으로 전근한 부친의 슬하로 옮겨 만철(満鉄)병원에 입원한다. 그 경험을 통해 이듬해에는 「어떤 생활」이라는 작품에서 머지않아 다가올 죽음을 병상에서 기다리는 주인공(마사키)의 지독한 자기애(自己愛)의 문제를 다루었다. 청소년기의 감상적 염세주의 취향을 한껏 드러낸 이 작품에서 주인공 마사키는 병상이라는 자기만의 공간에서 죽음을 기다리고 있다. 그를 병문하는 사람은 오직 러시아 출신의 '그녀'뿐이다. 마사키는 자신이 죽어가는 것을 관찰하며 자신의 "폐의 기포를 하나씩 씹어 없애고 싶은" '엽기적 욕망'을 지닌 인물로 설정되었다. 그런 마사키에게 유일한 타자인 '그녀'의 존재에 의해서 그는 자신의 존재를 의식할 뿐이다. 그런 의미에서 '그녀'의 존재는 마사키에게 존재=기억과 의식의 알레고리로 작용한다. 여기서 중요한 것은 그런 자기분열이 '방랑의 여행지'에서 행해지고 있다는 점이다. 그것은 자기존재에 있어서 '향수'를 가장 느끼게 하는 상황으로 설정된 것이며, 그 '향수'란 자기 존재의 원천에의 의식적 혹은 감상적 귀의를 의미한다. 이 작품은 습작에 불과하지만, 나카지마 스스로 '북방'의 식민지 경험의 총결로 생각했던 미완의 장편 『북방행』에서 보이는 자기분열적 인물 설정과 깊은 연관을 갖는다.

간노 아키마사(菅野昭正)가 "잊혀진 태아"[14]라고 했던 『북방행』은 전쟁과 혁명에 휩싸인 중국 본토의 장대한 스케일을 배경으로 거기에서 살아가는 두 청년의 삶의 방식과 현실의 관계를 그린 작품이다. 이 소설의 주인공은 '구로키 산조(黒木三造)'와 '오리게 덴키치(折毛傳吉)'라는 너무나 닮은 두 허무주의자이다. 그 둘은 '기억', '세계', '존재'라는 문제계에 대해서 '문자', '생활', '죽음'이라는 문제계를 대칭점으로 설정하고, 그 둘 사이의 관계를 통해 '자기'의 삶에 대해 고뇌한다. 간

---

14) 中村光夫 외, 앞의 책, 1978.

노(昔野)가 이미 분석한 바처럼, 이 소설의 문제점은 나카지마가 소설을 '산조'와 '덴키치'를 통해서 나카지마 자신의 관념과 심정을 일고의 수정도 거치지 않고 그대로 토로하는 장으로 변질시키고 있다는 것이다.[15] 그렇기 때문에 굳이 '산조'와 '덴키치'라는 두 인물로 설정해야 할 정당성이 미약하다는 한계를 드러내고 말았다. 이후 사소설 형식의 작품 「낭질기」를 통해 『북방행』의 두 인물은 '덴키치'의 모놀로그를 중심으로 합쳐져 새롭게 이질적인 존재인 '산조'로 창조된다. 그럼으로써 결국 『북방행』이라는 소설은 '미완'으로 잊혀지지만, 그 한계는 「낭질기」라는 "빈약한 상식가"(『全集2』, 240쪽)이며 "겁 많은 자존심"(위의 책, 248쪽)의 소유자인 자신을 폭로한 사소설의 완성으로 덮어지게 된다.

그렇다면 여기서 또 하나의 문제, 혹은 의문을 갖게 된다. 그것은 소설의 배경이 되는 장소의 문제이다. 『북방행』의 주인공 '덴키치'의 모놀로그를 토대로 「낭질기」가 완성될 수 있었다면, 왜 굳이 그 작품의 제목이 '북방행'이어야 했는가라는 의문이다. 왜냐하면 「낭질기」의 배경은 '북방'이 아닌, 그가 졸업 후 교사생활을 하던 요코하마(横浜)로 추측되는 일본의 어느 한 장소이기 때문이다. 이미 나카지마는 습작기의 작품들이긴 하지만 「어떤 생활」, 「순사가 있는 풍경」, 「D시 7월의 서경」, 「호랑이 사냥」, 「풀 주변에서(プウルの傍で)」 등을 통해서 '북방' 식민지의 경험을 작품화한 바 있다. 그런 경험들을 총체적으로 작품화하기 위한 시도였던 『북방행』은 '잊혀진 태아'로 버려지고 만다. 그 이유는 바로 사소설 「낭질기」로 완성될 수 있는 주제를 장편으로 확대시

---

15) 위의 책, 80쪽.

키기에는 한계가 존재했던 탓일 것이다.

하지만 『북방행』의 창작 의도는 이 소설에서 '덴키치'의 사촌누이로 등장하는 바이리우즈(白柳子)라는 인물 설정을 통해 짐작할 수 있다. 중국인 부호와 결혼하며 귀화한 그녀는 "지옥에 떨어질 때, 자신과 같이 국적을 알 수 없는 혼은 어찌 될까?"라는 불안 속에 '뿌리 없는 풀(根無草)'로 살아간다. 그녀에게는 두 딸이 있다. 물론 그 두 딸은 중국인과 일본인 사이의 혼혈이다. 그 딸들이 보여주는 국가와 민족이라는 근대적 경계 혹은 장소에 대응하는 태도는 도전적 전형을 보여주고 있다. '향수'를 자아내는 이방에서 자신에게 유일한 타자를 러시아 여인으로 설정한 「어떤 생활」, 자기(=일본인)를 자신의 언어=일본어가 소통하지 않는 장소로 떠밀어낸 「풀 주변에서」와 「호랑이 사냥」 등에서 다가가지 못했던 국가와 민족이라는 근대적 경계의 문제를 둘러싸고, '나는 누구인가'라는 '존재의 불확실성'을 묻고 있는 것이다. 그것이 비록 '잊혀진 태아'였지만, 그 구상은 '북방' 식민지 경험의 종결과 자신과 현실 사이에 놓여 있는 '두터운 막'(『북방행』에서 '산조'의 독백)을 걷어내기 위한 새로운 실험이기도 했던 것이다.

그 실험은 결과적으로 실패로 끝났다. 하지만, 습작기의 작품에서부터 나카지마에게 '북방' 식민지(혹은 반식민지)의 이역(異域)은 단순히 '향수'를 자아내는 장소가 아니었다. 그의 문학에서 줄곧 묻고 있는 '나는 누구인가'라는 주제는 흔히 향수처럼 자신의 본원적 장소나 정신에의 귀의를 희구하는 감정에 빠져 그려지기 쉽지만, 그는 그런 상황에서 일으키기 쉬운 민족주의적 '향수'에 빠지지 않았다. 오히려 그 장소를 통해 '나'라는 중심의 공허함을 주제화하는 태도를 보여주었던 것이다. 본격적인 문단 생활이라고는 불과 1년밖에 하지 않는 나카지마였지만, 이미 그가 세상을 떠난 패전 직후 일본의 근대문학사가들에게 주목받았던 이유는 바로 그런 그의 태도에 있던 것이다.

그의 '나는 누구인가'라는 관념적 문학 주제도, 그리고 "전쟁은 전쟁, 문학은 문학"이라는 소박한(?) 그의 체제에 대한 저항도 그런 태도 때문에 그를 '전쟁 광기의 시대' 속에서 문학의 '완전한 사멸(死滅)'을 막아낸 '순교자'로 기억될 수 있게 했던 것이다.

4. 이방에서의 '나' 찾기와 타자와의 관계성

앞서도 언급했지만, 도쿄(東京)에서 태어난 나카지마는 부모의 이혼으로 생후 1년이 지나기도 전에 사이타마(埼玉), 나라(奈良), 시즈오카(静岡) 등의 '내지'는 물론 경성과 다롄(大連) 등 '외지'에까지 전전하며 성장기를 보냈다. 그는 28세(1937)의 나이에 그런 편력 체험에서 비롯된 자신의 고향에 대한 생각을 이렇게 밝힌 바 있다.

> 태생은 도쿄. 그 후 곳곳을 방랑. 따라서 고향이라는 말이 지닌 느낌은 전혀 알 수 없습니다. 맹렬한 애향심, 향토적 단결력·생활과 언어상의 강렬한 향토적 색채 등을 지닌 사람과 만났을 때마다 선망과 경탄이 혼재한 묘한 느낌을 받습니다.(『全集3』, 364쪽)

위의 글에서 그가 나열하고 있는 "맹렬한 애향심, 향토적 단결력·생활과 언어상의 강렬한 향토적 색채" 등 고향에 대한 '느낌', 그것은 그에게는 존재하지 않는다. 그렇기 때문에 더욱 동경의 대상으로서 그런 어구들을 나열했는지 모른다. 그러나 그는 작품에서 고향과 같은 장소에 동일화된 자기를 굳이 회피하려는 자세를 줄곧 유지하고 있다. 그런 점에서 보면, 위의 문장의 의미는 오히려 역설로서 받아들여야 할 것이다. 특히, 습작기라고 할 만한 시기의 작품들에서 그는 그런 편력 장소마다에 대한 자기에의 이질감을 자기 회의로 전화시켜 그려내곤 한다. 또한 그것은 타자와의 관계나, 장소와 자기의 관계도 상대적으로 바라보려는 중요한 방법으로 구사되었다.

교사였던 아버지가 조선의 한 학교에 부임하여 11살의 나이에 식민지를 경험하게 된 나카지마는 그 경험을 소재로 「순사가 있는 풍경」, 「풀 주변에서」, 「호랑이 사냥」을 창작했다. 나카지마에게 첫 식민지 경험을 소재로 한 이 세 작품을 통해서 그가 지향했던 문학적 주제의 가능성을 발견할 수 있다. 다시 말해, 이역에서의 '나' 찾기와 그를 통해 얻어지는 타자와의 관계성을 그 작품들 안에서 발견하게 된다.

「순사가 있는 풍경」은 「D시 7월의 서경」과 더불어 80년대 이후에 간행된 식민지 문학을 묶은 앤솔러지에 수록되어 자주 거론되어온 작품들이다. 이 두 작품 타이틀의 '풍경'과 '서경'은 식민지의 일상을 즉물적인 감성으로 표현함으로써 그 이질적인 느낌을 전달하고 있다. 또한 '풍경' 혹은 '서경'은 작가의 개입을 객관화하려는 장치로 사용되고 있다. 그러나 그렇게 풍경화된 식민지로부터 멀어지려고 하면 할수록 그것은 자기의 문제로 접근해오는 역설의 의미가 숨겨져 있다. 또한 그것은 신체로 느끼는 풍경에 대한 아린 기억인 것이다.

특히, 「순사가 있는 풍경」은 그 부제를 '1923년 하나의 스케치'라고 달고 있는 것처럼, 당시 식민통치 체제를 표상(representation)하는 '순사'가 있는 풍경(질서)의 단면들을 소묘한 작품이다. 그러나 부제에서 '1923년'이라고 시간적으로 한정하고 있다 하더라도, 이때의 '1923년'은 군국화된 식민지 조선의 풍경 속에서 피지배민족 출신의 순사 '조(趙)'가 민족적 자각, 즉 '나는 누구인가'를 추궁하는 데 이르는 시간을 의미하는 것이다.[16] 실제 이 소설에서 관동대지진 당시의 조선인 학살 사건(1923년)과 새로 부임해온 '조선총독 암살 미수사건'(1919년)은 시간적으로 차이가 있는 사건이지만, '1923년'이라는 시간 안에서 동시에 다뤄져 있다.[17] 그 점이 바로 '1923년'의 시간적 의미를 충분히 확인케 한다.

그리고 「풀 주변에서」와 「호랑이 사냥」은 나카지마가 본격적으로 현상 공모에 도전하던 시기의 작품이다.[18] 그 중 전자에서는 "단단하게 자신의 굴레 안에 갇혀 있던" 자신의 유년기를 주인공 '산조'라는 인물에 가탁하여 그리고 있다. 이방에서의 삶을 살아가는 자신에 대한 존재감은 훗날 '낭질'로까지 전이하는 협심(狹心)적인 소외감과 자기회의

---

16) 군국화된 식민지 조선의 풍경은 작중에서 다음과 같이 묘사되어 있다. "한강 인도교 위를 포차가 우렁찬 소리를 내며 달려갔다. 영등포 모래사장 위에서 용산사단 병사들의 예리한 칼끝이 푸른 얼음에 반사되어 추운 겨울날에 빛났다. 밤마다 야영 훈련이 모래사장에서 전개되었고 장작불이 빨갛게 타올랐다."(『全集1』, 332~333쪽)

17) 이 사건은 1919년 9월 2일에 새로 부임한 사이토 미노루 신임 총독이 경성역전으로 나와 차에 오르는 순간 강우규가 폭탄을 던진 사건이다. 총독은 화를 면했지만 일본인 3명이 죽고 34명이 부상을 당했다.

18) 「プウルの傍で」는 나카지마의 생전에 발표되지 않았던 작품인데, 그 집필 시기는 1932년과 1933년이라는 설이 존재한다. 그렇게 보면 「虎狩」가 1934년의 『中央公論』의 신인작가 현상공모에서 가작에 뽑힌 작품이므로 비슷한 시기인 것으로 추측할 수 있다. 현상공모의 결과에 대해 氷上英広에게 보낸 글에서 '또 떨어졌다'라고 했던 것으로 보아 같은 시기에 쓰여진 「斗南先生」(1933)과 더불어 현상공모에 투고했을 가능성이 있는 작품이기도 하다.

에 봉착하게 된다. 그리고 후자는 '나'가 심리적 동화마저 느끼는 대상인 조선인 '조(趙)'와의 관계를 그린 작품이다. '나'와 '조'의 사이에 유사성과 이질성을 동시에 부여하고 있는 설정은 둘의 관계를 상대화하기 위한 하나의 방법이었다. 그 둘 사이의 관계를 분명하게 확인시키는 것은 '정진정명(正真正銘)'한 호랑이 사냥의 체험을 통해서였다. 그것은 타자의 언어＝조선어만이 소통되는 낯선 장소에 대한 체험이었다. 그런 곳으로 '나'를 내몰아 넣음으로써 '조'와의 존재적 차이를 발견하게 만든다. 모두 7장으로 구성된 이 소설의 마지막 장에서는 15, 6년 만에 도쿄에서 조우한 '조'로부터(그가 '조'임을 확인하기도 전에) '언어와 문자'에 의한 개념만으로 사고하고 기억하는 '지식인의 병폐'에 대한 난데없는 설교를 듣는다. 그 순간 '나'는 새삼 식민지 조선에서의 옛 기억이 되살아난다.

이렇듯 기억에 대한 집착은 또한 문자화된 기억에 대한 회의로 해석된다. 페르시아 우화를 소재로 씌어진 「고담」에 들어있는 4편 중의 한 이야기인 「문자화」는 점자판의 문자만이 '불멸의 생명'을 얻은 역사라는 맹목적인 숭배에 대한 도전이 불러온 비참한 재앙을 그리고 있다. 고대 아시리아의 문자의 정령에 대해 연구하는 노학자(나브 아헤 에리바)는 문자에 대한 회의를 갖기 시작하면서, 문자의 정령에 의한 재앙의 기미를 감지하게 된다. 결국, 대지진 때 문자의 힘을 인식한 노학자는 문자의 정령의 주문에 의한 재앙으로 무너져 내린 점자판에 깔려 무참히 압살되고 만다.

이와 같은 기억＝문자에 대한 집착과 회의를 동시에 안고 있는 나카지마 문학의 소재는 시간적으로나 장소적으로 '국민국가'라는 경계나 한계를 초월하고 있다. 그런 점에서 분명 그의 문학은 '주체와 장소의 동일화'라는 근대 '국민국가'의 중심적 패러다임에 대한 회의를 품고 있다고 할 수 있다. 그의 대표작 「이능」은 식민지 역사를 살며 그런 '국민국가'의 패러다임을 초월한 나카지마의 역사관과 문명관을 잘 보여주는 작품이다.[19] 흉노 정벌에 실패한 이능은 전사했을 것이라는 한 무제의 기대와는 다르게 흉노의 포로가 되었다. 『사기(史記)』의 저자인 사마천은 그런 그를 변호하다 거세당하는 치욕적인 궁형에 처해지지만, 그가 살아야 하는 이유가 있었다면 그것은 역사의 '기'록이었다. 거기서 나카지마는 "'자신'이 비참하게 짓밟혔지만, 수사(修史)라는 일의 의의는 의심치 않은"(『全集3』, 85쪽) 사마천을 통해 '기'록하는 자의 숙명적 삶을 보여주고 있다. 나카지마 문학의 또 하나의 중요한 주제가 바로 자신과 역사=기록의 숙명적 관계인 것이다.

나카지마의 「이능」은 『사기』 속의 이능이란 인물을 그런 위치에서 재구성해 형상화한 작품인 것이다. 즉, 나카지마는 사마천의 수사가로서의 숙명적 삶을 자신에게 덧씌워, "하늘은 역시 보고 있다"(위의 책, 107쪽)는 숙명을 숙연히 받아들인 '이능'의 삶=역사를 새롭게 구성하였다. 나카지마의 이능은 "제하(諸夏, 중국 제후들의 나라-필자 주)의 풍속은 옳으며, 호속(胡俗, 오랑캐의 풍속-필자 주)은 비천하다"(위의 책, 97쪽)는 자기 안의 '한인(漢人)적인 편견'을 비판하는 위치에서 흉노의 땅

---

19) 「李陵」은 생전 최후의 원고로 남겨진 작품이다. 장례식에서 유족으로부터 이 원고를 받은 深田久弥에 의해 『文学界』(1943년 7월호)에 발표되었다. 제목이 정해져 있지 않고, '李陵·史馬遷', '漢北悲歌' 등의 가제가 기입된 메모가 있다. 현행의 '李陵'이라는 제목은 深田가 붙인 것이다(勝又浩, 『中島敦の遍歴』, 筑摩書房, 2004, 152쪽).

에서 살아가던 모습으로 그려져 있다. 이능은 "처음 모두 야비하고 골계적으로밖에 보이지 않던 오랑캐 땅의 풍속이, 그 땅의 실재의 풍토·기후 등을 배경으로 생각해보면, 결코 야비하지도 불합리하지도 않은 것"(위의 책, 96쪽)을 점차 인식하게 되었다. 한의 문화와 흉노의 문화를 서로 상대화시켜 바라보는 인식은 바로 문명과 야만이라는 이원론적인 근대 담론에 대한 비판인 것이다.[20]

그 주제는 「빛과 바람과 꿈」을 통해서도 확인된다. 이 소설은 『지킬박사와 하이드』로 잘 알려진 영국의 작가 R.L.스티븐슨의 일기와 편지를 재구성하여 그가 만년에 결핵 치료와 문명사회의 회피를 위해 영국의 식민지 사모아로 떠나 살던 삶을 그린 작품이다. 나카지마가 문부성(文部省)의 촉탁으로 파라오 섬에 갔던 때의 경험을 근거로 쓴 작품이 아닌가 하는 착각마저 들 정도로 남방의 사모아 섬을 소설의 무대로 사실적으로 형상화해 내고 있다. 그러나 이 작품은 '남방'의 파라오 섬에 가기 전에 탈고한 소설이다. 오히려 실제는 그가 '국어편수서기'라는 직위로 파라오에 갔을 때, 이 소설에서의 경험을 재현하려 했던 흔적마저 있다. 그 흔적은 그 곳의 경험을 배경으로 쓴 『남도담(南島譚)』에 수록된 작품들 안에서 발견하게 된다. 특히, 서구 문화가 자신의 중심성을 주장하기 위해 다른 외부의 문화를 '야만'시하고 신

---

20) 흉노의 포로가 된 이능이 한(漢)의 문화와 흉노의 문화를 서로 상대화시켜 바라보는 시각을 통해 문명과 야만이라는 이원론적 근대담론에 비판적으로 접근하고 있는 이 소설에서, 이능은 자기 안의 '漢人적인 편견'을 불식시켜가면서도 자신보다 1년 먼저 흉노에 억류되어 자신과 달리 전향을 거부하고 살아가는 소무(蘇武)에게서 진정한 '국토에의 애정'을 발견한다. 그러나 그것은 한무제의 사후, 자신이 귀환을 고뇌하는 씨앗이 되었을지언정, 결코 그로 인해 흉노에 잔류한 자신의 선택을 비판적으로 인식하지 않았다. 마치, 그것은 앞서 인용한 「杵國自慢」의 문장을 상기시킬만한 역설적 설정이라고 할 수 있다.

비화하는 이그조티시즘(exoticism)[21]에 쉽게 빠지기 쉬운 소재를 다룬
「빛과 바람과 꿈」에서, 나카지마는 '자의식'에 대한 의문, 그리고 '기억'
에 대한 회의를 독백과 내면의 언어로 긴장감 넘치게 그려냄으로써 오
히려 이그조티시즘의 개념을 전복시키고 있다. 사모아에서의 스티븐
슨이 단지 소설가가 아닌 이야기꾼(쓰시타라ツシタラ=story teller)였음을
추적한 그 소설의 마지막은 "잠들라! 쓰시타라라여"(『全集1』, 268쪽)라는
식민지 선주민의 말을 빌어 애도하는 장면으로 맺고 있다. 바로 그런
구술자의 삶이 바로 나카지마가 지향한 작가로서의 삶인 것이다.

앞서 언급한 '남방' 소재의 『남도담』에 수록된 두 소설 모음인 「남
도담」[22]과 「환초(環礁)」[23]는 오히려 「빛과 바람과 꿈」을 통한 상상의
경험을 역으로 현실에서 추체험하여 쓴 작품들이다. 그러나 두 소설
모음은 서로 다른 방식에 의해 씌어졌다. 전자는 '남방'의 전승과 불가
해한 인물들을 근대 사회(식민주의)에 오염되기 이전의 '토인' 사회의
습속과 심성을 구술하는 위치=쓰시타라의 위치에서 창작한 소설이
다.[24] 그에 비해 후자는 '미크로네시아 순도기초(巡島記抄)'라는 부제를

---

21) 이그조티시즘(exoticism)은 "서구 문화가 그 자신의 중심성을 확고히 정립하기 위해서 그
    문화와는 다른 외부의 문화에 대해 상대적인 차별성을 확인하는 것으로, 서구 문화를 보
    편적인 것으로 간주하는 제국주의의 기획에서 미처 교육하지 못하고 길들이지 못한 외부
    의 '야만'의 문화, 서구 정신으로 이해할 수 없는 문화에 대한 신비화와 연결된 개념"이다
    (김주리, 「이효석 문학의 서구지향성이 갖는 의미 고찰」, 『민족문학사연구』 24, 2004, 392쪽).
22) 「행복(幸福)」, 「부부(夫婦)」, 「닭(鷄)」 등 각각의 독자적인 세 작품을 하나로 묶는 경향은
    이 소설에서도 나타난다.
23) 「적막한 섬(寂しい島)」, 「협죽도가 있는 집의 여인(夾竹桃の家の女)」, 「나폴레옹(ナポレオ
    ン)」, 「한낮(真昼)」, 「마리안(マリヤン)」 등의 작품을 하나로 묶고 있다.
24) 원래 이 작품이 편집자에게 전달될 당시의 제목은 「ツシタラの死－伍河莊日記抄」였
    던 것에서 알 수 있듯이 이 작품을 통해서 그가 지향했던 구술자(쓰시타라ツシタラ=story
    teller)의 삶을 짐작할 수 있다. 이런 그의 지향은 그가 대표작 「이능」을 비롯해 「산월기」,

달고 있듯, '남방'의 '토인' 사회를 파악하는 문명인(='내지'인)의 시선을 가지고 그 대상(풍경과 사회)으로부터 거리를 두고 있다는 점에서, 타자가 있는 풍경을 그린 「순사가 있는 풍경」의 '남방' 버전에 가까운 작품이다. 물론 그 안에는 문명과 비문명 사회의 차이 위에서 살아가는 현지인들과 나카지마 자신이 존재하고 있다. 그 점은 실제 '남방'으로 떠나기 전에 남긴 「빛과 바람과 꿈」에 이미 잘 묘사되어 있다. 그런 식민지 풍경 안에서 스티븐슨의 독백을 빌어 이렇게 말한다. "나는 누구인가. 이름은 한낱 부호에 지나지 않는다."(『全集1』, 253쪽)라고.

기록, 기억, '과거장(過去帳)', 문자, 일기……, 나카지마의 작품들에서 과거 혹은 역사 안의 자기나 타자의 삶을 서사화하는 의미의 '기(記)'와 관련한 단어들. 특히 그 '기(記)'의 문학이 식민지이거나 혹은 국민의 장소를 초월한 역사를 소재로 다루고 있다는 점에서 분명 포스트콜로니얼리즘의 텍스트로 삼기에 충분하다고 할 수 있다.

5. 불가해(不可解)한 타자와 만나기

앞서 불가해한 타자의 문제를 잠시 거론하였다. 그런 불가해한 타자를 상상하거나 직관할 수 있는 건 다름 아닌 그가 세계를 상대적으로 바라보는 자질의 문제와 깊이 관련한다. 그에게 있어 『북방행』은 다언어사회, 다중문자사회를 형상화하는 하나의 실험장으로서 소설공

「명인전」, 「제자」에 이르기까지 시종일관 '述而不作'이라는 지극히 절제된 필의(筆意)로 역사의 인물들을 현재에 전하려고 했던 태도와도 상통한다. 하지만 이 작품이 수록된 『文學界』 편집자의 수정 요구에 따라 「빛과 바람과 꿈」이라는 제목이 되었다.

간을 만들어내려 시도했던 작품이다. 그런 실험을 의도하기까지 그는 스스로나 작중의 주인공을 자주 '모험'적 상황 안으로 내밀어 넣고 있다. 곧, 작품 중에서 진정한 식민지 경험을 위해 무모할 정도의 '모험'을 감행했던 것이다.

나카지마는 「순사가 있는 풍경」에서 민족적 자아를 찾아 고뇌하는 조선인 순사 '조교영'이 되어 1923년 관동대지진 중에 남편을 잃은 '김동련'의 절규 앞에서 이국 식민지에 놓여진 자신의 존재를 추궁한다. 그 소설은 '조'가 '동지들'(독립운동세력)의 모의(謀議)에서 새어나온 '경성 – 상해 – 동경'으로 이어지는 연대를 상상하는 마지막 장면으로 끝맺고 있다. 그에게 있어 '북방행'은 단지 자신뿐만 아니라 피관찰자＝피지배자(조선인)에게조차 국경을 무의미한 장소로 만들게 한다. 실제 「순사가 있는 풍경」 이후의 작품 중, 「호랑이 사냥」을 통해 15, 6년 만에 '나'와 동경에서 해후하는 '조'와, 『북방행』을 통해 관동대지진으로 가족을 잃고 불우한 유년기를 보내는 재중조선인 유학생 '권태생'을 등장시키고 있다. 그렇게 타자의 '지금 – 여기'의 의미를 유연하게 바라볼 수 있는 자질은 바로 나카지마 자신이 놓여진 장소에 대한 의식의 유연함에서 비롯된 것이라 할 수 있다.

또 「풀 주변에서」의 '내지인' 거주지를 벗어나 조선인 거리에서 방황하는 일탈의 경험. 그리고 그곳 유곽의 좁은 방 안은 조선인 매춘부와의 단 둘만의 공간. 조선식 가옥의 이질적 공간 안에서 서로는 유일한 타자이지만 그 사이에 의사소통은 전혀 이뤄지지 않는다. 그가 알고 있는 몇 안 되는 조선어로 '얼마요?'라고 질문하자, 소녀는 오히려 '얼마? 관계없어' '싸'(그녀의 말은 외래어를 표기하는 문자인 가타카나로 표기

하였다. 즉 'イクラ, カマワナイ', 'ヤスイヨ'라고 적고 있다)라며 오히려 서툰 일본어로 대답한다. 주인공 산조가 오늘 손님은 자기뿐인지를 손짓을 섞어 조선어로 질문하자, 그 뜻이 제대로 전달되지 않은 듯, '혼자 아니야, 많아'라며 그녀는 그 유곽에 자기 말고 다른 여자들도 많다고 역시 일본어로 대답한다. 산조는 질문을 그만둔다. 그리고는 주머니 속에 있던 프랑스 연애소설을 꺼내 읽는다. 소녀와 산조 사이는 그 공간 안에서 유일한 타자의 관계이지만, 언어적 공감은 형성되지 않는다. 그 이질적 공간에 대한 산조의 경험은 '모험'으로 기억된다. 그런 '모험'은 다시금 「호랑이 사냥」에서 조선인 급우 '조'의 아버지 일행과 함께 떠난 호랑이 사냥에서도 재현된다. 이 작품에서 그 일행 사이에 오가는 대화 가운데 '호랑이'라는 단어만을 알아들을 수 있을 뿐 전혀 의사소통이 되지 않는 공간에 '나'를 위치시킨다.

　「풀 주변에서」나 「호랑이 사냥」 등에서 보여준 나카지마의 타자에 대한 문학적 형상화는 그 타자와의 '차이'를 몸으로 인지하거나 혹은 느끼는 것에서 출발하고 있다. 결국 그것은 자기 스스로에 대한 상대화, 즉 이방인화＝이질화를 통해 가능한 것임을 알 수 있다. 남방청(南方廳) 편수서기로서 근무했던 파라오 섬의 체험을 바탕으로 쓴 「남도담」과 「환초」 등의 작품들에서도 그런 인식이 '문명개화'나 '동화'와 같이 타자를 자신＝중심의 가치 기준과 논리로 파악하려는 태도를 피하고, 타자를 불가해(不可解)한 존재로 형상화하는 데까지 이어진다. "알면 알수록 불가해한 남해(南海)의 인간"이라는 그의 판단은 자기의 중심과 가치기준이 얼마나 공허한가를 보여주고 있다. 또한 타자에 대한 일방적인 이해가 지(知)의 억압적인 존재방식에 의한 것이기에, '기'

록하는 자로서의 나카지마는 그것에 근거한 정보를 통해 '만들어진 지(知)'를 전달하는 것에 대해 경고하고 있는 것이다.

남방청의 편수서기로 파라오 섬에 가서 식민지용 '국어' 교과서의 제작에 참여했던 나카지마가 눈 내리는 풍경을 다룬 교과서의 한 단원에 대해서 문제를 제기했다는 에피소드가 전해지고 있다. 당시 식민주의는 남양의 '열대 기후'와 '눈' 사이의 부조화를 초월하여 타자를 자기화하는 폭력성마저 지니고 있었다. 나카지마는 그런 부조화가 스스로에게 용인될 수 없었듯이, 식민주의의 '국민국가'에 살면서도 그 경계를 넘어서려는 의식에 근거한 '나'라는 존재에 대한 회의를 작품을 통해 문제화하고, 그런 '나'와 불가해한 타자와의 관계를 형상화해갔다. 그가 병상에서 쓴 마지막 에세이 「판타누스의 밑에서」에서 '문학은 문학, 전쟁은 전쟁'이라는 소박한(?) 선언을 했듯이, 그는 '국가총동원령'의 이름으로 행해지는 폭력에 굴하지 않았다. 나카지마는 그런 최후의 선택처럼 당시 '국민', '국어', '국사' 등의 일국사적인 제도의 올가미로부터 자유롭게 작가적 상상력을 발휘하며 살다 간 몇 안 되는 작가 중한 사람이었던 것이다. 심지어 그는 '문학'이라는 기성의 제도로부터 자유로운 작가라는 평가까지 받고 있다(『全集1』, 467쪽 참조).

그런 그는 식민 2세로서의 기억, 식민지 '타자'의 경험을 작가로서의 출발점으로 삼고 있다. 또한 그 이후 '전방위'적인 식민지 경험과 국민적 상상력을 초월한 시공간, 즉 '북방'과 '남방', 그리고 페르시아의 오리엔트와 고대 중국 등을 소재로 한 작품을 세상에 내놓았다. 그렇기 때문에 오늘날 다시금 나카지마의 작품 세계를 고찰하는 의의는, 동아시아 공동의 독서물이나 식민지 조선을 소재로 한 소설로서가 아

니라, 진정으로 현대 사회가 안고 있는 자기＝'국민국가'를 중심으로
이분법적인 세계를 획정하려는 일련의 담론들 앞에 그의 작품이 도전
적인 상상력을 발휘한다는 점에 있다고 하겠다.

제5장

'조선'이라는 여행지의 서양철학 교수

1. 경성제대의 교수라는 위치

> "나는 조선에서도 유수한 형승(形勝)의 땅 경성에 살면서 전차 안에서나 산책을 하는 동안에 경성의 자연과 거리를 보며 일본 문화와 조선 문화, 이러한 문화가 낳은 구체적인 생활의 다양한 상(像)을 관찰하여 정직하고 공평하게 그것을 논할 수 있었다고 생각한다. 조선을 학술적으로 연구했다고는 말할 수 없을지라도 구체적으로 조선인의 생활을 정관(靜觀)한 것으로서 내 소견은 결코 경멸할 것이 못 된다고 믿는다."
>
> (『나의 내력(我が生ひ立ち)』 중에서)

나쓰메 소세키(夏目漱石) 문하로서 아베 지로(阿部次郎), 와쓰지 데쓰로(和辻哲郎), 고미야 도요타카(小宮豊隆) 등과 함께 다이쇼(大正) 시기 교양주의의 일익을 담당했던 아베 요시시게(安倍能成, 1883-1966)는 1926년 경성제국대학(이하, 경성제대)의 개교와 동시에 교수로 부임해

조선으로 건너왔다. 또 경성제대에서 동료로 일했던 하야미 히로시(速水滉), 우에노 나오테루(上野直昭), 미야모토 와키치(宮本和吉) 등과 함께 그는 '내지'에서 이미 이와나미(岩波)철학총서와 깊은 연관을 맺었던 '이와나미 그룹의 철학자' 중 한 사람으로 경성제대의 '대학자치'와 '교수자치'를 힘쓴 인물로 알려져 있다. 훗날 경성제대 출신자들 특히 조선인들이 자신들의 모교를 "일제가 남기고 간 간단한 학문의 잔재"가 아니라 학문의 전당으로서의 면모로 미화(?)하는 데 그의 존재와 명성은 이용되기도 했다.[1]

법문학부와 의학부로 출발한 경성제대에는 크게 두 부류의 교수가 부임해왔다. 하나는 내지로부터 직접 부임해온 그룹이었고, 또 하나는 조선에서 현지 채용된 그룹이었다.

의학부에는 1926년 현재 14명의 교수 중 경성의학전문학교장을 지내던 시가 기요시(志賀潔)를 비롯해 10명이나 동학교 출신을 임명했는데 법문학부는 그와 달랐다. 당시 법문학부란 '내지'의 기존 제국대학에 있는 법학부와 문학부를 통합한 경성제대 특유의 학부 형식이었다. 더구나 그것은 법학부와 문학부의 단순한 결합이 아니었다. 1924년에 설립된 경성제대 예과의 문과A반 학생들이 진학하는 법학 계열에는 경제, 정치, 외교 등의 분과 강좌도 거기에 속해 있었기 때문에 법문학

---

1) 이충우, 서문 「왜 '京城帝國大學'을 쓰게 되었는가」, 『경성제국대학』, 다락원, 1980. 이충우는 "동경제국대학을 나온 뒤 구미 선진국에 가서 2-3년씩 연구"한 경성제대 교수진이 일본내 각 대학과 견주어 손색이 없었다는 채관석(1회)의 회고를 소개하면서, "법문학부 교수 중에서도 특히 관록있게 보인 사람은 철학교수들이었다. 아베(安倍能成·철학사), 미야모토(宮本和吉·철학개론), 하야미(速水滉·심리학), 우에노(上野直昭·미학) 하면 일본의 이와나미(岩波) 그룹의 철학자들로서 일본서도 이름있는 중견 철학자들이었다. 특히 아베 교수는 나쓰메 소세키(夏目漱石)의 제자였다."(위의 책, 108-109쪽)라고 적고 있다.

부라는 명칭은 넓은 의미의 문과 계열을 제국대학으로부터 축소 이식하는 변형태로 만들어진 새로운 개념이라 해야 할 것이다. 그러한 법문학부에는 1926년 개학 당시 23개의 강좌가 개설되었다. 교수진은 내지 출신과 현지 출신을 고루 임명했는데, 내지 출신의 교수들 중 대부분은 조선에 새롭게 이식된 분과 학문을 담당했다. 예를 들어 그 중에는 다카기 이치노스케(高木市之介)의 '국어학국문학'과 다보하시 기요시(田保橋潔)의 '국사학' 등과 같이 학문의 내지연장주의를 반영해 조선에 진출한 국가학을 비롯해, 아베, 우에노, 하야미가 담당한 서양철학 계열과 사토 기요시(佐藤清)의 '외국어학외국문학'[2], 그리고 시카타 히로시(四方博)의 경제학과 오쿠다이라 다케히코(奧平武彦)의 '외교학(정치학)' 등의 사회과학 계열의 강좌가 있었다.[3]

그렇게 볼 때 경성제대에 부임한 아베의 역할 중에는 자의든 타의든 식민지 제국대학에 부응하는, '내지'에서 이미 축적된 학문 분과로서 서양철학의 조선에의 이식이라는 과제가 포함되어 있었다고 할 수 있다. 다이쇼(大正)기 교양주의를 이끌던 한 사람으로서 이미 『서양고대중세철학사』(1916)와 『서양근세철학사』(1917)를 저술했던 그는, 하야미에 이어 2대 법문학부장에 임명되기도 했다. 경성제대 개교를 기념

---

2) '외국어학외국문학'이 정확한 강좌명이었지만 경성제대에는 시종 '영어학영문학' 전공만 존재했다.

3) 물론 그러한 분과뿐만 아니라 조선사학(今西竜)과 같이 기존에 연구 성과가 충분히 축적되었고 연구자도 다수 있었던 학과도 새롭게 내지 출신을 임명하는 경우도 있었다. 하지만 이 점 또한 현지 출신 중에 조선사학 제2강좌를 담당했던 小田省吾와 今西竜(제1강좌)를 비교하는 것을 통해 그 차이가 지니는 의미가 무엇인지를 밝힐 필요가 있다. 필자는 今西竜의 부임을 '내지'에서 이뤄진 조선사학의 제도화가 조선으로 확장된 것이라는 맥락에서 파악한 바 있다.

해 『문교의 조선(文教の朝鮮)』(1926. 6)에서는 개교식에서 행해진 각계각층의 축사를 게재하였다. '조선제국대학' 준비위원장을 거쳐 초대 총장으로 부임한 핫토리 우노키치(服部宇之吉)가 「고사(告辭)」를 통해 "동양문화연구의 권위를 얻는 것이 본 대학의 사명"이라고 한 것을 비롯해 "동양문화, 조선 특수의 질병약물 등의 연구에 중대한 사명"(사이토 미노루, 齋藤實), "내지와 지나의 중간에 개재(介在)하여 삼자의 상관적 문화관계를 연구"="근시 동양문화"(이진호, 李軫鎬), "동양문화에 공헌"(오다 쇼고, 小田省吾)', "동양의 학인(學人)을 위한 '자구청선(自救淸洗)'"(다카하시 도오루, 高橋亨)이라고 하는 등 모두 '동양성' 또는 '동양문화'를 강조하였다.[4) 아베 또한 마찬가지로 "동양연구를 중심으로 한 독특한 사명"을 강조하긴 했지만 단연 눈에 띄는 다른 측면의 진술을 덧붙인다.

우리로 하여금 이상을 말하라 한다면 동서 대륙의 교통이 점차 편리해지고 빈번해질 장래에 경성제국대학의 위치는 오로지 이 대학으로 하여금 동양연구의 중심이 될 뿐만 아니라, 서양연구에서도 또한 새로운 측면을 발휘할 장소가 될 가능성이 있는 것이다. 이렇게 언설은 대단히 용이하나 실현은 지극히 곤란한 동서문화의 융합이라는 사업에도 이 대학은 어느 정도 공헌할 수 있을 것이다. 그리스인의 소(小)아시아로 열린 밀레토스의 마을이 그리스철학의 탄생지였다는 것을 생각하면 경성제국대학의 사명 역시 가볍지 않음을 깨달을 것이다.[5) (강조점 – 인용자)

---

4) 이상은 『文教の朝鮮』(1926. 6)에 수록되었으며 이 글에서는 그 인용된 글들의 각 제목은 생략한다.

5) 여기서의 인용은 「京城帝國大學に寄する希望」, 『青春と教養』, 岩波書店, 1940, 182쪽.

이 글은 서양철학자로서의 면모를 읽을 수 있는 대목인 동시에, "경성제국대학은 일개 독특한 사명을 지닌 독립대학"이지 결코 "내지 대학의 출장소가 아니다"라고 목소리를 높여 말하는 그가 경성에 부임하며 품은 '이상'이 어떤 것이었는지를 짐작케 하는 대목이다.[6] 그것은 경성제대 교수로서 그에게 부여된 임무 즉, '내지'에서 축적된 새로운 학문으로서 서양철학의 조선 이식이라는 역할과도 연관되는 것이다. 하지만 그가 조선을 떠나 '내지'의 일고(一高) 교장으로 자리를 옮겨간 1940년까지의 조선에서의 활동을 보면, 그 이상을 실현하기가 결코 녹록하지 않았음을 알 수 있다. 우선 '내지' 출신의 학자가 식민지대학에 부임했다면 적어도 그 조선을 필드로 삼는 학문에 특별히 종사하지 않는 한 '내지'의 연구 환경보다 좋을 리 만무하기 때문이다. 그 스스로가 말하는 "대학은 결국 연구본위여야 한다"는 신념과 "현대 일본에서 제국대학의 교수가 다른 대학에 비해서 가장 많은 연구 시간과 연구 편의를 부여받고"[7] 있다는 조건에도 불구하고, 조선이라는 장소는 그에게 이상 실현의 가능성을 가로막고 있었던 것으로 짐작된다. 가령 아베와 함께 부임한 시카타 히로시(四方博, 경제학)가 그의 주변에 "우연인지 조선(과 관련된 연구 - 인용자)을 하자"는 사람들이 모여서 '조선경제

---

6) 위의 글, 182쪽.

7) 위의 글, 179쪽. 그러한 서양철학자로서의 자기 위치에 대한 집착은 조선을 떠나기 2년 전 '日支사변'의 한창 중에 『朝鮮及滿洲』(1938. 1)에서는 재조일본인 유지들에게 1) '일지사변 중의 年頭所感'과 2) '冬期의 생활'이라는 설문에 답한 것에서도 나타난다. 모두 10인의 답변을 받아 게재한 이 설문 중에서 아베는 1) "오로지 회고적, 섬나라(島國)적인 재래의 일본 정신에 국척(跼蹐)하지 않고 세계적인 公心에 기초한 반성과 노력이 더욱 필요하리라 절실히 생각한다"고 답하고 있다. 경성에 거주하는 동안, 아베는 그와 같은 태도를 유지했음을 확인할 수 있다.

연구소'를 만들고 조선 "역사의 진전을 거꾸로 현대부터 시작하는" 연구 방법을 채택해 일찍이 『조선경제의 연구』(『경성제대법문학부논집(京城帝大法文學部論集) 제1부』, 1929)라는 연구 결과를 출판하는 성과 등을 올린 것처럼, 아베의 서양철학은 조선을 필드로 한 식민자의 사명을 다하기 어려웠다. 하지만 시카타와 같은 사람들도 실제 조선을 경험하고 또 조선을 연구하는 과정에서 커다란 시련을 맞이했음을 고백한다.[8] 그것은 바로 "일본 본국에서의 연구로부터 격절(隔絶)되어 있는 듯한" 느낌에서 온 것이었다.[9] 내지연장주의라는 이념에 따라 조선으로 '연장'된 분과 학지(學知)[10]로서 민족 혹은 조선문제를 연구하는 것이 '내지'와 가지는 격절감은, 좀 더 말하자면 국민과 민족 사이의 거리와 차이를 필연적으로 표면화한 내지연장주의 그 자체의 본질에 의한 것이라고 할 수 있다. 그러한 한계 속에서 서양철학자로서 아베는 조선 생활을 통해 자신의 위치를 어떻게 구축하려고 했을까? 그가 조선생활을 통해 남긴 『청구잡기(靑丘雜記)』(1932)[11]는 조선이라는 공간에서 글

---

8) 旗田巍編, 『シンポジウム日本と朝鮮』, 勁草書房, 1969, 57쪽.

9) 위의 책, 53쪽.

10) 山室信一는 연구자나 사상가 등이 담당했던 인식론적인 학지＝episteme의 영역과 측량기사·건축가·관료 등이 담당했던 실천적 기술지(知)＝techne의 영역을 구분하여 정의하는데, 이 글에서는 반드시 그것이 이분법적으로 나눠질 수 있는 것이 아니라는 전제 속에서 정의하고자 한다. 왜냐하면 식민지 학지는 민족지적인 성격과 기술지적인 성격이 식민지를 재구성＝재해석하는데 필요한 방법의 하나로 이식되었기 때문이다(「序章」, 『「帝國」日本の學知』 제8권, 岩波書店, 2006 참조). 따라서 필자는 식민지 조선에서의 학지에 대한 정의는 '식민지식' 사회라는 큰 틀에서 다시금 정의되어야 한다고 생각한다. 이에 대해서는 추후 다른 논문을 통해 논의코자 한다.

11) 『靑丘雜記』라는 제목을 붙인 것에 대해서 그는 "본서에 수록된 모든 문장이 조선에서 씌어진 것에서 유래하며, 청구(靑丘)는 조선의 아명(雅名)이자 동쪽의 나라를 의미하는 단어"라고 쓰고 있다(「序」). 또한 이 『靑丘雜記』는 이 책보다 앞서 발간된 저서 중 "실제 산중에서 쓰여졌거나 산중 일을 쓴 것이기도 하며, 또한 리(里)에서 산을 사모하고, 산에 거

을 쓴다는 행위와 또 무엇을 써야 한다고 생각했는지를 보여주는 에세이집이다. 그는 거기에 수록된 글들에 대해서 "그것은 문헌의 검색 또는 실상 조사로부터 연구적으로 조선의 지식을 전달하고자 한 논책이나 기술이 아니라, 내가 보고 들은 주관적 인상을 진술한 문장에 지나지 않는다"며 오히려 "학술적 형식"을 피하려 했다고 강조한다.[12]

아베는 조선 생활에서는 유독 '대화'를 강조했다. 특히 "교수의 강의는 단순히 독어(獨語, monologue)여서는 안 된다. 그것은 학생과 나누는 대화(dialog)여야 한다"는 점을 자주 피력했다.[13] 이러한 생각은 단지 강의실에 한정된 것은 아니었다. 그가 경성제대 재직 중에 특히 왕성한 강연활동과 에세이 저술에 주력했던 것도 그러한 맥락에서 이해할 수 있다. 서양철학이라는 학문의 특성상 조선을 필드로 삼지 못하는 한계 때문에 자신에게 주어진 식민 지식인의 사명감과 교수로서의 이상, 그것을 그는 강연과 에세이처럼 학문의 영역과는 다른 통로를 통해 실현하고자 했던 것이다. 그러나 그때 누구와의 대화를 상정한 것인지, 또 대화 상대간의 관계를 어떻게 설정할 것인지, 그리고 상대는 그의 태도를 과연 대화로 여겼을지는 중요한 문제로 대두될 수밖에 없다.

처하며 리(里)를 잊지 못하는 일개 인간이 쓴 것"(「序」)이라는 의미에서 제목을 정한 『山中雜記』(1924)를 모방해 붙인 것이기도 하다. 이 두 책의 편집 형식도 비슷한 면이 적지 않은데, 두 책 사이의 큰 차이는 물론 후자가 아베 스스로 '청구'라 부른 식민지 조선에 거주하며 쓴 것이라는 점과 함께, 서양을 외유한 경험 뒤에 쓴 것이라는 점에 있다고 할 수 있다. 또한 『青丘雜記』(1932) 이후 아베가 조선에 와서 남긴 글들은 『草野集』(1936)과 『朝暮抄』(1938), 그리고 '내지'로 돌아간 1940년에 발행된 『青年と敎養』에 대부분 재수록되었다.

12) 「서」, 『青丘雜記』, 岩波書店, 1940, 3쪽.
13) 「京城帝國大學に寄する希望」, 앞의 글, 177쪽.

아베가 조선에 건너와 발표한 글 중 직접적으로 조선과 관련된 첫 기고라고 여겨지는 「조선소견이삼(朝鮮所見二三)」[14]은 "나도 현재 조선에 살며 근무하는 당사자의 한 사람이다"(강조점 - 인용자)라는 문장으로 시작한다. 유럽에서 유학을 마치고 돌아와 경성제대 부임 후 1년 반을 지내면서 "관찰자로서의 내 눈에 비친"[15] 조선의 인상과 그에 대한 소감을 밝힌 이 글에서, 그가 굳이 '나도 …(중략)… 당사자'라는 말로 자신의 위치를 설명하려 했던 의도는 무엇일까. 1926년 3월 초 부산에서 경성으로 오는 초행길 기차 안에서 바라본 차창 밖 풍경을 그는 '겨울 마른 나무', '작은 소나무가 심어진 산들뿐'이라며 단조롭기만 했다고 묘사한다. '흰 돛단배처럼 보이는' '백의의 행인'들도 그런 단조로운 풍경 중 하나였다. 이 글에는 또한 그해 하계방학 때 '내지'로의 귀갓길에 관(官)이 별로 손이 가지 않는다는 이유로 심어놓은 듯한 '아카시아와 포플러'를 보면서는 씁쓸한 생각에 잠기다, 오동나무와 밤나무 그리고 '뜻 있는 역장이 심은 정거장의 초화(草花)'를 보면서 조선의 식목 정책에 배려가 필요함을 언급한 대목이 나온다.

아베는 단신으로 부임해와 학기 중에는 조선에서 생활하다 방학 때면 '내지'로 돌아갔다. 여행지에서의 그는 "고국에는 처가 있고 친구가 있으며 예정된 연한이 지나면 그곳으로 돌아갈 몸"이었다.[16] 몸은

---

14) 『朝鮮』, 1927. 11. 이 글 이전에는 앞서 인용했듯이 「京城帝國大學に寄する希望」(『文教の朝鮮』, 1926. 6)라는 글이 먼저 눈에 띄지만, 그것은 강연한 내용을 게재한 것이라는 점에서 구별하기로 한다.

15) 위의 글, 5쪽.

16) 「旅心」, 『青丘雜記』, 2쪽. 아베는 다른 글에서 "나와 같이 처자를 도쿄에 두고 방학 때마다 돌아가는 마음은 조선으로 전가(全家)가 이사 온 사람들의 마음에 비하면 왠지 조선에 정착하기 어려운 점이 있을 것"라고 적고 있다(「學校の往来」, 『朝鮮』, 1932. 1, 6쪽).

여행지에 있되 정신의 근거는 본국에 둔 그에게 경성제대는 적어도 문화적 준거나 인적 네트워크, 이념과 관심이 일본을 향해 있는 '비지(飛地, enclave)'[17]와 같은 공간이었다. 그런 조선 생활이었지만 그는 어쩔 수 없이 조선에서의 자기 위치를 재차 확인하는 과정을 겪을 수밖에 없었다. 그래서 그는 조선을 소재로 처음 발표한 글에서 '나도 …(중략)… 당사자'라는 말로 애써 그러한 과정과 자기 위치에 대해 설명하려 했던 것이다.[18]

조선 체재 1년 반 만에 쓴 이 글에서만도 그는 자신이 거주하는 왜성대(倭城臺)에서 조선신궁(朝鮮神宮)까지 오가던 산책로와 "폐허의 아름다움을 유감없이 발휘하는" 성곽 등 경성 주변의 곳곳은 물론, 원산, 함흥, 수원, 개성 등을 이미 돌아보았다고 소개한다. 그리고 '온갖 곳에 벗나무를 심고 싶어 하는' '내지인'의 일반을 언급한다. 특히 그들이 사는 주거 환경을 예로 들면서, 풍토가 다른 조선에 와서 '내지'식의 '구소(舊巢)'를 벗어나지 못하는 "초민족적이고 세계적인 요소가 결여된" '내지인'이 진정 "뿌리를 박고 문화를 이 조선 땅에서 성장시키려 한다면" 우선 조선의 풍토에 맞게 주거 구조와 설비를 연구해야 할

---

17) 박명규는 「경성제대 총장과 식민지대學像」(『식민권력과 근대지식: 경성제국대학연구』, 서울대학교규장각 한국학연구원 워크숍자료집, 2006. 12. 20, 17쪽)에서 경성제대 총장들에 관해 살피면서 경성제대를 "비지형 기관"이라 규정했다. 하지만 그러한 규정이 총장은 물론 교수 개인들의 삶과 학문적 태도를 살펴볼 때 일관되게 적용되는 개념은 아니라고 생각한다.

18) 「朝鮮所見二三」보다 한 달 뒤에 쓴 「ペンキ塗の看板」에서도 또한 그의 발화 위치를 확인할 수 있다. 이 글은 내금강의 장안사를 여행할 때 순수하게 자연을 감상하려는데 그 안에 '속악'한 그림이 페인트로 그려진 간판을 보고 '현대문명의 상징'으로 비판하며 그 '조잡함'과 '선정적'인 내용을 문화의 결핍이라 비난하고 있다.

것이라고 제안한다.[19] 적어도 이때 아베는 조선에 뿌리를 내린 위치에서 발화하고 있지 않다. 조선이라는 장소로부터는 물론이고 조선에 거주하는 '내지인'이라는 소속 의식으로부터도 그는 자유롭다. 이렇게 조선에 와 1년 반 만에 그는 식민지 조선에서의 '초민족적인' 공간과 인간에 대한 이상화를 발화하기 시작했던 것이다. 이러한 아베는 경성제대라는 공간을 '비지'적 공간으로 인식하고 경험한 교수의 전형적인 예라고 할 수 있다. '국어학국문학' 강좌의 다카기 이치노스케가 조선에 건너와 처음 "본능적으로 민족의 이동(異同)"[20]을 피부로 느꼈으면서도 자신의 민족주의를 에스페란티스트인 자멘호프(Lazaro Ludoviko Zamenhof, 1859~1917)의 것에 비유하거나 '국문학'이야말로 "가장 식민정치로부터 해방되어야만 하는 것"[21]이라는 모순된 생각을 갖게 했던 것도 마찬가지다. 다카기가 식민지 조선에서 이(異)민족을 느끼는 '본능적'인 감각에도 불구하고 '왜 조선에서 국문학인가'라는 근본적인 자기 회의도 없이, 강의실의 조선인 수강생을 보곤 오히려 의외로 여긴 것과 같은 무지각에 빠졌듯이,[22] 아베의 경우 또한 그가 조선에서의 민족 간 '소통'의 이상화에 걸었던 기대는 바로 '천하태평'의 학교생활 혹은 그 밖의 생활에서도 드러난 식민지 현실의 무지각에 대한 반증에

---

19) 위의 글, 10쪽. 하지만 「鍵の文明」(1928. 2, 『青丘雜記』, 앞의 책)의 기록을 통해 아베 또한 페치카를 설치한 일본식 가옥에 살았음을 확인할 수 있는데, 그런 비난으로부터 자유로울 수 있던 것은 그 자신은 조선에 뿌리를 내리고 살 사람이 아니라는 데 있다. 이 점에 대해서는 뒤에서 좀더 자세히 다루기로 한다.

20) 高木市之介, 『国文学伍十年』, 岩波書店, 1967, 136쪽.

21) 위의 책, 138쪽.

22) 박광현, 「식민지 조선에 대한 '국문학'의 이식과 다카기 이치노스케」, 『일본학보』 59호, 2004. 6 참조.

가까운 것이라고 하겠다.[23]

　"최근 10년, 어느새 나도 수필가의 말석을 더럽히게 된 듯"하다며 아베는 그 이유를 청탁받은 원고가 대개 수필이기도 하지만 "자신도 역시 논문을 쓸 만한 마음의 준비나 연구가 반드시 언제나 있는 것이 아니"기 때문이라고 한다.[24] 그 '최근 10년'이라는 기간은 조선에 거주하는 기간과 꼭 맞아떨어진다. 회고조의 이 말처럼 그는 왜 논문을 쓸 만한 마음의 준비가 되어 있지 않았을까? 그는 그 대답을 직접 내놓지 않는다. 다만, 「문제 가득한 조선(問題に充ちた朝鮮)」이라는 글에서 수필가가 된 자기상을 다시금 거론하면서 조선에서 거주하며 학문을 한다는 것에 대해 언급하고 있다. 잡지 『동양(東洋)』에서 조선에 관한 '임시호'에 실릴 원고를 청탁받아 쓴 이 글은 『조모초(朝暮抄)』의 「서」에서 글 전체와 어울리지 않을지 모르나 "조선문제에 관심 있는 사람"은 읽어주길 바란다며 특별히 부언하고 있는 글이기도 하다. "내가 최근 세간에 발표한 것은 대개 수필이기 때문에 나를 수필가로 보고 수필을 청탁한 것은 당연한 일이며 그것은 달리 나의 명예도 치욕도 아니다"라는 그의 말에는 서양철학자로서의 자기 임무에 대한 당위적 의식이 내재되어 있다.[25] 하지만 그는 "조선에 대해서 인상과 흥미를 가지고 있어도 학문적 지식을 가지고 있지 못"하기 때문에 자신은 조선에 관해 학문적으로 연구하는 것이 "불가능"하다고 진술한다. 그리고 '현

---

23) 친구에게 보내는 편지 형식을 빌어 쓴 「學校の往来」(『朝鮮』, 1932. 1)에서 그는 자신의 조선생활을 "나의 생활이 이만하다면 천하는 태평이다."(14쪽)라고 적고 있다.
24) 「隨筆を書く心持」(1937. 2), 『朝暮抄』(岩波書店, 1938), 1쪽.
25) 위의 책, 113쪽.

재 사정에 대한 통달', '정확한 통계적 지식', '논의에 대한 책임과 미혹(迷惑)을 충분히 수용할 각오', 그것이 '악용될 소지를 무시할 만한 열정'을 필요로 하는, 그런 논의는 그만두겠다고 한다. 그와 같은 사정들을 일괄해 그는 "정치에 관계하는 것을 피하는 것을 나의 생활방침으로 삼고 있다"고 정리한다.[26] 그런 태도에 기인해, "일본을 아는 것이 곧 조선을 아는 것이며, 조선을 아는 것이 곧 일본을 아는 것"이라는 '소통'='대화'의 필요성을 주장하는 결론으로 치달은 이 글처럼, 그에게 수필을 쓰는 행위는 자신의 "울민(鬱悶)을 풀어주는 하나의 즐거움"이자 자신의 "실감을 몸짓 없이 고통의 목소리를 내지 않고 전하기" 위함인 것이다.[27]

2. '여심(旅心)'=여행의 세계관

> 여행의 세계는 결국 행(行, Tat)의 세계가 아니라 관(觀, Schauen)의 세계이다. 나는 이러한 관의 세계로 틈입(闖入)해 그 정밀(靜謐)과 순수를 뒤섞는 행의 번거로움을 좋아하지 않기 때문에, 홀로 여행하는 것을 좋아한다. 행은 나를 고집하며 사람과 사물에 작용하려 한다. 관은 나를 비우고 사람과 사물을 받아들이려 한다. 본래 행도 사람을 상대로 삼으면서 하늘을 상대로 삼고 있는 듯 상승하게 된다면, 핏대를 세운 나를 집착하는 것이 아니라 거기에 관의 자유를 포섭할 수 있지만, 우리 일상의 행(行)의 세계는 어찌 되었든 이러한 소아(小我)와 소아(小我)의 각투로부터 초래되는 번거로움과 고통스러움

---

26) 위의 책, 114쪽.
27) 위의 책, 114쪽.

을 탈각할 리 없다.

(「여심(旅心)」에서)[28]

　　조선에 건너온 직후, 아베는 집필 날짜가 '다이쇼 15년 3월 29일(大正十伍年三月二十九日)'로 적힌 「여심(旅心)」[29]이라는 글을 발표한다. 집필 장소 또한 그 제목과 상징적으로 맞아떨어지는 경성의 '가우(假寓)'로 되어 있다. 아베는 경성제대 부임이 결정되고 1924년 9월부터 1년 여간의 유럽 유학을 떠난다.[30] "구라파에 있던 1년 남짓은 그 전체가 애초 여행"[31]이었다는 유럽 생활을 마치고 조선으로 건너온 그는 일기에 유럽의 기억을 온전히 담아 왔다.[32] 거기에서는 "여심을 기뻐하는 인간"이라고 자신을 정의하고 있는데, 한편 그것은 경성에서의 삶, 특히 경성제대 교수로서의 삶을 차분히 준비하며 마음가짐을 추스르기 위한 성격의 글이기도 했다. 다시 말해 조선은 서양 유랑의 연장선이었던 것이다. 그는 여심을 통해 "마음의 평정은 (얻는 것은 – 인용자) 좋지만, 불안을 느낄 만큼, 평정을 유지할 수 없을 만큼, 심신을 뒤흔들 만큼, 어떤 특이를 느낄 수 없는 것은 왠지 부족한 감이 든다"며, "나는 이러한 여행의 경지에 있자면, 한편에서는 자신이 일하는 세계, 그 일

---

28) * Schauen: 1) (어떤 눈으로) 쳐다보다 / 2) 바라보다 / 3) (어디에 무엇이 있나) 살펴보다 / 4) (무엇이 어떤 상태인지) 보다, 검사하다, 살펴보다
　　* Tat: 1) 행동, 행위 / 2) 범죄 행위, 범행
29) 「旅心」(1926. 3), 『青丘雜記』, 1940.
30) 아베는 경성제대 부임이 당시 도쿄제대에서 서양철학을 담당했던 구와키 겐요쿠(桑木嚴翼)에게 자문을 받아 초대 총장 服部宇之吉가 직접 설득한 결과라는 회고를 남기고 있다 (『我が生ひ立ち』, 岩波書店, 533-534쪽 참조).
31) 「旅心」, 앞의 책, 1쪽.
32) 그 일기는 1934년 이후 『朝鮮及滿洲』에 연재하는 유럽 기행문의 토대가 된다.

의 세계 속의 괴로움을 피해 이러한 평정과 유쾌함에 언제까지나 빠져 있고 싶다는 타성의 유혹을 느낀다"고 고백한다. 결국 자신은 아직 "여행에 안주할 수 있을 몸이 아니다"는 말로 글을 맺는다.[33] 바로 이 말에서 필자는 유럽에서의 여심과 다른, 조선에서 품은 여심에 내재된 아베의 갈등을 읽는다. 한 마디로 말하자면, 그것은 식민자와 여행자 사이의 갈등인 것이다. 그래서 필자는 아베가 그러한 갈등을 어떻게 사유하며 해결하려고 했는가에 관심을 두고자 한다.

「조선소견이삼」과 「페인트칠 간판(ペンキ塗の看板)」이라는 글 속에서 스스로가 정위(定位)한 그의 위치는, 앞서 지적했듯이 '당사자'이면서 '관찰자'라는 두 가지 스텐스 위에서 주로 '일상'을 통해 조선을 관찰하고, 그 안에 사는 '내지인'들에게 "정착해 영주할 마음가짐"을 요구하는 데 있다. 그러한 위치는 '관(觀, Schauen)'의 세계로 구축된다. 그리고 그것은 스스로 조선에 살면서도 '내지인과 조선인이 함께 사는' '일상'='행(行, Tat)'의 세계로부터 자신을 자유로운 곳에 두려는 의식을 통해 가능한 것이다. 그는 실제 여러 글에서 '내선융합'(이후 '내선일체')을 거듭 언급하고 있는데 그것이 현실에서는 용이하지 되지 않은 "시끄러운" 문제임을 진술하곤 한다.[34] 그러한 "시끄러운" 문제 즉, '행(行)'의 세계로부터 자유로워질 수 있는 방법을 여행자로서 '관(觀)하는' 생활 태도에서 찾으려 했다.

---

33) 「旅心」, 앞의 책, 11–12쪽.
34) 「京城とアテーネ」(1928. 9), 위의 책, 74쪽.

나는 지금 조선의 한 학교의 교수로서 조선에서의 사업 중 일부분을 담당하는 당사자라는 점을 강하게 의식하고 있다. 이런 의식에 기쁨과 자부심이 전혀 없는 것은 아니지만 오히려 고통과 부끄러움 쪽이 많다. 나는 당사자로서의 노력 생활, 당위적으로 재촉당하는 생활의 다른 면에서 여행자로서 관하는 생활에서 나의 해방을 찾을 수밖에 없다.[35] (강조점 - 원문)

그리고서 아베가 "여행자, 산책자"[36]로서 현실로부터 해방된 시선 속에 비춰진 것은 오히려 지게, 조혼, 빨래터의 조선 아녀자 등에 대한 동정과 이해로 발화된 오리엔탈리즘 속에 갇힌 조선 표상이었다. 그런 점에서 그의 이상적 정관주의는 서양=근대에 원점을 두고 있는 것이라 할 수 있다. 그는 조선에 대한 첫 인상을 서양철학의 원향(原鄕)이랄 수 있는 아테네와의 공통점을 중심으로 비교해 묘사한 바 있다. 그 공통점으로 총독부 - 아테네의 왕궁, 북한산 - 휴메토스산, 아크로폴리스 - 조선신궁, 신궁에서 바라보는 한강 풍경 - 아크로폴리스에서 바라보는 피레우스나 파레론 바다 풍경, 날로 늘어나는 '조잡한 문화주택' 등과 함께 건조한 날씨 등을 들고 있다.[37]

조선을 '관하는' 여행자의 입장에서 기술한 「경성과 아테네(京城とアテーネ)」는 그가 조선 생활을 통해 발화하는 서양문화론 및 동서비교문화론의 원점인 동시에 그가 10년 전 일기로부터 기억의 소환을 통해 1934년에 발표한 「배를 기다리는 시간(船を待つ間)」 이후 『조선급만주

---

35) 「京城雜記」(1928. 12), 위의 책, 82쪽.
36) 위의 글, 99쪽.
37) 「京城とアテーネ」, 위의 책.

(朝鮮及滿洲)』의 연재물에서 보여준 서양문화에 대한 집착의 원점이었다.[38] 그러한 집착에는 서양문화를 오히려 동양문화에 비해 단일한 것으로 인식하는 태도까지 반영되어 있다. 예를 들어, "우리들이 여행자로서 이목을 끈 생활상태에서 보더라도 일본과 서양과는 공통하는 요소가 적고 오히려 지나와 조선쪽이 서양과 가깝다고 느낀다"[39]며 "(지극히 막연한 의미에서)"[40]라는 단서를 달아 분리 가능한 동양문화를 가정하면서도 "개인의 자각"을 장점으로 드는 서양문화에는 그러한 단서를 붙이지 않는 것이다. 조선생활 초기, 즉 1930년까지 「경성과 아테네」나 「탐라만필(耽羅漫筆)」 등에서 보이는 것처럼 그가 조선 여행을 통해 '관하는' 관점의 근저에는 바로 서양이라는 기준이 있었다. 특히 「탐라만필」에서는 제주도에 대한 첫 인상을 그 지형 및 문화면에서 이탈리아 시칠리아섬에 견줄 수 있다며, 한반도와 떨어진 제주도에서마저 서양을 기준으로 그 문화와 경치를 '관하는' 태도의 일관성을 유지한다. 한편, 『동국여지승람』이나 『동문감(東文鑑)』 등의 구절 등을 인용해 '내지' 풍속의 과거를 탐지하듯 기술하는데, 이러한 방법은 차츰 조선의 경관에 대해 조선 지식계의 기존 학적(學的) 성과를 토대로 독해하며 탐미하는 쪽으로 전환되어간다. 일단 후자에 관해서는 후술하기로 하

---

38) 「船を待つ間」(1934. 1) 이후 그는 『朝鮮及滿洲』에 「歐洲の街路樹と日本街路樹」(1934. 6), 「ハイデルベルヒた二三日」(1934. 7), 「ローマの新年」(1935. 1), 「ヴェルサイユ宮を訪ふ」(1935. 10), 「羅馬テイヴォリに遊ぶ記」(1936. 1), 「ハムブルヒの印象」(1937. 1)를 연재한다. 이상의 글들은 거의 1925년 유럽 유학 당시의 일기를 토대로 씌어진 것일 정도로 서양에 대한 집착을 보이고 있다.

39) 「日本文化と西洋文化」(1935. 7), 『青年と教養』, 岩波書店, 1940, 380쪽(초출은 1935년 『群山開港三十年記念講演集』).

40) 「鍵の文明」, 『青丘雜記』, 102쪽.

고 여기서는 전자에 대해 좀 더 살펴보자.

아베는 서양문화를 현대 사회의 보편으로 상정하고, 그가 서양문화의 선험자로서 조선의 '내지인'에게 초지일관 바라는 것은 "일본적 생활은 더욱 보편화하고, 서양적 문화는 더욱 특수화하고 지방화해야 한다"는 것이라고 말한다.[41] 다시 말해 식민지의 풍토에 맞는 삶을 영위해야 하지만, 그것은 보편을 지향하는 것이어야 한다는 점을 강조한다. 아베가 조선에 거주하는 '내지인'에게 가지는 의문은 이미 "현대 내지인의 생활 중에는 본래 다대한 서양적 요소가 존재하며 그것과 일본적인 것이 섞여 착종혼란의 모습을 띠고 있"는데, 그들 또한 그것을 경험했고 내지에서는 그러한 "혼재"를 당연하게 여겼으면서도, 조선인 앞에서는 "내지인의 생활에 있어서 재래의 일본적인 것과 새로운 서양적 요소를 확실하게 구분하고 있다"는 사실이다.[42] 그는 그러한 삶의 양식을 '문화 쇄국'의 "도쿠가와(德川)시대 유물"이라고까지 비판한다. 그러면서 조선이라는 땅에 조응하는＝일체화된 삶을 살지 못하는 '내지인'들에게 그는 식민지 조선이 "초민족적이고 세계적인 요소"를 경험하는 장이 되기를 제안하고 있는 것이다.

---

41) 「京城街頭所見 － 朝鮮で見る日本的生活」(1932. 2), 위의 책, 340쪽.
42) 「電車の中の考察」(1932. 6), 위의 책, 343쪽. 「京城街頭所見 － 朝鮮で見る日本的生活」은 이 글의 전편에 해당되는 에세이다.

3. '자연화'의 시선

> 자연(自然)의 자(自)와 자유(自由)의 자(自)의 구별
> 을 좀 더 말하자면 후자의 경우에는 주객 대립, 즉
> 자타 대립의 의식에서 일어났으므로 아(我)의 자의
> 식에서 일어난 아이며, 전자의 경우에는 자타의 대
> 립이 없으므로 따라서 아의 의식이 적거나 그것을
> 벗어난, 혹은 그것이 없는 아라고 할 수 있다.
>
> (「자연에 관하여(自然に就て)」 중에서)

"산책하기에는 축복 받은 도시"[43] 경성에서 아베의 일상은 낯선 것에 대한 경험이 주를 이루고 있다. 게다가 「조선소견이삼」이나 「학교의 왕복(學校の往復)」과 같은 초기 문장들에서 두드러지듯이, 그는 정주자의 시선에서가 아니라 여행자=산책자의 위치에서 경성 혹은 더 나아가 조선의 일상을 바라보려 한다. 그러면서 그는 앞서 지적했듯 식민자 즉 '내지인'의 일반 범주 속에 '나'를 포함시키려 하지 않는다. 게다가 그는 그러한 태도와 위치를 지극히 의식적으로 유지하려 한다.

전철, 교각, 백화점 등 점차 식민지 경성은 식민자가 누려야 할 근대 이기의 편리에 따라 재구성되기 시작했다. 그러나 그뿐만 아니라, '사쿠라', '다다미', '혼마치(本町)', '조선신궁' 등 낯선 식민지 공간을 낯익은 장치들로 '수식(修飾)'하는 것을 통해 식민자들은 자신들의 노스탤지어를 치유하는 방향에서 공간의 재편성을 도모하기도 했다. 아베는 "내지인은 가는 곳마다 사쿠라를 심고자 한다"[44]는 정서에 동감하

---

43) 「朝鮮所見二三」, 『朝鮮』(1927. 11), 7쪽.
44) 위의 글, 6쪽.

고 벚꽃을 보는 즐거움에 만족을 표시하는 한편, 그런 일이 과도하지 않기를 바라며 활엽수의 식목을 제안하고 그 결정은 전문가에게 넘긴다. 이미 앞서 지적했듯이, 그는 "나도 …(중략)… 당사자"라는 위치에서 보이는 정책이나 기술과는 별개로 주로 '수식' 없는 자연이라는 측면에서 조선이라는 공간을 사유하고자 한다. 따라서 "남산 일각에 있는 살벌한 풍경의 음악당과 같은 건물은 부수는 편이 낫"고, 그리고 "단지 좋은 길이 있고, 그렇게 지금까지 존재하던 수목이 적당히 보호되고, 지금까지 없던 곳에 적당히 수목을 심는다면 좋을" 것이니 "그다지 수식을 가할 필요가 없다"고 말한다.[45] 심지어 조선에 대해서는 이미 훼손된 남산의 성곽과 같이, 더 이상 파괴되지 않고 또한 그렇다고 새롭게 보수하지 않은 "폐허의 아름다움"을 예찬한다.[46]

조선에 건너온 지 6년째 되던 해, 그는 자신의 일상을 이렇게 말한다.

> 매일 나의 생활은 지극히 단조롭다. 아침에 일어나 식사를 마치면 학교에 간다. 집에서 전차 정류장까지, 전차에 내려서 학교까지 도중에 접하는 것이 요즘 내가 보는 '자연과 인생'의 거의 대부분이다. …(중략)… 집으로 돌아오면 저녁 식사 시간이다. 저녁 식사를 마치고 스토브 옆에 앉으면 한 시간 가까이 축 늘어져 가면을 취한다. 그렇게 피로를 푼다. 하지만 이미 외출하는 것은 귀찮다. …(중략)… 이것이 나의 하루다. 단조라 해도 이 만큼 단조로운 생활은 없을 것이다. 이것은 나만의, 나 개인의 생활

---

45) 위의 글, 7-8쪽.
46) 위의 글, 8쪽. 「京城風物記」(1929. 6)에서는 남산의 성곽을 "자연에 귀화한 이 인공은 실로 아름다운 조화"라고 예찬한다.(『靑丘雜記』, 142쪽)

이다.[47]

　그가 말하는 단조로운 일상으로는 홀로 지내는 이층 방, 그리고 그 방 창밖으로 들리는 조선 장사꾼의 독특한 일본어, 최근 한두 달 모습이 보이지 않는 남이탈리아인 같이 쾌활하게 웃던 조선 노인, 조선인의 가미야(紙屋)와 양복점이 있는 거리 풍경, 스팀이 들어오는 연구실 등이 묘사되어 있다. 그 안에는 어떤 대립도 존재하지 않는다. 즉 '자타 대립'이 일어나지 않는 세계를 의미하는 "자기만의 세계"이다.[48] 그는 그러한 일상에 빠져 있다가 최근 조선 학생과 경찰서의 관계 때문에 '혼마치(本町)' 경찰서를 지날 때면 혹시 형사일지 모를 인물의 얼굴을 보곤 다른 세계 즉, "갑자기 현대의 험악한 세상(世相)"을 접하는 듯한 느낌을 받는다.[49] "자기만의 세계"를 침범하는 갈등, 그것이 조선의 일상에서는 흔히 있는 일일지라도 그는 굳이 그곳으로 눈을 돌리려 하지 않는다. 그러한 태도는 단조로운 일상을 자타의 대립이 없는 '자연'의 초속성(超俗性)의 차원에서 이해하려는 인식에서 기인한 것이다. 식민지 제국대학 교수로서 그가 현실적인 이해의 세계에서는 '내선융화'가 용이하지 않더라도 학문의 세계에서는 '내선'의 학도가 고질적인 "편협하고 배타적인 폐"를 극복할 수 있다[50]는 초속적(超俗的)인 아카데미즘을 주장했던 것도 동일한 맥락에 기인한다고 할 수 있다. 식

---

47) 「學校の往復」, 『朝鮮』, 1932. 1, 12쪽.
48) 「自然に就て」, 『靑丘雜記』, 1930. 6, 228쪽.
49) 「學校の往復」, 12쪽.
50) 「朝鮮文化門外觀」, 『朝鮮文化の研究』, 朝鮮公民敎育會, 1937, 31쪽.

민지 현실을 자기 안에서 고뇌하고 사유하는 태도로 일관하고 있는 것이다.

그런 그가 경성의 일상으로부터 벗어나 한층 세련되고 학문적인 태도에서 조선 여행기를 쓰기 시작한 것은 「해인사 탐방(海印寺を訪ふ)」(1933. 6)부터였다. 그 후 글들에서는 대개 사찰을 중심으로 한 고적에 관해 기록하고 있는데, 여행자로서 조선인이 식민지 세계와 대립하는 모습을 발견하지 못하고 주객 대립 혹은 자타 대립이 없는 자연 세계를 사유의 공간으로 삼는 태도로 일관하고 있다. 하지만 그가 남긴 그 이전의 글들을 일람해보면, 금강산을 다녀와 쓴 「페인트칠 간판」을 비롯한 초기의 에세이는 물론 「해인사 탐방」에서도 범어사, 불국사, 금산사, 선엄사, 석왕사, 장안사 등 해인사를 여행하기 이전에도 조선 곳곳의 고적을 둘러보았음을 밝히고 있다. 그런데 그곳들에 대해서는 단지 풍경의 묘사나 여행 사실 기록에 그치거나 아예 기록을 남기지 않는 경우가 많았다. 가령, 「페인트칠 간판」도 내금강의 장안사를 다녀와 쓴 글이지만, 그 글에서 그는 페인트칠한 간판을 현대문명의 하나의 상징이라고 간주하며 금강산＝영장(靈場) 중에까지 그런 조잡한 간판이 들어선 것을 두고, 순수하게 자연을 맛볼 수 없도록 만든다고 비판하고 있다. 즉, 직관적인 묘사에 그칠 뿐 당대 제국의 지식 사회가 만들어놓은 학지를 동원하여 그 장소를 읽어내려 하지 않았다.

그렇게 볼 때, 「해인사 탐방」은 그 전과는 전혀 다른 관점에서 씌어진 글이라고 할 수 있다. 아베가 해인사를 여행한 것은 1931년 4월이었다. 그때는 때마침 경성제대가 해인사에 소장된 대장경 판목 중에서

『일체경음의(一切經音義)』를 인쇄하고 있을 때였다.[51] 경성제대의 조선사학 강좌를 담당했던 이마니시 류(今西竜)와 총독부 편집과 소속이자 총독부 기관지 『조선』의 편집자인 가토 간카쿠(加藤灌覺)가 동행한 이 여행은 조선이라는 식민지 세계를 바라보는 새로운 방법과 또 그 시선을 만들기 위한 새로운 권위로서 제국의 학지를 통해 보고 듣고 기록하는, 사회적으로 제도화된 하나의 방법을 이용하고 있다. 즉, 해인사와 얽힌 조선의 역사를 안내하는 이마니시나 가토의 동행뿐만 아니라, 교토제대 교수인 아마누마 슌이치(天沼俊一)의 「조선기행 하(朝鮮紀行下), 가야산 해인사(伽倻山海印寺)」(『동양미술(東洋美術)』 6호)나 누카리야 가이텐(忽滑谷快天)의 『조선선교사(朝鮮禪敎史)』(春秋社, 1930), 그리고 『고적도감(古跡圖譜)』[52]과 도쿄제대 교수 세키노 다다시(関野貞)의 『조선미술사(朝鮮美術史)』를 가이드북으로 사용하고 있다.[53] 그럼으로써 아베는 조선 사찰 특유의 공간적 구조라는 경관뿐 아니라 신라라는 역사의 시간적 체험까지를 동시에 하고 있다. 그로써 그는 단지 이틀간의 체재였지만, 제국의 시선이 담긴 조감도와 풍부한 사진, 그리고 "과학적이고 정확한 전문가다운 기사"에 힘입어 "천년의 풍상을 겪으며 자연화한 곳에 또한 특별한 위세가 있는"(강조점 – 인용자) 해인사라는

---

51) 그 결과물로서 당시 총독부 편집과 소속의 加藤灌覺가 편한 『高麗板大藏經印刷顚末』(경성제국대학법문학부, 1931)이 발행되었다.

52) 더군다나 이 책은 조선총독부가 1915-1935년에 걸쳐 조선의 고적을 15책의 도감으로 만들어낸 것으로서 그것은 제국의 시선이 식민지를 어떻게 재구성했는가를 보여주는 방대한 문화 사업의 하나였다.

53) 이러한 태도는 「竹嶺を越えて浮石寺に遊ぶ」(『朝鮮』, 1938. 4)에서도 또한 식민지의 과거를 전시하는 학지로서 총독부 박물관의 정치성을 예시하는 등 조선의 고적을 바라보는 그의 관점에서 제국의 학지가 작동하는 방식이 마찬가지로 드러나 있다.

장소의 의미를 재구성해 읽어낼 수 있었던 것이다.[54] 그가 해인사로 떠나기 약 1년 전, 즉 1930년 6월에 그는 자연에 관해 사유하며 이렇게 정의한다. "자연과 인간의 일체융합을 전제로 하는 것은 자연을 인간과 친근한 것으로 여김과 동시에 자연을 정신화하고 이상화하는 경향을 낳는다. 이러한 사람들에게 자연은 단순히 감각적, 물질적인 존재가 아니다. 그것은 인간의 합류하고 귀명(歸命)해야 할 위대한 생명이다. 이 위대한 생명에 비하면 인간의 욕망과 같은 것은 비루하고 왜소하기 짝이 없는 것이다."[55] 이러한 사유에 기초해 어떠한 물욕이 작동하지 않는 '비일상' 혹은 '탈일상'에 자신을 두고자 했다. 하지만 그러한 태도로 식민지 조선에 접근하는 방법은 일찍이 조선을 '박물관'으로서 탐구하려던 태도의 연장선에 다름 아니었다. 지배자의 선별에 의해 실시된 구관제조사의 일환에서 행해진 식민지 사업 속에서 제국이 결국 조선을 "육백년 전에 화석이 된 채" 그대로 존재하는 "골동의 나라"로 형상화시켜간 예는 흔하다.[56] 제국은 그렇게 일상 속에서 호기심을 끄는 이질적인 조선에 대해서 이그조티시즘을 자아내는 공작을 꾸미는 것뿐만 아니라, 이른바 식민자에게만 보이는 이미 '자연화'된(아니, 어쩌면 '자연화'해서 보려는 태도를 가진) 고적이라는 전시 공간='비일상'=지극히 학술적인 분석 대상을 통해서도 제국주의적 사색과 실행을 자연스레 가능토록 만들었던 것이다.

---

54) 「海印寺を訪ふ」, 『朝鮮』, 1933. 6, 13쪽; 7쪽. 이 글에서 그는 굳이 부기를 달아 '과학적이고 전문가다운 기사'라는 점을 강조하고 있다.

55) 「自然に就て」, 233쪽.

56) 內藤虎之郎, 「余が觀たる韓國」, 『內藤湖南全集』 6권, 筑摩書房, 1972, 16쪽(『日本及日本人』 455호, 1907년 3월 15일 간행).

이 시기 아베에게 새롭게 여행자적 시선이 구축된다는 사실을 확인할 수 있다. 그 점에서 에세이 「백제의 고도 부여(百濟の故都夫餘)」는 흥미로운 텍스트다. 이 글은 총독부 기관지 『조선』에서 식민 지식인들에게 조선 체험의 기억에 관해 써줄 것을 청탁해 53명의 에세이, 한시 등을 받아 꾸린 「수필 산수호(隨筆 山水號)」라는 특집 중 하나로 실린 것이다.[57] '조선의 재발견'이라고 명명할 만한 이 기획은 대개 과거의 체험을 현재적 시각에서 쓴 글들로 구성되어 있다. 아베 또한 거의 10년 전의 체험을 새롭게 구성하여 글을 쓰고 있다. 다시 말해, 10년 전에는 대상화해 글의 소재로 사유하지 못했던 장소를 10년이 지나 사유의 대상으로 전화시킨, 조선에 대한 관점의 변화가 이 글에서는 드러나 있는 것이다. 거기에서 "작은 방 안에는 이러한 시골 숙소의 적적함을 더하는 듯한 어설픈 족자[掛地]나 조악한 매물(買物)이 있는 것은 물론인데, 그보다도 거기에서 바라보는 물이 마른 작은 개천 제방의 포플러의 햇빛에 반짝이는 가지와 하얀 모래사장, 그곳에 검푸르게 무성한 여름 풀밭의 지겹도록 무더운 경치가 조선에 와서 얼마 지나지 않았을 때의 인상이었던 까닭인지 묘하게 잊혀지지 않는다"[58]고 묘사하는 그의 시선 이동은 그가 여행자로서 조선 체험을 사유하는 방식의 핵심으로서 10년 동안에 걸쳐 만들어진 방법이었던 것이다. 그 방식은 다름 아닌 '행(行)'에서 '관(觀)'으로, '안'에서 '바깥'으로, '일상'에서 '자

---

57) 이 특집에는 일본인의 글뿐만 아니라, 총독부의 문화사업에 관여한 조선인 중 중추원 촉탁 이능화의 「余が遊覽せし山水の中にて」라는 글과 경성제대 강사 정만조의 「金剛山」이라는 한시가 함께 실려 있다.

58) 「百濟の故都夫餘」, 『朝鮮』, 1935. 8, 12쪽.

연'=고적으로 이동하고 있는데, 그 또한 '시끄러운' 조선을 '주객대립'
이 망각(?)된 장소로 '이상화'하려는 발상에서 비롯된 것이었다. 그러
한 '이상화'의 동력이 바로 '내지' 혹은 '내지인'의 아카데미즘=학지였
던 것이다.

또한 아베가 조선의 여행지=고적을 '자연화'해서 사유하는 데는
제국의 학지만큼이나 식민지 권력 시스템의 '비호'와 안내가 관여하고
있었던 점을 간과해서는 안 된다. 특히 일상을 벗어날 때 그러했다는
점은 어쩌면 경성제대 조선어학 강좌를 담당했던 오쿠라 신페이(小倉
進平)가 조선 곳곳의 방언을 조사차 떠나는 과정을 '모험'이라고 묘사
했던 것을 상기시킨다.[59] 그는 부여를 여행할 때 받았던 '군수의 호의'
나, 특히 "조선통치의 과제 중 하나"라는 화전민 처리 문제가 심각했던
장소 중 하나인 죽령을 넘을 때 받았던 주재소 M씨의 안내를 에세이
중에 삽입해 소개하고 있다.[60] 적어도 그가 여정 중에 일상의 조선인
을 만나거나, 혹 만났더라도 그 만남을 에세이 중에 삽입해 기록할 수
없었던 이유가 그와 무관하지 않다고 할 수 있을 것이다.

4. '관부연락선(關釜連絡船)'

……조선에 정주(定住)한다는 것만으로 왠지 희생
적으로 조선에 봉사한 듯한 생각이 드는 사람들이

---

59) 小倉進平, 「方言採集追憶漫談」, 『方言』, 1935. 11, 29쪽. 오쿠라의 그러한 시선과 경험에
　　대해서는 박광현의 논문 「언어적 민족주의의 형성에 관한 재고」(『한국문학연구』 23호, 2000.
　　12) 참조.

60) 「百濟の故都夫餘」(『朝鮮』, 1935. 8)과 「竹嶺を越えて浮石寺に遊ぶ」(『朝鮮』, 1938. 4) 참조.

있는 것도 이해 못 하는 바 아니다.

(「관부연락선(關釜連絡船)」에서)

「여심(旅心)」으로 시작한 아베의 조선 생활. 아베는 봄, 여름, 겨울 방학 때마다 도쿄의 가족에게 돌아갔다. 경부선 기차를 타고 부산에 내려 그곳에서 '관부연락선'에 몸을 실었다. 「관부연락선」이라는 글을 쓴 시점(1938. 6)에서 계산하면 방학을 이용해 왕복으로 오간 것 외에 공사(公私)의 일로 건넌 횟수를 합하면 총 80회에 이르렀다. "임시적인 불안정한 생활과 태도로는 차분히 조선을 위해 최선을 다 할 수 없"다고 말하는 그는, 대개 야간의 항해였으므로 "눈을 자극할 만한 풍경"을 보지 못하긴 했지만, 그런 "무자극(無刺戟)"의 가장 큰 이유는 그보다 "익숙해져 평범"해졌기 때문이라고 설명한다.[61] 여행자로서 자기상을 묘사하던 그를 생각할 때 다소 예외적일 수밖에 없다. 경성과 도쿄라는 두 목적지를 사이에 두고 오가는 여행, 그 여행이 과연 어떤 것이었기 때문일까? "조선에 살고 있다는 사실만으로 왠지 희생적으로 조선에 봉사한 듯한" 생각을 갖고 있는 사람들도 있을 법하다는 그는 '조선 땅'에서의 이해관계와 '조선을 사랑하고 조선을 위해 일하고자 하는 마음가짐'은 현실에 있어서 결코 떼려야 뗄 수 없는 관계에 있음을 강조한다.[62] 하지만 그는 자신을 그 토지=현실에 일체화된 범주에 가두려 하지 않는다. 결코 자신을 조선에 뿌리를 내린=땅에의 일체화를 통해 살아갈 식민자=정주자(定住者)로 인식하지 않는다. 그는 그 항해

---

61) 「關釜連絡船」, 『朝暮抄』, 岩波書店, 1938, 447쪽.
62) 위의 책, 447쪽.

를 언제든 다시 돌아갈 길에 대한 예비 체험으로 여기고 있다. 다시 말해 '현해탄, 쓰시마해협, 조선해협'은 조선 땅에 일체화되지 않은(아니, 되고자 하지 않았던) 자신을 '실감'하게 만드는 공간이었고 시간이었다.[63]

'나'와 조선과의 관계에 관한 그런 아베의 인식은 '서양철학'과 조선의 관계에서도 비슷하게 발견된다.

제국의 학지가 식민지로 이식되는 과정은 제국에 봉사하기 위해 식민지를 재구성=재해석하는 데 필요한 '조사' 사업이 '학술'로 전환되는 것을 통해서 이뤄진다. 그때 식민지를 대상으로 하거나 필드로 삼고 있는 분과가 선행하기 마련이다. 그렇지 못한 분과의 경우는 '조사' 사업이라는 전사(前史)가 없는 관계로 본국에서 축적되어온 학술적 경험으로부터 '격절(隔絶)'되어 새로운 경험을 축적해갈 수밖에 없었다.[64]

---

63) 최재철의 논문은 아베의 '조선관'을 두고 계보학적으로 접근하는 장점을 지니고 있다. 하지만 일반 식민자로부터 '거리'를 두고 자기 위치를 구축하고 여행자의 위치에 스스로를 두려 했던 서양철학자라는 스텐스를 간과하고 있다. 다시 말해, 식민자와 여행자의 사이에서 갈등하는 아베의 위치를 간과하고 있을 뿐만 아니라, 당시 조선에 대한 애착이나 전후 변명에 주안점을 둠으로 해서 어쩌면 공허한 아베의 윤리의식에 대한 문제제기에 그치고 있는 느낌이다. 또한 거기에는 아베의 경성제대 철학과 교수 즉 서양철학자로서의 사유 방식과 존재의식에 대한 논의가 간과되어 있기도 하다(최재철, 「근대 일본인의 한국견문기 연구」, 『외국문학연구』16, 2004. 2). 또한 이선옥의 논문도 이러한 비판으로부터 그다지 자유로워 보이지 않는다(이선옥, 「일제강점기의 서울고찰」, 『일어일문학연구』43, 2002). 식민지 시기 아베의 윤리에 대한 문제제기는 일찍이 梶村秀樹(「安倍能成における朝鮮」, 『季刊三千里』, 1979, 秋)로부터 시작된 것이라 할 수 있는데, 그러한 일련의 논의가 기존에 진행된 것은 아마도 아베가 전후 '변명'의 논조를 피력한 데서 기인하겠지만, 극단적으로 말하자면 아베가 '반식민주의자'였길 기대하지 않는 이상 무리한 문제제기라고 생각한다. 또한 더 나아가 그러한 문제제기는 오히려 식민지 시기 아베의 삶의 태도와 철학적 사유, 그리고 서양철학자로서나 식민지 조선의 學知적 맥락에서 그의 위치를 고찰하는 데 장애가 될 뿐이라고 판단된다.

64) 이 점에 관해서 필자는 高橋亨에 관해 논하면서 언급한 바 있다(「당위와 이념으로서 '창조'된 강좌, 高橋亨의 '조선문학'」, 『韓日국제WORKSHOP 제국의 學知와 경성제대의 교수들』 자료집, 서울대학교 규장각 한국학연구원, 2007. 6). 또한 그 발표문을 수정한 「다카하시 도오루와

그 중 특히 조선을 대상으로 하거나 필드로 삼고 있지 않는 대표적인 분과는 아베의 서양철학과 같은 분과였다. 제국의 학지가 식민지로 이식해가는 과정은 일방적일 수만은 없다. 본래 제국의 학지란 제국 형성이나 제국 운영을 위한 학지와 그에 대한 식민지의 저항적 학지 사이의 상호작용 속에서 생성된 것이다. 하지만 조선에서는 일찍이 아베가 관여한 '내지'의 이와나미(岩波)철학총서시리즈나 그가 직접 저술한 『서양고대중세철학사』와 『서양근세철학사』와 같은 저작들이 출간된 바 없으며, 또한 아베가 경성제대를 떠나는 그날까지도 그러한 경험은 존재하지 않았다. 이때 이미 그의 서양철학은 '무자극'의 학문일 수밖에 없었다. 이러한 상황에서 아베가 조선에서 서양철학을 언술한다는 행위는 어쩌면 '조선'이라는 낯선 공간의 경험보다도 더 낯설게 느껴지는 것이었을지도 모를 일이다. 또한 그것은 어쩌면 오로지 '비지(飛地, enclave)'적 공간으로서 경성제대라는 아카데미즘 안에서만 통용 가능한 '독어(獨語, monologue)'가 아닌 언어, 즉 '대화(dialog)'였는지 모른다. 그 경계 밖에는 대화의 대상이 존재하지 않았던 까닭에, 그로 인한 답답증은 그로 하여금 조선문화에 대해서 '문외한'이었지만 조선문화를 언술하지 않을 수 없게 만들었다.[65] 그러면서 "현실적 이해의 세계에서는 내선융화는 말처럼 쉽게 행해지기 어려우나 학문의 세계에서는 내선의 학도가 그들의 고질적인 편협배타의 폐(弊)를 스스로 경

경성제대 '조선문학' 강좌—'조선문학' 연구자로서의 자기동일화 과정을 중심으로—」, 『韓國文化』, 2007. 12 참조.

65) 「朝鮮文化門外觀」, 『朝鮮文化の研究』, 朝鮮公民教育會, 1937.

계하고 서로 그 연구의 노력을 존중하는"[66] 것이 가능하다는 아카데미즘의 '초속성(超俗性)'만을 신뢰했던 것이다.[67] 그러면서도 그는 "논문을 쓸 만한 마음의 준비나 연구"[68]가 되어 있지 않은 생활을 조선에서 보내야만 했다. "정치에 관계하는 것을 피하는 것을 나의 생활방침으로 삼고"[69] 있었다는 그가 식민지 조선에서 느끼는 갈등을 그렇게 무화(無化)시킬 수 있던 동력은 무자각과 무신경에 근거한 것이기도 했지만, 한편으로는 그에 앞서 서양철학자, 여행자, 관(觀)의 세계＝주객대립이 없는 세계라는 그의 정체성과 세계관에서 기인한 것이라고 봐야 옳을지 모른다.

---

66) 위의 글, 31쪽.

67) 국어학국문학 강좌 담당교수였던 高木市之助는 아베의 '超俗性'과 같은 맥락에서 경성제대를 "대학이라는 하나의 치외법권적인 영역"이라는 표현을 사용해 회고했다(高木市之助, 『國文學伍十年』, 岩波書店, 1967, 138쪽). 조선은 高木에게 논문 발표 공간을 제공하지 못했다. 또한 그는 조선인에 대한 표상(俳句나 에세이를 통한)을 개개인으로서가 아니라 집단으로밖에 만들어내지 못하고 있다(박광현, 「식민지 조선에 대한 '국문학'의 이식과 다카기 이치노스케」, 『일본학보』 59호, 2004. 6 참조).

68) 「隨筆を書く心持」, 『朝暮抄』, 1쪽.

69) 위의 책, 114쪽.

제6장

'국민문학'의 기획과 전망
— 잡지『국민문학』의 창간 1년을 중심으로

1. '암흑기'로 기억된 문학사

『국민문학』의 시대가 곧 한국근대문학사의 '암흑기'라는 등식은 이미 오래 전 굳어진 공식이다. '말을 잃은 시대'를 가리켜 '암흑기'라고 명명하는 데는 누구도 이의를 달지 않을 것이다. 하지만 이 오래된 공식의 태생적 배경에는 의도의 불순성이 내포되어 있으며, 그것은 특히 '전후' 즉 한국전쟁 후 한국 문단 권력의 형성과 깊은 관련이 있음을 상기할 필요가 있다.

이 '암흑기'라는 용어의 창안자는 백철이다. 그는 일찍이『조선신문학사조사』(백양당, 1949)에서『국민문학』이 창간되는 1941년 말 이후 "약 5년간은 조선신문학사상에 있어서 수치에 찬 암흑기요 문학사적으로는 백지로 돌려야 할 부랑크의 시대였던 것"이라고 기술했다.[1] "백지로 돌려야 할 부랑크의 시대"라는 『국민문학』 시대에 대한 망각의 기원(祈願)은 그의 바람대로, 이후 기술되는 거의 대개의 근대문학사를 통해서 그대로 원용되어왔다. 그리고 그 '암흑기'론은 '반공'을 국시로 삼은 건국 이후 문학사에서 『국민문학』 시대에 관한 대표적인 기억 방식=담론으로서 위치해왔다.

그러나 그 용어의 창안자인 백철은 그것이 지닌 불순성을 자신의 회고록을 통해 스스로 드러내 보이고 있다. 백철은 1975년에 "인생 60년, 문학 40년을 살아오는 데에 있어서 나와 그 문학을 지탱시켜 온 모랄리티가 무엇이었던가"[2]를 스스로에게 물으며 『진리와 현실』이라는 타이틀의 자서전 두 권을 출간한다. 백철은 그 자서전을 가리켜, 자신의 60년 생애가 "실로 파란과 곡절이 심한 계절들"이며 "풍설(風雪)의 계절이요 내게는 수난의 생애"였다는 전제 위에 쓰어진 "반성적인 인생기록"이라고 진술한다(위의 책, 7쪽). 『국민문학』의 시대에 이미 중견 문학인의 위치에 있으면서 그 잡지의 이데올로그의 한 사람이었던 그가 굳이 그 시대를 회고하기란 쉽지 않은 일이었다. 그럼에도 불구하고 백철이 선구적으로 그 일에 나섰던 이유는 무엇일까. 백철이 자신의 '이력', 즉 자서전을 '진리와 현실'이라는 타이틀로 상징하려 했던 이유는 주로 1940년대에 관한 기억 때문일 것이다. 그는 60평생을 "어떤 신념적인 모랄리티"를 가지고 살았노라고 한다(위의 책, 5쪽). 그렇다면

---

1) 백철, 『조선신문학사조사』, 백양당, 1949, 399쪽.
2) 백철, 『진리와 현실』, 박영사, 1975, 5쪽. 백철의 자서전 『진리와 현실』(전편)은 후편에서 『진리와 현실 문학자서전』(박영사, 1975)이라는 제목으로 바뀐다.

1940년대 전반기의 그 "신념적인 모랄리티"는 무엇이었으며, 그것이 어떻게 그의 삶을 지배했을까. 그는 1940년대의 자신의 행적을 '처세'라는 말로 일갈하고 있다. 다시 말해, 그는 자신의 삶에서 '진리와 현실'의 괴리는 '처세'에 의한 것이며, 그래서 적어도 '반성적'이라는 수식이 필요한 '인생기록'으로서 자서전을 쓴다고 한 것이다. 물론 백철의 말 그대로 당시 문학인들에게 그 시대가 분명 깊은 '상처'의 시기였음에는 틀림없다. 그렇다고 '암흑기'라는 말로 그 민족의 '상처'난 '과거'가 봉합될 리는 만무하다.

『국민문학』의 시대를 가리켜, 백철이 '암흑기'라고 명명한 의도에는 문학사에서 자신들의 과거 죄상(흔히 친일문학이라고 부르는)을 지우기 위한 시기라는 의미가 내포되어 있기 때문이다. 다시 말해 '암흑기'란 용어의 기원은 『국민문학』 이데올로그들이 과거 제국주의에 부역한 사실에 대한 자기 합리화나 '전후' 한국 현대사를 지배한 반민족적 역사에 대한 망각의 패러다임과 결부되어 있는 것이다.[3]

최근 포스트 콜로니얼리즘 연구에서는 식민지 주체의 새로운 이해와 해석의 필요성을 문제제기하고 있다. 그 중 중요한 관점의 하나가 바로 주체의 '혼종성'이다. 우리의 근대문학사에서도 『국민문학』 시대의 주체 문제를 고찰함에 있어, '혼종성'의 맥락을 간과해서는 오히려 문학사의 시간적 단절을 묵인하는 오류를 범하고 말 것이다. 따라서 이 글에서는 『국민문학』의 출발에 대한 새로운 의미 해석과 그 후 1년

---

3) 이 책의 10장 「전후와 센고」에서 '전후'의 패러다임을 통한 식민지 문학자의 기억 방식의 예로 백철의 자서전을 통해 분석하였다. 자세한 논의는 그 글을 참조하기 바란다.

동안의 활동 내용을 대상으로 그 시기 '조선인'이라는 주체에 관한 문제를 논하고자 한다.

그 시대는 새로운 국민문화의 창조라는 시대적 과제를 껴안은 조선인과 일본인의 문학이 상호 간의 동화와 이화라는 끊임없는 모순과 요동 속에서 존재했던 것이다. 하지만 이제까지 우리는 일본인의 논의를 배제해온 모놀로그적인 태도에서 당시 시대와 문학을 이해해왔다.[4] 따라서 이 글에서는 '내선(內鮮)' 문학인들의 당시 논의를 한 자리에 놓고, 주체의 혼종성, 『국민문학』 기획의 성격, 조선이라는 장소에의 동일화를 문제 삼아 논의해가고자 한다.

2. '혼종성'을 향한 문화의식의 나침반
─'고쿠민분가쿠(國民文學)'와 조선문학 사이

『국민문학』의 기획은 당시 '고쿠민분가쿠'와 '조선문학' 사이의 이해와 소통의 단절에 대한 고민에서 출발한다. 그 창간호(1941. 11) 권두언 「조선문단의 혁신」이라는 글은 "조선문단은 지금까지 오랫동안의 모색과 주저의 어둠을 떨치고 혁신의 새벽을 맞이하기에 이르렀다"(『국민문학』 창간호, 2쪽)는 선언으로 시작되고 있다. 하지만 아직 '모색'과 '주저함'에 멈춰선 조선문단의 현실에 대한 지적이 그 뒤 문장으로 이어진다. '조선문학'과 '고쿠민분가쿠' 사이의 구분은 조선인과 일본

---

4) 그 점에서 윤대석의 「1940년대 전반기 조선 거주 일본인 작가의 의식구조에 대한 연구」(『현대소설연구』 17, 한국현대소설학회, 2002)는 참조할 바가 크다.

인이라는 민족 구분처럼 실체적으로 구분 가능한 것이 아니다. 더구나 민족을 구분하는 발상에는 서로 소통할 수 없다는 민족 본질주의적 의식이 강하게 반영되어 있다. 하지만 『국민문학』이 창간되기까지 식민 통치 30년의 역사는 '조선문학'과 '고쿠민분가쿠' 사이의 소통＝번역 가능성을 기대해도 될 만큼 충분한 기간이었다.[5] 문제는 그 둘의 관계가 수평적으로 그 사이를 넘나들기보다 수직적으로 상승 혹은 전락을 통한 위계를 만들 뿐이라는 사실이다. 심하게 말하면, 그 관계는 전체가 아니면 전무(全無)의 위계 관계를 강요하는 것일지 모른다. '고쿠민분가쿠'가 '민족'을 넘어 '국민'이라는 사상의 문학적 실현을 의미한다면, '민족'은 '국민'으로서의 위치를 선택함으로써 전무한 존재가 되고 마는 것이라고 할 수 있다.

바로 그 점이 '모색'＝당위와 '주저함'＝현실의 갈등을 초래한 것이다. 결국 그것은 '고쿠민분가쿠'와 '조선문학' 사이의 번역 가능성에 대한 절실한 바람과 심각한 회의의 공존 상태를 의미한다고 할 수 있다. 그 갈등 위에 새로운 지평을 모색하는 장(場)인 『국민문학』은, 그 잡지에 실린 각각의 글과 '국민문학'과 관련한 당시 담론을 되돌아볼 때, 그 언어들이 단순히 일방적인 모놀로그가 아니었음을 알 수 있다. 타자＝일본문학＝'고쿠민분가쿠'의 근대 경험을 통해 조선문학의 진로 가능

---

5) 경성제대에서 조선문학을 가르치던 다카하시 도오루는 이미 1923년에 식민지 조선의 근대 학문과 번역에 대해서 이렇게 언급하고 있다. "비밀리에 일본어를 조선어로 번역함에 있어 절대의 고심을 기우려 결국 오늘과 같이 조선어가 몇 년 전과는 전혀 모습이 달라져, 극히 새로운 언표 방식을 취하게 되었고, 그 어떤 일본어라도 번역하는데 거의 지장이 없게 되었다."(高橋享, 「朝鮮に於ける文化政治と思想問題」, 『太陽』, 1923. 5, 15-16쪽). 이렇게 '내지에서 조선으로'라는 일방적인 번역과정이었지만, 그 과정은 문화상 서로간의 소통에 중요한 역할을 하였다.

성을 한때 '민족문학'으로 상정했던 과거의 경험에 대한 신뢰가 사라진 시점에서,『국민문학』시대의 선언은 조선문학 그 자체에 있어 새로운 '고쿠민분가쿠'만이 유일한 대안일 수밖에 없다고 주장한다.『국민문학』은 그와 같은 구도 변화를 '혁신'이라고 불렀다.

> 본지『국민문학』은 조선문단의 혁신을 가늠할 새로운 의도와 구상 아래 탄생했다. 새로운 구상이란 무엇인가? 첫째 중대한 기로에 설 조선문학 안에 국민적 정열을 고취함으로써 재출발토록 하는 것, 둘째 조금 지나면 매몰될 듯한 예술적 가치를 국민적 양심에 있어서 수호하는 것, 그리고 마지막으로 이 광란노도의 시대에 항상 변함없이 진보의 편에 되는 것.
> 요컨대「국민문학」은 국민과 예술과 진보에 바쳐지는 것이다.[6]

이 대목은 보다 앞선 시기의『인문평론』편집진의 고민과 함께 읽을 필요가 있다. "문학의 건설적 역할이란 말과 같이 쉬운 것은 아니다. 혼혼(混渾)한 정세에서 의미를 따내고 그로써 새로운 인간적 가치를 창조한다는 것은 단순한 시국적 언사나 국책적 몸짓과 같이 용이한 것은 아니다. 우선 새로운 질서에서 탄생되는 새로운 성격 하나를 창조하는 것만 하여도 전선(前線)에 분투하는 전사에 뒤지지 않는 위대한 건설적 행동임을 우리는 알아야 한다."[7]「건설과 문학」이라는 제하의 이 권두언은 세계의 정세가 전쟁으로 구주(歐洲)의 위기를 고하고 있다고 진단하고, 그 가운데 "동양에는 동양으로서의 사태가 있고 동

---

6)「朝鮮文壇の革新」,『國民文學』창간호, 1941. 11, 3쪽.
7)「권두언 건설과 문학」,『인문평론』, 1939. 10.

양 민족엔 동양 민족으로서의 사명"이 있다는 내용으로 시작한다. 편집 겸 발행인인 최재서는 그 커다란 목적을 향하여 문학자는 무엇을 하여야 할 것인가를 자문하여 위와 같은 대답을 내놓았다. 최재서는 '시국적 언사나 국책적 몸짓'보다 '인간적 가치'의 창조라는 문학의 역할에 무게를 두고 있다. 그것은 적어도 "문인 특유의 양심이랄 수 있는 사색과 반성" 속의 고뇌의 일단을 보여준 것이었다. 그 '사색과 반성'의 연장선에 바로 『국민문학』이 있었다. 편집자는 문인 특유의 양심이랄 수 있는 사색과 반성은 이제 끝났다고 선언한다. 그리고 지금은 국민운동에 있어서 "양심이 구슬과 같이 빛나는 성숙의 계절 가을"인지라, 이제는 "단행과 비약만이 있을 뿐"이라 단언한다. 총력운동 일환으로 『국민문학』의 의미는 역사적 전환의 의의, 세계의 운명, 황국(皇國)의 사명 그리고 조선문학의 전도(前途)를 밝힐 혁신을 움켜쥐는 것에 있고, 그것은 오직 국가(御国)를 위한 것이라고 주장한다. 창간호는 이런 혁신을 목표로 편집되었던 것이다. 『국민문학』의 편집진은 '번영과 약진'의 시대에 미력하지만 국민과 예술을 위해 헌신의 노력을 다하겠노라는 각오를 피력한다. 『국민문학』 창간의 의의를 '국민', '예술', '진보'에의 공헌에 두고 있는 위의 글은 두 가지 중요한 문제를 시사하고 있다.

　첫째는 '조선문단'의 범주 문제이다. 쓰다 쓰요시(津田剛)가 「혁신의 논리와 방향」이란 글을 통해 '내선(內鮮)'의 모든 문인은 물론 '관민(官民)'이 일체가 되어 문단의 총력체제완성을 향한 노력의 일환으로 조선문인협회의 결성과 『국민문학』의 창간을 동일한 문맥에서 이해하고 있듯이,[8] 이미 그것은 조선(어)문학으로 한정될 수 없는 것이었다. 주지하다시피 1939년 10월에 결성된 조선문인협회는 명실상부 조선 내 '내선인' 문인의 총화였다.[9] 이후 이 조직을 중심으로 '조선문단'의 활동은 전개되어간다. 그렇게 볼 때 '조선문단'은 발화자나 수용자의 위치에 따라 그 범주가 가변적일 수밖에 없게 된다.

둘째는 '진보'의 개념 문제이다. 서양어 'progress'에는 원래 공간적 의미만이 내포되어 있었다. 거기에 베이컨이 시간적인 의미를 처음 부여했다. 이 시간적 좌표축을 지니고 있는 '진보'라는 개념은 '근대'의 지(知) 체계를 결정했고, '근대'를 설명하는 기층적 개념이 되었던 것이다.[10] 『국민문학』에서의 '진보'는 더 나아가 공간과 시간 이상의 의미를 가진 개념으로 사용되었다. 즉, 주체의 '결여' 부분을 메우기 위한 동일화나 그 가능성의 개념으로 사용었다. 그 말은 낡은 전통의 극복과 새로운 대안으로서의 '국민' 창출이라는 맥락에서 사용된 것이다. 그런 '진보'의 개념에서 '조선문단' 혹은 조선문학이 가질 수 있는 전망은 너

---

8) 津田剛, 「革新の論理と方向」, 『國民文學』 창간호, 1941. 11, 21쪽. 당시 조선문인협회의 간사장을 지냈던 요시무라 고도(芳村香道/朴英熙)도 "문학의 전시체제하에서 작가는 먼저 과거의 전통을 용감하게 던져 버리고 새로운 국민생활과 사상의 안에서 자기의 개성을 기르고 작가적 실천을 통해서 새로운 전통을 창조해야 한다"(「臨戰體制下の文學と文學の臨戰體制」, 위의 책, 30쪽)고 주장했다.

9) 조선문인협회는 당시 학무국장인 鹽原時三郎를 명예총재로 세우고, 회장 이광수, 간사에 百瀨千尋, 杉本長夫, 辛島驍, 津田剛, 김동환, 정인섭, 이기영, 박영희, 김문집이 선출되어 조선인과 내지인을 총망라한 문인조직으로 출발하였다.

10) 16세기에 만들어진 'progress'라는 서양어는 처음에는 공간적인 의미만을 지닌 말로서 런던에서 옥스퍼드까지 'progress(전진)'하는 경우에 사용되던 것이었다고 한다. 특히 'Royal Progress'라는 의미는 왕이 여기까지 왔다는 것을 의미했다. 일본 메이지(明治)시대에 이 'progress'를 '진보'라고 번역한 사람은 그 뜻을 잘 알고 '걸음(步)'을 '나아가다(進)'라는 의미로 번역했던 것이다(테사 모리스 스즈키, 박광현 옮김, 『일본의 아이덴티티를 묻는다』, 산처럼, 2005, 274쪽 참조).

무도 명백해진다. 그것은 '고쿠민분가쿠'(이후 더 나아가 '대동아문학'까지)와 소통 가능한 조선문학의 입장에서 새로운 주체를 만들어내는 것이다.[11] 거기에는 다분히 강요된 동일화의 논리적 측면도 배제할 수 없다. 그 동일화의 논리는 영미문학이나 러시아문학 등 개별 문학의 상위에 존재하는 세계문학이라는 가변적 타자에 대해서 그와 대칭적인 조선문학의 위치를 모색하는 데도 사용되었다. 그것은 주로 20세기라는 기나긴 다리의 중간에 서 있는 조선문학이 이미 건너온 길(회고와 반성)과 앞으로 진로(전망)를 통일적으로 규명해 가는 기획물들에서 이뤄졌다.[12]

최재서의 「국민문학의 요건」의 논리도 근본적으로는 그와 같은 방법을 통해 구성되어 있다. 그에 따르면 국민문학은 "구라파의 전통에 뿌리를 둔 소위 근대문학의 한 연장으로서가 아니라, 일본정신에 의해서 동서(東西)문학의 종합을 지반으로 하는" 문학이며, 무국적의 '코스모폴리탄적' 내용은 지양되어야 할 대상이다.[13] 또 그는 문학의 윤리성을 강조한다. 그 윤리성은 고전과의 결합보다 '젊은 시인과 작가'와의 결합을 통해 실현되어야 하며, 문학은 곧 교육이라는 신념으로 '젊은 사람들'에게 과연 어떤 영향을 끼칠 것인지가 문제라고 주장한다(위의

---

11) 조선문인협회가 창립되면서 내세운 사업 대강 중 "내년(1940) 봄 도쿄에서 문예의 밤을 개최하여 중앙문단에 조선 및 조선문단을 인식시키고 내지 문단인과 밀접히 제휴하는 건"이 포함되어 있었다.

12) 그 대표적인 글로서는 김동인의 「조선문단과 내가 걸어온 길」(창간호), 정인섭의 『서양문학에의 반성』(2호), 백철의 「오랜된 것과 새로운 것」(2호) 등을 들 수 있다. 그 외에도 '과거'의 극복이라는 차원에서 창간호에 글을 쓴 필자로서는 요시무라 고도(芳村香道)(「조선문단의 임전태세」), 성대훈(「연극계의 현황」), 최재서(「국민문학의 요건」) 등을 들 수 있다.

13) 최재서, 「國民文學の要件」, 『國民文學』 창간호, 1941. 11, 35-36쪽.

글, 40쪽). 이렇듯 동일화와 배제를 통해 조선문학이라는 새로운 주체로의 전이를 위한 절차에서 전망과 가능성을 획득하는 방향이 곧 '진보'인 것이다.

창간호는 편집자가 '창간호 압권'이라고 자부했던 기획 좌담 「조선문단의 재출발을 말한다(朝鮮文壇の再出發を語る)」를 비롯해 각 논단에서도 그 같은 새로운 주체 형성의 문제와 관련하여 '진보'를 중요한 화두로 삼고 있다. 그뿐만 아니라, 창간호 안에 수록된 각 작품들의 갈등 구조에도 그 기획 의도는 그대로 반영되고 있다.

3. '국민문학'의 전형 모색—창간호 소재의 소설

창간호에는 조선인 중견작가 세 사람의 작품이 실려 있다. 세 작품 모두 '국어'로 씌어져 있는데, 그 안에서 새로운 '고쿠민분가쿠'의 전형 창조에 대해 고민한 흔적을 발견할 수 있다.[14]

우선 이효석의 「엉경퀴의 장(章)」은 조선인(顯)과 일본인 여성(아사미)과의 결혼이라는 민족 결합, 즉 잡혼을 둘러싼 전통 사회와의 갈등을 소재로 하고 있다. 현의 부모와 가족은 그 둘의 관계를 승낙하지 않는다. 그녀와 헤어질 것을 강요하며 따로 혼인 상대를 정해두었다는 편지를 현에게 보낸다. 그 편지를 읽고 난 후 그에 대해 배신감을 느낀 아사미는 결국 '내지'로 떠난다. 그러나 이 소설에서 현과 아사미에게

---

14) 창간호에는 모두 5편의 소설이 실려 있다. 조선인 작가의 세 작품 외에 미야자키 세타로(宮崎清太郎)의 「아버지의 다리를 내리고(父の足をさげて)」와 다나카 히데미쓰(田中英光)의 「달은 동으로(月は東に)」 두 작품이 있다.

직접적인 갈등 상대인 현의 가족은 소설 속에서는 전경화되어 있지 않다. 자연히 그 갈등은 현과 아사미 관계를 통해서 드러난다. 하지만 그 둘은 일상을 통해 현실과 이상의 동거 방식을 터득하고 있다. 현은 전통적 제도와 관념에 의한 '우리'＝조선인이라는 경계로부터 일탈해 있는 듯 보이지만, 마늘이 들어간 '향토 요리'를 먹는 습관을 '숙명'이라 여긴다. 그에 비해 아사미는 현의 권유로 입어본 한복('조선복')이 잘 어울리는 여인으로 그려진다. 그녀는 "이 옷을 입은 채 이 땅(조선)에서 태어나 자란 듯"하다고 여길 정도로 오히려 일본인이라는 '숙명'을 무의미하게 여긴다. 거기에는 지리나 풍토에 기반을 둔 혼종적인 장소적 성격에 의한 동일화를 통해 만들어진 미묘한 두 사람의 관계가 존재한다.

그러나 결국 이 소설은 아사미를 '내지'로 돌려보내고 만다. 그런 결말의 일차적 원인은 물론 조선인 사회의 전통적 관념 혹은 관습 때문이지만, 아사미 주위의 내지인들에게서 보이는 선험적 우월성, 즉 "지금 행복한가, 내지로 가고 싶지 않은가"라는 현재 생활이 지니는 불행과 부정의 극복 장소가 바로 내지임을 강요하는 사회적 문맥도 그 원인으로서 작용함을 작가는 보여주고 있다. 즉, 이 소설에서 '숙명'과 같은 제도나 전통이라는 '과거'는 앞 장에서 지적한 대로 새로운 '국민'으로서 '진보'＝가능성을 표상하는 그 둘 간의 민족 결합을 가로막고 있는 것이다.[15]

---

15) 당시 '내선일체'는 국민문학의 중요한 소재였다. 그런 문학 세태와 관련하여 일부의 편집자나 문학인은 그리 좋은 평을 하지 않았다. 예를 들어 『국민문학』(1942. 3)을 통해 다시 공백기를 두다 문단으로 돌아온 김남천은 서간 형식의 소설 「등불」에서, 요즘 소설의 주

이석훈의 「조용한 폭풍」은 그 '과거'와의 절연을 더욱 갈망한다. 전향 문인인 박태민은 시국강연대의 일원으로 자신의 고향 근처로 출장을 떠난다. 그곳에서의 강연이 끝난 후, 한 신문 기자가 그를 찾아와 강연 내용에 민족적 배신감을 느꼈다고 하자, 그는 "당신 같은 이들에게 애독되지 않아도 그만이오. 당신에게 애독되던 박태민은 쇼와 15년 11월과 함께 죽어 버렸고, 새로운 박태민이 여기에 살고 있소"라며 항변한다. '쇼와 15년 11월', 이 시점은 바로 『국민문학』이 창간되는 시점인 동시에 이석훈 자신이 일본어로 소설을 발표한 시점이다.

이 소설은 음악가 지망의 러시아 태생(하얼빈 거주) 조선 처녀(오르마즈), 일본인이 되고자 하는 백계(白系) 러시아인, 러시아어를 구사하는 독일인 등을 통해 '제국' 사회가 안고 있는 혼종성＝다민족성을 그려내고 있다. 그러나 이 소설의 등장인물 중 이들 '나라 없는' 사람들에게 일본어는 규범으로 받아들여진다. 음악콩쿠르 참가를 위해 스물넷의 나이가 되어 비로소 '부모의 땅'에 오게 된 '오르마즈'에게 모어(조선어)는 이미 기억 속에 없다. 그녀에게도 일본어가 역시 규범이다. 심지어 박태민은 러시아 백인에게는 "조선에 살면서도 진정 당신이 일본인이 되고 싶다면 좋은 사람이 되라"며 일본인의 진정성을 강요한다. "조선에 살면서도"라는 조건은 오히려 그런 규범과 진정성에의 접근을 더 곤란하게 만드는 문맥이다.

제가 어떤 경향이 강하냐는 질문를 던지고, 편집자 '신형'의 말을 빌려 이렇게 쓰고 있다. "가장 딱한 것은 내선일체의 이념을 작품화한다고 바로 내선인간의 애정문제나 결혼문제를 취급하는 태돕니다. 이런 주제는 퍽 흔합니다. 되려 일상생활에서 출발하는 편이 자연스럽고 시국으로 보아도 좋을 것인데"라고 말한다(116쪽).

박태민은 이미 "일본이라는 커다란 생명체의 운명 안에" 놓여 있는 '우리'=조선인의 현재를 "삼천 년 역사의 (중추도 통일도 없는-인용자) 민족 시험"의 결과라고 판단한다. 그것이 '우리' "운명의 연속성"이라고 주장한다. 이렇게 일본 '국체'의 운명=규범과 진정성에 동화된 '반도인'이라는 신인종으로서 박태민은 다시금 태어난 것이다. 반면 이 소설은 조선인이 강요당하는 동화의 문맥과는 사뭇 다르게 일본인에 대해 묘사하고 있다. 일본인은 오히려 규범과 진정성의 구속으로부터 자유롭게 묘사된다. 가령 시국강연대원 중 한 명인 기타하라(北原) 여사가 한복을 즐겨 입는다거나, 조선 태생의 자신들은 "내지인이라도 육체적으로는 완전히 조선의 자식"임을 주장하는 마키노(牧野)와 같은 인물을 등장시키고 있다. 그것은 제국주의 논리가 조선이라는 장소에 동일화될 수 있는 가능성인 것이다.

일단 이상의 두 소설은 그런 일본인의 묘사를 통해 조선 사회 안의 '결여'로 말미암은 사회적 장애를 상대적으로 바라보게 만든다. 즉 조선인의 진보=전망의 가능성을 통해 낡은 전통과 관념을 바라보게 만든다.

반면, 정인택의 「청량리 교외」는 『국민문학』의 일본인 작가 소설들 중에 교사가 화자인 소설들과 비슷한 맥락을 지닌 소설이다. 신변소설의 성격을 띠고 있는 그런 소설류에서는 화자가 주변의 인물들을 연민과 교화의 대상으로 그려낸다는 특징을 지닌다. 특히 그런 화자가 교사로 등장하는 소설로서 창간호에도 미야자키 세타로(宮崎淸太郞)의 「아버지의 다리를 내리고」가 실려 있다. 그 후에도 가령 구보타 유키오(久保田進男)와 오비 주조(小尾十三) 등이 그런 범주의 작품을 쓴 작가들이다. 그 중에서도 오비의 「등반」의 경우는 『국민문학』(1944. 2)에 실린 후 '외지'에서 발행되는 잡지에 실린 작품 중에서는 처음으로 제 19회 아쿠타가와상(芥川賞)을 수상한 작품이다.[16]

「청량리 교외」는 경성 변두리의 '화양절충(和洋折衷)의 소위 문화주택'으로 이사해온 부부가 그곳 주민들과 겪은 경험을 소재로 쓴 것이다. 그 안에는 '내선인' 간의 갈등은 그려져 있지 않다. 하지만 이 소설에서 새로 이사 온 부부와 주변 사람들 사이의 갈등을 해소하는 방식은, 연민과 교화를 통해 새로운 '국민'을 창조하는 문제를 다루는 '고쿠민분가쿠'의 형식과 비슷하다. 화자 부부가 사는 '화양절충의 소위 문화주택'의 집 주위는 모두 초가집이다. 이 같은 소설상의 대비는 소설 전체의 구성과 깊은 연관을 갖고 있다. 부부에게 문맹과 미신, 그리고 가난 속에서 살아가는 이웃은 연민의 대상인 동시에 교화의 대상이다. 부부의 이웃에 사는 갑돌이의 어머니가 불치의 병에 걸리는데, 어머니가 치료를 받던 중, 갑돌이가 자신의 손가락을 잘라 그 피를 마시는 일이 발생한다. 그렇게 하면 죽은 자가 다시 살아난다는 미신 때문이었다. 자연스럽게 소설은 집 앞의 낡은 '인문학원'과 무지한 사회에서 자라는 갑돌이에게 초점이 맞춰진다. 이 소설의 갈등은 갑돌이로 대표되

---

16) 김종한은 미야자키와 구보타 유키오의 소설을 가리켜, 문학적 수준이 낮다고 평한다. 하지만 "다른 이유 때문에" 높이 평가하지 않을 수 없는 상황을 고백하고 있다(「신진작가론」, 『국민문학』, 1943. 3, 27~28쪽). 그 다른 이유란 바로 김종한 등 조선인들이 주장하는 로컬의 문제, 즉 신지방주의론에 이들이 부합하기 때문이다(윤대석, 앞의 글, 196쪽 참조). 패전 이후에는 그들은 대개 전혀 작품 활동을 하지 못하는데, 그 이유 중에 하나는 식민지 소설 안에서 화자로서 교사가 등장하는 위치가 그들 소설에서 차지하는 비중 때문일 수 있다. 패전과 동시에 그들은 "일본 민족의 본질을 스스로가 선험적으로 획득하고 있다는 무의식"(위의 글, 198쪽)이 문학적 힘을 발휘되는 장소를 잃게 됨으로써 작가로서의 위치도 잃게 되었다고 할 수 있다.

는 조선 아이들을 전통 사회의 무지로부터 해방시킬 '희망'을 품음으로써 해소된다. 그때 아이들＝소년에 대해 품게 되는 '희망'은 새로운 '국민'으로의 '개조'＝진보의 가능성을 의미하는 것이다.

이상의 소설들은 지극히 사변적인 소재를 통해 조선 사회의 '결여'에 주목하고 있다는 공통점을 지닌다. 그리고 '공허'한 방향에 대해서 동일성을 강요한다. 작가는 그와 같은 발화 위치에서 '결여'된 주체와 일본 '국체(國體)'에 대한 동일화의 지향 사이의 간격을 메우는 역할을 스스로에게 부여하고 있는 것이다. 또한 그것은 바로 작가의 사변적인 일상을 '총동원'화하는 방법으로 사용되고 있다. 「조용한 폭풍」은 일본 '국체'에의 동일화를 '운명'으로 받아들일 정도로 동일화의 대상과 내용을 분명히 제시한 작품이다. 게다가 작가는 '좋은 사람'＝'훌륭한 사람'을 일본 사람이 되기 위해 필요한 덕목으로 제시하는 폭력적 담론을 행사하고 있다. 특히 그 상대가 조국을 잃고 조선으로 흘러온 유랑인 러시아인(백인)이라는 점은 되짚어볼 만하다. 유랑인 혹은 디아스포라에 대한 동일화 혹은 차별화를 자유자재로 구사하는 제국주의 담론이 스스로에게 이미 내면화되었다는 사실을 반증하는 것이기 때문이다. 또한 『국민문학』 창간호에 실린 작품은 그 편집의도에 맞게 국민문학 소설의 전형을 제시하고 있다고 할 수 있다.

4. 조선이라는 장소에의 동일화

문예잡지 통합 후 창간호를 내는 데 있어서 온갖 감회가 일어남을 느낀다. 그 가운데도 반년 이상 잡지를 휴간한 것에 대해서는 그 이유가 어떻든 간에 편집자로서 진심으로 송구스러운 마음 금할 바 없다. 문단공위(文壇空位) 시대라는 말이 여기저기서 들려 왔다. 그것도 몸에 사무치도록 가슴 아팠다. 이 긴박한 시세(時世)에 할 일을 잃었다는 자책은 문인 이외의 사람들에게는 상상도 할 수 없는 일이리라. 아무튼 이 용지(用紙) 기근의 시대에 이만한 문예잡지의 출간이 보장되었다는 것은 감사할 일이다. 이 점에 대해 우리들은 솔직히 감사하는 마음을 가져야 할 것이다.(「편집후기」, 『국민문학』 창간호)

조선총독부는 1940년에 들어서 심각한 용지 부족의 상황에서 먼저 그것을 이유로 1940년 8월에 식민지 조선의 양대 '언문신문' 조선일보와 동아일보를 폐간하였다. 그리고 당시 조선인이 발간한 문예잡지 『문장』, 『인문평론』에 대해서는 통합하여 '일선어(日鮮語)를 반분(半分)하여 황도정신 앙양에 적극 협력하라'고 종용했다. 결국 각 잡지는 1941년 4월에 정간되고 만다. 그리고 『국민문학』이 1941년 11월에 창간되었다. 그런데 『국민문학』의 발행인 최재서는 왜 굳이 '반년 이상의 잡지 휴간'을 송구스럽게 여긴다는 말로 『문장』, 『인문평론』의 연장선에 『국민문학』이 있음을 강조하였던 것일까. '문단공위 시대'라는 반년간의 식민지 조선의 문단 상황에 대해서 편집인은 『인문평론』에서 제기한 "문인 특유의 양심이랄 수 있는 사색과 반성은 이제 끝났다"고 선언한다.[17] 문단인으로서의 최재서의 사명감을 엿볼 수 있는 대목이 아닐 수 없다. '암흑기'의 명명자인 백철도 문단과 관련하여 『국민문학』 창간의 의의를 이렇게 적고 있다.

---

17) 「권두언」, 『인문평론』, 1939. 10.

『국민문학』이 창간되었으니 이것으로 뭐든지 해결되었다고 말하는 것
은 아니다. 이것으로 우선 전시하의 우리 문단이 하나의 모습으로 통합되
었다는 면에서 커다란 의의를 부여해도 좋을까 싶다.[18]

『국민문학』의 이데올로그들은 이 잡지를 통해 조선 내 '내선(內鮮)'
지식인이 총망라 혹은 하나되었음을 자부했다. 이렇게 문화적인 일체
화를 강조하는 문맥에서 보면, 편집인 최재서를 비롯한 경성제대 인맥
의 활약은 창간호부터 두드러진다.[19] 경성제대는 1926년에 조선 유일
의 제국대학으로서 개교했다. 그 첫 졸업생들이 사회로 배출된 것은
1929년이다. 그때까지 조선의 일본인 지식 사회는 일본 아카데미즘 출
신자의 '이식'을 통해 형성되어 왔다. 그런 조선의 근대 지식 사회가 경
성제대의 개교 후, 비로소 조선 안에서 확실한 재생산이 가능한 사회
구조를 갖추게 되었다. 따라서 1940년대는 이미 경성제대는 물론 그
출신자들이 정치, 사회, 문화적으로 크게 영향력을 끼치던 시기였다.
조선에서 재생산된 경성제대 출신의 일본인 지식 계층은 자신들의 정
체성을 드러내는 데 있어 과거 '이식'을 통해 조선으로 온 지식 계층과

---

18) 백철, 「舊さと新しさ」, 『國民文學』, 1942. 1, 78쪽.

19) 창간호만 두고 보더라도, 사토 기요시, 오다카 아사오, 가라시마 다케시와 같은 교수나 편
  집인 최재서(영문과)는 물론이고, 창간호에서 최재서가 의도한 '혁신'이라는 기획에 맞춰
  철학과 3회 졸업생 쓰다 쓰요시(律田剛)는 앞에서 이미 언급한 「혁신의 논리와 방향」을 쓰
  고 있다. 당시 녹기연맹의 주간으로 활동하던 그는 그 글에서 "반도는 자신의 구습(舊習)
  을 탈피하고, 자유주의적 분위기를 탈피하여 고도일본문화권의 일원으로서 재편되어야
  한다 …(중략)…반도문단이 재작년에 문인협회를 결성하고, 지금 다시 『국민문학』을 간행
  하고 관민일체가 되어 내선상방(內鮮相方)의 문인이 손을 잡고 문단 총력체제 완성을 위
  해 노력"할 『국민문학』 창간의 의의를 피력하고 있다. 그 외에도 영문과 출신의 스키모토
  나가오(시), 국문(일문)과 출신의 서두수(수필), 영문과 출신의 이효석(소설)이 보인다.

는 다른 방식을 취했다.

창간호에는 권두언 바로 뒤에 경성제대에서 법리학(法理學)을 가르쳤던 오다카 아사오(尾高朝雄) 교수의 「세계문화와 일본문화」라는 글을 게재하고 있다. 그 글에서 오다카는 '동아공영권'의 문화이념과 일본문화의 세계사적 의의, 그리고 일본의 '대륙전진문화기지'로서 조선 반도의 역할을 논하였다. 또한 『국민문학』에는 문화조선의 건설이라는 과제를 부여했다. 오다카의 글이 『국민문학』의 창간에 부쳐 게재한 사회과학 쪽 논객의 것이라면, 창간에 부쳐 시를 쓴 사람은 시인이자 경성제대의 개교와 동시에 부임해온 영문과 교수 사토 기요시였다. 그는 그 대학의 영문과 3회 졸업생인 최재서에게는 스승이었다. 그는 창간호에 세 편의 시를 발표하는데, 그 중 「눈(雪)」이라는 시에서 "겨드랑이를 에는 추위를/…(중략)…/모른 체하는 경성의 하늘/십오 년,/똑같은 얼굴을 보아 왔지만/마침내 얼굴색에 이변이 일어났다/…(중략)…/경성은 이제야/완전히 내 고향이 되었노라."고 읊고 있다. 식민자들의 고향의 문제는 1930년대 후반부터 자신들의 정체성을 규정하는 중요한 테마였다. 경성제대에서 조선사학을 전공한 3회 졸업생 모리타 요시오(森田芳夫)는 조선이 자신의 고향임을 이렇게 피력하고 있다.

나는 자신의 원적(原籍)이 어디냐는 질문을 받을 때마다 쓴웃음 짓지 않을 수 없다. 오카야마(岡山)라고 대답은 한다. 그러나 나는 오카야마에 간 적이 한번도 없다. 아버지는 일찍부터 조선에 와 살았고, 오카야마에는 먼 친척들이 몇 있을 뿐이다. 아버지의 묘도 조선에 있다. 나는 소년 시절을 조선의 시골에서 보냈다. 중학 시절 이후는 경성에서 살고 있다.

고향의 추억, 어린 시절의 추억, 모두 조선이다. '내지에 돌아간다'고 조선에 와 있는 내지 사람들은 말한다. 나에게는 '내지에 간다'는 기분은 들어도 '내지에 돌아간다'는 기분은 들지 않는다. 내가 돌아갈 곳은 조선 밖에는 없다.[20]

최재서를 비롯한 『국민문학』의 이데올로그들은 새로운 '조선문화'가 일본문화의 일익으로 그것을 새롭게 갱신시킬 것이라는 믿음을 피력하고 있다. 그런 믿음은 지방색, 지방주의 등으로 표현되고 주장되었는데, 이러한 내용은 조선인만의 것이 아니라 당대 조선을 자신의 고향으로 사유하던 '재조일본인'들에게도 공통적으로 나타나는 인식이다. 그들에게 조선이라는 장소에의 동일화는 주로 '고향' 담론을 통해 표현되었다.

「간난이」의 작가이며 식민 2세의 대표적 작가로 잘 알려진 유아사 가쓰에의 경우, '내지'의 일본인과 다른 일본인, 즉 '재조일본인'의 정체성과 관련해 '조선인의 얼굴을 한 일본인'이라는 이민자의 모습을 강조했다. 그는 조선이라는 장소와의 동일화를 강조했다. 유아사와 같은 '재조일본인'은 자신들의 문화적 '얼굴', 즉 정체성을 드러내기 위해 조선의 자기 '고향화'를 주저하지 않았다.

하지만 그들이 식민지를 그리운 토지와 그리운 시간으로서 표상할

---

20) 森田芳夫, 「편집후기」, 『綠人』 4, 녹인발행소, 1936. 2. 모리타의 '고백'과 같은 서사를 소설화한 작가로는 유아사 가쓰에(湯浅克衛)가 대표적이다. 그는 재조일본인의 조선으로의 '귀성'을 소재로 다룬 「불꽃의 기억」, 「심전개발」 등의 소설을 남기고 있다. 유아사와 관련해서는 이 책의 3장에서 다루었다.

때, 그 안에는 식민지민의 '얼굴'은 소거되고 만다.[21] 또한 모리타처럼 오로지 자신이 "돌아갈 곳은 조선밖에 없다"는 인물들과 달리, "경성은 이제야/완전히 내 고향이 되었노라"며 읊었던 사토처럼, 결국 내지 → 식민지 → 내지로 삶의 장소를 이동한 사람들은 식민지 본국과 식민지 간의 위계를 다시금 재생시키기 마련이다. 『국민문학』의 이데올로그 인 김종한은 "반도의 생활에 철저했던" 일본=내지 문학인의 한 사람 으로 사토 기요시를 지적하는데, 다음 장에서는 그에 관한 연구를 스 터디 케이스로 선택했다. 즉 조선을 '고향'=동일화의 장소로 표상하던 사토 기요시의 의식이 무엇을 지향했는지, 또 어디로 귀환하는지, 그 근원에는 어떤 것이 작용했는지를 고찰하기로 한다.

5. 국민문학론의 나침반과 사토 기요시의 자기 회귀

사토 기요시는 경성제대에는 "외국문학에 대한 그들(조선인 학생들―필자 주)의 갈증을 풀 수 있는 것"이 존재했기 때문에, 조선인 학생들은 문학과의 어느 전공보다 영문학 전공으로 몰렸다고 회고하고 있다.[22] 그는 이 대학의 개교와 동시에 '외국어학외국문학 제1강좌'(이하 영문학 과)를 담당했다. 사토의 말처럼 식민지 청년들의 새로운 문학에 대한 '동경과 갈증'이 영문학 전공을 선택하는 형태로 나타난 것이었다. 사

---

21) 成田竜一, 『故郷という物語』, 吉川弘文館, 1998, 22쪽.

22) 佐藤清, 「京城帝大文科伝統と學風」, 『佐藤清全集3』, 詩聲社, 1963, 256쪽(이하 『전집』으로 표기하고 권수와 쪽수만 기재). 실제 당시 이미 조선문단의 거장이라고 할 수 있던 이광수도 그런 기대감에서 청강생으로서 영문학 강좌에 재적한 바 있다.

토의 말대로라면, 그는 조선인 학생들의 외국문학에 대한 '갈증'을 풀어줄 역할을 했던 것이다. 그런 그가 조선에 오기 전의 이력에는 흥미로운 점이 있다. 여기서는 그 이력을 먼저 살펴볼 필요가 있다. 그 다음에 그가 '고향'=동일화의 장소로서 표상하던 조선에서의 생활과 그것을 바탕으로 형성된 그의 시 창작관에 대해 살펴보기로 한다.

사토는 동경제대의 영문과를 졸업하고 사립도쿄학원(私立東京学院)에서 처음 교사생활을 하였다. 그리고 간사이학원(関西學院)으로 자리를 옮긴 후에 1917년 4월 대학의 지원을 받아 첫 영국 유학을 2년 간 떠나게 된다. 당시 테마는 '19세기 영문학연구'였다. 그러나 당시 유럽의 국가들은 제1차 세계대전 중이었기 때문에 어쩔 수 없이 연구테마를 바꾸게 된다. 그 새로운 테마는 이전에 관심을 갖고 있던 예이츠에서 시작하여 아일랜드 문학사에 대한 연구였다. 그는 그 연구에 대해 "다른 밭의 미과(美果)"의 맛을 본 경험에 비유했지만, 그 성과는 귀국 후 『애란문학연구(愛蘭文学研究)』(研究社, 1922)라는 제목의 첫 저서로 나타난다. 그는 그 저서에 대해서 자신이 창작한 것은 거의 없다고 했지만, 아일랜드의 정치적 상황을 이해하고 그들의 국민문학에 대한 동경을 경험한다. 즉, "국민적 동경의 문학 – 빼앗긴 언어에 대한 동경 – 피정복자로서의 절규 – 보아전쟁과 아일랜드인 – 아일랜드 비가"(제3장 제3절의 목차)를 간접적이나마 경험할 수 있었던 것이다. 이 경험이 이후 그가 조선에서 직접 경험하게 될 조선인의 국민문학에 관한 고민을 어떻게 관찰할 것인지는 궁금한 대목이 아닐 수 없다.

'아일랜드문학'에 대한 관심은 지속되었고,[23] 그는 1924년 7월에 경성제대 예과의 교원으로 발령을 받고 「영어 및 영문학연구」를 위해 두 번째 유럽 유학을 떠나게 된다. 그리고 귀국 후 바로 조선으로 건너와 경성제대의 영문학과를 담당한다. 그리고 그는 20년 간 조선에서 최고 학부의 교수로서뿐만 아니라, 현장 평론과 시인으로서 활동하면서 조선의 문학인들과의 교류는 물론이고, 조선인의 '일본어 시' 창작에 있어 지도적인 역할을 한다.[24]

그는 시 창작뿐 아니라, 1930년을 전후로 해서는 자신의 시 창작관에 대해서도 빈번히 발표했다. 거기에는 주로 '사회와 예술', '생활과 시', '정신과 물질', '정치와 예술' 등의 창작 활동에 있어 대칭적인 두 표제에 대해 자신의 입장을 밝힌 글들이 있었다.[25] 그것은 "전전하던

---

23) 「愛蘭文学研究補遺」를 간사이대학의 학술지 『想苑』(제2권 4호)에 발표. 또 우치자키 사부로(內崎三郎) 주재의 종교문화 강좌에서 「愛蘭文学に表れた國民主義」(1923, 5)를 발표. 경성제대에 부임한 후인 1927년에도 「愛蘭文学の本質」(『英語研究』 제20권 4호)을 발표.

24) 총독부 기관지 『경성일보』의 「경일시단(京日詩壇)」란의 선자(選者)로서뿐만 아니라 필자로서도 활동하는데, 그의 그 활동을 축약적으로 보여주는 글이 1930년에 두 번에 걸쳐 『京城日報』에 발표한 「조선에 있어서의 시제(詩題)」(1930. 12. 22-23)였다. 1933년부터는 조선 시인들과 함께 '조선시인협회'의 창립을 주도하고, 그 협회에서 출간한 '일본어 시집' 『朝鮮詩壇』의 투고 시편의 선자로서 활동한다. 하지만 그는 오히려 조선에서보다 본국에서도 『日本詩壇』을 비롯한 여러 시 잡지에 왕성하게 시를 발표했다. 그런 본국과의 긴밀한 관계로부터 조선인에게 그들이 일본어로 시를 쓰거나 일본 문단의 흐름을 파악하는 데 중요한 안내자 역할을 할 수 있었다. 1932년에 '흥미없는 조선시단'이라며 「京日詩壇」의 선자(選者)로서 활동을 그만 두지만, 그 이후에도 그가 조선시단에 미치는 영향력은 지대했다. 그런 사실에 대해서는 가와바타 슈조(川端周三)의 「사토 기요시 씨와 조선시단」(『국민문학』, 1945. 2)을 참조.

25) 「詩と生活態度」; 「政治的氣質と藝術的氣質」(『詩文學』, 1930); 「苦惱と表現」(『文學評論』, 1931) 등(이상 『전집3』에 수록).

식민지의 하숙의 창"[26] 밑에서 시를 쓰는 스스로에 대한 문제의식이기도 했지만, 한편 그것은 바꿔 말하자면 경성제대 영문과 교수의 입장에서 조선 최고의 엘리트—조선인 재학생—들이 품고 있는 조선의 민족문학에 대한 고뇌와 동경에 대한 대답이기도 했다. 그 대답은 두 가지로 요약할 수 있다. 하나는 "시인이여 상아탑을 나오라"라는 당시 유명했던 시인 구리야가와 하쿠손(厨川白村)의 말을 인용하여 "애초부터 상아의 탑을 모르는 내가 어떻게 상아의 탑을 나올 필요가 있는가"라고 반문하고, 아카데미즘 안의 학자의 지위를 부정함과 동시에 '시를 쓰는 예술가'로서의 자신을 부각시킨 점이다.[27] 그러나 그것은 그의 표현대로 '셀프 디펜스(self defence)' 즉 자기 합리화에 불과했다. 그는 시를 쓰는 예술가의 임무는 "행동이 아니라 태도에 있다"며, 태도 중심의 시 창작을 주장한다. 그리고 설령 누가 자신에게 "선전용 군가적 시인"이 되라고 하더라도 상관없이 오로지 자신에게 "시 창작은 직각(直覺)적, 상상적, 감상적인 어떤 동기를 근저"로 할 뿐이라고 덧붙인다.[28] 그의 입장에서 예술가는 행동하는 것이 아니라 직각적, 상상적, 감상적인 체험을 통해 태도를 표상하는 것일 뿐이기 때문이다.

한편 그는 아카데미즘 안의 학자의 지위를 스스로 부정하고, '시를

---

26) 「象牙の搭いづくにありや」, 『전집3』, 10쪽.

27) 위의 글, 10쪽.

28) 위의 글, 10쪽. 시를 쓰는 예술가의 임무는 '행동이 아니라 태도에 있다'는 논리로 사토는 자기변명(self defence)하였다. 당시에 그의 영향을 가장 많이 받은 것으로 알려진 조선인 최재서도 전후에는 같은 논리로 자기변명하고 있다. 김윤식은 최재서 이론의 배경이 된 리챠즈의 '태도'이론의 인용을 그의 친일행위를 '생활체험'에 불과한 것이므로, 민족적인 비난의 대상이 될 수 없다는 자기변명으로 이용하였다고 지적한 바 있다(김윤식, 『한국 근대문학 사상 연구1』, 일지사, 1984, 299–301쪽 참조).

쓰는 예술가'로서 자신을 말하면서도 무언가를 초월한 듯한 '고상한' 위치에 스스로를 올려놓으려 한다. 그것은 보편주의에 충실하고 있는 위치처럼 보인다. 결국 결론적으로 "우리들은 시의 민족주의를 주장하기 전에 먼저 이 보편적인 문화의 원천에 가까워지고, 세계의 전통 속에서 살아가는 것이 중요하지 않을까. 세계의 전통을 통달한 위에야말로 민족주의도 깊은 의미를 갖게 되는 것이 아닐까"라고 대답한다.[29]

그러나 이 두 가지의 대답은 모두 앞서 지적했던 '아일랜드문학'을 통해서 얻게 된 '미과'의 맛에 대한 경험이 자신의 눈앞에 있는 식민지 민족인 조선인의 민족문학 문제에 대해서는 비켜가고 있음을 말해 준다. "이 켈트민족이 과연 언제 평화로운 생활을 하게 될지, 또 세계의 민족이 언제 자유, 평화, 평등의 생활을 할 수 있을지를 생각하고, 민족 더 나아가서는 인류 전체의 운명의 위기를 깊이 생각하지 않을 수 없었던"[30] 소중한 경험이 조선에서는 그의 안에서 숨을 죽이고 있을 뿐이었다.

조선이라는 낯선 땅에 관한 20년 가까운 기억은 "주야를 안 가르고 싸움 속에 서 있는 ××정(町)의 목욕탕 2층에서 기와(起臥)"하던 생활이었지만, 그에게는 "일본을 바라보는 관점의 이동"을 주었다. 그는 그 "이동된 관점에서 본 일본 자체의 새로움"을 얻을 수 있었다.

나는 조선에 있으면 왠지 높은 말 등에 앉아 세계를 내려다보는 듯한 감이 들었다. 여기에 있으면 세계에 있어서의 일본이라는 것이 실로 분명

---

29) 「詩における史感と幻想について」, 『전집3』, 29쪽.
30) 佐藤淸, 『愛蘭文学研究』, 研究社, 1922, 184쪽.

하고 생생하게 비쳐질 뿐만 아니라, 일본의 삼천 년 역사가 현재의 순간과 같이 눈앞에 전개되어 오는 것이다.[31]

이 '이동된 관점'이 주목하고 있는 곳은 본질주의적 입장의 '일본' 역사인 것이다. 다시 말해 그에게 조선은 일본 제국의 '지금'과 '삼천 년 역사'가 오버랩되는 자리였으며, 그는 그런 자리＝관점을 통해서 자신을 규정하는 일원화된 일본의 역사를 발견하고 있다. 언어를 다루는 시인으로서 조선이라는 공간을 통해 획득된 자기회귀적인 이런 의식의 발로는 일본어에 대한 귀속의식으로부터 비롯된 것이라고 볼 수 있다. 결국 그것은 조선을 자기 본위의 중심 쪽으로 이동시키는 시적 심상의 하나이기도 하다. 패전 후 그가 시에서 '노예화에의 타성'[32]이라 표현한 자신의 과거가 그것이었는지 모른다. 사토가 전쟁 시기에 남긴 것으로 짐작되는 『부용집(芙蓉集)』의 시는 '현재'와 '삼천 년 역사'가 오버랩되는 그의 자리가 무엇을 의미하는지를 알려준다.

역사는 급히 되돌려져
필사의 '지금'에 되살아온다
몇억만의 정령이여.
이름이야 모르지만

---

31) 「氷窓に倚りて」, 『전집3』, 158쪽.
32) 「冬」, 『전집3』, 138쪽. 이 외에도 전후에 그가 전쟁 시기를 '노예'로 표현한 시가 있는데, 그 중 하나가 패전을 기억한 작품으로 "노예였더라도 전쟁에 승리하는 편이 나았을까./자유로워졌어도 천 년의 앙금은 낡아 붙어 있고"(「どくだみ」, 『おもとみち』: 위의 책, 131쪽)라고 노래한 것이 있다.

죽어서 살아,

지금, 우리 안에

살아오는 선조의 정령이여.

이천육백 년 사력을 다하여

이 국토를 지켜온 몇억만의 정령이여.

우리의 위대한 과거가 응결한 이 초점

…(중략)…

큰 적을 앞에 두고 떨쳐 일어났다

…(중략)…

힘을 합해 살아오는,

오오, 우리 선조의 정열이여.

「생사의 초점에 서서(必死の焦點に立ち)」 중에서(『전집1』, 251쪽)

사토는 조선에서 자신의 여섯 번째 시집 『벽령집(碧靈集)』을 출간
한다. 또 시집 『내선의 율동(内鮮の律動)』도 출판할 예정으로 이미 조판
이 끝났으나 패전으로 출간되지는 못한다. 이 두 시집 모두는 그의 제
자인 최재서를 통해 출판되었거나 출판 예정이었던 것들이다.[33] "조선

---

33) 최재서와 사토와의 관계에 대해서는 김윤식의 「개성과 성격 – 최재서론」(김윤식, 앞의 책)
과 『최재서의 『국민문학』과 사토 기요시 교수』(역락, 2009)를 참조 바람. 그 둘의 관계는
사제 관계와 조선에서 일본어에 의한 국민문학을 건설하기 위한 문학자적 관계를 통해
설명할 수 있을 것이다. 사토가 조선에서 낸 첫 시집인 『벽령집(碧靈集)』의 출판 이후,
『국민문학』지 상을 통해 행한 좌담에서 최재서는 그 시집에 대해 이렇게 말한다. "최근 2,
3년 조선에 있어 국민문학을 염두에 두고 있는 저로서는 그 시집은 지도적인 것이라고 생
각하고 있습니다." '조선어가 조선의 문화인에게는 문화의 유산이기보다는 차라리 고민의
종자'(「편집후기」, 『국민문학』, 1942. 5·6합병호)라는 최재서의 생각은, 조선의 국민문학에 대
한 고뇌의 결론이었고, 그 결론에 대해 지도적인 역할을 한 사람은 바로 사토였다. 그 둘

의 풍토와 인간을 사랑하고 최후까지 변하지 않을 것이라고 말할 수 있다. 단지 조선을 사랑하여 그것을 위해서 생명을 받칠 수 있다고까지는 말할 수 없다. 진실로 사랑한다는 것의 어려움은 언어를 끊는 것이다. 몸으로 직접 표현하지 않는 것을 과연 누가 믿을 것인가."[34] 그가 조선을 떠나면서 남긴 말이다. 그러나 그는 일본주의의 기원을 상징하는 '무사시노(武蔵野)의 하늘' 아래로 재촉하여 돌아가지 않으면 안 됨을 알고 있다. 결국 조선에 대한 애정과 일본 본위에의 귀의는 등가적인 것이다.

기존 학교 제도에서 만족시킬 수 없는 조선문학에 대한 잠재된 에너지를 담지한 영문학과 안의 조선인 학생은 사토가 유지해온 '자기를 비평하고 반성하는' 자세를 통해서 외부세계와 유일한 통로를 만들고, 그의 애정 어린 지도 속에서 자기를 확인하였는지 모른다. 적어도 사토만은 그렇게 생각하고 있었다. 그들은 또한 영문학과를 통해서 만나고 있지만, 실제는 본국의 현장 시인, 즉 "이상한 감성의 소유자, 따라서 이상한 기억의 소유자"[35]인 시인의 기억 속에서 만나고 있었다.

경성제대에서 "언제나 일본문학, 동양문학과 비교하면서 또 비교하는 것에 의해서 자기를 비평하고 반성할 수 있도록 노력"[36]했다는

의 관계는 그 외에도 다른 몇 가지 일화를 통해 대단히 친밀했음을 알 수 있다. 우선 사토의 시 「チサ(상추)」 중에 상추의 맛을 알려준 것은 최재서라는 일화는 물론 그의 회고, 「京城帝大文科伝統と学風」(『전집3』)에서도 유독 최재서에 대해 기억하는 바가 남달랐던 점을 발견할 수 있다.

34) 「氷窓に倚りて」, 『전집1』, 159쪽.
35) 「詩人の復讐」, 『전집1』, 124쪽.
36) 「京城帝大文科伝統と学風」, 『전집3』, 258쪽.

사토의 교수 태도는, 재촉하여 돌아가야 할 '삼천 년 역사'와 그것을 표현하는 일본어에 대한 귀속의식과 무관할 수 없다. 그런 의식은 『국민문학』의 창간과 동시에 "경성은 이제야/완전히 내 고향이 되었노라"고 읊은 그의 심상 속에 항상 자리하고 있는 것이었다.

앞서 지적했던 바처럼 백철이 『국민문학』의 시대를 '암흑기'라고 명명한 뒤, 줄곧 문학사에서는 그것을 원용해 왔다. 그 시기를 규정하는 강고한 문학사적 공식에 대한 문제제기로부터 이 글은 출발하고 있다. 왜냐하면, 오랫동안 '암흑기'라는 문학사적 공식이 눈가리개처럼 그 시기를 바라보는 우리의 시야를 상당 부분 가리고 있었기 때문이다.

문화사적 측면에서 보면, 그 시기는 과거 어느 때보다도 새로운 국민문화의 창조라는 시대적 과제에 매진했던 시기였다. 물론 당시 조선은 더 이상 조선인만의 조선이 아닌, 일본인과 동서(同棲)하는 공간이며, 나아가 '반도인'이라는 신인종이 창안되던 공간이었다. 당시 '내선(內鮮)' 문학인은 상호 동일과 차이, 혹은 동화와 이화라는 끊임없는 모순과 요동의 컨텍스트 안에서 그 시대에 대응해갔다. 그것 또한 그 어느 시기에도 경험할 수 없었던 것이었다.

그런 시험지적 성격의 시기에 나타난 역동성을 발견하기 위해서는 지금까지 당시 조선을 고향으로 표상하던 일본인들의 논의를 배제하는 모놀로그적인 태도에서 이제 벗어나야 한다. 『국민문학』의 창간 이후 1년 동안의 '고쿠민분가쿠'는 '민족'을 넘어 '국민'이라는 사상의 문학적 실현을 의미하는 기획물이었다. 그것은 '과거'와의 단절을 의미하는 '혁신', '진보' 등의 용어로 설명되었다. 하지만 그 안에서도 아직 '모색'=당위와 '주저함'=현실 사이의 갈등을 감추지 못했다. 이 글에서는 그것이 '고쿠민분가쿠'와 '조선문학' 사이의 번역 가능성에 대한 절실한 바람과 심각한 회의의 공존 상태를 의미하는 것이라고 보았다. 그 갈등 위에 새로운 지평의 논의를 모색하는 장(場)으로서 『국민문학』, 특히 그 발행 초기 잡지의 각 호들이 존재했다. '신지방주의'론을 제기한 김종한은 『국민문학』의 일 년을 되돌아보는 자리에서, "이제부터는 조선문학의 개념 속에는 반도의 지리에 안심입명(安心立命)하고자 하는 내지인의 작가도 추가해야" 한다고 주장했다.[37] 내지인에게 "반도의 생활에 철저할 용기가 없으면 차라리 도쿄에서 하라"고 질타했던 김종한이나 최재서가 "반도의 지리에 안심입명"한 모범으로서 제시한 시인이 바로 사토 기요시였다. 하지만 그는 김종한이나 최재서의 기대와는 다르게 줄곧 '이동하는 관점'을 유지하며 조선에서 살았다. 그 관점은 오히려 '삼천 년 역사'와 그것을 표현하는 일본어에 대한 귀속이었다. 따라서 사토 기요시의 의식에 관한 분석은 제국의 기획물 '국민문학론'의 나침반이 어디를 향하는지를 다시 한 번 확인할 수 있는 기회를 제공해 준 것이라고 할 수 있다.

---

37) 좌담 「國民文學の一年を語る」, 『國民文學』, 1942. 11, 94쪽.

제2부

(탈)식민주의와 재일문학

제7장

국민문학의 반어법, '재일' 문학의 '기원'
— 김달수 소설을 중심으로

1. 디아스포라의 '귀환'

"김 선생" 하고 엄숙하게 나를 불렀다.

"국가니 민족이니 하는 게 도대체 뭘까?"

"그런 걸 어찌 알아"라며 나는 화난 듯 걸어갔다.

"알고 있다면 그것 때문에 지금 당신이 울었다는 거야"[1]

김달수(金達壽)의 소설 「대마도까지(対馬まで)」(1975)의 마지막에 나오는 대화 장면이다. '현해탄' 너머의 부산으로 '귀환'하지 못한 두 '재

---

1) 「対馬まで」, 『金達寿小説全集』(이하 『全集』) 3, 筑摩書房, 1980, 216쪽. 이후 인용하는 작품의 본문 쪽수는 번역이 있는 경우 번역서의 쪽수를 표기하고, 그렇지 않은 경우는 『全集』의 쪽수로 표기한다.

일'조선인(한국인)[2]이 눈물을 흘리며 대마도에 서 있다. 이는 바로 망향의 아픔을 안고 저 분단된 조국의 현실에 더 이상 다가서지 못하는 김달수(문학)의 위치이다.

한 일본 평론가의 지적처럼 일본의 전후(戰後 - '패전 후'를 의미함)문학은 '귀환하는 것'에서 시작된다.[3] 그것은 '외지=식민지'에서 일본열도로의 '내국인'의 신체적 인양(引揚)뿐만 아니라, 새로운 국민적 장소로의 정신적 귀환을 의미한다. 그러나 그런 일본의 전후문학에는 김달수에서 시작된, '귀환'을 성취하지 못한 재일조선인(한국인)의 일본어문학 즉 '재일문학'이 엄연히 존재한다. 김달수 문학은 귀환할 수 없는 혹은 귀환하지 못한 데서부터 시작한다. '귀환'은 소설 「대한민국에서 온 남자」(1949)나 『밀항자』(1958~63)에서처럼 정신적 도항(渡航)과도 같은 밀항을 통해서만 가능했다.

그런 김달수가 역사학 잡지 『삼천리(三千里)』의 편집진과 함께 1981년 3월 20일에 고국땅을 밟는다. 그들의 방한은 명목상 '재일 교포 수

---

2) '한국인'이냐, '조선인'이냐 하는 호칭의 문제가 그들에게는 정체성(identity)과 관련된 중요한 문제로 받아들여지고 있다. 그러나 최근 들어서는 그 두 호칭 모두가 분단을 연상시키는 부정적 측면이 있다고 생각해 '재일코리안'이라고 자칭하는 사람들이 늘고 있기도 하다. 반면, 한국에서는 혈연적 측면을 강조해 '재일동포'라는 말로 그들을 부르는 것이 통상적인데, 이 책에서는 기본적으로 '재일조선인'이라 쓰고 필요할 경우 괄호 안에 '한국인'을 병기하기로 한다. 왜냐하면 그 명칭이 김달수 스스로가 사용한 것이기도 하지만, 그에게 있어 조국과의 관계성이나 그들의 역사성과 현재성을 가장 잘 표현한 용어라는 생각하기 때문이다. 단, 편의상 이하 '재일' 사회로 표기할 경우는 '재일조선인·한국인'의 의미가 함의된 것으로 독해해 주었으면 한다. 따라서 이 글의 '재일'이라는 표기는 서승이 지적한, "'재일'이라는 정체불명의 조어는 조선을 가능한 사람들의 눈에 띄지 않게 하려는, 일본의 비정상성에 대한 영합·아첨이자 굴복일 뿐"(徐承, 『だれにも故郷はあるものだ』, 社會評論社, 2008, 17쪽) 이라는 치열한 비판에 동감한 위에 사용한 것임을 밝혀둔다.

3) 川村湊, 『戰後文学を問う』, 岩波書店, 1995, 1쪽.

형자에 대한 관용을 청원'하기 위한 것이었다. 국내의 각 신문은 그들의 방문을 '재일좌경(在日左傾) 「삼천리」誌 편집진 4명, 김달수 씨 등 40년 만에 귀국'(『동아일보』 1981년 3월 20일자)이라는 머리기사로 일제히 보도하였다. 그들의 8일간의 체류일정 동안 당시 언론들은 '재일' 역사학자가 밝히는 '일본 속의 한국·한국문화'라는 주제에 관심을 보였다. 국사편찬위원회와 동아일보가 주최한 좌담회에 참석한 그들 중 강재언은 당시 모국 방문의 최대 성과로 "고난을 이기는 민족의 슬기에 대한 확신"을 얻은 것으로 꼽았고, 김달수는 자신의 조국에 관한 정보가 일본의 매체들에 의해 편향, 왜곡되었다고 고백(?)하였다.[4]

그리고 몇 년의 시간이 흘러 당시 이미 일본에서 9권이나 출간된 『일본 속의 조선문화(日本の中の朝鮮文化)』(이후 총 12권까지 출간)를 다이제스트한 『일본 속의 한국문화』가 조선일보사에서 출간되었다.[5] 1981년의 방한 이후 한국에 처음 소개된 그의 글이 '일본 속의 조선문화'라는 점은 그에 대한 우리 사회의 관심이 어디서 출발하고 있는지를 일러준다. 1980년에 『전집』(전 7권)을 출간한 소설가이기보다는 역사학자, 특히 '일본 속의 한국문화' 연구자로 소개된 것은 역시 1981년의 방한과 깊은 관련이 있다. 1988년에 장편 『태백산맥』 상·하(연구사), 그 이듬해에 소설집 『박달의 재판』(연구사)과 『현해탄』(동광출판사)이 각각 번역된 이후에야 소설가로서의 그를 만날 수 있게 되었다. 그것은

---

4) 좌담회 「일본 속의 한국·한국문화」, 『신동아』, 1981. 5, 119쪽.
5) 조선일보사 '신서' 제1권으로 출간된 이 책은 김달수 자신의 번역인지 편집자의 번역인지 알 수 없으나, 그 후속이 간행되지 않은 점으로 보아 '신서'의 기획 자체가 이 책의 간행을 위한 것이 아니었나 싶다.

'월북작가'의 해금과 함께 그 작가들의 작품이 출판 붐을 이루던 80년대 말의 문학계 흐름과 무관하지 않다. 민족·민중문학 진영이 그의 문학을 '월북작가'의 문학과 동일한 선상에서 다루기 시작하면서 김달수는 분단조국의 모순을 비판적으로 형상화한 "민중과 민중문학에 대하여 하나의 예술적 모범"[6]을 제시한 작가로 인정되었다. 그리고 '한민족 공동체론'(혹은 네트워크론)이 대두되기 시작한 90년대 들어서 그의 문학은 '해외동포문학' 혹은 '재외 한국인문학'의 범주 안에서 재일문학의 '기원'으로 주목받기 시작하였다. 한편 90년대는 김달수가 생애의 후반부에 진력해온 '일본 속의 한국문화'라는 테마가 다시금 한국의 독자대중에게 다가온 시기이기도 했다. 번역된 그의 소설들은 절판되어 구하기도 힘든 상황이었던 반면, 오문영·김일행 편역의 『일본열도에 흐르는 한국혼』(동아일보사, 1993년)과 배석주 번역의 『일본 속의 한국문화 유적을 찾아서』(전 3권, 대원사, 1995~1999) 등은 차례로 번역 소개되었다.

그렇게 김달수는 한국사회로 '귀환'되어 왔다. 그러나 김달수의 일본어 원작과 번역본 사이에는 상당한 시간적 간극이 존재한다.[7] 홍기삼은 재일문학을 다루면서 '재일' 작가들에게서 보이는 "텍스트로서 과거와 그들의 실제적 삶이 선택한 현재 사이의 차이에 대해서는 별도의 논의가 필요"함을 지적한 바 있다.[8] 특히 김달수의 문학에서 '재일'이

---

6) 임규찬, 「역자후기」, 김달수, 『태백산맥』, 연구사, 1988, 300쪽.

7) 원작의 집필 또는 출판 순서는 다음과 같다. 『玄海灘』(1953), 「朴達の裁判」(1958), 『太白山脈』(1964~1968).

8) 홍기삼, 「재일한국인문학론」, 홍기삼 엮음, 『재일한국인문학』, 솔출판사, 2001, 24쪽.

라는 현재의 장소는 과거라는 시간의 구속과 자유 사이에서 갈등을 되풀이하는 곳이다.

2. '복원=귀환'으로서의 '전후'(戰後, 센고)

1980년대 일본의 포스트 모던적 실천은 주체와 장소의 동일화를 둘러싼 좌표축을 상대적으로 무력화하고, 장소의 제약을 넘어서는 것은 인간의 자유라는 기본적인 사고에 충실하였으며, 이는 일본문화의 중심으로 여겨지던 많은 기제들을 동요시켰다.[9] 그런 움직임에 대한 반작용으로 주체와 장소 사이의 동일화를 강조하는 1990년대 신민족주의의 대두는 주체의 위기를 의식한 결과라고 할 수 있다. 1990년대에 들어 주체의 위기론에 대한 대항담론으로서 재일문학의 성격을 발견하고, 이를 통해 일본 사회의 다문화주의, 탈식민주의, 크레올(creole, 혼성)주의의 가능성을 진단하려는 움직임이 일어나고 있다. 더불어 한일 양국 모두에서 재일문학의 국적에 관한 오래 묵은 논의를 거두고 그것이 탈근대의 경험을 충실히 반영하고 있다는 점을 중시하며 양국의 국민문학론에 대한 관계성이 새롭게 모색되기 시작했다.

가와무라 미나토(川村湊)는, "단순히 민족적 소수자의 '특수'한 문학이라는 의미"뿐만 아니라, '일본근대문학'이라는 환상의 문학사를 상대화하는 거의 유일한 계기로 재일문학을 상정하였다. 그리고 그는 '누가' '어떤 언어로' '무엇을'이라는 세 가지 문제의식의 범위에서 재일문

---

9) 姜尚中, 『反ナショナリズム』, 教育史料出版社, 2003, 34-35쪽 참조.

학을 규정하고 "재일 조선인이 놓인 주체적 혹은 사회적 상황과의 관계"를 재일문학이 성립하는 중요한 요소로 여겼다.[10] 그러나 그의 논의는 '재일' 그 자체를 전후(戰後, 센고)라는 시간과 일본이라는 장소에 종속시키려는 오류를 보이고 있다. 다른 저서에서 그는 "그것(장르의 고정화, 경직화를 파괴하는 것 – 인용자)은 이미 '재일조선인 문학'이라고 부르기보다는 모든 '재일'하는 자들에 의한 '일본어' 문학 중의 하나라고 보아야" 한다고 주장하고 있는데,[11] 거기에는 '전후(문학)'가 끝났다고 일찍이 선언하고 싶은 초조함과 조급함이 배어 있다. 그러나 '재일'이란 말은 이미 어떤 형태로든 식민주의의 기억을 통해 주체와 장소의 긴장관계를 표현하고 있는 것이다.

1945년 8월 해방부터 이듬해 '10월 봉기'까지를 다룬 『태백산맥』에서 총독부 기관지 경성일보의 기자로 일본에서 역이민(逆移民)해온 서경태가 자신을 비롯한 식민지 지배하의 조선인을 "국경을 잃어버린 사람"(상권, 191쪽)이라고 규정한 것처럼, 민족해방은 이산의 역사를 접고 '국경'을 복원하는 일이었다. 이 소설이 서경태와 그의 아내 김분녀가 미점령군의 비상경계령하에 있는 서울 한복판을 걸어가는 장면으로 끝맺음을 한 것도 '국경'을 찾아 방황하는 민족의 현재성을 형상화하기 위함일 것이다. 그 현재성은 주체와 장소가 일치하지 않는, 즉 분단조국과 일본이라는 국가적 정체성(national identity)에 회수되지 않는 '재

---

10) 川村湊, 앞의 책, 199쪽, 201-202쪽.
11) 川村湊, 『生まれたらそこがふるさと』, 平凡社, 1999, 301쪽. '태어난 그곳이 고향'이라는 이 책의 타이틀은, '재일' 문인 이정자(李正子)의 단가 '태어난 그곳이 고향, 그 아름다운 어휘에 괴로워 덮어버린 그림책'에서 인용한 것이다.

일'이라는 '이산적 정체성'[12]을 의미하는 것이다.

『태백산맥』에서는 자칭 '일본에서 온 반편' 혹은 '반일본인'이라는 서경태의 삶을 통해 현재의 '재일'을 규정한다. 해방 후 조선어로는 기사를 쓸 수 없어 기자의 신분을 수행할 수 없는 서경태라는 존재는 식민지 역사가 해방 후에도 지배적임을 표상한다. 이러한 점은 과거에 대한 강한 구속력으로 표현된다. "조선, 이 조국은 내게 이제까지 고통과 굴욕밖에 주지 않았어"(상권, 94쪽)라는 그의 절망은 오히려 돌아가야 할 장소인 조국에 대한 동경과 욕망을 더욱 깊게 만든다. 그는 자신에게 '고통과 굴욕'만을 주었을지라도 조국을 떠날 수 없다는 결론을 내리게 된다. 그것이 바로 재일조선인으로서 과거에 구속된 김달수 자신의 현재 모습이기도 하다. 주체와 장소가 일치하는, 조국에 남은 서경태의 삶과 균열 속 '재일'의 삶은 분명한 차이가 있다. 그런 차이는 작가 김달수라는 '재일' 지식인이 안고 있는 딜레마이자 그가 서 있는 위치이다. 그런 위치에서 태어난 『태백산맥』이 "민중과 민중문학에 대하여 하나의 예술적 모범"으로 우리에게 번역·소개된 것은 번역자의 말대로 1980년대에 맞이한 민중민족운동의 절정기라는 사회적 배경과 무관하지 않다.

번역은 읽기의 연장이다. 그리고 필연적으로 두 언어의 차이를 넘나들며 행해지기 마련이다. 궁극적으로 번역자는 번역될 텍스트와 번역된 텍스트 사이의 차이를 최소화하려는 노력을 경주한다. 그럼에도 불구하고 두 텍스트에 존재하는 시간차는 정치성의 차이를 동반하

---

12) 박진영, 「이산적 정체성과 한국계 미국작가의 문학」, 『창작과비평』, 2004년 봄호.

기 일쑤이고 이는 자주 원작에 대한 오독을 낳곤 한다. 유희석(柳熙錫)은 한국계 미국작가들의 작품을 대상으로 그들의 이질적 근대체험을 지적하며, "식민지근대라는 한반도의 '현재적 과거'가 독서과정에서 끊임없이 환기"되는 데 오독의 원인이 있다고 지적한다.[13] 그런 사실들은 비평의 차원은 물론이고 일차적인 번역단계에서부터 흔히 나타난다. 김달수 소설의 번역자들은 김달수 소설의 진정 의미 있는 '재일'의 위치를 오히려 그의 작품상의 한계로 설명하려 든다. 이를테면 작가의식의 한계를 "일본에 거주하는 교포작가라는 현실적 제약성"의 결과나 "일본인을 대상으로 하여 쓰여진" 탓으로 돌리거나(『박달의 재판』), 그의 작품상에 드러나는 리얼리티의 부족이 "재일동포로서 겪을 수밖에 없는 현실주의적 거리"(『현해탄』) 때문이라 지적한다. 그 점에서 일본어 원작이 주체와 장소가 비동일한 존재로서 '재일'의 입장을 견지하고 있다면, 번역본은 거꾸로 주체와 장소를 동일화하는 민족주의 담론 안으로 원작을 회수하는 과정에서 오독의 결과를 초래하고 있다고 할 수 있다. 그 위에 90년대 들어서 "민족문학으로 다룰만한 가치"를 찾아 "민족문학으로 편입되기를 희망"하는 방향[14]에서 주로 논의되어온 재일문학 연구는 2000년대에 들어서면서 '해외 한국인문학 조사사업 추진위원회'가 '한국문학의 외연 확장'이라는 사업목표로 재일문학 안에서 "우리문학으로 편입시켜야 할 성질"[15]을 모색하거나 세대론의 입장

---

13) 유희석, 「한국계 미국작가들의 현주소: 민족문학의 현단계 과제와 관련하여」, 『창작과 비평』, 2002년 여름호, 268쪽.

14) 이한창, 「재일동포문학연구」, 『외국문학』, 1994년 여름호, 100–101쪽.

15) 2003년 10월 26에 열린 '해외 한국인문학 조사연구 사업을 위한 토론회'의 자료집(5쪽)에서 특히 이 글에서 다룬 『태백산맥』을 가리켜 그렇게 말하고 있다.

에서 각 세대를 관통하는 민족적 정체성의 변화과정을 규명하려는 태도[16]로 이어져왔다. 최원식(崔元植)은 당면과제로 한국문학과 재일문학(해외동포문학)의 차이를 인정하고 "한국문학은 해외동포문학을 거울로 민족주의적 함몰을 해독하고, 또 후자는 전자를 거울로 탈민족주의적 탈주를 돌아보는 상호균형"을 강조하였다.[17] 그의 지적은 일국적 논의의 한계를 극복하기 위한 동아시아론과 '한민족공동체론'의 성과를 통해 발의된 양자의 상호균형론이지만, 그 구체적인 방법과 실천의 필요성에 관한 논의가 이제 시작에 불과함을 보여주는 것이라 할 수 있다.

특히 1990년대 이후 아쿠타가와상과 나오키상 등을 수상하며 일본문단에서 주목받기 시작한 '재일' 작가 이양지(李良枝), 유미리(柳美里), 현월(玄月), 가네시로 가즈키(金城一紀) 등은 거류민단과 조총련의 조직은 물론이고, 선배 세대가 문학투쟁의 장으로 삼았던 『민주조선』『삼천리』『민도(民濤)』 등과 같은 문학, 역사잡지와 거의 무연(無緣)의 입장에서 출발하고 있다. 일면 고립되어 보이지만, 작품의 주제나 소재면에서 상당히 다양성을 보여주고 있는 그들은 민족적 주체의 문제로부터 보다 자유로운 위치에 있었다. 그러면서 일본문학이라는 이념적 틀로부터의 구속에서 벗어나 오히려 그것을 재구축하려는 역동적 위치에 있다고 할 수 있다.

그들은 '문화공동체'론과 같은 담론 자체가 본래 내포하기 쉬운 환

---

16) 유숙자, 『在日 한국인 문학연구』, 月印, 2001.
17) 최원식, 「민족문학과 디아스포라」, 『창작과 비평』, 2003년 봄호, 39쪽.

원론적인 민족주의를 오히려 경계한다. 그들이 겪는 디아스포라는 나리타 류이치(成田龍一)가 정리한 것처럼, 기원의 토지와 공간적으로 떨어져 있으나 그 토지와 정신적으로 유대관계를 유지하고, '기억'이라는 시간적 요소가 개재하고 있는 상태 – 존재를 의미한다.[18] 그들은 '기억'의 안에 존재하는 '고향＝고국'에 구애받으면서도 '고향＝고국'에 대해 비동일화된 위치를 유지하려 한다. 그런 그들에게 공동체라는 장소를 제공하려는 선의(?)는 오히려 위압으로 받아들여질 수 있다. 그러므로 그들에 대한 지적·문학적 탐구는 한반도의 우리들 스스로가 장소의 구속으로부터 더욱 자유로운 자세, 즉 국민국가의 경험과 다른 체험계를 상상하는 방향에서 접근해가야 할 것이다.

2000년 나오키상을 수상하고 한국에 소개된 가네시로 가즈키는 한 인터뷰에서 스스로를 '재일(조선인)'이라 밝히며, 자전적 소설인 『GO』에서 국적을 '임대계약서' 정도로 치부하고 "언젠가는 반드시 국경을 없애버리겠"다고 말하는 주인공을 등장시키고 있다.[19] 민족의 현재성을 '재일'이라는 위치를 통해 보여준 김달수의 『태백산맥』에서 주인공 서경태가 민족의 울타리, 즉 '국경'을 찾아 방황하고 있음을 상기하면 두 소설 사이에는 큰 차이가 있는 듯 보인다. 하지만 두 소설 모두 '국경'을 갖고 있지 않은 '재일'의 이산적 정체성을 모티프로 하고 있다는 점에서 동일한 성격을 지닌다. 가네시로가 스스로 '재일'임을 확인하는 절차는 동시에 '너희들＝일본인'이 '내'가 무서워 이름 붙인 '재일 한국

---

18) 成田龍一, 『「故鄉」という物語』, 吉川弘文館, 1998, 221쪽.
19) 가네시로 가즈키, 김난주 옮김, 『GO』, 현대문학북스, 2000, 218쪽.

인’ 사이의 거리를 확인하는 것이었다. 그럼으로써 ‘정체성의 무정체성화(無正體性化)’[20]를 시도하는 주인공 스기하라(杉原)처럼 ‘너희들＝일본인’이 아닌 존재라는 도발적 위치에 서 있고자 한다. 엄연히 현실에 존재하는 ‘국가간 체제’를 인정하고 나면 천진하고 도발적으로 보이는 가네시로의 의도가 단지 그의 문학에 나타나는 특수성으로 간주될 문제는 아니다. 그런 현실에 대해 천진하고 도발적인 점이 ‘재일’의 위치나 그들의 문학 자체에 내재되어 있는 에네르기가 아닐까.

김달수와 같은 세대로서 일본어를 일본인을 향해 ‘최대의 무기’로 구사하고 싶다던 김시종(金時鐘)은 자신의 이후 세대인 제3세대를 염두에 두고 이렇게 말한다. “일본어를 모어로 하는 세대의 모국어와의 격리, 이것은 그 자체로 고유의 민족문화로부터의 격리를 의미하는 것이다. 그래서 대단히 심각한 재일조선인의 문제이지만, 반쪽 그것으로 인해서 열리게 될 미지의 가능성도 생각하지 않으면 안 될 재일 창조의 한 과제이기도 한 것이다.”(강조점 – 인용자)[21]

3. ‘재일’하는 자의 선택

‘자이니치스루(在日する, 재일하다)’, 이 낯선 말은 1980년대 이후 재

---

20) 박진영, 앞의 글, 300쪽.

21) 金時鐘, 『「在日」のはざまで』, 平凡社, 2001, 199쪽. 김달수는 일찍이 “조선의 모든 것이 1945년 8월 15일을 경계로 해서 재생되는 것이 아니라, 그것은 새롭게 출발하는 것이며, 창조된다라는 점에 ‘조선’의 고통이 있고, 기쁨이 있다”고 하였다(김달수, 「新しい朝鮮の文學運動について」, 『世界文學研究』1, 1948 참조. 이 글의 말미에는 1948년 11월 25일에 쓴 것으로 기록되어 있다).

일조선인(한국인) 사이에서 사용되어온 말이다. 한국어로 번역해놓고 나면 문법적으로 어색해 보이는 이 말에서 '자이니치'[22]란 전후에 만들어진 신조어로서 일반적으로 재일조선인(한국인)을 지칭한다. 이 말은 기존의 피동적인 '재일'이라는 의미에서 벗어나 변화 가능한 정체성과 그 실천적 차원에서 사용된 말이라 할 수 있다. 이미 태어나면서부터 기정사실화된 국적자가 아닌 "가정적(假定)적인 삶"[23]을 영위하는 존재로서 '재일'한다는 말은 그런 면에서 능동적 의미를 지닌다. 예를 들어 모어(＝현실)와 모국어(＝동경)의 갈등은 '재일한다'는 말의 능동성을 창조한다. 앞서 인용했던 김시종의 말도 동일한 맥락에서 읽힐 수 있다. 주체인식과 사회적 환경의 변화에 따라 '재일한다'라는 술어를 만들어낸 현실처럼 '재일'은 결국 본질적이기보다 가변적인 것임이 확인된다. 현실과 동경 사이의 갈등의 정도가 미약해지면 미약해질수록 주체의 능동적 인식과 대응이 더욱 강하게 요구되기 마련이다. 김달수의 말처럼 "일본인에게 지배당하는 식민지인 외에 다른 아무것도 아니었던" 식민지 민중으로서의 과거가 이미 체화된, 흔히 1세대라고 불리는 '재일' 문학인들이 '재일' 창조의 과제를 언급하는 전향적인 태도는 재일

---

22) 일본에서는 '재일'조선인(한국인)을 흔히 '자이니치(在日)'라고 통칭한다. 그것은 일본의 패전 이후 무국적 상태에서 기호로서 '조선'을 국적란에 적어 두었던 사람들 중 한일 국교정상화 이후 한국과 '북조선' 사이에서 한국 국적으로 변경한 사람과 '조선'을 국적으로 그대로 남긴 사람들의 존재를 의미한다. 아직도 적극적으로 기호로서의 '조선'을 주장하고 무국적자 혹은 망명자로서 자신의 정체성을 의식적으로 견지하고 있는 사람들도 다수 존재한다.

23) 김달수는 「後裔の街(후예의 거리)」(『全集』4)에서 등장인물의 입을 통해, 조선인을 진정한 예술로 그릴 수 없음을 강조하면서, "적어도 진정한 생활을 하고 있지 못합니다. 그것은 한가지 근본적인 이유로 인해 모두 가정적(假定的)인 생활을 하고 있습니다. 가정적인 삶을 살고 있습니다."(72쪽, 강조점 - 인용자)라고 밝히고 있다.

문학(론) 자체를 새롭게 논의해야 할 필요성을 제기하는 것은 아닐까.

『태백산맥』은 미군정기를 배경으로 서경태와 백성오, 그리고 이승원이라는 세 인물을 중심으로 이야기가 전개된다. 서경태는 조국을 향한 정신적 밀항을 통해 창조해낸 자전적인 인물이다. '조국'이라는 명분을 좇아 행동하는 그 서경태가 조국에서 겪는 삶의 역경은 그가 왜 지금 일본에 살아야 하는지를 암시한다. 반면 지주의 아들이며 낭만적 좌파인 이상주의자 백성오를 통해서는 운동의 보편성을 강조하고 있다. 그리고 일본 제국주의의 고등경찰 출신으로 해방 후 미군정의 하수인이 된 이승원과 그 주변을 통해 당시 매판적 지배세력의 한 전형을 보여준다. 이 소설은 전체적으로 공산주의자나 좌파 인물의 긍정성을 극도로 강조하여 전형화하는 편향을 보이면서도 동시에 우파 애국주의자인 소박한 청년 김상녕을 등장시켜 북한의 과도한 소련 경사에 대한 비판도 빼놓지 않는다.

심지어 작가는 고등경찰로서 일제에 부역한 이승원마저 외세권력에 일할 기회를 제공받은 인물로 설정한다. "지금까지 '조국'이라든가 '우리나라'라는 말조차 잃어버린 채 살아온 식민지인"(하권, 46쪽)이었던 그였지만, 해방은 '좋아한다거나 싫어한다는 그런 감정'을 초월한 존재가 바로 '조국' 혹은 '민족'임을 각인시킨 계기가 된다. 그렇게 '조국을 위하여'라는 명분의 다층위성을 드러내면서, 이 소설은 사상적 지향보다도 실은 더 본원적인 곳에 존재하는 조선성의 회복에 무게중심을 두고 있다. 소설에서는 조선성에 대해 크게 두 가지 측면에서 이야기되고 있다. 먼저 그 하나는 '진짜 조선인다움'(상권, 282쪽)의 문제이고, 다른 하나는 "그(조선-인용자) 땅에서 생을 부여받은 인간"(상권, 285쪽)의

문제이다. 식민지 본국에서 역(逆)이민해 온 자칭 '반일본인' 서경태가
조선인으로서의 삶을 자각해가는 과정에서 그 두 가지의 문제는 풀려
간다.

전자는 '재일'이라는 주체의 불충분함을 자각하는 데서 출발한다.
진정한 '조선인다움'이란 서경태가 백성오의 제안으로 '민족열사조사
소'의 일을 도맡아하면서, '고통에 가득 찬 조선의 피어린 저항의 역사'
를 알고 난 후 '조선인으로서 자신감'을 통해 획득된 것이다. '다시 태
어난 듯한 자신의 존재'를 확인할 수 있었던 '민족열사조사소' 사업은
김달수 자신이 일본어를 '최대의 무기'로 구사하여 작품활동을 하는 것
에 비유된다. 일본인을 대상으로 일본인에게 전달하는 조선성, 그것은
식민주의로 인해 상처입은 인간성의 회복='인간화'의 맥락에 있다고
할 수 있다. 그의 창작목표는 인간이 인간을 차별하는, 구체적으로는
일본인과 조선인 사이가 그렇다는 사실을 직시하는 데서 출발하여 그
관계를 '인간화'하는 것이었다.[24]

그것을 위해서 김달수는 우선 '진짜 조선인다움'을 복원하고 드러
내는 데 노력을 경주한다. 결국 그런 자기('우리')로의 복원은 "우리로서
는 '선'(38선 - 인용자) 같은 것은 상상도 못했는데……"(상권, 80쪽)라는 자
조 섞인 '우리' 안의 분열에 대한 투쟁에서 출발한다. 물론 그것은 '재
일'이라는 위치에 대한 자각에서 비롯된 투쟁이다. 그는 과거 식민지
본국인 일본에서 살아가는 자신의 위치가 바로 분열을 강제하는 외세
와의 싸움의 장소라고 믿었던 것이다.

---

24) 金達壽·姜在彦 공편, 『手記＝在日朝鮮人』, 龍溪書舍, 1981, 27쪽.

8·15 해방 직후 아직 비워진 혹은 감춰진 조국의 진정성을 채우고 드러내기 위해 서경태가 민족해방의 실천사업의 하나로서 심혈을 기울였던 '민족열사조사소'도 그런 인식에서 설정된 것이다. 미군정의 공안당국이 이 조사소를 탄압한다는 스토리는 조국의 진정성과 비귀속(=무국적)의 '재일' 사이의 거리를 좁히기 위해 마련된 것이었다. 이 조사소에 대한 분단권력의 탄압은 조국의 진정성을 파괴하는 행위이며 또한 그 권력이 식민통치의 연장임을 드러내는 것이기도 하였다. 이때 비귀속의 존재로서 '재일＝자기'는 정당화되고, 또 그 위치로부터 발굴된 조선성은 조국의 분단에 대한 강한 비판일 수 있다.

그리고 후자는 '재일'이라는 장소가 갖는 결여성에서 비롯된 '그 땅' ＝조국에 대한 강한 본원적 귀속의식을 의미한다. 자신의 생을 부여해준 장소로서 조국은 동물의 귀소와는 다른 의식적인 자리이다. '텍스트로서 과거와 그(들)의 실제적 삶이 선택한 현재 사이의 차이'가 만들어낸 의식적 자리인 것이다. 따라서 현재 존재하는 장소와 의식(적 동경)의 장소가 불일치하다는 이유로 말미암아 더욱더 본원적인 장소를 지향하게 된다. 그곳은 지금 현실에 존재하지 않으나, 과거에 있었고 또 미래에 있을 자기 복원과 귀일의 장소이다. 특히 식민지 종주국의 피차별 소수자(minority)와 디아스포라로서 살아야 하는 이중적 고통에도 불구하고, 1945년 8월 15일 이후 "장차 조선민족에게 새로운 고통을 안겨줄 운명적인 선"(상권, 80쪽)이 내면화된 '재일'이라는 김달수의 작가적 삶은 그만큼 실제적 삶이 선택한 현재와 차이가 현격한 '텍스트로서의 과거'에 집착을 보일 수밖에 없다. 그것은 자기 복원에 대한 절실함의 표현이다. 또 그 과거는 자기 복원의 장소를 찾기 위한 오늘 투쟁의 원인을 제공하는 모든 것이다.

> 『현해탄』에 씌어진 것과 같은 생활과 저항, 그것은 지금 또한 조금도 변한 것 없이 계속되고 있다. 적어도 오늘의 그 싸움의 원인은 여기에 그려져 있는 그것에서 비롯된 것이다. (「講談社文庫版へのあとがき」, 『玄海灘』, 1974; 『全集』6, 336쪽)

김달수의 소설은 작품 공간과 언어 공간의 불일치를 드러낸다. 즉, 조선을 소설의 공간으로 하지만 일본 독자를 대상으로 쓴 소설들이다. (정확히 말하면 소설집 『박달의 재판』에 수록된 「대한민국에서 온 사나이」는 조선으로 밀항하기 전의 이야기이다.) 또한 작가가 식민지 말기를 배경으로 한 소설 『현해탄』 속의 현실과 해방 후 분단 조국의 현실 사이의 인과관계를 단정적으로 규정할 수 있었던 것은, 개인의 과거 기억과 상상의 현실을 동일시하는 태도에서 비롯된 것이다. 그 소설의 공간과 언어의 공간 사이의 거리를 좁힐 수 있는 동력은 오히려 바로 그런 불일치를 의식하는 작가 자신에게 존재한다.

「박달의 재판」에서 작가는 형무소를 의식화의 장으로 삼고 자진해 드나들다시피 하는 주인공 박달을 통해 조선 민중의 삶과 저항을 해학적으로 그리고 있다. 거기서 형무소는 암담한 조국의 현실을 표상한다. 형무소는 미군 점령하에 들어간 조국(형무소가 있는 K시)이 과거 식민지 역사의 연장선에 있음을 확인시킨다.

> 여기는 옛날 그 형무소를 가지고 온 일본인들이 살고 있던 곳으로 속칭

일본인 거리(町)로 불리던 곳이다. 그러나 지금은 그곳 관아의 주인인 대한민국의 관료와 지주들, 그리고는 아메리카 사람들이 들어와 살고 있는 것이다. (「朴達の裁判」, 『全集』6, 8쪽, 강조점 – 인용자)

지금도 그렇지만 당시는 특히 경찰서 안엔 이들 정치·사상범으로 충만해 있기 때문에 그와 같은 자(박달 – 인용자)는 수감해두는 것만으로도 충분했고, 거의 상대해주지도 않았던 것이다. 경찰도 검찰도 바빴다. (위의 책, 20쪽, 강조점 – 인용자)

이렇듯, 작가는 '지금'이라는 '귀환'하지 못한 '재일'의 시간을 통해 상상 속 현재의 조국과 경험 속 과거의 조국을 동일화시킨다. 그리고 이미 떠나온 조국의 과거와 현재, 조국에 대한 배반감과 동경, 현실의 나=화자와 민족으로서의 '우리'를 동일화하는 통로는 바로 그 '재일'의 시간에서 떠나는 정신적 '밀항'이다. 그런 정신적 '밀항'은 김달수에게 본원적인 장소로서 조국과 자신을 동일화하는 방향으로 작용한다. 그러나 그것은 그로 하여금 시간적으로 혹은 감각적으로 조국과 거리가 멀어져 있음을 자각케 하는 자기모순에 빠지게 한다. 그 거리를 확인하는 순간, '재일하는 자'로서의 새로운 자기정체성을 모색할 수밖에 없게 된다.

4. 노스탤지어에서 '재일성'으로

『현해탄』에서 서경태는 일본인 애인인 오오이 기미코(大井公子)에게 자신이 조선인임을 고백한다(『태백산맥』에서는 그것이 회상으로 재현된다). 그녀는 "조선사람도 이젠 일본사람이니까요"(『현해탄』, 129쪽)라고 한다. 그러나 그는 "나는 과연 일본인인가?"(같은 쪽)라며, 그녀의 선의(?)를 동정으로 받아들여 괴로워한다. 오히려 그런 동정은 자신과 민족에 대한 모멸이라고 생각한다. 일제 치하인 1925년에 중소지주였던 그의 부모는 집안이 몰락하자 도일(渡日)하게 된다. 이런 가족사는 탄광이나 군수공장 등으로 강제 이주된 사람들과 더불어 '재일' 1세대의 전형적인 케이스이다. 작가 김달수와 개인적 이력이 대개 일치하는 서경태는 고학으로 N대학을 나와 지방신문사에 취직한다. 하지만 그 고백을 계기로 10여 년 동안의 일본 생활이 '민족'을 잃어버린 '반(牛)일본인'의 삶이었음을 확인한다.

서경태는 "자신을 죽이고 민족까지 죽이면서 지배자인 일본인이 될 수는 없"다는 생각을 조선에서 "생을 부여받은 인간"이라는 혈통으로 확인하려 한다(상권, 285쪽). 일본을 떠나 조선으로 건너간 서경태는 식민지민으로서 자기를 느끼는 정도가 커지면 커질수록 일본인과의 사랑이 '자신을 죽이고 민족까지 죽이는' 일이라는 믿음이 분명해져간다. 또 그는 현실의 굴욕을 조국의 먼 과거에서 위안받고자 한다. 그런 의식은 『태백산맥』에서 '민족열사조사소'를 둘러싼 이야기에서 드러난다. 조선과 일본의 관계사를 통해 민족의 우월성을 확인하려 한다는 설정은, '먼 과거'에서 '도래인(渡來人)'의 역사를 찾기 위해 작가가 1970년부터 발행하기 시작한 『일본 속의 조선문화』 시리즈의 의도와 일맥상통한다.

그의 소설 『밀항자』는 그런 의도를 본격적으로 다룬 소설이다. 이 작품은 조총련의 '귀국운동'(남한에서는 '북송'이라 함) 시기에 임영준과 서병식이 북한으로 들어가기 위해 일본으로 밀항한 후 5년 간 일본에서 생활하는 바를 다룬 이야기다. 일본에 도착한 즉시 일본당국에 체포된 두 사람은 서로 다른 장소에서 살아가게 되는데, 소설은 그 각각의 삶을 따라가며 전개된다. 임영준은 수용소를 탈출하여 사업에 성공한 고향 동료의 도움으로 대학에 다니며 살다 다시 한국으로의 밀항을 결심하는 데 반해, 서병식은 밀항자 수용소에서 '귀국지 선정의 자유' 투쟁을 통해 북한으로의 송환을 쟁취하게 된다.

이 작품 4장의 많은 부분은 '재일'의 역사를 복원하는 데 할애되고 있다. 임영준은 일본 고대사에 나타난 '도래인'의 역사를 통해 고대사 연구자 마쓰키(松木)와 정신적 연대를 지향할 뿐만 아니라, 일본인 애인 아이카와 게이코(相川景子)와도 고대 한일관계사에 대한 동일한 인식을 통해 정신적 동질성을 획득하면서 민족의 차이로 인해 빚어지는 갈등을 해소하고 있다. 이런 상징들은 이 작품이 두 밀항자 임영준과 서병식이 각각 통일을 위한 투쟁의 장소로 한국과 북조선을 선택한다는 설정과 함께 이 작품의 큰 줄거리를 이루고 있다.

오다기리 히데오(小田切秀雄)는 김달수가 먼 과거, 특히 고대사로 회귀하는 선택을 가리켜, "악전고투 속에서 힘겹게 찾아낸 혈로(血路)"라고 했다.[25] 그 의도야 어찌되든 '혈로'라는 말이 사상적 난관을 극복하기 위한 길이자, 문화적 혈통주의의 길을 은유한다는 점에서 김달수의 선택을 잘 표현하고 있다. 이는 '고향=고국'으로의 귀환을 간절히

---

25) 小田切秀雄, 「孤独な闘いのなかから」, 『全集』6의 「月報」1, 1980. 4, 2쪽.

원한다는 의미에서 유래한 노스탤지어[26]를 상기하게 된다. 1971년 1월 21일자 『아사히(朝日)신문』과의 인터뷰에서 김달수는 일본 각지에 산재해 있는 '조선의 유적'에 관심을 기울이기 시작한 것이 '태평양전쟁 직후인 쇼와(昭和) 21, 22년(1946, 47년)경'이라고 하였다. 그 당시 처음 나라(奈良)와 교토(京都)를 여행했을 때 본 그곳의 민가 풍경이 마치 조선 같다는 느낌을 받았고, 그 후 '향수'를 달래기 위해 그곳을 자주 찾았다고 밝히고 있다. 일본의 고도(古都)로 알려진 나라와 교토에서 발견된 조선의 풍경은 바로 노스탤지어의 심상인 것이다.

그가 선택한 '혈로'는 엄연히 존재하는 당시의 한일관계나 민족의 현실을 도외시하는 일면도 없지 않다. 하지만 그 길에는 전후 일본이 '제국'의 역사를 망각하고 단일민족(국민)론을 공식화하는 것에 대항하기 위한 투쟁의 의미가 있다. 어쩌면 그는 전후 일본의 배타적 '단일민족 신화'에 도전하기 위해 현실에 대한 도피를 감수해야 할 것으로 여겼는지 모른다. 차별과 멸시의 시선 속에 살아온 '재일'의 과거는 '도래인' 역사의 연장선 위에서 다뤄지기 시작했다. 일본의 역사를 소급하다 보면 전후 일본보다 역사적으로 더 근원적인 곳에 '재일'이 존재하며, 또 그 뿌리에서 구해진 자기정체성이 바로 그가 발견하고자 한 재일성이었다.[27]

---

26) 成田龍一, 앞의 책, 173쪽.

27) 김달수와 함께 1975년 2월부터 편집인으로 『삼천리』를 창간 활동하며 1981년에는 동반하여 방한한 이진희와 강재언의 공저 『韓日交流史』(有斐閣, 1995)의 집필의도와 책의 구성에서 그런 의도는 잘 드러나 있다. 도래인 역사의 관점에서 일본사를 해체시킨 이 저서는, '고대조선과 야요이 · 고분시대'라는 제목의 제1장부터 '재일을 살다(在日を生きる)'라는 마지막 장으로 끝을 맺고 있다. 거기에서 '도래사'라는 저서 전반의 관점과 '재일을 살다'라는 현재 진행적 관점의 결합은 '재일'의 정체성을 '도래인' 역사의 연장에서 찾기 위한 방

1980년대는 '재일'의 삶은 '가정(假定)적인 삶'일 뿐이라는 인식이 흔들리기 시작하는 중요한 전환기였다. 그래서 '재일한다'라는 신조어로 표현되는 주체는 민족적 정체성에 귀일하는 것이 아니라, 다양한 정체성을 지닌 존재로서의 '재일'이라고 할 수 있다. 그런 점에서 김달수의 『태백산맥』이 '재일'에 관한 문제제기에 그친 작품이라고 보는 것은 타당하다. 김달수 소설이 번역되어 '민중민족문학'으로 재생되는 과정은 재일문학 연구의 일반적인 한계를 그대로 보여주고 있다. 민족문학론에서 중요한 것은 바로 차이들을 인정하면서도 그것들 사이의 통일성을 확보하는 '비환원적 통일성의 연대'를 견지하는 것이라고 강조하고 있지만,[28] 재일문학에서 '우리문학으로 편입시켜야 할 성질'을 찾고자 하는 의도 자체는 이미 그것에 '환원적 통일성'을 강요하는 것일 수밖에 없다. 또한 그런 의도는 식민지가 되어 국가를 상실했을 때에도 '잠재적 국민문학'은 존재했다는 식의 국민문학론과 같은 초역사적인 논리의 함정에 빠지고 말 것은 자명하다.[29] 그러나 번역된 김달수의 작품들은 '재일'의 존재적 의미와 그 모순된 삶을 생략한 채, 주체와 장소의 동일화를 확인하는 절차를 통해 민족문학으로 환원되고 있다. 재일성을 민족적 삶으로 환원시키는 절차상의 단순함은 민족담론의 폭력이라고 할 수 있다.

최근 한국계 미국작가들에 대한 논의처럼 적어도 그들의 작품은

법인 것이다.

28) 김재용, 「민족문학론과 주체의 문제」, 『실천문학』, 1999 봄호, 313쪽.

29) 위의 글, 300쪽.

'엄연한 외국문학'이라 쉽게 단정되기도 한다.[30] 그러나 재일문학은 앞서 지적한 것처럼 '재일'이 '가정(假定)적인 생활'임을 내세워 그들 삶의 장소에서 이뤄지는 국가주의 담론을 거부하며 전개되어왔다. 스스로를 국민으로서 귀속시키지 않은(시킬 수 없는) 존재라는 자의식에 바탕을 둔 '재일'의 삶과 존재 이유를 다룬 소설은 국적이 기호에 불과하다고 여기는 만큼이나 국가주의 담론으로부터 자유로울 수 있었다. 그러나 역으로 보면 그것은 다른 언어권의 동포문학보다 재일문학이 민족문학으로 환원될 가능성이 더 큼을 보여주는 것이기도 하다. 그런 가능성은 다분히 유전적 특수성에 기인한 것일지도 모른다. 그 때문에, 우리 문학계가 재일문학의 수용 과정에서 범해온 오류와 한계는 다른 하나의, 아니 서로 다른 『현해탄』과 『태백산맥』, 그리고 「박달의 재판」을 존재케 했던 것이다.

5. 재일문학, 그 탈식민주의의 역동성

오다기리 히데오가 김달수의 초기작품 『후예의 거리(後裔の街)』(1946)를 가리켜 "조선민족의 문학인 동시에 일본문학의 하나"[31]라고 한 것은 작가 김달수와 이 작품이 지닌 경계성을 지적한 말이면서도, 그의 문학적 성격 자체가 두 국민문학 범주에서 자유롭다는 것을 뜻한다. 그런 김달수 문학에서 출발한 재일문학은 이때 이미 언어 선택이

---

30) 유희석, 앞의 글, 270쪽.

31) 小田切秀雄, 「この本のこと」, 『全集』 4권, 300쪽. 이 글은 1948년에 朝鮮文藝社에서 『後裔の街』가 단행본으로 출판되었을 때 수록된 글이다.

나 작가의 실존적·문학적 정체성의 갈등 속에서 어떤 가능성을 열어두고 있었음을 의미한다. 김석범(金石範)은, 제1세대 재일조선인(한국인)에게 있어 '재일'의 의미는 '부(負)' '피(被)' '불우(不遇)'의 입장에서 출발하여 그 입장에서만이 주체적 자유를 획득할 수 있다고 한다.[32] 그런 의식에 바탕을 두고 있는 1세대 재일문학은 전후 일본 사회의 계급문제와 연계되어 '민주주의 문학'이라는 아프리오리적인 전제 위에서 출발하였다.

이제까지 재일문학 연구는 그 안의 (문학)사적인 내적 동인을 통해 고찰되기보다 세대구분론에 치우쳐왔다. 세대구분론은 '재일'의 역사에서 드러나는 삶의 장소에 대한 가변성(可變性)과 구속성 사이의 균열을 발견하고 세대차의 정도를 규명하는 태도에 근거를 두고 있다. 그러나 각 세대가 변화의 내적 동기를 충분히 가지고 있으며, 그 양상들이 개인들의 문학작품에 드러나고 있다는 사실을 간과해서는 안 될 것이다. 그런 변화는 남북간의 정치적 관계나 남북 내부의 정치변화, 그리고 한반도와 일본 사이, 혹은 일본 사회 내부의 정치사와 같은 사회적·역사적 환경변화와 궤를 같이하여 나타난다.

그래서 '재일' 문학사의 측면에서 1980년대는 중요한 전환기라고 할 수 있다. 윤건차(尹健次)의 말처럼, 그때부터 '재일'을 '전체'로서 논하는 것이 곤란하게 되었다. 그것은 '재일'의 중심축으로 여겨지던 민족이라는 이념이 리얼리티를 상실해가는 과정과 깊이 관련되어 있

---

32) 金石範, 『ことばの呪縛』, 筑摩書房, 1972, 45~48쪽.

다.[33] 재일문학의 측면에 있어서 모어와 모국어의 갈등에서 비롯된 언어 선택의 문제를 한 예로 들 수 있을 것이다. 이젠 그 둘 사이의 선택의 가능성마저 상실되어(모국어를 구사할 수 없어) 그 갈등을 해소시킨 세대가 작가로 등장하는 현실이다. 그들은 정체성조차 선택의 문제로 받아들이고 있다. 이전 세대의 재일문학에서 관찰되는 장소에 대한 가변성과 구속성 사이의 균열이 오히려 그들을 통해서는 장소의 가변성과 구속성에 대한 해체의식으로 나타나고 있다. 태어나서 부여된 장소도, '뿌리'로서 조국이라는 장소도 그들을 구속하지 못한다. 문학적이든 실존적이든 그 정체성에 대한 그들의 선택은 주위로부터 '나'를 낯설게 하거나, '나'로부터 주위를 낯설게 만드는 것이기도 하다. 그런 '나'나 주위에 대한 이질감은 민족이라는 이념에 대한 리얼리티의 정도차, 즉 세대차를 초월하여 나타나는 재일문학의 시작이며 근거인 것이다. 그것이야말로 바로 전후 일본 사회의 근대서사에 균열을 초래하며, 그 서사에 침윤되어 있는 사람들의 정체성과 감정표현까지도 뒤흔들고 이화(異化)작용을 초래하는 재일문학의 '탈식민주의'적 역동성(dynamism)이라 할 수 있다. 이는 장소의 이질성(낯섦), 즉 주체와 장소의 비동일성의 측면에서 재일문학이 국민문학 담론을 넘어서서 존재하는 이유인 것이다.

---

33) 尹健次, 『「在日」を生きるとは』, 岩波書店, 1993, 240쪽. 윤건차는 그런 현상이 나타나는 것이 1970년대 말부터라고 한다.

제8장

재일문학의 2세대론을 넘어서
— '역사화와 영역화' 에 대한 비판을 중심으로

1. '귀환' 과 '재일'

1945년 해방 이후 2년간에 걸쳐 140만 명에 가까운 재일조선인(한국인)이 조국으로 귀환하였다.[1] 패전 후 재일조선인(한국인) 사회는 기본적으로 그때 귀환하지 않은 사람들로 형성된 사회라 할 수 있다. 대개 그들은 빈곤과 불안정한 정세, 그리고 분단으로 치닫는 조국에서의 삶에 대한 불안 때문에, 귀환을 보류하고 '일시적 거류'를 선택하였다.[2]

---

1) 이제까지의 조사통계에 따르면, 1944년 1,936,843명의 재일조선인이 1947년에는 598,507명으로 감소한다.(http://mindan.org/toukei.php)

2) 1955년 조총련으로 통합되기 이전의 조련(朝連, 재일본조선인연맹)과 민전(民戰, 재일본조선통일민주전선)이 공산주의나 사회주의에 경도되는 것에 대항하기 위해 1946년 10월 3일에 히비야(日比谷)에서 민단(재일한국인거류민단)의 결성식이 있었다. 그 당시 민단도 선언서에서 '우리 교포가 귀국하는 날까지'라는 귀국을 전제로 한 운동방향을 제안하였다.

1959년부터 그런 '일시적 거류'자들의 귀환이 본격적으로 이뤄지기 시작했다. 흔히 한국에서는 강제소환과 강제추방의 의미를 포함한 '북송'이라 일컬어지는, 이른바 '조국귀환실현운동'이 조총련(재일본 조선인 총연합회)의 주도하에 전개되었다. 그 운동으로 인한 남북 간의 정치적 갈등은 '재일' 사회에서도 고스란히 재현되었다. 한편에서는 '지상낙원으로'라는 캐치프레이즈를 내걸었고, 다른 한편에서는 그 운동이 '생지옥'으로의 강제추방이라며 '북송' 반대투쟁으로 대응하였다.

이윽고 1959년 12월 14일 북조선과 일본의 적십자사 사이에 체결된 '재일조선인의 귀환에 관한 협정'에 따라, 일본 니가타(新潟) 항에서는 제1차 귀국선(歸國船)이 청진으로 출항하였다. 이 '귀국사업'은 1967년 10월 20일에 출항한 제154차 귀국선을 끝으로 일단 중단될 때까지 총 88,611명의 재일 조선인이 고국(북조선)으로 귀환하였다.[3] 그것은 조국의 해방과 함께 미군정(GHQ)의 감시하에 행해진 귀환운동 이후 최대의 귀환사업이었다. 그러나 해방 직후의 귀환과는 정치적으로 다른 성격의 것이었다. 다시 말해, 적어도 그것은 분단된 조국의 현실을 전제한 위에 개인이 남북한 중 어느 한 쪽을 정치적으로 선택한 결과에 의한 것이었다.

조총련 산하 문예동(文藝同, 문화예술인동맹)의 일원으로 귀국운동에 적극적으로 참여했던 김달수는 소설 「비망록」에서 그 사업과 조직의

---

3) 그 후 1971년에는 귀국하지 못한 사람들을 위해 잠정조치에 따라 1,081명이, 또 1984년에는 사후조치에 따라 3,647명이 귀국하는 등 제187차까지 이어진다(http://www.bekkoame.ne.jp/ro/renk/renk_archive/renk03yd1.htm에 게재된 김용달의 강연록(1994년 2월 19일, 東京·神田パンセ)「北朝鮮への帰国事業について」, 5쪽).

관계를 이렇게 평가하고 있다.

특히 1959년 12월부터 시작된 재일조선인의 민주주의인민공화국에의 귀국운동이 성공하고부터는 전련(全連, 조총련을 가리킴－인용자)과 공화국과의 연락은 한층 강화되어, 이른바 전련은 명실상부 공화국의 재외 대표부과 같은 존재가 되었다.(「備忘錄」, 『金達壽小說全集3』, 筑摩書房, 1980, 309쪽)

김달수의 표현에 따르면, 조직(조총련)은 재일조선인에게(물론 작가 자신에게도) "일본에 있는 조국과 같은 것"(위의 글, 309쪽)이었다. 김달수는 니가타에서 출항하는 귀국선을 바라보며, '재일'의 위치에서 "이제야 겨우 자신의 고국으로 돌아가는" 그들이 품고 있는 '장한(長恨)의 역사'에 대한 작품을 쓸 것이며, "재일생활을 50년 이상, 또는 60년 이상 경험한 그들에게서 어떤 전형을 찾으려고" 노력하겠노라 마음을 다진다(위의 글, 323쪽). 다시금 그들은 자신들의 역사를 '이 땅＝재일'에서 말하지 않을 것이기 때문이다. 그것이 다름 아닌 '남은 자' 혹은 '남겨진 자'의 몫이자 책임이라 생각했다. 하지만 조직은 귀국운동의 성공 이후 '노선전환'을 통해 북조선과의 연락을 강화하며 '민주중앙집권', '유일지도체제'를 주창한다. 그리고 조직 소속의 작가들에게 작품의 사전 '지도'(실질적인 검열)를 강요했다. 또한 그것을 거역하는 작가들에게는 '분파주의', '종파분자'로 낙인찍어 조직적 차원에서 비판하였다.[4] 김달수는 그로 인한 조직과의 갈등을 '비망록'에서 이렇게 묘사하

---

4) 김달수의 활동에 대한 캠페인 차원의 조총련의 비판은 그가 1958년에 『조선―민족·역사·

고 있다.

> 우리들 재일조선인에게, 적어도 이른바 민주적인 입장에 선 자들에게
> 는 그 조직이 조국과 같은 것이었기 때문이다. 그런데 지금 나는 다름 아
> 닌 그 '조국'으로부터 시위를 받고 생활권의 일부까지 파괴당하게 되었
> 다.(위의 글, 363쪽)

문예활동 전위조직인 '문예동'의 부위원장까지 지낸 바 있는 김달
수였지만, 개인의 생활과 창작의 자유를 위해 그는 이후 조직을 떠난
다. 그가 조직을 떠난 같은 시기에 또 다른 대표적인 '재일' 작가 김석
범은 『까마귀의 죽음(鴉の死)』(新興書房, 1967)의 출판을 둘러싼 갈등을
계기로 조직을 이탈한다. 조직에서는 출판 전에 사전 승인을 받을 것
을 요구했고 그 지시에 따랐던 김석범이지만, 이유도 없이 승인이 나
지 않았던 것이 문제의 발단이었다. 그 이유가 출판을 계약한 신흥서
방의 운영자 박원준(朴元俊)이 '종파분자'였기 때문이라고 김석범은 사
후(事後)에 전하고 있다.

김달수가 「비망록」를 발표한 같은 시기에, 김석범도 조직의 문제
를 다룬 「왕생이문(往生異聞)」(『すばる』, 1979. 8)을 발표한다. 이 소설은
식민주의의 유제(遺制)가 계속 지배하는 시간 속의 '재일'의 삶을 살아
가던 조직(조총련) 활동가(이름은 黃太壽)의 죽음을 소재로 한 작품이다.

문화」(岩波書店)를 출간한 직후부터였다. 최효선의 『재일동포문학연구』(문예림, 2002,
116-117쪽)에는 그 캠페인의 정도를 짐작할 수 있는 김달수에 대한 조총련의 비판이 일목요
연하게 표로 만들어져 소개되어 있다.

황태수는 제국주의 시절에 각혈이 심한 중병 때문에 동지들의 동의하에 소위 '위장전향'을 하고 출소한 '과거'를 갖고 있다. 하지만 그는 스스로의 행위가 병 때문만이 아니라, 스스로 식민지 권력에 굴종한 결과라고 자책한다. 그 자책은 '전후' 그의 삶을 계속 지배한다. 그의 처절한 자책과 고뇌를 포용해내지 못하는 조직에는 '조직 활동가가 곧 애국자'라는 대중적 신뢰에도 불구하고, 오히려 '과거' 친일단체 '협화회(協和會)'의 간부를 지냈던 사람들이 요직에 앉아 있다. 그런 조직을 비판하던 그는 결국 조직으로부터 버림받고 알코올 중독과 정신병에 시달리다 한겨울에 객사하고 만다. 초라하게 치러진 그의 장례식에 참가한 어떤 이는 그를 '무명전사'로 비유하여 '기억'한다.

이렇게 「왕생이문」은 초라한 '무명전사'의 '과거'를 재구(再構)하고 있다. 일본의 패전 이후, 조직은 개인과 조국 사이에 통로라기보다 오히려 조국 그 자체로서 역할을 했다. 그런 조직이 그 '무명전사'에게 행한 배신은 분단된 조국 현실과 자신('재일')의 현 위치 사이의 거리감과 갈등으로 비화되었다. 당시, 귀국운동이나 한일 간의 '국교정상화'와 같은 일련의 정치적 변화로 인해 조국과 '재일' 사이의 관계가 재편되는 상황에서, 김달수나 김석범과 같은 '재일' 작가들은 동경(憧憬) 혹은 내면의 조국을 새롭게 가구(假構)함으로써 '재일'의 위치를 그 또한 새롭게 창조하지 않으면 안 되었다.

1975년부터 그들은 종합잡지 성격의 『삼천리』(김달수와 김석범 외에도 이진희 등이 함께 편집위원으로 참가함)를 창간하였는데, 조직은 그들의 활동에 대해 '민족허무주의자'로 규정하고 비판하였다.[5] 조직이 '민주중 앙집권'의 '유일지도체제', 즉 당의 지도를 강조하는 교조적인 당파성을 강요하는 것에 대해, 그들은 한때 '무국적자' 혹은 '망명자'라는 '재일'의 위치를 선택한다. 그것은 1959년 이후 귀국운동이 절정에 이르는 시기에 조직노선에 대한 한 개인의 다른 정치적 선택이었던 것이다. 김달수나 김석범과 같은 주요 재일 작가의 그런 선택은 '재일' 문학이 새로운 전환기를 맞이했음을 의미하는 것이다.

그 전환기를 즈음하여 재일문학의 2세대론이 시작되는 계기가 마련되었다. 1966년 12월에 조총련 기관지 『조선신보』를 그만두고, 이듬해 조직을 탈퇴한 2년 뒤에 「또다시 길을(またふたたびの道)」로 일본문단에 데뷔한 이회성이 그 '재일' 2세 작가론의 중심에 선 작가로 그때 등장한다. 다케다 세이지(竹田靑嗣)는 그의 작품 세계를 "전후적(=2세적) 사회의식의 시대적 의미"[6]로서 읽고 있다. 장편 『약속의 땅(約束の土地)』(講談社, 1973)은 실제 조직과 결별의 배경을 소재로 패전 후 일본의 민주주의의 자아의식, 즉 개인의 자유로운 삶이 동시에 사회적인 의미를 지닐 수 있다는 의식에서 ('재일') '문학'의 가치를 확인하기 위한 작업의 일환으로 씌어진 작품이다.

그는 "조국 땅에 와, 그곳이 타국으로서 가슴에 돌아온다면 도대체 어디가 자신의 나라란 말인가. 이 땅에는 한 평이라도 자신의 장소가

---

5) 『季刊 三千里』의 편집자진과 조총련 사이의 갈등의 내막을 밝히고, 또 그것을 근거로 조직의 비판에 대해 재비판한 「민족허무주의의 소산」에 대해서」(金石範, 『「在日」の思想』, 筑摩書房, 1981)를 참조.

6) 竹田靑嗣, 『〈在日〉という根拠』, 國文社, 1983, 73쪽.

있는가. 이 땅에는 목숨을 걸고 지켜야 할 고향이 있는가……."(『약속의
땅』, 247쪽)라며, '재일'의 위치에서 조국을 상대화한다. 그렇게 이 소설
은 '재일'의 존재적 불안을 주인공 중길(重吉)의 삶을 통해 중요한 주제
로 다루고 있다. 그리고 중길의 일가가 이사하면서 차후 "오래도록 살
수 있는 곳"(위의 글, 269쪽)으로 이사할 수 있길 바라는 은유를 통해 '재
일'의 현재적 위치를 밝히며 소설은 끝을 맺는다.

　1960년대 말부터 1970년대는 조국(북조선)에의 '귀환운동'에 관한 평
가를 통해, 이상과 같이 주요 재일작가들이 '조국과 같은 존재'였던 조
직을 떠나 '귀환'과 '재일' 사이의 현저한 정치성의 차이를 부각시켰던
시기이다. 이는 세대의 문제 차원에서가 아니라 시대의 문제 차원에서
이뤄진 것이었다. 그와 때를 같이하여 일본문학사는 재일문학을 '역사
화와 영역화'하기 시작했던 것이다. 이 글에서는 당시 그러한 동향들
과 유관성을 갖고 등장한 '2세대 문학론'의 성격과 의미를 분석하고,
그것을 극복하기 위한 하나의 제안을 하고자 한다.

2. 재일문학의 역사화와 영역화

　"장술이가 세상을 떠난 것은 일본의 긴 전쟁이 이제 10개월만 지
나면 끝을 고할 어느 겨울날의 일이었다"[7]라는 첫 문장으로 시작하는
「다듬이질하는 여인」은 가라후토(樺太), 즉 지금의 사할린에서 생을 마
감한 식민지 출신의 장술이라는 한 여인의 삶을 노파(그녀의 계모)가 노

---

7) 李恢成, 『砧をうつ女』, 文藝春秋, 1971, 7쪽.

여울과 원한을 섞어 풀어낸 애처로운 "진혼곡"(위의 글, 27쪽)이다. 장술이는 서술자인 '나'의 어머니이다. '나'는 어느새 그 진혼곡에 의해서 '죽은 자가 남긴' 전설의 계승자로 자라나고 있었다. 그 전설은 바로 유민으로 흘러든 '재일'이라는 장소에 작가 이회성이 존재하는 이유를 알리는 유전 정보와 같은 것이다. "'사할린'·'조선'·'일본'이라는 3개의 소용돌이 무늬가 일으키는 갈등이 상상력의 원리가 되어 분출"[8]되었다는 그의 문학세계에 대한 이후 평가의 전조를 보여주는 이 작품으로, 이회성은 1971년 상반기(제66회) 아쿠타가와상을 수상한다.

그는 수상소감에서 이렇게 말한다.

　이미 문학자들이 모인 자리에서 나는 전전(戰前)의 김사량을 거론하며 그가 아쿠타가와상을 받지 못한 것은 지극히 유감스러운 일이었다고 말한 적이 있다.
　오랜 세월이 흘러 공교롭게도 이 상을 자신이 받게 되었으나, 왠지 김사량을 대신하여 수상한 듯한 기분이 든다.(『文藝春秋』, 1971. 3, 319쪽)

이회성이 언급한 김사량에 관한 이야기는 이미 잘 알려진 그의 일본어 소설 「빛 속으로(光の中に)」가 1939년에 아쿠타가와상의 후보작에 올랐으나 수상하지 못한 것을 일컫는다. 당시 김사량은 재일조선인 일본어작가에게 "시원(始源)의 빛"[9]이라 할 만한 존재였다. 이회성이 이미 문학사의 저편으로 잊혀져간 30여 년 전 기억을 되뇌며, 더욱이 김

---

8) 고재석 역, 『일본현대문학사 상』, 문학과 지성사, 1998, 211쪽.
9) 礒貝治良, 『始源の光』, 創樹社, 1979, 53쪽.

사량을 대신하여 이 상을 수상한다는 소감을 말한 것은 그의 의도와 상관없이 재일문학의 '역사화와 영역화'라는 측면에서 큰 의미를 지니게 된다.

이효덕은 재일문학이 패전 후 일본 사회에서 가시화된 것은 60년대 말에서 70년대 초에 걸쳐 일어난 일이라고 한다. 그 '가시화'의 대목을 필자의 말로 정의하자면 '영역화'라 대체할 수 있을 것이다. 이효덕은 재일문학의 '영역화'와 '역사화'를 동시에 전개된 것으로 파악하는데, 그 이유는 재일문학이 동아시아에 있어서 전전(戰前)·전후의 제국주의와 민족문제에의 간섭, 즉 하나의 역사적 실천으로서 출현했음에도 불구하고, 패전 후 일본에서는 '망각과 부인'으로 일관하는 가운데 패전 후 일본 사회가 일방적으로 '역사화'해 왔기 때문이라고 주장한다.[10] 분명 식민지 역사와 그 역사의 유제를 자연적인 시간의 흐름에 맡겨 역사책을 넘기듯 과거의 극복을 말하거나 '역사화'하려는 의도는 폭력과 다름없다.

하지만, 재일문학의 '역사화와 영역화'의 계기를 통해 일본 사회(특히 문학계)가 타자에 의한 일본어문학의 영역인 재일문학을 새롭게 문학연구나 비평의 대상 중 하나로 인식하기 시작했던 점은 부인할 수 없다. 그러나 그런 일련의 변화 속에 있는 중요한 계기의 하나로서 이회성의 아쿠타가와상 수상에 대해 우리가 더욱 주목해야 할 것은 그런 외형상 변화보다 일본문학사 안에서 그의 수상이 어떤 방향에서 의미화되어 갔는가 하는 점이다. 당시 문학사가(文學史家)들이 의도했건 그

---

10) 李孝德, 「ポストコロニアルの政治と「在日」文學」, 『現代思想』, 2001. 7.

렇지 않건 (혹은 일본문학사라는 존재 자체에 의해서) 재일문학의 '역사화와 영역화'는 일본 사회의 '주체화'와 병행하여 진행되어온 측면이 있다.[11] 이회성이 「다듬이질하는 여인」을 통해 장술이의 죽음=식민주의=과거와 '나'='전후'=오늘을 관계지어 국민국가 일본에 대한 차이를 드러내려는 '역사화와 영역화'의 의도와는 무관하게, 일본 사회는 그 차이를 억압하는 공동체적인 역사적 표상체계에 구속하려는 방향으로 재일문학을 규정해 갔다. 요컨대 식민주의의 과거를 넘어서 (일본의) '전후' 문학의 종착점을 제시하고, 동시에 재일문학을 그 '포스트 전후' 문학의 안으로 포섭하고 '역사화'해 가려 했다. 이미 당시의 일본 사회에는 '부(負)'의 역사로서 과거사를 연장해온 '전후(문학)'이 끝났다고 선언하고자 하는 사회적 분위기가 조장되어 있던 터였다.[12]

---

11) 재일문학에 대한 '일방적인 역사화'가 동시에 '일본'의 주체화이기도 했음을 박유하는 지적한다. 박유하는 특히 김학영의 삶과 그의 문학을 둘러싼 논의들을 검토하며, 그 안에서 "20세기의 제국주의와 민족주의의 공범관계에 기초한 그와 같은 '주체' 만들기"의 한 전형을 탐색해내고 있다(朴裕河, 「暴力としてのナショナル・アイデンティティ」, 『文学の闇/近代の「沈黙」』, 2003). 또 다른 논문에서 박유하는 '영역화'의 문제를 이회성의 문학을 대상으로 거론하고 있다(「一九六〇年代における文学の再編 – 「國民文學」と「在日文學」の誕生」, 『思想』, 2003. 11).

12) '전후' 일본은 과거 '제국'의 역사를 영위한 가해자로서 '국민'의 역사를 기술하는 데 있어 커다란 부담을 느꼈던 듯하다. 그 때문에 일본 사회가 '포스트 전후'로의 전환을 서둘러 왔다. 이미 1956년에 한 평론가는 '이미 전후가 아니다'라고 주장했다. 그는 '전후'라는 말을 '편리한 것' 혹은 '만능열쇠'라고 비유하여 부정적으로 파악했다. 그리고, 그것을 극복하기 위한 '포스트 전후'의 사상을 제안했다(中野好夫, 「もはや'戰後'ではない」, 『文芸春秋』, 1956, 2월호). 80년대에 들어서는 민족(혹은 국가)을 방어하기 위해 불의의 전쟁을 가상하는 것마저 주저하지 않는 호전성을 드러낸 '포스트 전후'론이 정치가나 평론가들에 의해 주장되었다. 이른 바 '보통국가론'이라 불리는 정치언어의 정체가 그 한 예일 것이다. 또 그 '보통국가론'의 주장은 과거 전쟁의 기억을 망각하고, 전쟁을 영구히 포기한다는 헌법 9조를 폐기하고, 전쟁수행능력을 갖춘 국가를 구축하는 내용으로 수렴되고 있다.

3. '교포 2세 작가'의 탄생

그럼 여기서 이회성의 아쿠타가와상 수상에 대해 한국 사회는 어떻게 반응했고, 또 그 반응에 대해 이회성 자신은 어떻게 대응했는지를 보자.

이회성의 아쿠타가와상 수상은 한국 사회가 재일문학에 관해 인지하는 차원에서도 적잖게 영향을 주었다. 이회성은 수상 직후인 1972년 6월 13일에 한국일보의 초청으로 한국을 방문한다. 조총련 출신인 그의 방한은 당시 한국 사회의 사정을 생각하자면, 아주 이례적인 것이었다. 14일자 한국일보 1면에는 "일본에서 일본 글로 작품을 쓰지만 한국민족의 한 사람으로 한국적 마음을 가지고 쓴다"는 '교포작가'의 고국방문을 전하며, "조국산맥 보고 혈맥을 느낀다"라는 감회의 인터뷰 기사가 실렸다. 그리고 한국일보 강당에 350명의 청중이 모인 가운데 행해진 「민족문학론」 강연(17일자), 서울대에서의 문학 강연(18일자), 17일에 일본에서 행해졌던 '김희로 사건'의 선고공판에 관한 소감(18일자), 「교포문학, 민족문학, 작가의식」이라는 테마로 열린 좌담회(김승옥, 이호철, 백철이 동석 – 21일자) 등 그의 체류 기간 동안의 행적을 연일 보도하였다.[13]

좌담회에서 이호철은 이회성의 고국방문을 통해 두 가지 상반된

---

13) 이회성은 당시 고국방문 때 행했던 강연 내용과 고국방문의 감상, 그리고 후일담 등을 엮어 『北であれ南であれわが祖国』(河出書房新社, 1974)을 출판하였다. 조지 오웰의 '우도 좌도 나의 조국'을 원용한 책의 타이틀은 '재일'의 위치에 선 그의 새로운 정치적 입장을 상징하고 있다.

‘쇼크’를 받았다며, 그 하나는 당시 매스컴의 대응과 관련하여 일반 대중이 그를 일본문화의 일환으로 받아들여 흥분하는 점이고, 다른 하나는 「민족문학론」 강연과 관련하여 일본문화의 일환으로 들어온 이회성의 발언이 한국에 사는 그 어떤 작가보다 한국의 모습을 정직하게 드러내고 있다는 점이라고 했다. 이호철의 발언은 당시 일본문화에 대한 대중적 정서나 재일문학의 인지 정도에 따른 한국 사회의 반응을 충분히 짐작케 한다. 이회성도 이중문화 속의 새 위치를 창조해야 할 재일문학을 강조하며 “민족은 자연 존재이고 국가는 인위적인 요소”(17일 자 「민족문학론」)라는 주의(主義)에의 귀환을 위한 재일문학 또한 ‘과도기 문학’에 불과하다고 답한다.

여기서 필자가 그의 아쿠타가와상의 수상과 그 직후의 고국방문을 계기로, 그의 문학에 관해 재고하고자 하는 바는 “작가이기 전에 민족주의자”(위의 글)라는 그의 주의(主義)의 형성과 관련한 몇 가지 발언들에 대해서이다. 당시 아직 자신의 작품이 단 한 편도 번역되지 않은 상황의 고국 땅을 며칠 간 방문하여 작가로서 자신을 드러내기에는 벅찬 일이었지만, 그 내용도 피상적일 수밖에 없는 일이었으리라. 그런 시간과 조건의 한계뿐만 아니라, 그의 발언들이 대개 각 매체의 기준에 따라 발췌되었던 것이었기에 더욱 그러했을 것이다. ‘혈맥’, ‘한국의 마음’, ‘온돌냄새 풍기는 글’, ‘김치 냄새가 나는 문학’ 등등, 그 점은 스스로의 문학을 은유하는 그의 발언들을 통해 충분히 가늠할 수 있다. 그러나 그 말들이 모두 한 가지로 통하며, 또한 그의 문학을 규정하는 데 중요한 키포인트가 된다. 바로 그것이 아버지(어머니) 세대의 존재이다.

그는 작가가 된 동기를 묻는 질문에 "아버지를 통해 민족을 알고 싶었다"(위의 글, 14일자)는 말로 대답한다거나, 자신들을 "반쪽발이"(위의 글, 17일자)라고 부른다는 1(아버지)세대와의 차이를 통해 스스로를 드러내고 싶었다고 했다. 그렇게 그는 '재일' 작가로서 자신과 고국의 함수관계를 1세대 삶의 서사를 매개항으로 삼아 풀어내려 했다. 실제 그는 그런 자기정체성을 이름하여 '교포 2세 작가'라 하기도 했다. 실제 그는 「죽은 자가 남긴 것」(1970), 「다듬이질하는 여인」(1971) 등의 작품들을 통해 조선인이라는 자질의 유전적 상속자인 자신에겐 원형의 경험으로서 '부모'의 삶이 내재하고 있음을 강조하고 있다. 그와 별반 시간적 차이 없이 재일조선인 2세로서의 자전적 소재를 통해 그들(1세대)과 다른 삶=정체성 획득의 고투를 「우리 청춘의 길목에서」(1969), 「반쪽발이」(1971), 「청구의 하숙집」(1971) 등의 작품 등에서 그리고 있다. 그런 그의 초기 문학에 나타나는 두 가지의 문학적 모티브는 분리시켜 논할 수 없는 것이다. "아버지를 통해 민족을 알고 싶었다"는 작가 지망의 동기처럼, 그가 초기 줄곧 추구한 민족의 이름 앞에 다가서기에는 지난했던 한 겹의 막처럼, 혹은 유일한 통로처럼 아버지(1세대)라는 존재가 있기에 그 두 모티브는 통일적인 것으로 파악하는 것이 마땅하다. 1세대로부터 유전된 조국이라는 표상, 그것은 '남도 북도 나의 조국'이라는 말로 상징되는 분단을 초월한 픽션화된 조국으로 변용되고, 일본 사회에서 스스로를 차이화하는 데 필요한 저항성과 더불어, 과거(전전)와 현재(전후) 사이에 연속하는 디아스포라의 문제로 귀일한다. 1972년의 조국 방문은 이회성이 자신의 그런 문학적 정체성을 재차 확인하는 시간이 되었다.

4. 실향의 상속

이회성에게 사할린은 일본의 패전과 동시에 잃어버린 '고향', 즉 실향의 땅이다. 더구나 생모의 죽음과 가족의 일부를 남기고 '떠나온' 땅이다. 일본에서 사할린에 관한 실향의 서사는 패전 후 그곳으로부터 귀환해 온(=인양된) 자국민들의 기억에 기초해 '국민'적인 담론으로 형성되었다. 그것은 실향으로서 사할린의 기억과 귀환으로서 일본의 현재적 삶이 교차하는 지점에서 출발하고 있다. 반면, 이회성이 작품화한 실향의 서사는 사할린에서 기민(棄民)으로 살아가는 4만 3천 조선인(고려인)의 삶과 같이 아직 진행중인 유민사(流民史) 안에 존재한다. 바로 그들 조선인들은 이회성이 장편『유역으로(流域へ)』에서 찾아 나섰던 디아스포라의 동류항인 것이다.

'전후' 일본의 '국민'의 역사는 이회성과 같은 재일 조선인의 실향의 경험을 배제하며(혹은 포섭하며) 출발하였다. 그러면서 주변 민족에게 강요했던 '신민(臣民)'의 역사에 관한 기억을 지워 갔다. 동시에 귀환한 장소, 곧 새로운 '국민'의 역사를 기억시켜 갔다. 그런 가운데 이회성 문학 속의 끝없는 유역으로의 여행은 그 자체가 '신민'의 역사에 대한 재현이며, 그 '국민'의 역사에 대한 거역의 기록이었다. 또한 그런 실향의 기억에는 어머니의 죽음에 관한 기억이 덧씌워져 한층 강한 유전적 성격을 품게 된다.

한 유대계 소련인의 도움으로 사할린에서 구사일생 일본으로 탈출한 이회성의 일가는 홋카이도(北海道)의 하코다테(函館)에 내린 후 규슈(九州)의 사세보(佐世保)로 이송되어 하리오(針尾) 수용소에서 부산행 이송선을 타기 위해 수용되었다가 다시금 홋카이도로 회귀한다. 일본 열도를 왕복으로 종주했던 것이다. 수용소 안에서 전해들은 고국의 절망적인 현실과, 황해도 출신이었던 그의 아버지가 분단 상황에서는 고향으로 갈 수 없다는 이유로 이송선을 타지 않은 것이다. '현해탄'을 건너지 못하고 다시 홋카이도로 돌아온 그의 아버지는 숨을 거두기 직전까지 "돌아가고 싶다"고 했다 한다. 이회성에게 그것은 "돌아가고 싶다"는 희망을 '돌아가야 한다'는 당위로 변화시킨 또 하나의 다른 유전적 요소였다. 물론 그 때 이회성은 "민족의 유랑자, 망명자, 즉 나그네의 아들"[14]이라는 현재적 위치에 존재한다.

작품 「다듬이질하는 여인」을 다시 보자. 33세에 세상을 등진 어머니의 삶을 통해 '재일' 1세대 유랑의 여정을 그린 이 작품은 이상의 두 가지 유전적 요소의 계승자로서 유년기의 '나'를 설정하고 있는 작품이다.

할머니는 그 미칠 것만 같은 신세타령에 의해서 어느 새 나를 어머니에 관한 전설의 계승자로 키워 가고 있는 듯하다. 이미 사자(死者)가 된 할머니가 구전으로 나에게 어머니의 이야기를 전하라, 찬가(讚歌)를 읊으라고 명령하고 있는 듯 했다.(『砧をうつ女』, 1972, 文藝春秋社, 37쪽)[15]

이 작품에서 신세타령은 타이틀의 '다듬이질' 소리와 함께 조선성을 표상한다. 작가는 유년 시절 어머니를 따라 조선에 갔을 때 '다듬이

---

14) 李恢成·金芝河 대담, 「民族と國家」, 『新潮』, 1996. 2, 247쪽.
15) 『砧をうつ女』의 다음 인용부터는 쪽수만 표기한다.

질하는' 흰옷의 여인들과 그 소리를 보고들은 듯한 아련한 기억을 사할린에서도 재현시키고 있다. 그 때, 외조모의 신세타령은 조선의 기억(조선에서 어머니의 삶)으로 통하는 통로이다. 어딘가 모르게 '어머니의 내음'이 꺼리고 싶을 만큼 느껴지던 조모의 그 신세타령에 의해 '나'는 어머니에 관한 '전설의 계승자'가 된다. 그 신세타령은 '나'에게 이렇게 들려 왔다.

> 그것이 속된 말로 신세타령이란 것은 뒤에 알았다. 나는 지금도 그 운율을 읊조릴 수 있다. 아무튼 서글픈 진혼가다. 풀피리 소리가 흐르는 듯한 쓸쓸함이다. 그러나 운율에는 대하(大河)의 흐름과 같은 격조, 버들이 나부끼는 듯한 우아함이 내동댕이쳐진 분노와 원한과 뒤섞여 있어 어떤 고수의 악보에도 없는 율조를 읽어내고 있는 것이었다.(27쪽)

소리의 기억, "나는 지금도 그 운율을 읊조릴 수 있"는 그 소리는 의식적이기보다는 무의식의 세계에서 몸으로 기억된 것이다. 실향한 유민의 삶 속에 묻혀 있는 기억은 흘러가면서 퇴적된다. 설령 그런 기억들은 '국민'의 정사(正史) 안에서는 퇴적되지 못하고 흘러버려질지언정, '나' 혹은 이회성의 몸에는 차곡차곡 기억의 퇴적물이 되어갔던 것이다. 이 소설의 서사구조는 식민지 출신의 한 여인의 애환 가득한 삶을 조모와 '나'의 기억을 좇아 회상되는 방식을 취하고 있다. 그 위에 두 이야기를 서로 교차시켜가는 방식을 더하고 있다. 조모의 기억은 신세타령의 율조로 전해지는 조선에서의 기억이고, '나'의 기억은 "내 자식"이라는 어머니의 말이 마치 "주사 맞은 뒤의 아픔처럼 몸 안을 핥

아 내려가"듯 '나'의 몸 속 깊이 사무쳐 있는 사할린의 기억이다. 그리고 마지막에 어머니에 관한 기억의 또 다른 전달자로서 유랑의 삶을 상속하는 아버지가 위치한다.

"여자가 약한 동물"(46쪽)인 것을 일러준 난폭자 아버지는 당시 친일단체인 협화회(協和會)의 간부였다. 그 피해의 대상인 어머니의 문제를 통해 이 소설의 '민족' 문제가 단일하지 않고 복잡한 형태로 다뤄져 있음을 보여준다. 어느 날 두 사람 사이에 큰 싸움이 있고, 어머니는 아버지에게 이렇게 말한다.

> 어디까지 흘러 갈 거예요. 시모노세키면 충분했어요. 그것을 혼슈(本州)에서 홋카이도(北海道)로, 또 가라후토(사할린)로—. 당신의 삶의 방식도 그에 따라서 흘러가고 있는 거예요. 왜 협화회의 간부 따위를 맡아가지고. 당신은 사람이 좋아서 그렇게 이용만 당하는 거예요. 모두가 회원이라고 해서 나서서 깃발마저 흔들 필요는 없었잖아요.(48쪽)

"흘러 왔다고요. 고향을 떠나온 때부터예요. 휴—. 그래요. 희망도 육신도 다 닳아 빠져가면서."(51쪽) 식민지 출신의 한 여인은 남편만을 쫓아 정처 없이 떠돌았다. 심지어 자신의 병이 부인병임을 알고 있던 그녀는 유랑의 자리에서 죽어갈 운명이라는 걸 이미 알고 있었다. 세상을 떠나며 행장을 꾸려 놓은 것이 발견된 것은 그녀가 죽고 10개월이 지난 후였다. 전쟁이 끝나기 10개월 전에 그녀가 세상을 떠났으니 패전을 전후로 한 즈음이었다. 그것을 발견한 아버지는 통곡한다. 그리곤 훗날 아버지는 자책하여 "흘러가지 말아요"라는 그녀의 뜻을 '나'

(와 형제들)에게 전하곤 한다. 그러나 아직 '죽은 자가 남긴 것'으로서 그 '흘러가'는 삶은 계속되고 있다.

그렇듯 아직 그들의 현재적 위치는 유전적인, 혹은 상속의 '흘러가'는 삶, 즉 한민족 유민사의 한 페이지에 있다. 「다듬이질하는 여인」에 앞서, 이회성은 「또다시 길을」(1969)에서 사할린을 탈출한 후 가족사를 통해 유민과 디아스포라의 운명을 부각시킨 바 있다. 이 소설에서는 '조국귀환운동'이 한창일 때, 아버지에게 주인공 철오는 이번에 귀국할 것을 권하지만, 아버지는 자식들과 헤어져 혼자만 귀환할 수 없다고 한다. 철오는 다음 세대를 위해 (조총련계의) 민족학교 교사가 될 뜻을 가지고 있어 아버지의 요구를 거절한다. 결국 그렇게 아버지가 세상을 떠난다. 하지만 재가한 계모가 귀국길에 선다. 그런 계모를 배웅하기 위해 주인공의 가족이 니가타(新潟)로 향하는 장면에서 끝을 맺는 이 소설에서 "어머니가 귀국하면 또다시 만날 수 없을지 몰라요"[16] 라는 주인공 아내(安熙)의 말이 상징하듯, 귀국하는 자의 뒷모습을 바라보는 '남겨진 자'에게 조국은 상대화된 존재로 보이도록 만든다. 그 위치가 바로 그가 새롭게 구상한 '재일'의 정체성인 것이다.[17]

---

16) 李恢成, 『ふたたびこの道』, 講談社, 1972, 164쪽.

17) 이회성에게 이런 새로운 '재일'의 정체성 구상은 그가 문단데뷔 초기에 발표한 작품들의 다수가 조직(조총련)의 탈퇴 이전에 쓰여진 작품들을 개작한 것이라는 사실과 깊은 관련이 있다. 이회성은 소설 『約束の土』에서 "조직관계의 잡지에 발표한 1, 2편의 작품"은 "촌초(寸秒)를 훔치듯 하며 쓴 것"(165쪽)이라며 조직(조총련) 탈퇴 이전의 작품의 존재에 대해 일갈한 바 있다. 그러나 '조직관계의 잡지에 발표한'「그 전야(その前夜)」와 「진달래꽃(つつじの花)」이 「죽은 자가 남긴 것(死者の遺したもの)」과 「청구의 하숙집(青丘の宿)」으로 각각 개작된 사실과 그 내용에서, 그의 조국(조직)에 대한 정치적 스탠스의 변용과 갈등, 독자 공동체에 대한 전략의 변화를 발견할 수 있다. 그와 관련한 논의는 김정애의 글을 참조할 만하다. 덧붙여 필자가 강조하고자 하는 바는 그와 같은 개작 의도의 문제이다.

그리고 후속작품인 「우리 청춘의 길목에서」(1969), 「가야코를 위하여」(1970), 「청구의 하숙집」(1970) 등은 일본 사회 안에 남겨져 '차이'로 말미암은 존재적 '불안'을 보듬고 살아가는 '재일' 청년의 삶들을 펼쳐 보인다.

「우리 청춘의 길목에서」의 남수는 대학 진학을 위해 도쿄(東京)로 올라와 막노동판에 나가며 수험 준비를 한다. 어느 날, 공사장에서 남수는 "가는 물의 흐름은 끊이지 않을 뿐더러 원래의 물도 아니다. 웅덩이에 뜨는 물거품은 없어졌다가 다시 모여서 잠시도 멈추지 않고……"[18]라는 일본의 고전 「호조키(方丈記)」의 한 구절을 떠올리며, 자신이 물거품과 같은 존재가 아닐까 하는 '불안'을 느낀다. 그리고는 자신과 같은 '불안'한 상대를 찾아 하루지에게 다가간다. 하루지는 아버지의 폭력을 대물림 받아 그것을 온몸으로 기억하는 재일조선인 소년이다. 그가 반복하는 약자(여동생)에 대한 폭력은 어쩌면 차이를 이겨내지 못한 존재가 품고 있는 사회화된 '불안'의 유전성에서 비롯된 것일지 모른다. 특히 상상 속 자신의 범죄행각을 남수에게 들려주는 하

그것은 이회성이 새롭게 모색하고 있는 '재일'의 정체성의 문제와 무관할 수 없다. 이회성은 국민문학(혹은 국민국가)이라는 강력한 문화장치로부터의 구속을 벗기 위한 디아스포라의 정체성의 구상을 대두시키고, 그것을 이 글의 1장에서 밝혔듯이 김달수가 말하는 '남겨진 자'의 몫(「備忘錄」)으로 찾으려 했던 것이다. 아래에 앞서 언급한 김정애의 논문을 밝혀둔다. 金貞愛, 〈習作〉, あるいは〈改作〉というレトリック―李恢成の「その前夜」と「死者の遺したもの」」, 『文学研究論集』第20號, 2002. 3; 「戰後の〈光の中に〉―李恢成「夏の学校」, 『〈翻訳〉の圏域―文化・植民地・アイデンテイテイ』, 2004. 2; 「ディアスポラ作家・李恢成とアイデンテイテイ―「つつじの花」から「青丘の宿」へ」, 『한국국제언어학회・일본사회문학회 공동학술발표대회 요지문』, 2004. 11.

18) 이회성, 김숙자 옮김, 「우리 청춘의 길목에서」, 『죽은 자가 남긴 것』, 소화, 1996, 79쪽.

루지는, '고마쓰카와(小松川) 사건'(1958년)[19]의 강간살인범으로 체포된 후 "살인의 장면들을 이미 상상으로 체험했"던 것이라고 진술했던 조선인 소년 이진우를 연상시킨다. 또, 「반쪽발이」도 "일본인도 아니고 이미 조선인도 아닌 조국상실자…(중략)…내 안주의 땅은 도대체 어디에 있을까"라는 유고를 남기고, 국회의사당 앞에서 자살한(1970년) 양정명(귀화명 – 야마무라 마사아키山村正明)의 죽음을 소재로 쓴 작품이다. 이회성이 형상화한 두 사건은 '재일' 2세론의 등장에 중요한 계기를 제공한 사건이었다.[20] 거기에서도 작가는 귀국운동이 한창 진행 중인 상황에서 '재일'을 삶의 장소로 선택하고 살아가야 할 사람들이 품고 있는 일상화된 '불안'에 주목한다. 그렇듯, 그에게 '재일' 2세론의 정치성은 바로 조국과의 거리를 확인하는 데서 드러나는 정체성의 '불안'에 기인한다고 할 수 있다.

「청구의 하숙집」은 '조국'이라는 허상을 두고 개인과 전체의 사이에서 방황하는 '재일' 청년들의 군상을 그린 작품이다. 작품의 대단원에서 일본인 학교를 준비하기 위해 신동인에게 과외를 받던 영일이가 아버지의 사망 뒤에 민족학교를 선택하는 설정은 유전적인 '불안' 해

---

19) 1958년 8월 17일에 발생한 살인사건. 범인은 18세의 재일조선인 이진우였다. 그 사건의 배경에는 극한의 가난과 조선인 차별 문제가 있었다. 이진우는 그 사건의 경위를 「나쁜 녀석(悪い奴)」이라는 소설로 구성하여 요미우리(読売)신문사의 현상공모에 응모했다. 오카 쇼헤이(大岡昇平) 등에 의해 그의 구명운동이 일기도 했다. 그러나 그는 1962년 11월에 사형되고 말았다. 이 사건을 계기로 소년법 문제와 재일조선인 문제가 사회적 이슈로 대두되었다. 그의 가정은 극빈하고 열악하였으며 그 때문에 도벽이 있었다. 사건을 일으킬 당시 그는 도서관에서 대량의 서적 외에 현금과 자전거를 훔쳐 보호관찰 처분을 받고 있었다.

20) 李順愛는 『二世の起源と「戦後思想」』(平凡社, 2000)에서 재일 2세론이 이진우의 고마쓰가와 사건을 둘러싼 운동과 담론을 통해 전개되기 시작했음을 논하고 있다(위의 책에 수록된 논문 「蓄積の不在」를 참조).

소의 방법을 상징적으로 보여준다. 일본 사회를 상대로 사업하던 영일이의 아버지가 민족차별을 받아 사업이 난관에 부딪쳤을 때, "신 선생, 이제 이런 사업은 집어치우고 고국으로 돌아가고 싶"[21]다며 불평을 털어놓는 장면이 나온다. 그 뒤 곧 그는 사망했고, 영일이는 (조총련계) 민족학교의 진학을 결심한다. 이렇게 작가는 '차이'로 인한 존재적 '불안'을 동질의 집단에의 귀속의지를 통해 해소시키려 한다. 단지, 그 귀속장소를 조국으로 쉽게 표현하는 1세대와는 다르게 그는 '재일'의 현위치에 주목하고 있다는 것이다. 그 점은 앞서 본 것처럼 「또다시 길을」의 아버지 – 아들(철오) 사이의 관계도 마찬가지다. 또한 작가는 '재일'을 정치적으로 선택함으로써 초래되는 존재적 '불안'과 갈등을, '다르게' 살아가야 한다는 당위와 "우리는 아직 젊다"(「우리 청춘의 길목에서」)는 '재일'의 미래에 대한 긍정으로 전화시킨다.

그리고 「다듬이질하는 여인」에 이르러서 이회성은 1세대에 대한 기억이 지배하는 삶을 '불길(不吉)'을 예견하는 미신에 대한 신심(信心)을 통해 보여주고, 또 그것을 통해 존재적 '불안'을 치유해 보이고 있다. 그 신심은 어떤 현실의 희망보다 강하게 외조모, 어머니, 그리고 '나'의 형제들의 일상 깊숙한 곳까지 지배한다.

어느 날, 방화훈련에 나가던 외조모는 까마귀가 울자, "이제 전염병이 유행할 게야. 까마귀가 울고 있어. 이 전쟁도 이 마을도 모두 없어져 버릴 거야."(『다듬이질하는 여인』, 49쪽)라고 말한다. 오히려 그 신심은 제국의 정치적 힘이 지배하는 세계나 질서마저 그 안으로 끌어들여

---

21) 이회성, 앞의 책, 243쪽.

해석한다. 또, 기르던 개가 집 앞에 땅을 파면 주인이 죽는다거나, 길을 떠날 때 자전거에 발을 깔리면 여로에 '불길'한 일이 생긴다는 등, 작품의 전편에 흐르는 일상을 지배하는 그런 신심은 '다르게' 살아가는 삶의 '불안'을 치유하는 코드로서 사용되고 있다. '나'의 형제들은 자신들이 어머니가 세상을 떠날 때의 나이인 33세 이상을 살지 못할 것 같은 '기분 나쁜' '불길'함을 느낀다. 하지만 그렇게 '불길'을 예견하는 유전과 감염에 의해 전이된 신심이 그 해를 무사히 지낼 수 있게 해 주었고, 또 그 뒤에는 "어머니의 비호"(38쪽)가 있었다고 그들은 믿고 있다.

작가는 선행 작품들에서 '재일'의 당위나 의지를 보여주었다면, 『다듬이질하는 여인』을 통해서는 '재일'이 이산적 정체성을 지니면서도 '자연 존재'로서의 민족을 존재케 하는 정신＝믿음의 상속을 보여주고 있다고 할 수 있다. 그 때 1세대의 삶은 원형의 기억이자, 역사적으로 더 멀리, 그리고 공간적으로 더 넓게 확장되어야 한다. 작가는 그럼으로써 디아스포라의 존재적 '불안'을 치유하려 한다.

이회성은 '재일'의 위치에서 디아스포라의 상속을 거역하지 않는다. 오히려 자기 안에서 이산적 정체성을 찾고, 조국을 상대적 대상으로 바라본다. 그러하기에, 『유역으로』, 『사할린으로의 여행(サハリンへの旅)』 등에서 보여준 그의 디아스포라의 동류항 찾기는 '재일'의 경계를 넘어선 디아스포라의 상속과 그 새로운 변용의 모색이라는 측면에서 출발한 결과들이라 할 수 있다.

5. 계승과 변용의 과제

재일문학에 관한 사적 논의에서 세대구분론을 입론화하는 데 자주 인용되는 글이 있다. 그것은 흔히 1세대와 2세대의 대표적 작가로 각각 구분되는 김석범과 이회성이 오에 겐자부로(大江健三郎)와 함께 참석한 「일본어로 쓰는 것에 대하여」[22]라는 좌담이다. 그 좌담회에서 김석범은 '재일' 작가 작품의 평가 척도로서 '조선적인 것'의 유무를 들고, "재일조선인 이야기는 다른 사람이 써라, 나는 조선 이야기"를 쓸 것이라 했다. 반면, 이회성은 그 '조선적인 것' 자체를 한번 해체해 볼 "모험"이 필요함을 주장한다. 일찍이 그 두 사람의 발언을 거론하면서 이소가이 지로(磯貝治良)는 '조선적인 것'에 관한 농담(濃淡)의 '차이'에 주목하였다. 그런 차이를 세대의 차이로 정형화한 이소가이는 이후 재일문학을 3단계로 구분하여 '일본어로 씌어진 조선인의 문학' – '재일조선인문학' – '재일문학'으로 변모해왔다고 주장하였다.[23] 그리고 그것을 각각 제1세대, 제2세대, 제3세대의 문학으로 등치시켜 부르기도 한다. 그런 그의 입론에는 '조선적인 것', 즉 주체 드러내기에 있어 농담의 차이가 세대에 따라 차이를 보인다는 데 기본적인 인식을 두고 있다. 이렇듯 그 동안 재일문학에 관한 사적(史的)인 논의는 주로 세대간 문학

---

22) 金石範, 『ことばの呪縛』, 筑摩書房, 1972.

23) 또한 이소가이 지로는 "작가들의 자세, 문학적 모티브·주제·문체·작품 등 내질적(內質的)인 면에서 재일조선인 문학은 '재일문학'화하고 있"는 최근 제3세대 문학에 대해 "일본문학화"하고 있다는 평가를 통해 재일조선인문학과 재일문학을 구분하려 하였다. 최근 들어서는 '재일조선인문학'이라는 "장르의 고정화, 경직화"를 넘어서는, 즉 민족의(ethnic)의 경계를 초월한 "'재일'하는 자들에 의한 '일본어' 문학"이라는 범주 안에서 다뤄져야 한다는 주장도 있다(川村湊, 『生まれたらそこがふるさと』, 平凡社, 1999, 301쪽).

적 성격의 차이, 즉 세대구분론을 정형화된 틀로 삼고 진행되어 왔다.

어떤 국민문학사도 시대니 시대정신이니 하는 기준에 따른 작가 색인에 불과하다. 그리고 시대나 시대정신이라는 구획의 범주에는 그 범주 안에 들 수 없는 예외나 변이가 항상 존재한다는 사실은 두말할 필요가 없다. 그것이 소수자에 대한 '배제'의 '폭력성'을 감추고 있는 일반적인 시대구분의 한계이다. 불과 반세기의 역사밖에 지니지 않은(그 전사[前史]를 통틀어도 한 세기를 넘지 않는) 재일문학의 세대구분에 기초한 사적 논의는 그런 시대구분론의 변종이라 할 만하다. 이미 이소가이를 비롯한 연구자들에 의해 재일문학은 한국이나 일본의 일국문학사의 변종으로 취급되어왔다. 그런 배경 위에, 재일문학이 우리가 사는 동시대의 문학이고, 또 그 기원이 명증하다는 이유에서 세대구분론의 유효성이 더욱 인정받아 왔는지도 모른다.

일본의 패전 직후인 1948년 1월 17일에 '재일본문학회'가 결성되었다. 그와 동시에 『민주조선』, 『조선문예』 등 잡지의 창간과 더불어 재일 문학인들은 스스로를 조직화하기 시작하였다. '재일본문학회'에는 흔히 '재일' 1세대 문학인으로 우리에게도 익히 알려진 김달수, 이인직, 허남기를 비롯해 모두 21명의 발기인이 참가하였다. 재일문학이 '식민지주의의 소산'임을 부정할 수 없기 때문에, 그들은 의식적으로든 무의식적으로든 자신들 안에 새겨진 식민지성, 이른바 부(負)의 각인으로부터 해방과 자유를 지향하는 측면이 강했다. 민족의(ethnic) 문제를 초월한 '반제 국제주의'를 표방하며, 패전 후 일본 사회의 계급문제와 연계한 '민주주의 문학'이라는 아프리오리적인 전제 위에서 출발한

것이다.[24]

그러나 반세기 이상의 시간이 흐른 지금, 양석일은 그와 같은 태생적 배경을 지닌 기원의 얼굴로 인해 "성역화"해온 재일문학의 과거를 비판적으로 진단하고, 그 이면에 존재하는 또 하나의 얼굴을 작품을 통해 거침없이 다루고 있다. 그는 문학적으로 지향하는 바가 "일체의 환상을 배제하고 우리들(재일조선인 – 인용자)의 삶의 양태를 폭로하는 것"[25]임을 제시한다. 그런 양석일의 지향에 대해 이소가이는 '재일문학의 변용과 계승'이라는 측면에서 "재일의 밑바닥 층에 초점을 맞추어 혼돈과 활기가 담긴 재일의 에너르기를 묘사하고 있다는 점"에서 "정치, 민족, 조국이라는 고도의 초점에서 문학을 성립시켜온 재일조선인 문학에 강렬한 환기창을 열어 보이고" 있는 것이라 평가하였다.[26] 이와 같이 재일문학의 새로운 모색과 그에 따른 평가는 역시 '재일문학의 변용과 계승'이라는 거스를 수 없는 방향에서 이뤄져오고 있다.

세대의 실체가 존재하는지는 모르겠지만, '민족적 정체성'의 유무나 농담의 정도차를 동기로 그 세대의 문학적 특성을 동일화하여 이해하는 세대구분론은 그 안의 다양성을 훼손하는 측면이 있다고 할 수 있다. 그런데도 왜 재일문학의 연구에서만은 유독 세대간 차이, 즉 세대구분이 그 문학사를 이해하는 데 주목받아왔을까. 적어도 이제까지 재일문학에 관한 비평과 인식의 바탕이 일본 혹은 한반도, 더 나아가

---

24) '재일본문학회'의 강령에서는 "일본제국주의 잔재의 소탕, 봉건주의(제도) 잔재의 청산, 국수주의 배격, 조선문학과 국제문학과의 제휴, 문학의 대중화"를 주장하였다(川村湊, 위의 책, 71쪽).

25) 윤상인, 「전환기의 재일 한국인 문학」, 홍기삼 편, 『재일한국인문학』, 솔, 2001, 89쪽.

26) 磯貝治良, 「'在日'文学の変容と継承」, 『季刊 青丘』, 1992 秋(13호), 61쪽.

세계의 변화와 연동하는 '보편'의 문제로서 재일문학이 아닌, 기정사실의 민족의(ethnic) 문제로 보는 사고에 갇혀 있던 탓이라고 할 수 있다.

이소가이의 입론처럼 '조선적인 것'에 관한 농담(濃淡)의 '차이'가 곧 세대를 구분하는 기준이 되는 문학적 '차이'일 수 없다. 그 '조선적인 것' 자체가 아프리오리적인 성질일 수 없으며, 오히려 재일문학을 둘러싼 환경적 요인들에 의해 규정되는 가변적인 것일 수밖에 없기 때문이다. 더구나 시대나 '나'=작가 개인을 규정하는 사회적 환경의 변화에 따라 그 작가의 문학도 내적 변화의 동인을 갖기 마련이다. 그러나 세대구분론은 그런 가능성을 염두에 두고 있지 않을 뿐만 아니라, 오히려 기본적으로 그것을 배제하려는 태도에 기초하고 있다.

조국에의 '귀환'과 '재일' 사이에 현저해진 정치성의 차이가 재일문학의 주요 작가들에 의해 작품화되던 시기(즉 1960년 말 이후)에 일본문학사는 재일문학을 '역사화와 영역화'하기 시작했다. 그와 병행하여 2세대 재일문학의 '발견', 즉 2세대 문학론이 제기되기 시작하였다. 그러나 그것이 성립하기 위해서는 '2세 작가'라는 출생적 조건이 2세대의 문학이라는 범주의 문학적 균질성을 충족시켜야만 한다. 하지만 한 작가 개인의 문학도 사적(史的)인 측면에서 보면, 주제나 소재상의 변화를 거듭하는 것이 너무도 흔한 일이다. 이미 앞에서 살펴본 것처럼, '재일' 2세대 문학론의 입론화에 계기를 제공했던 이회성의 문학이야말로 그 적절한 예라고 할 수 있다. 그것은 주로 '재일'이라는 공동체에 대한 내향화된 '확집(確執)'과 조국을 상대화하는 자기 위치를 발견함으로써 구성되곤 한다. 하지만 소설 『유역으로』 이후, 그는 디아스포라의 동류항 찾기를 통해 재일문학의 '변용과 계승'이라는 측면에서 새로운 시도와 실천을 우리에게 보여주었다. 2세대 문학론의 출발이었던 그의 문학조차도 이렇듯 2세대 문학론으로 가둘 수 없는, 혹은 그것을 초월한 위치에 있는 것이었다.

재일문학의 한국어 번역은 1988년의 '7·19조치' 이후에야 월북 작가들의 문학과 함께 점차 이뤄지기 시작했다. 그조차 불과 10여 년 전의 일이다. 그 짧은 연구사로 인해, 아직도 한국 학계는 일본의 기존 연구 성과에 크게 의존해왔던 것이 사실이다. 그 중 가장 큰 영향을 받은 것이 세대구분론이 아닐까 한다. 그러나 2세대의 '발견'은, 1959년의 '고국귀환운동'과 1965년의 한일 '국교정상화'와 같은 조국과 일본(혹은 '재일') 사이에서 일어난 일련의 정치적 변화를 배경에 두고 있다. 대개의 그들은 조국을 이제까지와는 다른 '위치'에서 보게 되었고, 또 조국의 존재가 이제까지와는 다른 '위치'에 서게 되었다. 이런 변화들은 적어도 앞서 거론한 김달수나 김석범 같은 '재일' 작가들에게도 세대를 넘어서 공통으로 나타난 것이다. 세대의 차이보다 그것을 초월한 공통성에서 '변용과 계승'의 차원에서 변화가 일기 시작했다고 할 수 있다. 그러한 '변용과 계승'의 문제에 대해 세대가 아닌 시대를 반영한 공통성 안에서 각각의 작가가 보여주는 다양성에 우리는 주목해야 할 필요가 있다. 그럼으로써, 재일문학은 국민국가 일본이라는 공동체적인 역사적 표상체계의 구속으로부터 자유로운 범주에서 논의될 수 있을 것이다.

제9장

'전후' 일본 사회와 허구의 '혼혈'
— 다치하라 마사아키의 '혼혈' 소재 소설에 존재하는 것

1. 회고의 '전후(戰後)'—남는 것은 남고 도태될 것은 도태될 것

1978년 가을 일본에서 '전후' 논쟁이 활발히 진행될 당시, 『마이니치신문(每日新聞)』은 「전후와 나(戰後と私)」라는 기획을 통해 각계 지식인들의 '전후론'을 연재한다. 다치하라 마사아키(立原正秋)도 거기에 「변하지 않는 것과 30년(移ろわぬものと三十年)」[1]이라는 에세이를 발표한다. 2차 세계대전 말에 "초연(硝煙)의 내음이 풍기는 즈음에는 일본과 조선에 대해서 반대 감정이 양립한 갈등이 있었던" 까닭에 "고공(高空)을 올려보며" "일본이 멸하고 조선이 멸하길 절실히 바랐"지만 '전후'에는 그런 양의적인(ambivalent) 갈등이 사라지고 오직 '오이풀(吾

---

1) 立原正秋, 『冬の花』, 新潮社, 1980, 13–16쪽. 이 글의 초출은 『每日新聞』, 1978. 10. 12(석간).

亦紅)'만이 보이게 되었다고 적고 있다. 그리고 덧붙이기를 과거의 멸
망의식으로부터 그의 대표적 단편에 속하는 「다키기노(薪能)」(1964)나
「쓰루기가사키(剣ヶ崎)」(1965)가 탄생했다고 말한다.[2] '패전 후 30년'이
지난 시점에 씌어진 이 글에서는 다치하라에게 '전후'란 무엇인가 하는
것이 '갈등'과 '오이풀'이라는 두 단어로 표상되고 있다. 그러면서 이 글
은 '전전(戰前)/전후'라는 시간의 연속과 단절을 동시에 보여주고 있는
데, "민주주의에는 그 어떤 흥미도 없는" 그에게 '전후'가 가끔 환기＝
연속되는 이유는 다름 아닌 "대상이 전혀 변하지 않았다"는 사실 때문
이다. "남는 것은 남고 도태될 것은 도태될 것이다." 이처럼 그에게 '전
후'는 두 가지 의식에서 시작되고 있다. 그 중 하나는 멸망의식을 통해
존재의 확실함을 인식하는 역설이고, 또 다른 하나는 그 스스로가 자
신의 삶을 "퇴영"과 "자기도취"로 표현하면서도 그것을 감싸 안는 미
(美)에의 집착이다. 다치하라는 이 두 가지 의식을 통해 "일본인이 민
주주의에 동일화하여 일체감을 얻으려 하고 있을 때"라는 일본의 '전
후' 사회와 '나' 자신 사이의 거리두기를 취하는 동시에 한편으로는 너
무도 치열한 싸움을 치루고 있었던 것이다.

　이 글에서는 다치하라가 자신의 소설 속에서 자화상의 하나로 허
구화한 '혼혈인' 혹은 '혼혈' 의식을 계기로 삼아 일본 '전후' 사회와 재
일조선인(한국인), 그리고 다치하라의 문학을 더불어 새롭게 읽어보도
록 하겠다.

---

2) "내가 그때 죽음에 대하여 생각을 하게 된 것은 전쟁이라는 시대의 탓은 아니었다. 나는 이
　전쟁에서 일본이 망하고 조선이 망하기를 바라면서도 한편으로는 전쟁의 언저리를 걸어오
　고 있었다."(다치하라 마사아키, 김형숙 옮김, 『겨울의 유산』, 한걸음 더, 2008, 209쪽)

2. 문화 유전의 정치성과 그 회의

　근대 '국민'(nation)은 주로 피(血)와 언어, 그리고 장소에의 동일화를 통해 주조되어왔다. 여기서 피나 언어의 동일화란 일차적으로 혈연적 구속을 의미하는 것이겠지만, 그것이 문학적으로 표상되는 방식을 보면 대개 동일한 문화에 대한 귀속성이라는 차원에까지 의미화되는 것이 일반적이다. 특히, 피의 동일성＝혈연에 기초한 문화의 동일성에 집착하거나 혹은 그 둘을 등가화하는 사고는 일정한 경계 안에서 동일한 언어를 사용하는 집단(ethic)에게는 오히려 자연스럽기 때문에 정치화되지 않지만, 마치 그것은 은폐된 '신화'와 같이 우리의 무의식을 지배한다. 하지만 '재일'조선인(한국인)처럼 지배 사회＝일본(인) 사회로부터 스스로를 차이화하며 살아가는 이들에게는, 일상에서 피의 동일성을 노출하는 자체로 이미 정치적이라고 할 수 있다. 그것은 또한 그 사회에서 자신에 대한 존재 규명의 방법으로 사용되기도 한다.

　재일작가 이회성(1935년생)은 1971년 아쿠타가와문학상의 최초 외국인 수상자로 선정되면서 일본 문단에서 크게 주목받는다. 그 때 수상작이었던 「다듬이질하는 여인」에서 화자의 어머니 장술이의 다듬이질 소리나, 노파가 내뱉는 악보에도 없는 곡조의 신세타령 등과 같은 소리의 기억은, 화자에게 의식적이라기보다 무의식의 세계에서 몸으로 기억된다. 실향한 유민의 삶 속에 묻혀 있는 그런 기억들은 흘러가면서 퇴적된다. 그 기억이 바로 이 작품인 동시에 이회성 문학의 원점이었던 것이다. 또한 그런 인식의 바탕에는 피의 동일성＝혈통으로 인해 유전되는 문화의 동일성에 대한 집착이 존재하는 것이다. 하지만 그들은 일정한 경계 안으로 포섭되지 않는 유민의 삶과 국민의 역사로부터 버려진 삶을 살아가고 있기에 어떤 장소로도 귀속되지 못한다. 아니, 오히려 귀속을 거부하고 있는 것이다. 세 살적 한 번 다녀온 아련한 조국은 심상지리로 기억되고 있을 뿐이다. "태어난 그곳이 나의 고향"이라는 그림책 속 아름다운 어휘를 보고 괴로워 덮어버려야 했던 어느 재일 여류 시인(李正子)의 노래처럼, 조국은 슬픈 심상지리인 것이다. 그런 그의 현재적 위치는 유전적인, 혹은 상속의 '흘러가는' 삶, 즉 한민족의 유민사(流民史)의 한 페이지에 있다. 그러면서도 『약속의 땅』(1969)의 주인공들처럼 "좁더라도 오래 살 수 있는" 땅을 찾아 계속 길을 떠나고 있다. 조국＝장소에의 동일성을 상실한 채 여전히 살아가야 하는 그의 삶 안에 문화의 동일성은, 국민국가 일본에 대한 차이의 표상으로 드러나는데, 또한 그것은 그 차이를 억압하는 일본의 공동체적인 역사적 표상체계에 대한 끊임없는 도전인 것이다.[3]

그런 이회성과 동시대 작가인 다치하라(1926-1980)도 그와 그리 멀리 있는 작가가 아니다. 그런데 기존의 논의대로 작가 - 주제 - 언어라는 삼위의 관계를 통해 재일문학이라는 범주를 정의한다면,[4] 다치하라는 이회성과 달리 김윤규(金胤奎)라는 본명을 버리고 살아갔을 뿐만 아니라 '조선'(인)을 테마로 작품을 쓰지도 않았다는 점에서 분명 재일 조선인(한국인)작가로 독해할 수 없는 부분이 많은 작가이다. 그럼에도 불구하고 필자가 다치하라를 이회성과 견주는 이유는 바로 '전후' 일본

---

3) 이회성 문학을 둘러싼 이러한 관점에서의 자세한 논의는 이 책의 8장을 참조하기 바란다.
4) 川村湊, 『戦後文学を問う』, 岩波書店, 1995, 201쪽.

사회상의 맥락 속에서 피의 동일성 혹은 문화 유전에 대해 누구보다 연연하며, 아니 어쩌면 누구보다 진지하게 의심하며 살아온 작가이기 때문이다.

다치하라에게 그런 면모를 확인할 수 있는 작품들은 대개 혼혈을 소재로 한 작품들이다. 가령 「쓰루기가사키(劍ヶ崎)」(1965), 『여름의 빛(夏の光)』(1970), 『겨울의 유산(冬のかたみに)』(1975) 등의 작품들인데, 이들 작품은 각각 맥락은 다르지만 '혼혈인'을 주인공으로 다루고 있다. 「쓰루기가사키」는 앞서 언급했듯이 그 스스로가 회고하길 "일본이 멸하고 조선이 멸하길 절실히 바랬"던 멸망의식에서 비롯된 작품이며 그의 다른 '혼혈' 소재 소설의 출발점이기에 주목할 필요가 있다. 또한 그것은 단순히 소재 차원에 그치고 있지 않으며, 소설의 주인공인 혼혈 2세의 형제가 보여주는 삶은 다치하라가 자신을 '혼혈'로 허구화하려던 의식과 '전후' 일본이라는 컨텍스트 사이의 관계를 규명해야 할 중요한 테마라는 사실에서 더욱 그러하다. 이와 관련해서는 다음 절에서 더 자세히 살펴보도록 하겠다.

『여름의 빛』은 패전을 전후로 한 시대적 배경이나 형제의 이야기라는 점에서는 「쓰루기가사키」와 비슷하지만, 그들은 '이부형제(異父兄弟)'에다 그 중 한 쪽만이 혼혈로 설정되었다는 점에서 차이가 있다. 동생 신지(信二)는 조선인의 피가 흐르는 형 송순(宋純)을 증오하면서도 그 이상으로 사랑한다. "자신이 혼혈이라는 사실을 초월해 뭔가 본질적으로 추구하고자 하는"(8쪽) 삶을 사는 송순은 "자신의 몸 안에는 조국을 판 사람의 피가 흐르는"(13쪽) '아이노코(合の子, 튀기, 혼혈인에 대한 차별어 – 필자)'라는 사실을 자조하곤 했다. 그런 형 송순은 신지를 조선인 유학생들에게는 "애는 일본인이지만 내 동생"(28쪽)이라는 묘한 뉘앙스로 소개하는데, 그때 '일본인'은 단순히 조선인의 상대항이 아니라 '아이노코'의 상대항으로 읽힌다. 반면, 동생 신지는 일본이 패전하고 조선이 독립하여 형과 헤어질 바에야 일본이 패전하는 것을 보지 않고 죽는 편이 낫다고까지 생각한다. 실제 이 소설은 '전후'에 송순이 남긴 아들이 그런 두 형제의 기묘한 애증관계가 그들을 죽음으로 몰아간 연유를 추적해가는 서사방식을 취하고 있다.

일본의 패전이 목전에 있던 전쟁의 막바지에 송순이 학도병으로 나가게 되었는데, 군에서 어느 날 노나카(野中)라는 중위에게 ('일본군인정신은 돼지 같다'고 발언했다는 누군가의 밀고가 들어왔을 때) 조선인이라는 이유로 구타와 모욕을 당한다. 오히려 그때 송순은 멸시당한 것이 자신 안의 '일본인의 피'라고 생각했다. 그리고 자기 몸 안에 흐르는 피의 '작용과 반작용', 그리고 피의 '이율배반'을 느끼게 만드는 혼혈의 삶에서 그렇게 배제의 대상을 찾는다. 하지만 신지는 형의 몸에 흐르는 한 쪽의 피, 즉 조선인의 피를 부정한다. 역시 이 소설에서 송순과 신지 사이의 관계를 관통하는 것은 모두 분열이자 이율배반인 피의 문제였다.[5] 점차 송순은 더러운 조선인 부락에 자신을 동일화하고, 억지로 신지에게 돼지 족발을 먹여가며 '일본인의 피가 흐른다 해도 일본인이 아닌' 조선인으로서 갱생하는 제의를 거행한다. 여기서 소설은 피

---

5) 그의 작품 중에는 '혼혈' 소설 외에도 피에 구속된=유전적 운명과 같은 문제를 다룬 소설이 산견된다. 가령 『빛과 바람(光と風)』과 같이 남성 편력으로 인해 무참히 죽어간 엄마와 여동생의 피, 그리고 여자관계가 복잡했던 아버지의 피가 흐르는 주인공의 고뇌 어린 삶을 그린 작품이 있다(立原正秋, 「光と風」, 『劍ヶ崎』, 新潮社, 1965).

와 문화가 동일화하는 절정을 맞이한다. 그 절정 뒤에 신지는 그것이 형의 귀소본능일까 하는 배반감을 느끼며 살의를 품는다. 그리고 그는 형에게 '조선인인지 일본인인지, "형의 장소를 분명히 알고 싶다"며 선택을 강요하다 자신이 원하는 대답을 듣지 못하자 권총으로 사살한다. 그리고 형을 모욕한 노나카 중위에게 복수하고 돌아와 형의 옆에 누워 자신에게 방아쇠를 당긴다. 이 작품은 혼혈의 '이율배반'과 형제의 애증관계라는 이중적 분열 양상으로 진행되면서 그 근원적인 이유가 피의 차이로 표상되고 있다. 결국 동서(同棲)할 수 없는 차이, 즉 피의 차이로 인한 분열을 문화적 동일화 쪽으로 봉합하려 할 때 오는 비극을 보여주고 있는 것이다. 그것이 바로 다치하라의 '전후'인 것이다. 주위 사람들은 이 "출구도 입구도 없는"(254쪽) 삶을 살다 간 이 형제의 죽음으로부터 일본의 멸망을 확인하듯이 이 소설을 통해 다치하라는 일본의 '전후'가 어떻게 시작되었는지를 각인시킨다.

이회성의 '전후'가 이미 기정사실화된 민족이니 문화니 하는 정체성에서 출발하고 있다면, 다치하라의 '전후'는 민족도 문화도, 아니, 식민지 시대를 겪은 그 어떤 것도 그 안에서는 동서할 수 없는 분열이 내재된 시공간이자, 회의적 시공간이라는 인식에서 출발하고 있다고 할 수 있다.

3. '불세출의 새로운 민족'에 대한 욕망과 좌절

식민지 종주국이었던 일본에 잔류하는 재일조선인(한국인)만 보면, 1944년에 190만 명을 상회하던 그 인구가 1947년에는 60만 명으로 감소한다. 대개 그들은 빈곤과 불안정한 정세, 그리고 분단으로 치닫는 조국에서의 삶에 대한 불안 때문에 귀환을 보류하고 '일시적 거류'를 선택한 사람들이었다. 그들 사이에서 '일시적 거류'에 대한 불안, 다시 말해 귀환에 대한 불안이 증폭되는 계기는 1950년에 발발한 한국전쟁이었다.

그리고 1953년의 종전 이후, 재일조선인(한국인) 사회는 정체성의 문제를 둘러싸고 두 차례의 커다란 고민과 혼란에 빠진다. 그것은 이미 분단이 고착화된 조국과의 관계 설정을 둘러싸고 일어난 갈등이었다. 기본적으로 전후의 재일조선인(한국인) 사회는 해방 후에도 귀환하지 않은 사람들로 형성된 집단이다. 1951년에야 비로소 샌프란시스코 평화조약에 따라 그들에게는 국적의 문제가 심각하게 다가왔다. 그때 대개의 그들은 일본 국적을 상실하면서 '조선적(朝鮮籍)'이라는 국적 아닌 기호를 부여받아 출입국 관리령의 대상이 되었다.

그런 '일시적 거류'자들은 1959년부터 본격적으로 귀환의 길에 나서기 시작한다. 그것이 이른바 '북송'이라고 일컬어지는, 조총련 주도의 '조국귀환실현운동'이었다.[6] 테사 모리스-스즈키는 이 사건을 '북조선으로의 엑소더스(Exodus of North Korea)'라고 규정했는데,[7] 아무튼 1967년 10월까지 꾸준히 추진된 그 사건의 과정을 통해 재일조선인(한국인) 사회는 J. G. 피히테가 국민론의 고전으로 알려진 「독일 국민

---

6) 이 운동으로 인한 남북간의 정치적 갈등은 재일 사회에서도 고스란히 재현되었다. 특히 한국에서 아직도 그 운동을 '북송'이라 부르는데, 그것은 동족에 대한 '납치와 추방'이라는 비난의 뜻을 함의하는 명명이라 하겠다.

7) テッサ・モーリス-スズキ, 田代泰子 譯, 『北朝鮮へのエクソダス』, 朝日新聞社, 2007.

에게 고함」에서 전략적으로 사용한 용어[8]라는 '내적 국경'의 재조정을 강요받기 시작한 것이다. 즉, 피식민의 집단적 기억으로 심상지리화된 '조선'이라는 민족적 정체성에 스스로를 귀속시켜왔던 그들은, 구체적인 정치공동체로 서로 타자화된 '미나미'(南)와 '기타'(北)로 불리는 경계를 긋거나, 혹은 그 경계 위에서 서로 분열과 분단을 자명화해 갔다.

그 다음으로, 중국의 공산화 이후 미국의 동아시아정책 기조가 일본을 중심으로 한 지역통합전략의 방향에서 정해지고, 그에 따라 한일 국교정상화가 빠른 속도로 진전되는 상황에서 다시금 재일조선인(한국인)들은 정체성을 둘러싼 심각한 문제에 부딪힌다. 1965년 6월 22일 한일협정이 조인되고, 그들의 피식민의 집단적 기억은 조국의 두 정치공동체에 의해 재조정을 강요받는다. 당시 1세대 작가들의 작품에서는 '재일'의 현재적 삶이 피식민의 집단적 기억으로 주조된 조국, 즉 '텍스트로서의 과거'에 대해 강한 집착을 보여주고 있었다.[9] 그들에게 조국에 대한 동경과 배신감 사이의, 그리고 민족으로서의 '우리'와 현실의 '나' 사이의 동일화는 둘로 나뉜 조국으로 인해 오로지 '완전한 조국'이라는 이데올로기를 향한 정신적 밀항을 통해서만 가능했다. 오히려 그것은 '민족적 정체성의 위기'로 드러나기도 했다. 그때, 재일조선인(한국인)은 과거 식민지 종주국의 피차별 소수자이자 디아스포라로서 살아야 하는 이중적 고통에서 벗어나기 위한 몸부림이 더욱 절실히 필요해졌던 것이다. 그것은 지배 사회가 강요하는 동화와 배제의 논리에

---

8) E. バリバール 외, 「ドイツ国民に告ぐ」, 『国民とは何か』, インスクリプト, 1997, 204쪽 참조.
9) 이와 관련한 자세한 논의는 이 책의 7장 참조.

대한 반응이자 선택이어야 했다.

　이러한 일련의 상황에 흥미롭게 반응한 '일본어' 작가가 바로 다치하라 마사아키였다.[10] 다치하라는 자신이 1926년 경상북도 대구 태생이라는 사실을 줄곧 감추며 일본인으로서 작가 활동을 했다. 일본의 한 출판사에서 간행한 현대장편문학전집 중에 자신의 작품집이 수록되는 1969년에야 비로소 권말의 자필 이력에서 처음 한반도 출신임을 밝힌다.[11] 그것은 일종의 커밍아웃이었다. 부모 모두가 한국-일본 사이의 혼혈이며 특히 아버지는 '이조 말 귀족인' 이씨 집안의 출신이라고 기록하였다. 하지만 그의 사후 출간된 두 권의 평전에 따르면 그것마저 거짓임이 판명되었다.[12] 그 거짓의 자필 이력에 그대로 맞게 재구성해 1973년부터 연작 소설의 형태로 발표한 3편의 중편을 묶은 자전적 소설 형식의 작품집이 『겨울의 유산(冬のかたみに)』이다.[13] 그보다 앞서 그가 1965년에 발표한 중편 「쓰루기가사키」는 전후 일본에 남겨진 조선인과 일본인 사이의 혼혈 2세 형제의 삶을 그린 작품이다. 그 강렬한 작품 소재 때문에 그의 평전을 쓴 작가 중 한 사람인 다카이

---

10) 그의 이름과 관련해서는 좀더 설명이 필요할 것 같다. 그는 1940년에 창씨개명하여 가네이(金井)라는 성을 호적에 올린다. 그러나 그때까지도 동료들 사이에서는 '金'이라고 불리기도 했다고 한다. 패전 후 미쓰요(光代)와 결혼하면서 요네모토(米本) 집안으로 입적하여 일본인으로 귀화한 성(姓)의 편력을 가지고 있다.

11) 立原正秋, 「立原正秋集」, 『現代長編文学全集』, 講談社, 1969.

12) 武田勝彦의 『立原正秋伝』(創林社, 1981)와 高井有一의 『立原正秋』(新潮社, 1991) 참조. 한편 川村湊는 이들이 일본인 작가 다치하라가 실은 재일조선인 작가였음을 밝힌 것은 '문학적 사건'이었다고 쓰고 있다(川村湊, 앞의 책, 207쪽).

13) 다치하라는 연작 장편 『冬のかたみに』의 발문에서 이 소설을 구상한 것은 1953년이라고 밝히고 있다. 소설집의 연작은 모두 『新潮』에 발표된 것들인데, 그 발표 시기를 보면 이렇다. 제1장 「유년시절」(1973년), 제2장 「소년시절」(1974년), 제3장 「建覺寺 山門前」(1975년).

유이치(高井有一)는 「쓰루기가사키」를 읽고는 자필로 이력을 공개하기 전이었지만 다치하라와 조선의 관계를 어렴풋이 짐작했다고 한다.[14]

소설은 한국에서 지로(次郎) 앞으로 날아온 예기치 못한 한 통의 편지 이야기로부터 시작된다. 그것은 아버지로부터 온 편지였다. 중일전쟁이 발발할 당시 육군 대위였던 그의 아버지는 조선 대구에 주둔해 있던 한 부대에서 근무 중 처와 자식을 버리고 탈영한 후 행방불명이 되었다. 25년 전의 일이었다. 지로는 그런 아버지라는 존재는 이미 잊혀진지 오래라면서도 아버지의 행방을 궁금해 했다. 편지 내용인즉슨, 도미(渡美) 중에 이틀간 일본에 들르겠다는 것이었다.

그리고 소설 속 시간은 과거로 되돌려진다. '아이노코'나 '조센진(朝鮮人)'이라는 멸시 속에 자신들을 '진짜 일본인'으로 받아주지 않는 일본 사회에서 고달픈 삶을 살아야 했던 혼혈 형제의 처참했던 쓰루기가사키에서의 과거가 펼쳐진다.

아버지의 탈영으로 군과 경찰로부터의 감시 속에 지내다 일본으로 건너온 가족은 어머니가 재가하자 다로(太郎)와 지로(次郎) 두 혼혈 형제만 남게 된다. 그들은 외조부의 집에 맡겨져 성장한다. 형 다로는 "혼혈 자체가 일종의 죄악"이라고 믿고 살아간다. 그런 자신은 "일본인을 증오하고 조선인을 증오하며, 일본인을 사랑하고 조선인을 사랑하는" 즉, "억압자와 피억압자의 피가 평행하여 흐르는"(28쪽) 끝없는 갈등의 존재라고 말한다. 그러면서도 혼혈이라는 "불세출의 새로운 민

---

14) 高井有一, 앞의 책, 43쪽. 이 작품은 그의 회고에 따르면 자신의 작가 생활에 있어서 '꽃 피는 시절'의 출발점이었다(高井有一, 146쪽).

족"(45쪽)을 꿈꾼다. 그런 다로는 외사촌 여동생인 시즈코(志津子)와 사
랑에 빠진다. 아이마저 생긴 이 둘은 일본이 패전하면 교토(京都)로 떠
나기로 한다. 하지만, '여명회(黎明會)'라는 우익단체의 회원이었던 그
녀의 오빠이자 다로에게는 외사촌 형인 겐키치(憲吉)는 패전 직후의
어느 날 밤 조금이라도 이민족의 피가 흐르는 자에게는 동생을 줄 수
없다며 죽창으로 다로를 찌른다. 그 광경을 목격한 동생 지로가 쓰러
진 형에게 곧장 다가가자, 형 다로는 "지로야, 명심해라, 아이노코가
믿을 수 있는 것은 미(美)이다. 혼혈은 하나의 죄이다"라는 유언을 남
긴다. 다로의 죽음에 대한 충격으로 시즈코는 절벽에서 바다로 몸을
던졌고, 장례 중에 군인이었던 작은 아버지 이경명(李慶明)은 패전의
충격을 안고 권총으로 자살한다. 그리고 겐키치는 야반도주한다. 훗날
겐키치는 미쳐서 쓰루기가사키로 돌아온 뒤 객사한다.

그런 처절한 형제의 과거가 남겨진 쓰루기가사키로 대한민국 건국
후 군의 중역으로 변신한 그들의 아버지 이경효(李慶孝)가 도미(渡美)
중에 일본에 왔다. "일본인으로서 살아가는 데 한계"를 느꼈다며 대구
에서의 탈영 당시 상황을 지로에게 설명한다. 또, 그 결정은 "미지수의
세계"에 대한 도전이며 "인간으로서의 양심의 문제"라고 부연한다. 그
리고 미국으로부터 귀국하는 길에 다시 지로를 만나, "나는 한국인이
고 너는 일본인이다. 한 핏줄이라 해도 이 입장은 지켜야 한다"고 말하
고 귀국길에 오른다.

혼혈의 등장인물에게 부자간의 혈연관계마저 초월해 각자 다른 국
가 즉 국적의 선택을 강요하는 이 소설은, 그럼으로써 혼혈이라는 콤
플렉스로부터뿐만 아니라 '아버지'에 대한 '자식'의 역할로부터도 자

기를 해방할 수 있음을 강조하고 있다. 그때 아버지는 조국을 제유 (synecdoche)하는 것이기도 하다. 그는 아버지 즉 조국으로부터 자기 해방을 꿈꿨던 것이다. 그것이 바로 과거 자신의 인식 세계, 곧 미의 세계를 지배했던 피식민의 기억으로부터 자유로울 수 있는 유일한 길이라고 작가 다치하라는 믿었는지 모른다. 다시 말해, 다치하라는 이 작품을 통해 자기해방의 방법과 그 방법에 대한 신뢰를 보여주고 있는 것이다. 1969년에 자신이 혼혈이라고 밝힌 그의 허위 자필 이력 중에 "쇼와(昭和) 20년, 일본과 조선이 멸망할 것을 절실히 원하다"라고 씌어진 문구는 중의적으로 읽힌다. '쇼와 20년'은 바로 1945년이다. 이 과거의 바람은 출생을 감추고 24년을 작가로 살아온 시간이 사후적인 가구성(假構性)을 내포한 것일 가능성이 충분하다.[15] 그래야만 일본의 패전을 맞이하여 국적이나 민족의 선택을 강요당해온 '혼혈'이라는 출생에 따른 고통의 자기 서사가 일관성을 가질 수 있기 때문이다. 물론 그것은 '지금-여기'의 자기 초상화 속에 고통스럽게 그려진 자기 모습이기도 하다. 그래서 그의 혼혈이라는 허구가 탄로난 순간, 재일조선인이라는 출생으로 일본 사회를 살아가는 고통이 오히려 더욱 절실히 전달될 수 있었던 것이다.

앞서 지적했듯이, 1959년 이후 전개된 '조국귀환실현운동'은 과거 식민지 종주국에서 콤플렉스를 느끼며 살아가야 했던 많은 재일조선

---

15) 이렇듯 그가 자필 이력의 허구를 통해 독자에게 작품을 이해시키려 하는 태도는 자전적 소설 형식을 취하고 있는 혼혈 소재의 소설인 『冬のかたみに』에서도 나타난다. 1969년의 자필 이력에서 '혼혈'이라고 자신의 출생을 밝힌 후에 발표된 이 소설에서 발문을 통해 그 중 1장 「幼年時代」가 이미 1953년에 구상되었던 작품이라고 밝히고 있는 점에서 그렇다.

인(한국인)에게 새로운 정치적 선택의 가능성을 제시했다. 또한 이 소설이 씌어진 시점인 1965년의 한일국교정상화는 (재외) 국민이라는 입장에서 과거(식민지 역사)와 자기 존재 사이의 관계를 새롭게 해석할 수 있는 계기를 제공했다. 이와 같이 조국으로의 귀환이니 국적이니 하는 어떤 정치적 선택을 강요하는 상황들이 자신의 삶을 조여 오는 가운데, 다치하라는 자기 나름대로 적극적인 대응을 하기 시작했던 것이다. 그것이 혼혈이라는 출생의 이력을 가구(假構)하는 행위였으며, 또 그 '혼혈'의 시선을 통해 전후 일본 사회를 바라보는 것이었다. 또한 일본 우익분자 겐키치의 카니발적 광기에 의해 비참한 죽음을 맞은 형 다로의 삶과 자신에게 얼만큼 조선인 피가 섞인 줄도 모른 채 '완전한 일본인'으로 살아가는 자기 자식들의 삶 사이, 즉 과거와 현재 '사이'에 서서 '전후' 일본 사회를 바라보고 있는 것이다.

이렇게 볼 때 이 소설은 다층적 화해의 구도로 짜여 있다고 할 수 있다. 즉, 세대(부자)간, 민족간, 국가간, 그리고 식민지 경험과 '전후' 사이의 다층적 분열 혹은 대립의 화해를 통해 자기 해방을 모색하고 있다. 『여름의 빛』은 그 뒤에 씌어졌고 장편임에도 불구하고 그 구조는 단순하다. '이부형제'를 희생양으로 '전후' 일본 사회가 치루는 제의는 「쓰루기가사키」에서의 다로의 죽음을 연상시키지만 단지 형제 사이에서 모든 문제가 해결된다는 점에서 그렇다. 그 중 『여름의 빛』에서 두드러진 점은 장편이기 때문일 수도 있지만, 한일합방부터 분단에 이르는 현대사와 재일조선인 차별 부락의 문제 등의 기술 부분이 많아진다는 것이다. 물론 그것은 '혼혈인' 송순의 가계＝혈통을 중심으로 재구성될 뿐만 아니라 '이부형제'가 역사와 개인의 화해를 위한 제의의 희생양이 되어야 하는 이유를 설명하기 위해서 필요한 부분이다. 하지만 문제는 송순의 분열과 '이부형제'의 갈등이 그 현대사 부분의 바깥에서 배회하는 듯한 인상마저 든다는 점이다.

「쓰루기가사키」에서 『여름의 빛』으로, 그리고 『겨울의 유산』으로 이어지는 그의 '혼혈' 소설은 그 집필 시점의 추이에 따라 '혼혈'의 서사를 점차 개인 혹은 작가 자신의 기억 쪽으로 문제화시켜간다.[16] 『겨울의 유산』은 이미 1953년에 구상된 것이라는 「유년시대(幼年時代)」(1장)를 비롯해 「소년시대」[17](2장)에 이어 「건각사 산문전(建覺寺山門前)」(3장)의 전체 3장으로 구성된 연작 장편이다. 다치하라는 1953년에 구상하기 시작했음에도 불구하고 20년 후에야 이 작품이 세상에 나온 이유에 대해서 "자신을 객관화하는 것이 용이하지 않았기" 때문이라고 발문에 적고 있다.[18] 그러면서 덧붙이기를 "만약 10년 전에 씌어졌다면 사소설이 되었을지 모른다"고 했다. 즉, 자전으로서의 구상에서 출발한 이 소설이 봉착했던 문제는 역시 어떻게 해야 '나'로부터 거리를 둘 것인가 하는 것이었다. 결국 이 문제가 풀리게 되는 계기가 1969년에 허구의 자필 이력을 쓰고 난 후였음을 자인하고 있는 것이다. 다시 말해 '왜놈(倭人)'이나 '아이노코'라고 동네 아이들로부터 놀림을 당하던 '나', 마을 사람들의 집과 다른 구조의 집, '집에서 쓰고 있는 두 나라

---

16) 물론 그 기억을 작가와 동일시해서는 안 될 것이다. 하지만 그의 자필 이력과 점차 동일화되어가는 양상에 대해서는 간과해서 안 될 것이며 그것을 논점화하는 일은 필요하리라 생각한다.

17) 한국어역 『겨울의 유산』(김형숙 옮김, 한걸음 더, 2008)에서는 2장에 「무량사 토담길」이라는 제목을 붙였다.

18) 立原正秋, 「跋」, 『冬のかたみに』, 新潮社, 1974, 253쪽. 한국어역은 저본이 달랐던 관계인지 이 부분이 실려 있지 않다.

의 말' 등 '나' 자신이 놓여 있는 세계를 어림하며 자라던 유년의 기억을 만들어낸 것이 그 열쇠였다(9쪽).[19] 그 유년의 기억은 '무량사'라는 선사에서 '범해 선문'으로 자라 범속의 세계와 거리를 두고 사고를 키웠던 시절의 이야기였다. 더구나 "이제 그 풍토에는 돌아갈 수 없었으나 그곳이 아버지의, 할아버지의 나라"(52쪽)였던 장소로 설정함으로써 '지금-여기'의 '나'와 거리감을 강조하는 한편, 그 기억은 자신이 '글쟁이'일 수밖에 없는 근원임을 강조한다.

1장은 아버지의 자살로 끝나고 2장은 고아로서 자란 '나'의 소년시대가 그려져 있다. 아버지의 자살 후 재혼한 어머니에 대해 스스로 멸망하기를 바랄 정도였던 그였다. "아버지에게는 오랫동안 진혼의 정을 계속 품고 있었다"[20]는 작가의 자작 해설처럼 2장에서부터는 아버지의 죽음에 대한 진혼의 서사라고 할 만하다. 여기서부터 "외로움이 가득 차 있는 토담길뿐인"(85쪽) 세계 속에서 살아가는 '나'는 더욱 세계와 단절되어있다. 베를린 올림픽에서 조선인의 우승을 두고 흥분한 친구 '광휘'에게 신문을 읽어주며 "행운류수(行雲流水) 거래임도(去來任道)"를 떠올리는 '나'로 자라나고 있었다.

2장의 결말에 따르면 3장은 무량사를 떠나 '삶의 굴절'이 시작되는 시간이어야 했다. 하지만 3장의 서사는 고독을 반려로 살아온 삶이 '전후' 일본에서의 삶으로 연장되어 있을 뿐이다. 그리고 그 삶은 "일월보현일체수(一月普現一切水) 일체수월일월섭(一切水月一月攝)" 즉 "하늘에

---

19) 여기부터 한국어역 『겨울의 유산』에서 인용한 경우에는 쪽수만 표시한다.

20) 立原正秋, 『冬のかたみに』, 新潮社, 1974, 254쪽.

빛나는 하나의 달은/어느 강에나 그 모습을 비치고/어느 강에나 비치는 달은/하늘에 있는 하나의 달에 담긴다"(283쪽)라는 「증도가(證道歌)」의 한 구절로 정리된다.

이 작품은 「쓰루기가사키」나 『여름의 빛』에서 보이는 주인공의 '전후' 세계에 대한 치열한 싸움 내지는 자기 분열의 양상을 드러내지 않는다. 앞의 두 작품에서처럼 대단원을 위한 제의의 희생양도 필요 없다. 거기에는 "불세출의 새로운 민족"='혼혈'을 꿈꾸던 욕망도 없다. 오히려 「증도가」의 구절처럼 대상과 주체, 시작과 끝, 원인과 결과의 불분명함에서 오는 카타르시스만을 느끼는 '나'만이 있을 뿐이다. 그것은 앞서 『마이니치신문』에 쓴 「변하지 않는 것과 30년」에서 언급한 자신의 삶을 "퇴영"과 "자기도취"로 표현하면서도 그것을 감싸 안는 미(美)에의 집착을 의미하는지 모른다. "이미 성인이 된 자식을 둘 가진 주인공으로 하여금 처음으로 혹은 이제야 겨우 그는 아버지를 죽이고 어머니를 죽일 수 있었던 것"[21]이라는 이 작품의 발문에서의 고백처럼 다치하라는 『겨울의 유산』 속 주인공이 되어 있는지 모른다.

4. '혼혈'의 물음과 그 울림

이제까지 재일조선인(한국인)들의 문학은 일본 사회의, 아니 '국경'의 강박에 사로잡힌 동아시아 사회에서 왜 존재해야만 하는지 하는 물음과 대답을 던져왔다. 100년 남짓의 한민족의 근대사를 돌이켜보면,

---

21) 위의 글, 254쪽.

그것은 이회성의 『백 년 동안의 나그네』라는 소설 제목처럼 '이동의 시대'를 살아온 역사였다고 할 만한데, 그는 거기서 가족의 체험을 바탕으로 그러한 민족정체성을 계보학적으로 확대해 그려내고 있다. 반면, 최근 재일조선인 작가 중 한 명인 현월(玄月)이 「무대배우의 고독」 등에서 보여준 것처럼 혼종화된 공간 속에서 소외된 혼혈의 삶을 통해 오히려 그 정치성을 무의미하게 그려내는 방식은 거꾸로 새롭다고 하겠다.

사실 김달수, 허남기, 김석범, 이회성, 김학영 등과 같이 다치하라와 동시대를 살았던 작가들도 '조국귀환실현운동'과 한일국교정상화가 이뤄진 시기에는 모두 국적과 조직(조총련과 민단 등), 그리고 '정주(定住)'와 귀환 사이에서 당시 심한 갈등과 고뇌를 작품화하기 시작했다. 이들뿐만 아니라 그 후 대다수의 후배 재일조선인(한국인) 작가들은 조총련과 결별하거나 재일의 조직과 전혀 무관한 작가로서 자기의 위상을 정하고, 유민의 역사로서 자기 구성(이회성), 택시 드라이버로서 누리는 장소로부터의 자유(양석일), 통명(通名)＝모어와 본명(本名)＝모국어 사이의 부자연스러운 넘나듦과 그 모순(이양지), 난민과 국민 사이의 삶(서경식) 등과 같은 조선(인)이라는 기호를 부여받고 태어난 자기와 주로 한일의 관계로 구성된 세계와의 모순을 작품화했다. 즉, '재일'이라는 장소를 새롭게 재구성하기 시작했다. 다치하라의 '혼혈' 소재의 소설이 등장한 것도 그런 맥락에서 크게 벗어난 것은 아니다.

앞서 지적했듯이 기존 논의에 따르면 다치하라의 소설이 재일문학의 범주에 속하지 않을 수 있다. 하지만 그가 재일조선인(한국인)작가인지 혹은 그렇지 않은지 하는 사실이 그의 작품을 읽는 데 크게 장애되는 것은 아니다. 오히려 다치하라는 자신이 식민지 조선 출신의 '혼혈'이라고 고백하는 순간, 그것은 당시 재일조선인(한국인) 사회 혹은 그 문학에 대해서 자기나 자신의 문학의 위치가 자유로울 수 없었음을 고백한 것이라 할 수 있다.[22] 과거 식민지 피해자로서의 윤리적 우위를 신뢰하며 '순혈' 조선인이 곧 그러한 윤리적 우위를 보증하고 또 계승하는 것으로 믿었던 재일조선인(한국인) 사회의 환경 때문에, 당시만 하더라도 자기 목소리를 가지고 말하고 또 스스로 행동하는 '혼혈'의 등장인물은 재일조선인(한국인)문학(더 넓게는 동아시아문학)에서 다뤄지지 못했다. 더구나 '나' 혹은 '혼혈'을 둘러싼 모든 문제의 원인과 결과가 '피의 문제'라고 강조하는 다치하라의 문학은 이례적일 수밖에 없다. 허위 이력에 불과했지만 자신을 '혼혈'이라 말하는 그의 고백은 물론 '혼혈' 작중인물의 창조는 분명 이제까지 '전후' 동아시아 내부에 존재하지 않았던 민족의 울타리 바깥에서 민족의 내부를 뒤흔들 수 있는 작은 울림이었던 것이다.

---

22) 1970년대에 들어서면서 다치하라는 재일조선인(한국인) 혹은 그들의 문학에 대해서 자주 발언한다. 평전 작가 高井에 따르면 이회성의 「またふたたびの道」를 읽고는 "이 작가는 일본의 노신(魯迅)이자 조선의 노신"이라며 찬사를 보냈을 뿐만 아니라, 김달수와 김석범이 아쿠타가와상 후보에 올랐으나 수상자로 선정되지 못하자 선고위원의 "역사감각의 결여" 때문이라 비난하기도 했다. 이밖에도 그의 시대에 1968년에 발생한 김희로사건과 서승·서준식 형제의 간첩단 조작 사건 등에 대해 발언한 것으로 알려져 있다(高井有一, 앞의 책, 187-190쪽 참조). 그러면서 한편으로는 남북문제는 물론 "좌든 우든 정치적 냄새가 나는 단체, 모임에는 얼굴을 내밀지 않는 것이 나의 신조"라고 말했다고 한다.

제2부
【보론】

재일조선인(한국인)의 정체성·기억·오늘

1. 기억과 현재, 그리고 정체성

지난 2010년은 한일 '강제 병합' 100년을 맞이하는 해였다. 한국과 일본에서는 '병합' 100년을 기념하여 다양한 집회나 심포지엄이 개최되었고, 잡지들은 그것을 특집으로 다뤘다. 특히 일본에서는 2008년 10월에 조직된 '한국병합' 100년 시민네트워크가 전국적인 시민운동을 전개하였고, 2010년 8월 22일과 29일에는 일본과 한국에서 한국강제병합 100년 공동행동위원회가 '한일시민공동선언대회'를 개최하였다. 이러한 연대 의식을 바탕으로 한국 '병합' 100년 한일지식인공동성명을 공개적으로 표명하여 언론의 주목을 받았다.

그렇다면 이러한 다양한 행사에서는 도대체 무엇을 문제제기한 것일까. 재일 역사학자 조경달은 크게 ① 강제병합의 부당한 과정 재검토, ② 식민지 지배의 실태 재검토, ③ 역사 인식의 문제라는 세 가지

점으로 정리하였다.[1]

그런데 그 문제제기들 안에는 과거 식민본국인 일본에서 아직도 살아가는 재일조선인(한국인)[2]의 문제가 그다지 거론되지 않은 점은 아쉽다. 그들의 삶은 식민지 기억을 떼어놓고 생각할 수 없을 뿐만 아니라 아직 현재진행형인 식민주의의 결과이기 때문에 더욱 그러하다. 그들에게 한국인 혹은 조선인이라는 정체성은 어쩌면 식민지 기억을 통해 구성된 것이라고 해도 무방하다.

기억이란 과거와 미래의 사이에 존재하는 행위 주체가 현재에 있어서 수행하는 선택을 동반하는 행위이다. 다시 말해 과거와 현재를 잇는 기억이 '망각과 상기(想起)에 의한 재구성'이라는 불가결한 양면성을 지닐 수밖에 없다는 것이다.[3] 무엇을 기억하고 무엇을 망각할 것인가 하는 것은 현실 세계에 대응하는 행위 주체의 가치 지향의 기준에 따르기 마련이기에, 그것을 두고 '기억의 정치학'이라 부른다. 이 글에서 다루고자 하는 재일조선인(한국인) 사회는 '국민'을 형성하는 집합적 기억에 의해 수시로 동화와 차별을 강요받아오는 가운데도 소수자 집단(ethnic group)으로서의 정체성을 끊임없이 상기해왔다. 어쩌면 그것은 지난한 기억의 투쟁이라고 불러 마땅할지 모른다. 하지만 대개의 재일조선인(한국인)은 차별을 받고 있기 때문에 스스로가 한국인·조선인임을 느끼고 의식하듯이, 그것은 일본 사회의 국가적 정체성이라는 맥락으로부터 자유로울 수 없고, 또한 그 맥락 안에서의 간섭 혹은 관

---

1) 조경달, 「한국강제병합과 현재 - 100년 후에 남긴 문제 -」, 『창작과 비평』, 2010, 겨울호.
2) 이 책의 제7장 주2) 참조.
3) 石田雄, 『記憶と忘却の政治学』, 明石書店, 2000, 12-14쪽 참조.

심의 방향에 따라 다양하고 가변적으로 표상(representation)되기 마련이다.

최근 재일한인역사자료관에서 펴낸 『사진으로 보는 재일코리언의 100년 – 재일한인역사사료관도록(圖錄)』[4]을 그 한 예로 들 수 있다. 이 책은 우선 '100년'이라는 표제를 통해 한일 '합방'과 '재일'의 기원을 동일시함으로써 식민주의의 피해자로서의 정체성을 표상하고 있다(이 피해자로서의 표상은 단지 거기에 그치는 것이 아니라 곧바로 저항의 표상으로 전환되기도 한다). 그뿐 아니라, '재일코리언'과 함께 '재일한인'이라는, 그들에게는 아직 생경하지만, "세계 각지에서 보편적으로 사용"[5]한다는 기호로서 '한인'이라는 용어를 표제로 이용해 '한국인'과 '조선인'과 같이 그들 사회에서는 정파적으로 받아들이기 쉬운 용어를 지양함으로써 탈정파성을 부각시키고 있다. 이 두 가지의 표제는 자신들과 분단 조국 사이의 동일과 차이를 동시에 함의하는 것인데, 그것은 단적으로 그들의 가치 지향의 방향을 제시하는 것이기도 한다. 즉, 과거 식민지민으로서의 정체성과 공생사회의 주체로서의 정체성 사이에서 자신들

---

4) 在日韓人歷史資料館編, 『写真で見る在日コリアンの100年 – 在日韓人歷史資料館図錄』, 明石書店, 2008. 이 책은 도쿄(東京)에 있는 재일한인역사자료관(관장: 강덕상)의 소장품을 중심으로 700여 점의 사진을 싣고 각각에 간단한 해설을 부기한 도록이다. 이 책의 편자인 자료관은 민단의 지원으로 2005년 11월 24일에 도쿄에 개관되었다. 최근 이 자료관에서는 2009년에 오사카(大阪)나 나고야(名古屋) 등 지방 대도시를 돌며 이 자료들의 전시회를 개최하기도 했다.

5) 위의 책, 6쪽. 이 책의 발간사를 쓴 민단 단장 정진은 "자료관은 재일동포를 총체적으로 망라하여 개인의 신조와 소속단체, 또는 국적에 관계없이 객관적인 역사 사실을 모으는 것, 즉 사료 중심의 입장을 기본 이념으로 하고 있습니다. 세계 각지에서 보편적으로 사용되는 '한인'이라는 명칭을 사용한 것은 이러한 설립의 취지를 고려한 것입니다."(6쪽)라고 적고 있다.

의 '오늘'을 재구성하려는 의도와 무관하지 않다고 할 수 있다.

최근 일본 사회는 한류, 북핵, 참정권 등이 이슈화될 때마다 '재일' 사회에 대해 다양한 방식과 다양한 층위의 논의들이 전개되고 있다. 거기서 중요한 것은 그 논의가 결코 '재일' 사회에만 한정된 것이 아니라 일본의 국가정체성과 관련해서 진행되고 있다는 점이다. 또한 재일조선인(한국인)도 일본 사회 안에서 다양한 방식으로 자신들의 존재를 주장하고 있다. 혹여 그들 스스로가 '흔들리는 정체성'을 언급한다 할지라도 그 자체가 주체로서의 정체성의 문제에 대한 강한 집착일 수밖에 없으며, 또한 그것은 일본 사회와의 관계나 조국과의 관계에 있어 '변용'하는 자기 표상의 하나일 수밖에 없다.

그들 각자의 한국인이냐 아니면 조선인이냐 하는 호칭의 문제는 그 자체로 한 개인의 정체성을 규정하는 중요한 문제로 여겨져 왔다. 이는 조국의 식민지 기억과 분단 상황을 일상에서 더 실감나게 체험하며 살아가고 있다는 것을 의미한다. 물론 최근 그들 사이에서는 재일본대한민국민단(이하, 민단)과 재일조선인총연합회(이하, 조총련)라는 기성 조직으로는 수렴되지 않는, 제3의 성격을 띤 운동 조직이 곳곳에서 생겨나고 있다. 하지만, 여전히 그들은 '물리적 경계선'이 없는 '분단의 심상'을 깊이 내면화한 채 살아가고 있음을 부정할 수 없다. 특히 지난 3월 26일에 발생한 '천안함 사건' 이후 한반도의 정세에 냉각 기류가 흐를 때, 그 '분단의 심상'은 어느 순간 발현되어 내부적 갈등의 원인이 되기 십상이다.

하지만 최근에 들어서는 그들 사회에서 한반도의 정세 변화 때문에 극단적인 갈등을 보이기보다는 재일조선인(한국인)에 관한 정책 변

화가 그들 사회의 내부적 갈등을 유발시키는 일면이 적지 않다. 1965
년 한일 국교정상화 이후 지속되어온 일본 정부의 남북한 분리 대응
정책은 '대포동 발사', '북핵 실험', '일본인 납치 사건' 등과 같은 일련
의 사건으로 말미암아 더욱 두드러졌다. 특히 내각 안에 납치문제담
당대신(拉致問題擔當大臣)을 둘 정도로 다수의 일본 국민이 가지고 있
는 대북 정서는 극한적 상황으로 치닫고 있다고 해도 과언이 아니다.
'북일국교정상화'의 최대 현안을 비롯해 아직 풀어야 할 당면의 현안이
산적해 있는데 그러한 감정은 당면한 과제들을 모두 덮어버리는 상황
을 만들어내고 있다. 더욱이 조총련계 조선학교를 비롯한 '조선적(朝鮮
籍)'의 동포 사회에 대한 일본 사회의 폭력은 한층 가속화하여 마치 끔
찍한 인종차별(xenophobia)을 연상시키는 것이었다.

반면, 일본 정부의 대(對)한반도 정책이 한국과의 동반자적 관계
를 유지하며 대북 정책에서 공조를 공고히 함에 따라 그들 사회의 갈
등 양상은 확연하게 드러나고 있다. 지난 하토야마 유키오(鳩山由紀夫)
민주당 정권은 한국 정부와는 셔틀정상 외교를 복원하고 북핵 문제나
'천안함 사건' 등과 같은 대북 관련 현안들에 대한 공조를 강조했다. 이
러한 기조는 간 나오토(菅直人) 정권도 이어갔다. 이는 민단의 정치적
입지를 확대해주는 정책으로 이어질 것이다. 그래서 민단에서 가장 강
력하게 요구하고 있는 정책 중 하나인 외국인 참정권 부여와 같은 정
책 추진에 크게 영향을 미칠 가능성이 높다. 하지만 외국인 참정권에
대해서 조총련을 중심으로 다수의 '조선적' 동포 사회가 반대하는 상
황에서 그것이 실시되었을 경우, 재일조선인(한국인) 사회(이하 '재일' 사

회)[6]가 심각한 분열 양상을 띨 수밖에 없음은 불을 보듯 뻔하다. 이렇듯 일본 정부의 남북한 분리 대응 정책이 이제 '내치(內治)' 차원에서 '재일' 사회를 '한국적'과 '조선적'으로 구분하여 대응하는 분할 지배 정책으로 이용되고 있는 것이다.

최근 한국 정부가 '재일' 사회에 대해 취해온 정책 변화라는 측면에서 본다면 참정권 부여라는 일본 정부의 선의도 반드시 반가운 일만은 아니다. 이는 '한국적'과 '조선적'을 구분하여 대응하는 '재일' 사회에 대한 일본 정부의 분할 지배 정책이 한편에서는 식민지 기억을 소거하고 다른 한편에서는 또 다른 방식으로 식민지 통치를 재현하는 기만에 불과할 수 있기 때문이다. 최근 1세대가 점차 줄어가고 또 귀화자 수가 점차 늘어나면서 '재일' 사회의 인구 변화는 그들에게 식민지 '기억'의 변용과 정체성의 재구성을 강요하고 있을 뿐 아니라, 그것은 또한 일본 사회에서의 그들의 위상 변화에도 중요한 영향을 미치고 있다. 그래서 '재일' 사회의 인구 통계 중 주로 체류자격별 구성 비율을 가지고 그들의 정체성 문제에 관련해 분석할 필요가 있다. 그 통계에서 체류자격의 분류 방식은 특히 식민지 기억이나 '전후 처리'라는 역사성을 함의하는 것이며, 또한 일본 사회에서 재일외국인의 대표로서 자기를 동일화해온 역사를 함축적으로 보여준다. "통계(statistics)란, 그 말 자체가 이미 '국가(state, staat)'라는 어휘와 밀접한 관련을 드러내고 있듯이" "특히 국가에 대한 여러 사항들을 기술한 것을 가리키는 말"[7]이라

---

6) 이 글에서 '재일조선인(한국인) 사회'를 가리킬 때는 편의상 이하 '재일' 사회로 표기하겠다. '재일'은 '재일조선인(한국인)'의 의미로 독해해 주었으면 한다.

7) 박명규·서호철, 『식민권력과 통계 - 조선총독부의 통계체계와 센서스』, 서울대학교출판부,

는 점에서, 여기서 제시한 재일외국인 관련 인구 통계는 단순히 그들의 정체성만을 나타내는 것이 아니다. 그 자체로 일본의 국가정체성과 유관한 지표라고도 할 수 있다.

해방 직전(1944년)의 통계에 따르면, 1,936,843명에 이르렀던 재일조선인(한국인)이 1947년에는 598,507명으로 격감한다. 2년간에 걸쳐 140만 명에 가까운 재일조선인(한국인)이 조국으로 귀환한 것이다.[8] 기본적으로 '(패)전후' 일본의 '재일' 사회는 그때 귀환하지 않은 사람들에 의해 형성된 사회라 할 수 있다. 대개 그들은 망국과 종속, 유랑과 이산, 차별과 빈곤으로 점철되어온 가혹한 식민지 역사를 몸으로 기억해온 존재들이었다. 뿐만 아니라 조국 해방 이후에도 분단과 내전, 쿠데타와 독재, 민주화와 번영이라는 격변해온 조국의 현실로부터 조금도 자유롭지 못했던 존재들이다. 그런 측면에서 그들의 삶은 베네딕트 앤더슨이 주창한 '원격지 민족주의'라는 말로 설명하기에 충분하다. 하지만 아직 그들이 분단의 현실에 처해 있는 조국을 그대로 삶 속에서 체화한 채 살아가는 존재인 동시에 인종적 소수자로서 식민지 종주국이었던 일본에서 차별을 받으며 살아가는 존재라는 특수성을 간과해서는 안 될 것이다. 해방 직후부터 60년간 지속되어온 민단과 조총련의 분열은 다름 아닌 조국 분단 현실의 재현과 같았다. 아니, 오히려 그것은 과거 식민본국이었던 일본에서 조국의 상황보다 더 실감나는 분단을 체험한 것이기도 했다. 따라서 그들(혹은 그들 사회)을 문제시한다는

2003, 5쪽.

8) 당시의 그것은 귀환을 보류한 '일시적 거류'로 해석하는 편이 옳을 듯싶다(http://mindan.org/toukei.php 참조, 2009. 12. 30. 검색).

것은 바로 조국의 분단 문제는 물론 '일본'의 국가정체성 문제, 그리고 한일·북일 관계 등을 문제시하는 것이라는 사실을 간과해서는 안 될 것이다.

2. 기억·변용·의미 그리고 흔들리는 정체성

2008년 10월에 『재일 1세의 기억(在日1世の記憶)』(集英社, 2008)이 출간되었다. 이 책의 편자인 오구마 에이지(小熊英二)와 강상중을 중심으로 2003년부터 기획된 간행 프로젝트는 인터뷰어를 가능한 한 '재일'의 젊은 학생으로 기용하여 차세대 '재일'연구자를 육성한다는 별도의 목적도 겸한 것이었다. "'전후/해방 후'를 살아남은 재일 1세 52명의 혼의 증언집"이라는 광고 카피의 이 책은, 말 그대로 다양한 삶을 살아온 재일 1세의 '라이프 히스토리'이다. 그 인터뷰 대상자들은 조선적, 한국적, 귀화자, 혼혈 등 다양한 정체성을 가진 인물들일 뿐만 아니라, BC급 전범, 활동가, 파칭코 가게 주인, 시인, 역사가 등 다양한 경험과 직종을 가진 인물들로 구성되어, '재일' 사회의 뿌리를 이루는 1세들의 '한(恨)' 어린 육성을 그대로 재현했다고 할 만한 '오럴 히스토리(Oral history)'라고 할 수 있다.

'재일' 사회의 인구는 점차 줄고 있다. 특히 그들의 굴곡의 역사를 그대로 체화해 살아온 1세의 경우 그 수의 격감이 더욱 빠르게 진행되고 있다. 그런 가운데 『백만 인의 신세타령(百万人の身世打鈴)』(東方出版, 1999)이나 『재일 1세의 기억』과 같은 기록은 민단이나 조총련과 같은 조직의 공적인 역사와 달리 생생한 육성 즉, "증인들의 보고"이자

'재일'의 상속자인 2세나 3세에게 전달될 체화된 기억이라는 의미에서 중요한 자료가 아닐 수 없다.[9]

그렇다면 우선 최근 몇 년간의 재일조선인(한국인)의 인구 구성을 주요 체류 자격별 통계를 통해 보고, 그 통계가 의미하는 것이 무엇인지를 살펴보도록 하자.

【통계1】 한국인·조선인의 체류 자격별 외국인 등록자 수의 추이[10]

연도 체류자격	2003년	2004년	2005년	2006년	2007년	2008년
총수	613,791	607,419	598,687	598,219	593,489	589,239
⋮						
영주자	39,807	42,960	45,184	47,679	49,914	
일본인의 배우자 등	21,285	21,083	21,837	22,429	22,340	
영주자의 배우자 등	2,891	2,767	2,656	2,652	2,661	
정주자	8,941	8,751	8,908	8,891	8,803	
특별영주자	471,756	461,460	447,805	438,974	426,207	

일본 쪽의 공식 통계에서는 '한국적'과 '조선적'의 인구수를 구분하지 않는다. 위의 통계에서는 우선 인구 총수의 확연한 감소 추세를 확인할 수 있다. 그 중에서도 특히 특별영주자의 감소 추세가 확연하다.

---

9) 그 외에도 이미 앞서 언급한 바 있는 2008년 말(12. 25) 발행의 『写真で見る在日コリアンの100年 － 在日韓人歷史資料館図録』(在日韓人歷史資料館編, 明石書店, 2008)은 의미 있는 자료집 중 하나라고 할 수 있다.

10) 일본 법무성 입국관리국, 『출입국관리』(平成20년판). 2008년의 통계는 http://www.moj.go.jp/PRESS/090710-1/090710-5.pdf(21년판) 참조. 이하의 통계들은 기관의 자료를 필자가 재구성해서 제시한 것임을 밝혀둔다.

특별영주자란 1991년 11월 1일에 실시된 「일본과의 평화조약에 근거해 일본의 국적을 이탈한 자 등의 출입국관리에 관한 특례법」(약칭, 입관특례법)에 따라 규정된 재류 자격, 또는 해당 자격을 가진 자를 일컫는다. 다시 말해 미국 전함 미주리 선상에서 일본이 항복문서에 조인한 날인 1945년 9월 2일 이전부터 계속 일본 열도 안에 거주하던 평화조약국 이탈자 즉, 식민지 출신의 주민과 그 자손을 일컫는다.[11] 이들에게는 입관특례법(入管特例法) 제9조에서 정하는 강제 퇴거의 사유에 해당하지 않는 한 영주를 보장한다.

2007년까지 일본 내 전체 외국인의 최대 구성비를 차지하고 있는 특별영주자는 1950년대에만 해도 그에 해당하는 인구 비율이 90%에 가까웠다. 하지만 그 수 자체가 감소해온 데다 다양한 목적으로 새롭게 일본에 온 외국인, 이른바 뉴커머(newcomer)의 증가로 특별영주자의 구성비는 상대적으로 큰 감소 경향을 띠게 되었다. 이 특별영주자의 체류자격을 가진 한국인·조선인이야말로 식민지의 역사와 분단사를 그대로 체화한 채 살아온 가족사를 가진 집단이다. 최근 사적인 가족사를 통해 역사 속의 개인, 개인과 이데올로기와의 관계를 담담히 성찰하여 베를린국제영화제 최우수 아시아영화상, 선댄스국제영화제(Sundance Film Festival) 심사위원특별상 등을 수상하면서 화제가 된

---

11) 日本国との平和条約に基づき日本の国籍を離脱した者等の出入国管理に関する特例法(平成三年伍月十日法律第七十一号)最終改正:平成一六年六月二日法律第七三号. 이 제도는 구일본제국의 식민지 출신자에게 자손대대로 일본에서 영주할 수 있게 만든 영주 제도이다. 그 이전에는 '한국적'자는 1965년의 한일협정에 의해 영주권이 부여된 '협정 영주자'였고, '조선적'자는 1982년에 일본이 난민 조약에 가입하고 나서 난민 출신 영주 외국인과의 형평 차원에서 만든 '특례 영주'의 대상자였다(한일민족문제학회 엮음, 『재일조선인 그들은 누구인가』, 삼인, 2003, 218-219쪽, 참조).

양영희 감독의 다큐멘터리 『디어 평양(Dear Pyongyang)』[12]에서 그려냈던 가족사가 대표적인 예라 할 수 있다. 이들은 2007년도에만 전년 대비 12,767명이 감소한 426,207명으로 매년 1만 명 이상씩 줄고 있는 추세이다.[13] 그 이유는 대개 특별영주자에 해당하는 '재일' 1세의 사망자 수가 늘고 있으며, 또 그 후손 중에서도 일본인과의 통혼율이 1990년부터 전체 결혼자의 80% 이상을 차지하고, 일본의 국적법이 남녀양계주의(男女兩系主義)로 변경된 이래 신생아가 일본 국적을 가질 가능성이 높아졌기 때문이다.

반면, 위의 통계에서 상대적으로 증가 추세에 있는 것으로 나타난 체류자격은 영주자 집단이다. 영주자의 체류자격은 10년 이상 체류한 자(국가에의 공헌이 인정되면 5년 이상), 소행선량(素行善良)한 자, 생계유지 능력이 있는 자, 건강상태가 양호한 자, 신원보증인이 있는 자 등의 조건에 부합하는 자들에게 부여한다. 이들은 입관특례법이 정하는 직업을 갖고 있는 한 체류기간에 제한을 받지 않을 권리를 부여받는다. 이 경우에 해당하는 재일조선인(한국인)으로는 한일국교정상화 이후 증가한 인구 이동의 결과로 다양한 사연을 가지고 일본에 건너간 다양한 직종의 뉴커머들을 들 수 있다. 향후에도 이들의 수는 특별영주자에 비해 상대적으로 계속 늘어나는 추세를 보일 것으로 여겨진다. 하지만 일본 내 외국인등록자의 전체 비율에서 최근 영주자의 비율이 매

---

12) 이 영화는 2005년 부산국제영화제에서 '와이드 앵글' 부문 초청작으로 국내에도 공개된 바 있다.
13) 2007년 현재 일본 내 특별영주자의 전체 수는 430,220명이기 때문에 한국인·조선인의 구성 비율은 99.8%를 차지하고 있다.

년 10% 이상 급격히 상승하는 점에서 보면 재일조선인(한국인)의 경우는 그 증가세가 미비하다고 할 수 있다. 또한 전체 439,757명(2007년 현재)에 이르는 영주자 중 한국인·조선인이 차지하는 비율은 10%를 조금 상회하는 49,914명에 불과하다. 이는 2007년 이후 처음으로 일본 내 전체 외국인 등록자의 수에서 중국인(타이완과 홍콩을 포함)이 606,889명(2007년 현재)으로 한국인(593,489명)을 초월할 정도로 중국인의 비율이 급증하는 것과 동반하여 그들이 영주자의 체류자격을 얻는 경우가 많기 때문인 것으로 판단된다.[14]

영주권이 따로 없는 일본에서는 영주자와 더불어 정주자라는 체류자격이 있다. 재일조선인(한국인)의 경우 8,803명(2007년 현재)이 해당하는 정주자는 영주자와 그 내용에 있어서 큰 차이가 없어 구분하기도 까다롭다. 굳이 구분하자면 영주자가 Permanent Resident에 해당된다면 정주자는 Long Term Resident에 해당되는 것으로 볼 수 있다. 정주자란 법무대신이 인도상 및 그 외 특별한 사유를 고려한 위에 개별적으로 지정한 외국인에게 일본의 거주를 인정하는 체류자격이다. 대개 이른바 일본계 2세 및 3세, 일본인 자녀로서 출생하여 '일본인의 배우자 등'의 체류자격을 가진 자의 배우자, 1년 이상 체류 기간을 허가받은 '정주자'의 배우자 등에게 부여하는 이 체류자격은 이후 영주자로 전환되는 경우가 많다. 일본의 전체 외국인 중에서 정주자의 수는 세 번째로 많은 268,604명(2007년 현재)이다. 그중 재일조선인(한국인)의

---

14) 2008년 현재 중국인은 전년 대비 8% 증가한 655,377명으로 전체 29.6%를 차지한 것으로 나타났고, 반면 한국인·조선인은 전년 대비 0.7% 감소한 589,239명으로 나타났다(http://www.moj.go.jp/PRESS/090710-1/090710-5.pdf).

비중은 3.3%에 불과한데, 이는 재일조선인(한국인)의 비율이 전체 외국인 중 두 번째 많은 27.6%에 해당하는 것을 감안하면 극히 적은 숫자라고 할 수 있다.

영주자와 정주자의 증가 추세는 향후 재일외국인의 국가별 점유 비율의 추이를 짐작할 수 있는 근거가 될 수 있는데, 특히 '국적(출신지)별 영주허가 건수의 추이'를 통해 현 시점의 변화 양상을 확인하고 또 향후 추이 양상을 짐작할 수 있다.

【통계2】 국적(출신지)별 영주허가 건수의 추이[15]

	2003	2004	2005	2006	2007
총수	46,171	48,263	39,256	51,538	60,506
중국	13,987	14,855	11,404	13,744	15,875
브라질	10,894	10,789	10,026	16,055	19,793
필리핀	6,972	7,563	6,044	7,554	8,723
한국·조선	3,345	3,671	2,939	3,368	3,788
페루	3,381	3,275	2,449	2,878	3,241
그 외	7,592	8,110	6,394	7,939	9,089

2003년에 영주권을 받은 외국인은 46,171명이었는데, 신규 입국 외국인의 증가와 체류의 장기화, 정착화, 영주허가의 조건 완화 등에 따라 2004년에는 48,263명으로 증가하였고, 2005년에 다소 감소했지만 2006년부터 다시금 증가하여 2007년에는 역대 최고인 60,506명이 되었다. 그 중 두드러진 점은 브라질이나 페루 출신 외국인의 증가 추세이

---

15) http://www.moj.go.jp/NYUKAN/nyukan78-2.pdf

다. 특히 재일외국인의 총수에서 브라질 출신은 316,967명(2007년 현재)으로 중국과 한국에 이어 세 번째로 많은 비율을 차지하고 있다. 이들은 대개 1990년 6월 「출입국관리 및 난민인정법」의 개정에 따라 일본계 2세, 3세 및 그 가족에 대해서 3년간 체재를 허가하면서 입국한 사람들이다. 브라질의 경우는 1908년 이후 일본인의 이민을 받아들여 지금은 150만 명 정도의 일본계가 살고 있는 것으로 알려져 있다.

1989년과 2008년 현재의 국가별 외국인등록자 수의 차이가 그 추이의 확연한 양상을 보여준다.

【통계3】 국적(출신지)별 외국인등록자의 증가율[16]

국적 \ 연도	1989(비율)	2008(비율)	증가율
한국	681,838(69%)	589,239(26.6%)	-14%
중국	137,499(14%)	655,377(29.6%)	477%
브라질	14,582(1.5%)	312,582(14.1%)	2,143%
필리핀	38,925(3.9%)	210,617(9.5%)	541%
페루	4,121(0.4%)	59,723(2.7%)	1,449%
총수	984,455(100%)	2,217,426(100%)	225%

향후 저출산·고령화 사회가 가속화되어갈 일본 사회에서 외국인을 어떻게 수용하고 또 어떻게 다문화공생 사회를 만들어갈 것인지 하는 문제는 이미 대단히 중요한 사회적 과제 중 하나가 되었다. 특히 외국인 동화 정책을 강력히 추진하는 가운데도 외국인 범죄나 차별 문제가 사회문제로 부각되면서 더불어 그들에 대한 관심도 사회적으로 높

---

16) http://www.moj.go.jp/NYUKAN/nyukan78-2.pdf/http://www.moj.go.jp/
   PRESS/090710-1/090710-3.pdf

아지고 있다. 점차 일본 내 외국인의 문제는 곧 국가정체성과 깊이 관련된 문제로 인식되기 시작했다. 그런 가운데 1989년만 하더라도 전체 외국인 등록자 중 69%나 차지했던 재일조선인(한국인)이 2008년 현재 26.6%로 격감했고 그 증가율도 1989년 대비 마이너스 14%를 기록하는 등 일본 사회 내에서의 비중이 점차 축소되는 추세에 들어섰다. 이러한 통계로만 보자면 과거 '자이니치(在日)'라고 하면 재일조선인(한국인)이 대표하던 시대가 지났음을 의미한다. 그로 인해 식민지 역사의 연장으로 이해되어온 일본 내의 재일조선인(한국인)의 위치, 즉 재일조선인(한국인) 문제의 특수성이 점차 희석화되어가는 경향을 띠기 시작했다고 할 수 있다.

이미 앞서 언급한 영화 〈디어 평양〉은 평범하지 않은 '재일'의 가족사에 대한 내밀한 고백이 담겨져 있다. 제주도 출신으로 15세에 일본에서 해방을 맞은 뒤 조총련 간부로 살아온 아버지와 조총련계 민족학교에서 교육 받은 딸 사이의 대화로 주로 진행되는 서사에서 중요한 요소 중 하나는 바로 세대의 문제이다. 이 영화에서 세대문제는 고향=조국, 세계와 개인, 일본 사회와 '나' 등의 문제를 둘러싼 부녀 사이의 갈등을 통해 주로 다뤄지고 있다. 특히 갈등의 중심에 있는 것은 바로 1971년에 '귀국운동'의 일환으로 북한으로 건너가 살아가는 세 오빠의 가족이다. 1959년에 북한과 일본의 적십자사 사이에 '재일조선인의 귀환에 관한 협정'이 체결된 이래 1984년까지 9만 명이 넘게 '귀국'했던 일행 중에는 사춘기의 세 오빠가 포함되어 있었다. 테사 모리스 스즈키(テッサ・モーリス=スズキ)가 "북조선으로의 추방(北朝鮮へのエクソダス)"이라고 정의했던 것처럼 이 '귀국운동'은 〈지금-여기〉 일본에서

살아가는 사람들에게는 중요한 문제이자, 청산되어야 할 과거사이기도 했다. 이산의 아픔을 안고 살아가는 이들의 가족사에서 세 오빠의 삶은 격한 대립의 소재로서 서사되고 있지는 않지만 아무튼 등장인물의 삶과 갈등을 지배하는 요소로 위치한다.

영화 속에서 과거와 미래 사이의 세대 문제는 아버지의 양보로, 즉 딸이 '조선적'에서 '한국적'으로 변경하는 것을 허락하는 방식으로 해소되지만(그렇다고 해서 감독이자 딸인 양영희가 한국적을 취득한 것은 아니다), 그것이 상징하는 의미는 바로 흔들리는 '재일조선인(한국인)'으로서의 정체성이다. 그 양상은 주로 국적 선택을 둘러싸고 외현되는데, 스스로를 '한국계 일본인'이라고 부르는 집단이 가시화된 것은 이미 오래 전의 일이다. 물론 이들은 주로 일본 국적을 취득한 귀화 집단이다.

【통계4】 일본에서의 귀화허가신청자 수의 추이[17]

사항 / 연도	귀화허가 신청자수 (명)	귀화허가자수(명)			불허가자수 (不許可者數)
		총계	한국인· 조선인	중국인	그 외	
2003년	17,633	15,666	11,778	4,722	1,133	150
2004년	16,790	16,336	11,031	4,122	1,183	148
2005년	14,666	15,251	9,689	4,427	1,135	166
2006년	15,340	14,108	8,531	4,347	1,230	255
2007년	16,107	14,680	8,546	4,740	1,394	260
2008년	15,440	13,218	7,412	4,322	1,484	269

---

17) 日本法務省民事局平成20年版「出入国管理」日本語版「資料編」(http://www.moj.go.jp/NYUKAN/nyukan78.html)

위의 표에서는 두 가지의 큰 특징을 발견할 수 있다. 하나는 2004년 이후 다소 감소 추세를 나타낸다는 점이고, 다른 하나는 2003년과 2004년에 귀화자가 전년도에 대비해 큰 폭으로 증가한 점이다. 우선 전자의 경우에서는 재일조선인(한국인)의 절대수가 감소하고 있음을 감안한다면 비율상으로 큰 차이가 없다고 할 수 있다. 하지만 귀화허가자의 총수 비율에서 60%를 조금 상회하는(1999년 현재, 16,120명의 귀화자 중 10,059명) 1999년 통계 이후 2003년(75%)과 2004년(67%)을 제외하면 줄곧 낮아지는 추세에 있다.

귀화자들은 일반적으로 차별의 굴레에서 벗어나 자신이나 자손의 욕망 실현을 위하여 귀화했을 터이다. 하지만 귀화자는 스스로가 한국인·조선인 출신이 아니라는 사실을 감추려고 할 때 거꾸로 그 사실에 구속받고 살아갈 수밖에 없는 것이 아닐까.

한편, 민단이 향후 사업 목표 중 하나로 "조총련계의 동포를 하루라도 빨리 각성시키는" 일을 제시하는 것처럼, 민단 쪽에서는 조총련계나 '조선적'의 '동포'를 포섭의 대상으로 상정하고 배제하지 않는다. 단, 많은 통계에서 귀화자는 배제한다.[18] 그것은 귀화를 민족적 의리를 지키지 못한 배신으로 간주하는 통념과도 일치한다. 그러나 통계와

---

18) 그 대표적인 예가 아래의 실질 증감을 제시한 민단의 통계인데, 이 통계처럼 실질 감소의 인구수에 귀화자는 사망자와 똑같이 취급되어 계산된다.

【통계】 연도별 자연증감·실질증감http://www.mindan.org/toukei.php, 2009. 12. 30. 검색)

연도	출생	사망	증가	귀화자	실질증감
2003년	2,206명	4,526명	-2,320명	11,778명	-14,098명
2004년	2,103명	4,446명	-2,343명	11,031명	-13,374명
2005년	1,876명	4,660명	-2,784명	9,689명	-12,473명
2006년	1,792명	4,588명	-2,796명	8,531명	-11,327명

는 달리 최근 들어서는 가령 '원코리아 페스티벌'의 주최 측의 입장처럼, 일상 혹은 각종 이벤트를 통해 '한국계(혹은 조선계) 일본인'의 존재를 단순히 배제의 대상으로 여기지 않는 경향도 현저하다.

이처럼 단순히 고국에 대한 향수에 근거하거나 현지 분리주의적 차원에서 자신들의 정체성을 구상하는 것이 아니라, 자신들의 고유문화와 현재 살고 있는 새로운 문화가 뒤섞이는 가운데 만들어내는 역동적인 디아스포라의 정체성을 강조하기 시작한 것이다.

앞서 봐온 통계에 대한 분석처럼, 일본 내 외국인이라 하면 재일조선인(한국인)이 그것을 대표하던 상황이 변하였고, 또한 일본 국민에게도 그들을 두고 식민지 역사의 연장적인 존재로 이해하던 인식이 많이 희석화되었다. 따라서 2009년 일본 민주당의 집권 이후 더욱 본격화되어온 재일외국인 지방참정권 문제는, 그것을 주도해온 것이 재일조선인(한국인)이라는 전사(前史)가 있기는 하지만, (적어도 통계상으로만 본다면) 이젠 사실 결코 그들만의 문제도 아닌 것이다. 그럼에도 불구하고, 일부 언론과 단체들이 재일조선인(한국인)의 문제로만 국한시켜 반대운동을 펼치고 있다. 이는 역시 재일조선인(한국인)의 문제가 인구 통계상의 감소 추세에도 불구하고 아직까지 일본의 국가정체성과 관련해 그들 존재 자체가 정치적으로 그 비중과 의미 면에서 중요하게 여겨진 데 있다고 할 수 있다. 심지어 일본인 납치사건과 대포동 발사, 북핵 문제 등을 비롯해 천안함이나 연평도 사건에 이르는 일련의 사건을 근거로 한 '안보위기론'을 조장하며 일본 내 반북 감정과 교묘하게 연계시켜 반대운동을 펼치기까지 하는데, 그 또한 그들의 존재 자체가 대 한반도 정책에 중요한 의미를 지니고 있기 때문일 것이다.

여기서 중요한 것은 일본 정부가 내놓은 재일조선인(한국인)과 관련한 정책 사안마다 민단과 조총련은 커다란 갈등을 빚고 있으며 서로 반목하는 양상으로 대응하고 있는 사실이다. 그런데 일본 정부나 사회는 그러한 '재일' 사회의 내부적 갈등에 대해서 자신들과는 무관한 척할 뿐만 아니라, 오히려 그것을 이용하는 양상까지 보이고 있다. 다음 장부터는 그러한 양상을 살펴보기 위해 최근의 외국인 지방참정권 논쟁, 고교무상화를 둘러싼 '조선학교' 논쟁 등을 화제로 다루고자 한다.

3. 외국인 지방 참정권과 재일 사회

2009년 8월에 실시한 중의원 선거에서 일본의 민주당이 승리하였다. 그 이후 한일 관계에서 중요한 현안 중 하나인 재일조선인(한국인)에게 지방참정권을 부여하는 문제가 대두되기 시작했다. 민주당의 집권으로 한층 기대감이 고조되었던 외국인 지방참정권 부여와 관련된 논의에 대해서는 간 정권도 하토야마 정권의 정책 기조를 그대로 유지하고 있다. 한국의 헌법재판소에 해당하는 일본 최고재판소에서 1995년에 외국인에게 선거권 부여는 "헌법상 금지된 것이 아니다"는 판결을 내린 당시는 물론이고 지금도 민단을 중심으로 한 재일한국인이 가장 활발한 운동을 벌이고 있다.[19] 앞서 통계에서 살폈듯이, 2008년 말 현재 영주외국인의 숫자는 91만 명으로서 일본 전체 인구인 1억 2천

---

19) 민단의 입장은 줄곧 참정권 문제 해결이 "전후 처리 청산의 일환"으로서 일본 정부뿐만 아니라 한국 정부의 과제임을 규정하고 있다(최영호, 「재일 동포는 선거권이 없다」, 한일민족문제학회 엮음, 앞의 책, 37쪽 참조).

만의 1%에도 미치지 않는다. 하지만 그 중 절반 정도를 특별영주자가 다수인 재일조선인(한국인)이 차지한다.

한편, 한국의 경우 여야를 막론하고 일본 정부에 이미 여러 차례 지방참정권을 요구했으며, 오자와 이치로(小沢一郎) 간사장이나 오카다 가즈야(岡田克也) 외무상 등 민주당 내 실세들도 립서비스 차원을 넘어 공공연하게 참정권 부여를 확약했다. 특히 민주당 내 리더 중 한 명인 오카다의 경우는 '영주외국인 법적 지위 향상 추진 의원연맹'의 회장이기도 했다. 하토야마 당시 수상이 고문으로 있기도 한 동(同)의원연맹이 2008년에 작성한 제안서에는 "지역 사회의 일원으로서 일본인과 마찬가지로 생활을 영위하고 있는" 영주 외국인에게 지방자치단체의 의원과 단체장 선거권을 부여할 방침을 밝힌 바 있다. 하지만 민주당 내에도 '투표는 국민의 권리이니 영주자는 귀화해 국적을 취득하면 된다'는 주장을 하는 의견이 적지 않다. 최근 일본에서는 이 문제와 관련해 찬반양론의 심각한 갈등을 보이며 일부 과격 시위까지 벌어지고 있다. 심지어 2010년 10월 말에는 "외국인에게 일본을 떠넘기기 말라"고 주장하는 반대파의 한 청년이 도쿄의 민주당 본부에 침입해 하토야마 유키오 수상의 컴퓨터를 부수는 사건까지 일어났다.[20]

한편, 2010년 1월에 발표된 아사히(朝日)신문의 조사에 따르면 외

---

20) 이렇게 반대파의 시위가 과격화되자 일본 정부는 여당과의 협의를 거쳐 영주 외국인에게 지방참정권을 부여하는 법안에 대해서 당시 여당의 실세였던 오자와 전 간사장에게 일임할 것을 결정하고 의원입법으로 법안을 준비토록 했다. 오자와는 2009년 12월 12일 한국 방문 때의 국민대 강연에서 재일한국인 참정권과 관련해 언급하며 정부입법을 통한 법안 제출이 내년 1월 소집되는 통상 국회 때 '현실화'되도록 노력할 것이라고 말했다. 하지만 오자와가 정치자금 문제로 곤경에 빠진 후 그 어떤 변화도 없이 그 논의는 답보되어 있는 상황이다.

국인 참정권과 관련한 여론은 찬성이 60%, 반대가 29%로 나타났을 만큼 호의적이었다. 일단 이런 여론의 호의적인 분위기를 이용하여 민단 쪽에서는 외국인 지방참정권 운동을 강하게 전개하고 있다. 그러면서 특히 반대론의 주된 주장인 '안보 저해론'[21]에 대해 비판하며, 이 법안이 지향하는 바가 '영주권자'라는 생활자로서의 권리와 차별 없는 사회라는 점을 강조한다. 하지만 2010년 1월의 여론 조사 결과에 비해 찬성 의견이 점차 낮아지고 있다. 2010년 6월 참의원 선거에 앞서 시행된 여론 조사에서는 찬성 49%, 반대 43%로 찬성 의견이 우세했지만, 이는 1월 조사의 결과에 비하면 찬성 의견이 대폭 낮아진 결과이다.[22] 그럼에도 불구하고 참정권 운동을 중심에서 전개하고 있는 민단 쪽은 그 결과에서도 20대에서는 찬성 65%와 반대 28%, 그리고 30대에서 찬성 61%와 반대 34%로 나타난 점을 토대로 외국인 참정권 부여는 "일본이 구래의 속박에서 탈피하고 폐쇄감을 스스로 타파하는 데 적어도 확실한 돌파구가 될" 것이라며, 오히려 젊은 세대의 지지를 내세워 그것이 미래 지향적인 정책이기 때문에 필요하다는 근거로 제시했다.[23]

하지만 현재의 상황은 그리 낙관적이지 않은 것만은 사실이다. 우선 외국인 지방참정권 법안을 정부가 국회에 제출하더라도 국회통과가 불투명한 상황에서 쉽게 추진하기 어려운 게 현실이다. 2010년 7월

---

21) 일부 우익단체 중에서는 외국인에게 참정권을 부여했을 때 한국인과 중국인이 대거 쓰시마(対馬) 섬이나 센카쿠(尖閣, 중국명 댜오위다오) 열도로 주민등록을 옮길 경우 한국과 중국에 자국 영토를 빼앗길 수 있다는 악의적인 가정을 전제로 반대 운동을 전개하고 있는 상황이기도 하다. 이들의 주장은 한 마디로 요약하자면, '안보저해론'이라고 할 수 있다.

22) 『朝日新聞』, 2010. 6. 10.

23) 『民團新聞』, 2010. 7. 28. 사설.

의 참의원 선거에서 여당이 참패한 후 20%대를 밑도는 간 정권의 지지율이나 이 법안에 대한 여당 내 의견이 분분한 상황에서 추진력을 발휘할 수 없을 뿐만 아니라, 영토 분쟁 등에 직면해 있는 대외적인 여건도 그리 호의적이지 않다. 이를테면 센카쿠 열도를 둘러싼 중일간의 분쟁이나 북핵 문제의 심각화에서 비롯된 '안보 저해론'의 근저에 흐르는 외국인 혐오의 정서가 팽배하기 시작했다.

그러면서 현 민주당 정부 내 일부 실력자들은 누구에게 참정권을 부여할 것인가 하는 참정권 부여 대상의 범위를 조정하여 반대 여론을 설득하려는 의도를 드러냈다. 이러한 의도는 전적으로 일본 내 반북의식을 고려한 결정이었다. 애초 "지역 사회의 일원으로서 일본인과 마찬가지로 생활을 영위하고 있는" 영주 외국인에게 참정권을 부여할 계획이었던 이 법안이 '국교가 있는 국가나 그에 준하는 지역'의 출신자로 대상을 한정하는 방향으로 변화하기 시작한 것이다. 사실 그렇게 되면 과거 식민지 조선 출신자나 그 자손이라도 '한국적'이 아닌 '조선적'의 사람들은 대상 밖이 될 가능성이 높다. 실제 외국인 참정권은 민단이 중심이 되어 정계와의 적극적인 접촉을 통해 오랫동안 요구해온 사안이었다. 특히 민주당 정권이 들어서자 점차 가시화되는 상황에서 민단장 등은 공식 혹은 비공식적으로 민주당 실세들을 접촉해 왔다. 그에 비해 조총련에서는 북한에 대한 전후 보상과 국교 회복이 선행되어야 한다고 주장하며 여전히 반대하고 있다. 이렇듯 이 법안에서 '조선적'을 배제하는 내용을 담고 있는 이유는 '재일' 사회의 분명한 균열과 일본 내 반북 감정을 의식한 결과라고 할 수 있다.

이러한 법안의 변경 방향이 공개되자 한국의 중앙 일간지, 특히 한겨레신문은 "일 민주, 외국인 참정권 '조선적' 배제 논란"이라는 제목의 기사를 내보냈다. 또한 이 기사는 "식민시대 고려 않은 이중 차별"이라는 원코리아 페스티벌의 집행위원장 정갑수의 말을 인용해 기사화하면서 민주당이 원안대로 강행처리할 경우 '한국적'을 취득하는 '조선적'의 '재일동포'들이 크게 늘어날 것이라는 전망을 덧붙였다.[24)]

만약 이 법안이 통과된다면 사실 '재일' 사회 안에서도 적지 않은 논란이 있을 것으로 예상된다. 하지만 그 논란과 분열이 '재일' 사회 내부만의 문제로 취급될 가능성이 농후하다. 왜냐하면 현재 진행 중인 일본 내의 논쟁에서 외국인 참정권 부여는 일본이라는 국가정체성의 문제로 귀결되기 때문이다. '위헌인 외국인 참정권을 저지하는 국민의 모임' 등의 단체들은 "국민의 주권, 존립, 안전의 근간을 흔드는 중요한 문제"라는 점을 지적하며 반대하고 있다. 반면 찬성하는 쪽의 주장도 일본 사회의 국제화와 저출산 고령화가 급격히 진행되는 상황에서 영주자의 사회 참여를 촉진하여 공생 사회를 지향하며 사회 안정화를 모색해야 한다는 취지라는 점에서는 마찬가지다. 이러한 일본 내 찬반 양론이 국가정체성의 문제로 귀납되면서 이 문제를 둘러싼 '재일' 사회의 분열 양상은 문제시되지 않을 소지가 역력하다. 민주당 정권은 일본 내 반북 여론과 정서를 의식한 방향에서 이를 입법화할 것이다. 그렇게 되면 지금 준비 중인 대로 참정권 부여 대상에서 '조선적'은 배제될 것이다. 결국 일본 정부가 이렇게 '재일' 사회를 '한국적'이냐 '조선적'이냐 하는 기준에 따라 분할 대응하는 방식은 한편에서는 식민지

---

24) 『한겨레신문』, 2009. 11. 11.

기억을 소거하고, 다른 한편에서는 또 다른 방식으로 식민지 통치를
재현하는 것이라고 할 수 있다.

4. '고교 무상화' 제도의 시행과 '조선학교'

최근 민단이 외국인 참정권 문제를 중심으로 활동을 전개하였다
면, 조총련은 '고교무상화' 제도를 둘러싼 '조선학교'의 지원 문제를 중
심으로 활동을 전개하였다. '고교 무상화' 제도란 2009년 9월에 치러진
중의원 선거 때 민주당이 공약으로 내세운 교육정책 중 하나이다. 당
시 민주당은 국제인권규약의 사회권 규약 13조가 중등교육(중·고등학교
에 해당)에 무상화 제도를 도입할 것을 요구함에 따라 고교까지 무상화
해 각 가정의 교육비 부담을 줄이겠다고 공약했다. 특히 사회권 규약
13조는 그 대상으로 '자국민'뿐만 아니라 '모든 사람'이라고 규정하고
있어 민주당도 무상화 시책에 조선학교를 비롯한 외국인학교까지 포
함하는 것을 전제로 설계해왔다. 그것은 2010년도 예산에 조선학교까
지 포함되어 있다는 사실이 증명하고 있다.[25] '사회 전체가 당신의 배
움을 지원합니다'라는 캐치프레이즈로 실제 이 제도는 지난 2010년 4
월부터 시행 중이다. 6월에 새롭게 출범한 간 나오토 내각의 공약집에
는 이미 실현된 공약 중 하나로 포함되어 있다. 하지만 '조선학교'의 지
원은 배제된 상태이다.

---

25) 정용일, 인터뷰 기사 「고교 무상화 조선학교 배제는 법적 근거조차 없는 부당한 민족 차
별」, 『민족21』, 통권 제111호, 2010. 6, 140쪽.

'조선학교'는 실질적으로 조총련 산하의 교육기관이다. 이 '조선학교'의 존재는 한국 사회에도 최근 다양한 매체를 통해 널리 알려져 있다. 우선 2003년 말에 일본 도쿄도(東京都)가 에다가와(枝川)의 한 작은 '조선학교'가 공유지를 불법 점거했다는 이유로 도쿄지방법원에 제소했을 때, 철거의 위기에 놓인 그 학교 문제를 국내 언론에서도 크게 보도하였다. 다행히 재판부는 '도쿄도는 에다가와 조선학교와 합의하라'는 판결을 내렸다. 이후 국내 언론은 당시 도쿄도지사가 막말 정치인으로 유명한 일본 극우 정치의 대표적 인물인 이시하라 신타로(石原慎太郎)라는 점과 일본 정부에 의해 쓰레기 매립지로 강제 이주 당한 재일조선인들의 피해자상(像)을 부각하며, 그들이 세운 '우리의 말과 글을 지켜온 학교'라는 점을 강조하여 동포애에 호소하였다. 학교 부지로 계속 사용하기 위해서는 시가의 10분의 1인 14억원이 필요했는데, 2007년에 일부 시민단체를 중심으로 '에다가와 조선학교 지원기금'을 조직하여 그들을 돕기 위한 대대적인 모금운동을 전개한 바 있다.[26]

또한 다큐멘터리치고는 흥행에도 성공했던 2006년 개봉 영화『우리학교』(감독 김명준)를 통해서도 '조선학교'가 소개된 바 있다. 홋카이도(北海道)의 한 학교를 배경으로 전개되는 이 휴먼 다큐멘터리는 남북관계의 화해 무드 속에서 부지(不知)했던 조선학교의 존재를 한국 사회에 널리 알리는 역할을 하였다. 그밖에도 영화『박치기』나『GO』에

---

26) 이후 매입한 부지에 신축 교사를 짓기로 했고, 모두 4억 엔의 비용 중 한국에서 모금된 액수는 8천만 엔이었다. 이 과정에서 2007년 SBS가 방송한 '도쿄 제2학교의 봄'이란 스페셜 프로그램이 특히 큰 힘이 되었다. 2011년부터 신축 교사에서 학생들이 수학한다(「특파원 칼럼(정남구)」, 『한겨레신문』, 2011. 1. 7).

서는 주인공들이 '조선학교' 출신이라서 과거의 모습이기는 해도 조선
학교 장면이 영화 곳곳에 나온다.

조선학교는 유치부부터 고등학교까지 전국적으로 분포하여 있으
며, 대학교는 조선학교의 최고교육기관으로서 도쿄에 조선대학(朝鮮
大学) 한 곳이 있다. 조선학교 측에서는 이번 법안을 둘러싼 논쟁 중에
'한국적(韓國籍)'의 학생이 60%에 달한다고 주장하지만, 이는 학부모
중에 부득이하게 '한국적'을 취득한 후에도 조총련과의 관계를 유지하
는 사람이 많기 때문이라는 주장도 있다. 1957년 이후 북한이 총액 약
460억 엔의 자금을 '조선학교'에 지원한 것으로 알려져 있다.[27] 따라서
교과 내용도 북한 교육의 영향에 경도될 수밖에 없었다. 일본의 문부
과학성에 따르면, 2009년 시점에 전국적으로 총 73개교가 있으며 학생
수는 약 8,300명이라고 한다. 이 중 '무상화' 제도의 시혜 대상이 되는
고등학교에 해당하는 고급부(高級部)는 현재 홋카이도(北海道), 도쿄,
가나가와(神奈川), 이바라기(茨城), 아이치(愛知), 오사카(大阪), 고베(神
戸), 교토(京都), 히로시마(広島), 규슈(九州)에 각 1개교씩 모두 10개교
가 존재한다.[28]

일본 정부가 이러한 '조선학교' 지원을 배제한 논리는 일본의 보수
세력들이 북한의 '일본인 납치문제'를 둘러싸고 주장하는 대북 정책
기조와 맞물려 있다. 일본의 보수 세력은 강력한 대북 제재를 요구하
고 있는데, 그 견지에서 '조선학교'는 마땅히 지원 대상에서 배제되어

---

27) 『産経新聞』(2010. 2. 11)에 따르면 2009년에는 북한이 약 2억 엔의 '교육지원금'을 송금했다
고 한다.
28) 그 외 야마구치(山口)와 미야기(宮城)에도 고급부가 있었으나, 현재는 휴교 중이다.

야 한다고 주장한다. 실제 2010년도 예산에는 포함되었던 '조선학교'의 지원이 배제되는 과정을 보면, 2010년 2월 당시 나카이 히로시(中井洽) 납치문제담당대신이 문부과학성에 고교 무상화와 관련하여 '조선학교'를 대상에서 제외해 줄 것을 요청한 후 후속 조치가 이뤄졌다.[29] 그러한 조치에 대한 비난의 목소리가 높아지자, 하토야마 당시 총리는 납치 문제 때문이 아니라 국교가 없기 때문이라고 해명했다. 하지만 이 해명은 국교가 없는 대만계의 중화학교를 적용대상으로 인정하고 있기 때문에 설득력이 없는 변명에 불과하다.[30]

문부과학성의 홈페이지에 게시된 제도의 취지를 보면, "가정 상황과 무관하게 모든 뜻 있는 고교생들이 안심하고 면학에 전념할 수 있는 사회를 만들기 위해 공립고교의 수업료를 무상화함과 함께 동시에 고등학교 등 취학 지원금을 창설하여 가정의 교육비 부담을 경감하겠습니다."[31]라고 되어 있다. 그리고 제도 개요에서 그 대상 학교의 종류를 밝히고 있는데, 그 내용은 다음과 같다.

(1)대상이 되는 학교 종류

대상 학교 종류는 국공사립의 고등학교, 중등교육학교(후기과정), 특별지원학교(고등부), 고등전문학교(1-3학년), 전수학교, 각종학교(고등학교에 준하는 과정으로서 문부과학성령(令)으로 정해진 곳※)로 한다.

※전수학교의 고등과정: 각종학교 중 외국인학교이며 문부과학성령으

---

29) 『時事通信』, 2010. 2. 21.
30) 정용일, 앞의 글, 142쪽.
31) http://www.mext.go.jp/a_menu/shotou/mushouka/index.htm(2010. 12. 31. 검색)

로 정한 조건을 갖춘 곳으로서 문부과학대신이 지정한 곳.[32]

이 제도 개요의 내용 중에는 이외에도 (2)공립고등학교에 관련된 조치와 (3)사립고등학교에 관련된 조치에 관한 설명이 덧붙여져 있다. 이 개요에 따른다면 '조선학교'는 각종학교에 속하기 때문에 법적으로는 대상 학교에 속한다.[33] 하지만 '문부과학대신이 지정한 곳'이라는 단서에 따라 국민적 정서 차원에서 반대가 거세진다면 배제될 수 있는 소지가 있다.

지난 2002년 9월 17일에 고이즈미 준이치로(小泉純一郎) 총리가 방북했을 때, 김정일 위원장이 납치 사실을 인정한 후 들끓어 올랐던 반북 감정은 벌써 8년여의 시간이 지났지만 좀처럼 가라앉지 않고 있다. 일본 정부도 국민적 차원의 반북 정서에 부딪혀 좀처럼 용인하기 어려운 상황에 처했던 것이다.

이에 대해서 '외국인 학교, 민족학교의 제도적 보장을 실현하는 네트워크' 등의 시민단체들이 '조선학교'를 지원 대상에서 배제하는 것은 또 다른 차별이라며 항의운동을 전개하였다. 한편, 산케이(産経)신문을 비롯한 보수 언론에서는 연일 '조선학교'의 '반일, 친북' 교육을 문제삼는 사설과 기사를 내보냈다.[34] 특히 '납치피해자가족회'의 반대는 국

---

32) http://www.mext.go.jp/a_menu/shotou/mushouka/index.htm(2010. 12. 31. 검색)

33) 각종학교란 학교교육법(1988년 법률 제26호)의 제134조에 기초하여 "학교교육법의 제1조에 규정된 학교(일명 1조교) 이외에 학교교육에 준하는 교육을 시행하는 것으로 소정의 요건을 만족시킨 교육시설"을 의미한다. 각종학교는 공립은 각 도도부현(都道府県)의 교육위원회에서 인가하고 사립은 각 도도부현의 지사가 인가한다.

34) '조선학교'의 무상화를 둘러싸고 악의적인 보도와 사설을 통해 갈등을 주도한 것은 역시 일본의 우익을 대변하는 산케이신문이었다. 특히 8월 이후에는 '조선학교'에 관한 보도가

민적인 반북 정서를 크게 자극하는 측면이 있었다. 그럼에도 불구하고 2010년 10월 21일에 집권당인 민주당은 문부과학성이 주최한 전문가 회의의 논의 결과에 따라 "교과서의 기술 등 구체적인 내용에 상관없이" '조선학교'의 무상화를 용인하였다. 11월 5일에 문부과학성이 조선학교에 무상화 법안을 적용할지를 판단하는 심사기준을 정식으로 발표하자, 이에 '납치피해자가족회'는 같은 날 성명을 내고, '조선학교'의 교과서에 "일본은 납치문제를 극대화하여 반조선인 소동을 대대적으로 전개하였다"고 기술되어 있는 것과 관련해 "인정할 수 없는 모욕"이라고 주장했다. 그리고 '조선학교'에 대한 무상화 실시가 "납치문제에서 일본이 유연해졌다는 잘못된 메시지"를 줄 것이기 때문에, "악영향을 불식할 조치를 취할 수 있는지를 충분히 검토해 줄 것"을 문부과학성에 요구했다.[35]

다카키 요시아키(高木義明) 문부과학대신은 11일에는 '납치피해자가족회'의 대표를 따로 불러 그 심사기준을 설명하였다. 이 같은 사실은 일본 정부가 부정해왔지만, 납치문제를 이유로 '조선학교'의 무상화 적용이 보류되었음을 의미하는 것이었다. 즉, 납치문제나 북핵문제 등에 따른 대북제재 조치의 차원에서 무상화 실시가 보류된 것이라고 할 수 있다. 아무튼 그날 문부과학대신이 설명한 심사기준이란 전수학교의 설치기준을 참고로 한 검토회의의 원안을 기초로 시설면이나 연

한층 많아졌는데, 그 내용의 대개는 마치 북한의 '국민 교육의 장'으로서의 '조선학교'인 듯 선전하며 재일조선인을 북한 국민이라고 동일시하는 착시효과를 노골적으로 노리고 있는 것들이었다.

35) 『時事通信』, 2010. 11. 5.

간 수업시간 등에 따라 정해졌다는 내용이었다. 단, 자체적인 개선을 촉구하는 유의사항이 있을 수 있다면서, 예를 들어 일본 정치·경제 교과서를 교재로 사용하는 안을 제시하였다. 그것은 단지 유의사항일 뿐 강제력은 없다고 한다.[36] 문부과학성은 이러한 심사기준에 근거해 11월 말까지 '조선학교'로부터 신청서를 받아 심사하겠다는 입장이었다.

하지만 11월 23일에 북한의 연평도 폭격이 있고나서 그 입장은 급선회하였다. 같은 달 24일 일본 정부는 조선학교에 대한 고교무상화 적용 여부 심사를 유보할 뜻을 밝혔다. 일본 내 반북 여론이 급격히 확산된 상황에서 "일본이 독자적으로 할 수 있는 일(제재–인용자)이 있으면 할 것"[37]이라며 독자적인 제재를 검토할 뜻을 밝히면서도 '조선학교'의 무상화 절차 진행의 중단이 제재를 의미하는 것이 아니라고는 하지만, 이는 눈 가리고 아웅에 불과하다.

연평도 폭격 사건은 조선학교의 무상화를 둘러싼 논쟁에서 눈에 띄는 활동이 없었던 민단의 태도에도 변화를 초래했다. 조총련이 공식적으로 연평도 사건은 남한의 도발에서 비롯된 것이며 북한은 이에 대해서 자위적 조치를 취한 것일 뿐이라는 공식 입장을 내놓자 민단은 크게 반발했다. 민단의 일부 지방 본부가 북한의 연평도 폭격과 그와 같은 행위를 정당화하고 지지하는 조총련을 규탄하는 삐라를 배포하는 등의 대응을 했으며, 11월 30일에는 급기야 민단의 중앙본부가 나서서 도쿄에 있는 조총련의 중앙본부 앞에서 항의 시위를 벌이고 항의

---

36) 『時事通信』, 2010. 11. 5.
37) 『한겨레신문』, 2010. 11. 25.

문을 낭독하기에 이르렀다. 두 단체가 첨예하게 대립하는 와중에 조선학교에 대한 고교무상화 지원을 반대하는 민단의 입장이 적극적이고 대대적으로 표명되기 시작했다.

민단의 일부 인사와 북한의 인권 운동을 지원하는 모임의 인사들에 의해 이미 반대 운동이 전개되고는 있었지만, 그간 민단 차원에서 대대적인 반대 운동은 자제해온 측면이 있었다. 그 이유 중 하나는 조선학교의 학생 중에 60%에 가까운 숫자가 '한국적'이었기 때문이기도 했을 것이다. 민단신문(民團新聞)은 '조총련 지배로부터의 이탈을 서둘러야 한다'는 제목의 기사를 게재하고, 연평도 사건 이후 "조선학교에 공금을 보조해온 지방자치단체 중에서 그 지급을 유보하려는 움직임을 본격화할 가능성도 있다"고 예측하였다. 그러면서 '조선학교는 조총련 조직의 지배, 즉 북한 독재로부터 이탈해야 한다'며 조선학교에 자녀를 보내고 있는 '동포'들의 이탈을 종용했다.[38]

이렇듯 남북 관계가 군사적 대치 국면으로까지 치달은 2010년은, 일본 정부의 '재일' 사회에 대한 정책이 민단과 조총련의 입장과 반응에 따라 사안별로 대립하는 양상을 띠었으며 상호 불신의 골을 깊게 만들었다. 2007년의 10·4 남북정상선언 이후 일시적으로 해빙 무드를 맞았던 두 단체의 관계도 이제는 다시 복원되기 어려운 상황이 되어버렸다. 특히 남북 관계의 악화와 한일 관계의 공고한 공조는 민단으로 하여금 적극적으로 조총련 조직의 와해 전략으로 전환케 만들었다. 한국 정부가 일본 정부에 그토록 적극적으로 요구하는 외국인 지방참

---

38) 『民團新聞』, 2010. 12. 1.

정권 문제가 해결될 경우, 두 단체의 관계는 민단이 더욱 공격적인 전략을 취함으로써 더욱 확연한 갈등 양상을 보일 것이고 또 둘 사이의 힘의 균형을 점차 잃어가게 될 것으로 전망된다.

5. 재외국민 모의 투표와 '재일' 사회

'재일' 사회는 그 어느 재외국민들보다도 조국의 분단 상황, 즉 남북한의 갈등으로 말미암아 급변하는 정세에 즉각적으로 반응한다. 이는 지리적으로 근접해 있는 이유도 있겠지만, 그보다 과거 식민지 종주국에서 디아스포라로 살아가는 존재, 다시 말해 식민주의의 피해자로서의 역사적 존재라는 측면에서 그 이유를 찾는 것이 옳을 듯하다.

몇 년 전 어느 방송국에서 '조선학교'를 취재하여 방송한 내용 중에 인상 깊은 인터뷰 장면이 있었다. 재일조선인 4세라는 초등학생에게 인터뷰어가 "고향이 어디냐"고 묻는다. 그랬더니 그 학생은 "경상남도 ○○요"라고 대답한다. 일본에서 나고 자란 그가 먼 조상의 고향이 곧 자신의 고향이라고 인식하는 태도에서 알 수 있듯이 그들에게 '고향'은 자신의 내셔널리티를 구성하는 중요한 요소이다. 또한 '재일' 사회는 아직도 향우회 조직이 왕성하다. 따라서 그들은 다른 재외국민보다도 조국에 대한 심리적 거리감이 적어 조국의 정세가 자신들의 삶에 미치는 영향이 크다고 여기는 측면이 강하다.

그들은 자신들이 조국의 산업화와 경제 발전, 그리고 민주화에 크게 기여해왔다고 자부한다. 지금은 경제적 측면에서 미치는 영향이 가장 크다고 할 수 있다. 2010년 9월에 신한은행이 신상훈 신한금융지주사장을 고발하면서 촉발된 '신한은행 사태'에서도 보여주었듯이, 한국의 4대 금융회사인 신한금융지주의 이사회에 '재일' 사회의 자본이 미치는 영향력은 지대한 것으로 확인되었다.

이렇게 볼 때, 2012년 제19대 국회의원선거 때부터 주민등록 또는 국내거소신고를 한 재외국민에게 일정한 심사를 거쳐 선거권을 부여하는 것은 한국 정치에도 그들의 영향력이 크게 미칠 수 있는 계기를 제공할 것이다. 여기서 국내거소신고를 한 재외국민이란 '재외동포의 출입국과 법적 지위에 관한 법률'에 따라 해당 지방자치단체의 국내거소신고인명부에 올라 있는 국민을 뜻한다.

재외국민에게 선거권을 부여하게 된 경위를 간단히 정리해 보면 다음과 같다. 대한민국 국적을 보유한 일본, 미국, 캐나다 등의 영주권자들이 공직선거법 등에 의해 대통령·국회의원 선거권 등의 행사요건으로 주민등록을 한 자에 한해서 부재자신고를 할 수 있도록 함으로써 주민등록을 할 수 없는 재외국민 또는 국외거주자가 기본권을 침해받았다고 위헌청구를 하였다. 이에 2007년 6월에 헌법재판소 전원재판부는 공직선거법 제15조 제2항 제1호, 제16조 제3항, 제37조 제1항 중 "각 관할 구역 안에 주민등록이 되어 있는자"에 관한 부분, 제38조 제1항 중 "선거인명부에 오를 자격이 있는 국내 거주자"에 관한 부분과 국민투표법 제4조 제1항 중 "그 관할구역 안에 주민등록이 된 투표권자"에 관한 부분은 헌법에 합치되지 않는다고 선고하였다. 이러한 헌법불합치 판정에 따라 2009년 2월에 국회를 통해 공직선거법이 개정되었다. 이에 따라 재외국민이 국내 선거에도 투표권을 행사할 수 있는 길이 열린 것이다.

하지만 아직도 시기상조라는 의견에서부터 재외국민 선거권이 '교민사회'를 흔들어 현지 정착을 방해할 것[39]이라는 등의 반대 여론도 만만치 않은 것이 사실이다. 특히 반대론자들은 납세와 국방의 의무 불이행을 들어 재외국민의 선거권 부여에 대해 원칙론적인 입장에서뿐만 아니라, 현실적으로 선거 공정성과 선거기술상의 어려움 등을 들어 반대해왔다. 이에 대해 헌법재판소는 선거 공정성을 확보하는 것은 일차적으로 국가의 과제이며, 그것이 우려된다고 해서 민주국가의 기능적 전제인 선거권 행사를 특정 국민들에 대해 부정할 수 없다고 지적했다. 또한 선거기술상의 어려움도 정보통신기술의 발달 등으로 충분히 극복할 수 있다고 보았다.

재외국민 선거를 관장하는 선거관리위원회와 외교통상부는 2010년 11월 14일과 15일 양일간에 걸쳐 그 준비를 위한 관리기반의 조기 완비, 관리 절차 검증·보완 및 재외국민의 재외선거 인지도 제고를 위하여 모의 재외선거를 실시하였다.[40] 유권자 수 229만여 명이 될 것으로 예상되는 재외국민은 모국의 선거에 주요 변수로 작용할 가능성이 있어 모의투표 결과에 언론은 주목하였다. 모의투표의 결과는 지역에 따라 큰 차이를 보였다. 그 중에서 일본에서의 투표율이 가장 높게 나타났다. 모의 재외국민 선거에 전체 등록 선거인 10,991명 중 4,203명이 참가하여 전체 평균 투표율이 38.2%에 그친 반면, 도쿄(東京) 주일

---

39) 『조선일보』, 2010. 3. 16. 사설.
40) 중앙선관위는 그 외 이번 모의선거의 목적은 선거 과정에서 드러난 문제점이 있을 경우 그것을 해결하기 위한 입법이 필요하면 개정의견을 제출하고 외교통상부·법무부 등 관계기관과 협의하는 등 공정하고 효율적인 관리방안을 마련하기 위해서라고 밝혔다.

한국대사관과 오사카(大阪) 총영사관 등 두 곳에 모의투표장을 마련한 일본에서는 63%라는 월등히 높은 투표율을 나타낸 것이다. 이는 지난 9월 마감한 참가 신청에는 당초 선관위가 배정한 500명을 훌쩍 넘어 1,511명이 신청서를 냈고, 이 중 적격 판정을 받은 1,475명만이 투표 자격을 얻어, 이틀 동안에 933명이 투표에 참여한 결과였다. 이미 앞서 지적했듯이 미국과 유럽지역에 비해 일본은 지리적으로 가까워 한국 정치 상황에 체감도가 높을 뿐만 아니라, 강제 이주해 온 후손들이라는 점에서 모국에 대한 정치 참여 욕구가 높았던 결과라고 하겠다.

이러한 결과는 일본의 전체 유권자가 47만 3천여 명에 달하는 것을 감안한다면, 당장 2012년도에 실시될 총선과 대선에서부터 중요한 변수가 될 가능성이 있음을 의미한다. 특히 대선의 경우에는 최근 선거 결과에 비춰볼 때, 제15대 대통령 선거 때 1·2위 후보 간의 득표 격차가 39만여 표, 제16대 대통령 선거 때는 1·2위 후보 간의 득표 격차가 57만여 표였던 만큼, 일본에서의 투표 결과가 모의투표 때와 마찬가지로 높은 투표율로 나타날 경우 일본에 거주하는 유권자 수가 당락을 좌우할 수 있기 때문이다.

그런데 2007년에 헌법재판소가 재외국민의 선거권과 관련해 내린 판결 중에 '재일' 사회를 염두에 둔 흥미로운 내용이 있다. 사실 1999년에도 재외국민의 선거권 제한과 관련해 위헌 청구가 있었지만 그때는 합헌 결정을 내린 바 있다. 그때 합헌 판결을 내린 이유 중 하나가 바로 분단이라는 특수한 상황에서 북한 주민과 조총련계 재일동포에게 선거권을 부여하게 될 위험성이었다. 그때까지만 해도 북한 주민과 동일시된 조총련계의 존재 때문에 '재일' 사회가 항시적인 위험군으로 취급되었던 것을 알 수 있다. 따라서 2007년의 합헌 불일치 판결은 '재일' 사회에 내재한 항시적인 위험성을 회피할 방도를 제시하며 내린 것이라고 할 수 있다. 그 방도의 근거는 재외국민등록제도 및 국내거소신고제도의 시행이고, 그에 따라 재외국민을 대한민국 여권의 소지 여부로 한정할 수 있다는 것인데, 그렇게 되면 북한 주민이나 조총련계 재일동포을 배제할 수 있다는 논거였다.

앞서 살핀 바처럼, 일본 사회가 지금처럼 '재일' 사회에 대해 동화와 차별이라는 분할 정책의 기조를 지속할 경우 '한국적'과 '조선적'으로 나뉜 역사성 때문에 '재일' 사회는 심각한 분열을 초래할 가능성이 높다. 이는 재외국민에게 선거권을 부여하는 등의 한국 정부의 '재일' 사회에 대한 정책과 맞물려 더욱 심각해질 수밖에 없다. 사실 한국 정부는 2000년대에 들어서 '조선적'의 동포 사회에도 문호를 개방해왔다. 2004년에 정부(외교부)가 국가인권위에 보낸 답변서에 따르면 "모든 조선적(朝鮮籍) 동포에게 여행증명서 신청 문호가 개방되어 있으며, … (중략)… 지난 5년간 여행증명서 발급실적은 1만 1,819건이며 그동안 총 4건의 거부 사례가 있었고 거부한 사유는 간첩사건 연루, 친북활동 등"이었다.[41] 그러나 한국 정부(영사관)가 최근 '조선적' 동포에게 입국

---

41) 12월 10일 국가인권위원회는 '조선적(朝鮮籍) 동포의 국적취득 강요에 의한 인권침해에 관한 진정 건(2009. 7. 15)'에 대해 「남북교류협력법」 및 「여권법」의 취지에 부합되지 않을 뿐만 아니라 「헌법」 제10조, 제14조, 제19조에서 보장하는 기본적 인권을 침해했다고 판단된다며, 외교통상부 장관 및 주일 오사카 한국영사관 총영사에게 다음과 같이 '시정권고조치' 결정을 내렸다. 1) 외교통상부 장관에게 재외공관에서 조선국적의 재일조선인에 대한 여행증명서를 발급할 때 국적 전환을 강요, 종용하거나 이를 조건으로 하는 관행을 시정하고 이에 부합하도록 재발 방지 대책을 수립할 것을 권고한다. 2) 주일 오사카 한국영사관 총영사에게 향후 유사한 인권침해 사례가 발생하지 않도록 피진정인에 대한 자체 교육을 실시할 것을 권고한다.

비자(여행증명서)를 발급하지 않는 사례가 속출하고 있다. 이 같은 현상들은 과거 대한민국 수립 이후 정부가 '재일' 사회에 대해 취해온 '기민(棄民) 정책'을 '조선적' 동포에 한정해 다시금 실행한 결과라고 할 수 있다.

그 어느 지역의 재외국민보다 조국의 정치에 높은 관심을 가지는 '재일' 사회이기 때문에, 향후 재외국민 투표의 실시는 민단의 조국에 대한 정치적 영향력을 확대해갈 것이다. 그러나 그것이 '재일' 사회 전체에 대한 민단의 영향력 확대로 해석될 수 있는지는 미지수다. 그 이유는 오히려 그로 인해 '재일' 사회 내의 갈등과 분열이 조장될 가능성도 배제할 수 없기 때문이다.

2011년은 1년 뒤의 총선과 대선을 앞둔 시점인 만큼, 한국 정치권이 어느 정도의 수위에서 재외국민 선거의 문제를 다룰 것인지에 따라 그 잠복해 있던 문제가 부각될 가능성도 배제할 수 없다. 이미 모의투표에서 확인했듯이, '재일' 사회는 2012년에 있을 사상 첫 재외국민투표에서 다른 어느 지역보다 높은 투표율을 나타낼 것이고, 한국의 정치권은 그들을 최대의 재외국민 유권자로 대할 것이기 때문이다. 그들 사회는 그로 인해 초래될 안팎의 많은 논란과 갈등으로부터 자유로울 수 없으리라는 예상이 가능하다. 그리고 사실 선거의 장은 정치 교육의 장인 동시에 국민 교육의 장이기도 하다. 그렇기 때문에 '재일' 사회가 선거권의 유무에 따라 국민과 비국민이라는 배타적 관계로 분할될 것은 불을 보듯 뻔한 일이다.

6. 한일 '병합' 100년과 재일한국인(조선인)의 리얼리티

한일 '강제병합' 100년을 맞아 간 나오토 수상은 2010년 8월 11일에 담화를 발표했다. "올해는 일한 관계에 있어서 중요한 전환기의 해입니다"로 시작한 이 담화 내용에 대해 한국 여론은 다소 불충분하다는 평가가 지배적이었다. 하지만 조선왕조의궤 등의 강탈 문화재를 반환하겠다는 말에 일부 언론은 주목했고, 이후 그 후속 조치에 관심을 기울였다. 그러다 보니 정작 이번 담화가 함의하는 바가 무엇인지에 대한 논평은 찾아보기 힘들었다. 필자는 간 나오토 수상의 이번 담화 중에서 마지막 문장에 주목할 필요를 느낀다. 그는 마지막에 "저는 이 커다란 역사의 전환기에 일한 양국의 관계가 보다 깊게 보다 굳건해지기를 강력히 희망하는 동시에, 양국 사이의 미래를 열기 위하여 부단한 노력을 아끼지 않겠다는 결의를 표명합니다."[42]라고 했다. 이를 통해 담화의 본의가 첫째는 한미일 삼국의 동맹을 통한 대중국 전략의 차원에서 발표한 것이고, 둘째는 그 연장선상에서 한반도의 대표로 남한을 상정한 것이라는 사실을 알 수 있다. 식민지 역사의 청산 문제에서 북한에 대한 배상 등의 현안을 배제할 수 없다는 사실을 누구보다 잘 알고 있으면서 애써 북한을 배제하려는 의도는 불순한 것이라고 하지 않을 수 없다. 북한의 조선중앙통신은 이에 대해 '강도적 본성', '용납 못할 죄악', '대동아공영권 야망'과 같은 표현을 써가며 강력하게 비난했

---

42) 간 나오토 수상의 담화 전문은 다음의 사이트에서 인용하여 번역한 것이다. http://blog. goo.ne.jp/harumi-s_2005/e/d3b33312378628cbde55884e36383a07(2010. 12. 31. 검색)

다고 한다.[43)]

　그리고 2011년 벽두에 일본의 한 언론은 복수의 한·일 외교 소식통을 인용해 "자위대와 한국군이 처음으로 평시 협력 등 한·일간 안전보장 협력 강화를 핵심 내용으로 한 공동선언을 발표하는 방향으로 검토를 진행하고 있다"고 보도했다. 실제 2011년 1월 4일에 국방부는 "일본의 기타자와 도시미(北澤俊美) 방위상이 내주 한국을 방문해 김관진 국방장관과 군사비밀보호협정 체결 문제 등을 논의할 예정"이라고 밝혔다. 한국은 1945년 2차대전 패배 후 지금까지 일본과 어떤 군사협정 등을 체결한 전례가 없는 상황에서 그 논의 결과에 따라서는 커다란 논란이 예상된다.[44)]

　천안함 사건과 연평도 포격으로 한반도 긴장이 고조된 상황을 통해 일본은 군사대국화 내지는 자위대의 군대화를 추진하는 양상을 띠고 있다. 일본의 헌법을 흔히 '평화헌법'이라고 부르는 이유는 헌법 제9조에서 '전쟁 방기', '전력 불보지(不保持)', '교전권의 부인'을 명시하고 있기 때문이다. 그런데 최근 일본 정부의 군사 정책은 우려할 만한 방향으로 변화하고 있다.

　이러한 일련의 변화가 대(對)한반도 정책에 그치지 않고, '재일' 사회에도 영향을 미치고 있다는 사실을 간과해서는 안 된다. 이제까지 일본의 대(對)한반도 정책이 국가정체성을 둘러싼 '내치(內治)'의 문제

---

43)　연합뉴스(http://www.yonhapnews.co.kr/bulletin/2010/08/20/0200000000AKR201008200405000 14.HTML?did=1179m: 2010. 8. 20. 검색)

44)　2012년 8월 정부가 추진한 한일군사협정 체결과 관련한 내용이 언론에 공개되자 커다란 반발 여론이 형성되었다. 그 후 정부는 한 발 물러선 상태이다.

에 줄곧 중요한 영향을 끼쳤다는 점을 감안하면, 우선 '재일' 사회에 대한 일본 정부의 정책 변화를 쉽게 예상할 수 있다. 2009년 말 지지(時事)통신의 보도에 따르면, 일본 내각이 실행한 "외교에 관한 여론조사"에서 한국에 대해 '친밀함을 느낀다'는 국민이 1978년부터 조사한 이래 최고인 63.1%였다고 한다. 그러한 국민의식의 변화는 일본 정부가 그만큼 '한국적'의 재일동포에 대해 우호적인 정책을 펼칠 수 있는 환경이 마련되었음을 보여주는 것이라고 할 수 있다. 한편, 2003년부터 일본에서 불기 시작한 한류 열풍은 일본 사회가 재일조선인(한국인)에 대해 또 다른 방향에서 관심을 갖기 시작하는 계기를 제공했다. 한류는 한국과 일본 사이의 다양하고 다층적인 왕래와 교환을 대폭 증가시켰을 뿐만 아니라, 한국과 한국인·조선인에 대한 기존 부정적 이미지를 비롯해 수많은 측면에서 변화를 가져온 극적인 사회현상이었다. 1965년의 국교정상화 이후 민단을 중심으로 한 재일한국인은 한국과 일본 사이의 '가교' 역할을 자임해왔다.

한류 열풍 이후 한일 간의 문화 교류가 문화산업이나 교역의 거시적 차원으로 확대되면서 대자본의 직접 투자가 늘어났다. 그로 인해 오히려 그들은 '가교' 역할을 박탈당하거나 그 활동이 위축되는 경향도 없지 않았다. 다시 말해 일본 사회에서 그들은 한류로 인해 부정적인 이미지가 어느 정도 교정될 기회는 얻었지만, 한편으로 그들이 한국과 한국인을 표상하는(represent) 위치에서 소외되는 측면도 나타났다. 그럼으로써 그들은 일본 사회 안에서 스스로가 자기 존재성을 강하게 언급해야만 하는 새로운 정치적 과제를 껴안게 되었다.

가령, 윤손하가 출연한 일본 드라마 「파이팅 걸」(2001)과 「굿 럭!」

(2003)이나 배용준이 출연한 일본판 「호텔리어」(2007) 등에서 그들의 배역은 '한국인'이다. 2009년에 고아라가 출연하여 시청률 1위를 기록했던 드라마 「화려한 스파이」에서 그녀가 연기한 것도 '재일한국인'이 아닌 동시대를 살아가는 '한국인'(한국 여배우)이었다. 반면, 그와는 대조적으로 「피와 뼈」(2005)나 「박치기」(2006)와 같은 영화 속에서 재일조선인(한국인)은 주로 역사화된 과거의 존재로 그려졌다. 과거 일본 사회의 시선이 그들을 프리즘으로 한국(혹은 북한)을 바라봤다면, 이제는 한국(문화)을 표상하는 한류를 계기로 직접 한국 사회로 향하고 있는 것이다. 이러한 분리의 시선은 재일조선인(한국인)의 삶을 탈역사화하는 쪽으로 움직이기 마련이다.

한편, 2002년 9월 고이즈미 준이치로(小泉純一郎) 총리의 평양 방문 때 김정일 국방위원장이 과거 일본인의 납치 사실을 인정한 이후 일본 내 반북 감정이 최고조에 이르렀다. 이는 곧바로 조총련계 조선학교를 비롯한 '조선적'의 동포 사회에 대한 일본 사회의 폭력으로 이어졌다. 그것이 일부의 우익 단체의 폭력이기는 했지만, 그로 인해 적지 않은 일본 국민들이 '조선적' 재일동포를 북한 국민과 동일시하게 되었으며 인종차별적인 시선이 여전히 존재한다. 그러한 불미스런 사건들이 발생한 배경에는 북한의 통칭인 '북조선'과 관련한 일본 국내의 보도가 '조선적(朝鮮籍)'과의 동일시를 조장한 측면과, 또 그로 인한 국민적 착시 현상에 기인한 측면도 많다. 그 한 예로서 최근 문부과학성이 국제과장(芝田政之)의 명의로 각급 국립연구소 및 대학에 의뢰한 공문의 내용을 들 수 있다.[45] "북조선적을 가진 연구자 및 학생과의 교류가 확대되지 않도록 유의"할 것을 주요 내용으로 한 이 공문은 외무성의 협조 요청에 따른 공문인 것으로 보아 문부과학성뿐만 아니라 다른 부처에도 동시에 보내진 것으로 짐작된다.

하지만 이 공문에서 표명한 '우려'처럼 일본 내에는 북한과의 국교가 없기 때문에 '북조선적을 가진 연구자나 학생'은 거의 존재하지 않는다. 그런 현실을 감안할 때 이 같은 공문 행위는 대북한 '안보' 의식을 조장하기 위한 퍼포먼스에 지나지 않는 것임을 알 수 있다. 다시 말해, 이 공문 안에 수차례 반복되어 있는 기표로서 "북조선적을 가진 자(재일조선인은 제외)"는 '북조선적(北朝鮮籍)'과 '조선적(朝鮮籍)'의 동일시라는 착시 효과를 오히려 조장한 것임에 분명하다. 그로 말미암은 사회적 무의식은 북한과의 관계가 정치적 현안으로 이슈화될 때 재일조선인(한국인)〔특히 '조선적'의 동포들〕의 생활권에 깊숙이 관여하기 마련이다. 지난 2010년 9월 하토야마 민주당 정권 수립 이후 외국인 참정권 문제가 현안으로 이슈화되는 중에 일본의 우익 단체가 그것을 강하게 반대하면서 반북 감정을 부추기는 이유도 그와 같은 맥락에서 이해될 수 있다.

한편, 앞서 살핀 것처럼 현안으로 떠오른 외국인 지방참정권과 '조선학교'의 고교무상화 문제를 둘러싸고 벌어지는 '재일' 사회의 갈등과 분열은 한층 가속화될 것이다. 그리고 일본 정부는 '한국적'과 '조선적'

---

45) 7월 10일 자의 공문, 「國際連合安全保障理事會決議第1874號を受けた北朝鮮籍を有する研究者及び学生との交流における不拡散上の留意点について(依頼)」(21文科際第6062號)

의 구별짓기 정책을 지속할 것이다. 특히 조선학교의 고교무상화를 둘러싼 논란에서 알 수 있듯이, 민단의 조총련에 대한 공격적인 대응은 그러한 일본 정부의 정책을 토대로 더욱 가속화될 것이다. 한국과 일본 사이의 대북한 정책의 공조가 '재일' 사회에 대해서는 대조총련 정책의 공조로 나타나는 측면이 있다.[46) 이는 2010년에도 아직 입법화가 현실화되지 못했던 외국인 지방참정권 문제가 쉽게 풀릴 수 있는 환경이기도 하다. 대포동 사건과 북핵, 일본인 납치, 천안함 사건, 연평도 폭격 사건, 3대 권력세습 등 악재가 거듭되는 상황에서 조총련 측은 '동포'의 조직 이탈을 우려하고 있을지도 모른다. 만약 외국인에게 참정권이 부여되면 그 이탈의 우려는 한층 현실화될 가능성이 높다. 왜냐하면, 외국인에게 참정권을 부여한다 해도 대북 관계의 개선이 없이는 '조선적'의 동포를 배제하는 방향에서 입법화될 가능성이 높기 때문이다.

일찍이 윤건차(尹健次)가 말한 것처럼, 이미 '재일' 사회를 '전체'로서 논하는 것이 곤란한 시대가 되었다. 그것은 '재일' 사회의 중심축으로 여겨지던 민족이라는 이념이 리얼리티를 상실해가고 있기 때문이다.[47) 이 말은 그들의 삶이 조국의 분단 상황으로부터 완전히 자유로

---

46) 2010년 9월 30일 서울고법은 남·북한 어느 쪽 국적도 갖지 않은 '조선적' 재일동포의 입국을 불허한 영사관의 처분은 정당하다는 판결을 내렸다. 정영환 씨는 2009년 6월 민족문제연구소가 여는 한·일공동심포지엄에 참석하려고 오사카총영사관을 찾았지만 여행증명서 발급 거부 처분을 받자 지난해 소송을 제기했다. 앞서 1심 재판부는 "국가의 안전보장 등에 대한 명백한 위험사유가 있다고 보기 어렵다"며 원고 승소 판결한 바 있었다(한겨레신문, 2010. 10. 3).

47) 尹健次, 『「在日」を生きるとは』, 岩波書店, 1993, 240쪽. 윤건차는 이러한 현상이 나타나는 것은 1970년대 말부터라고 한다.

워질 수는 없겠지만, 점차 민단이나 조총련의 기존 조직으로부터 일정 정도 자유로운 삶을 추구하기 시작했음을 의미하는 것이 아닐까. 최근 일본 국내 정치 상황과 한반도의 정세 그리고 동아시아 질서의 유동성 등 안팎으로부터 그들의 삶을 강제하는 변화 기제는 다양할 것이다. 하지만 이제 그들의 삶은 '생활자'로서의 리얼리티에도 민감하다. 이미 남북한의 정치적 대리인을 자처하며 민단과 조총련이 벌여온 관성화된 갈등과 분열로부터 벗어나고자 하는 움직임이 곳곳에서 일어나고 있다. 당장 그러한 움직임에는 큰 변화가 없을 것이라 판단된다.

제3부

전후와 센고(戰後)의 사이에서

제10장

'전후'와 '센고(戰後)'
― 식민지 역사에 관한 기억/망각

1. 들어가면서

과거는 언제나 현재의 우리에게 짐 지어져 있는 부하(負荷)와 같은 존재이다. 개인적으로든 사회적으로든 그 같은 과거를 역사 혹은 기억으로써 재구하는 이유는 결국 '지금―여기'의 우리를 규정하기 위한 것이다. 사회적인 측면에서 보면, 최근 역사논쟁과 관련해 크게 이슈가 되고 있는 친일과 식민지 역사 청산, 그리고 고구려 역사를 둘러싼 논쟁이 그러하다.

역사란 결국 시간의 문제이다. 즉, 이미 흘러간 자연적인 시간을 '지금―여기'에 맞춰 어떻게 역사로 만들어내고 규정할 것인가의 문제이다. 이 글에서는 한일 두 나라의 '전후'를 대상으로, 과거 식민지 역사가 어떻게 기억 혹은 망각되어 왔는가를 살피고자 한다. 기본적으로 두 나라는 '전후'의 의미를 다르게 사용한다. 양국은 매년 8월 15일을 각각 '광복'＝독립과 '종전'＝패전이란 말로 다르게 재현, 곧 기념하고 있다. 일본은 패전 이후를 '센고(戰後, 이하 전후로 표기)'라고 부르지만, 한국의 전후는 한국전쟁 이후를 가리킨다. 그 차이는 양국의 구성원 각자(문학자나 역사가 등)나 제도가 과거 식민지 역사를 기억(혹은 망각)하는 방식에 있어서도 다르게 나타나는 중요한 원인 중 하나이다. 그러한 전제 위에, 이 글에서는 케이스 스터디로서 우선 유아사 가쓰에(湯淺克衛)와 백철이 식민지시대의 기억을 어떻게 공적(公的)으로 재현하고 있는가를 다룰 것이다. 그리고 식민지의 기억으로써 '국문학'이라는 제도의 문제를 다룰 것이다. 그것을 통해, 두 나라의 '전후'가 어떻게 재현되었고, 또 그것이 '전후' 인식으로 자리하게 되었는가를 고찰할 것이다.

2. 식민 작가의 기억 방식과 일본의 '전후'

소설 「간난이(カンナニ)」로 한국과 재일한국인 사회에 잘 알려진 유아사 가쓰에는 조선을 소재로 한 많은 작품을 남긴 대표적인 콜론 2세 작가이다. 그는 전전(戰前)의 조선(인) 소재의 작품을 '전후'에 복원하거나 삭제하는 방식을 통해 개인 차원의 식민지 기억을 재구성했다.

우선 그의 대표작인 「간난이」부터가 그렇다.[1] 패전 직후(1946년) 고단샤(講談社)에서 발행된 그의 전후 첫 창작집인 『간난이』의 후반부 46

---

1) 이와 관련한 더 자세한 논의는 이 책의 3장 참조.

매의 삭제부분에는 3·1 독립운동 당시의 수원교회 방화사건과 주인공 간난이가 일본인의 군도(軍刀)에 살해되는 데까지가 그려져 있다. 조선에서 패전을 맞이한 그는 일본으로 인양되는 도정에서 '조선민족'이 독립을 환호하는 '경성'의 풍경을 보았다. 그리고 10년 전 「간난이」를 상기하였다. 작가에게 검열은 '상처'이다. "일본문학자의 양심의 등불"[2]이라고까지 평가되는 「간난이」의 '상처'는 자신이 식민지주의의 피해를 입은 작가임을 내세우기에 충분한 서사이다. 덧붙여 그는 창작집 『간난이』의 '후기'를 통해 당시 '무의식중에 저지른 일'을 반성하고 있다. 식민지주의에 의한 정치적 피해자로서의 자신을 언급하기에 너무도 적절한 개인사적 소재인 「간난이」의 '상처'를 통해, 그는 정치적 책임을 면죄 받으려는 의도를 감추지 않았다. 다시 말해 그는 「간난이」의 복원(?)을 통해 과거 식민지주의에 대한 피해의식과 반성이 동시에 존재하는 '자기'의 이력을 서사화하고 있는 것이다. 그것이야말로 식민지주의에 대한 '전후'적인 기억/망각 방식의 전형적인 한 예라고 할 수 있다.

반면 유아사는 1942년에 발표한 「푸른 하늘 어디까지(青空何處まで)」의 '전후'(1947) 복간본에서는 그 작품의 일부를 스스로 삭제한다. 소설에는 거국일치의 임전체제를 목적으로 '국가총동원법'(1938)이 실시되는 상황 아래서 총후(銃後)의 임무를 수행하는 등장인물들의 일상

---

2) 黑田しのぶ가 '정복자의 비대해진 심장에 비수를 꽂은 작품'(「カンナニ」『私の文學鑑賞』, 1955, 峰書房), 中村新太郎가 '많은 문학사는 침묵하고 있지만, 일본문학자의 양심의 등불로서 기억될 만한 작품'(「日本のなかの朝鮮像」『日本と朝鮮』, 1975, 9월호)이라고 높이 평가하였다.

이 그려져 있다. 그 소설의 후반부 세 장에서는 마쓰다 히코지로(松田彦次郎)로 창씨개명을 한 조선인 소년 '이만세(李萬世)'가 전면에 등장한다. 이만세는 지원병이 되고자 했지만, 연령 제한에 걸려 단념한다. 그러나 그가 일하던 농장 주인의 딸(일본인)의 조언으로, 그는 '나라를 위해 헌신하는' 다른 방도로서 '만몽개척 청소년 의용군'에 지원하고자 결심한다. 그러나 그는 주위의 만류와 설득으로 '직역봉공(職域奉公)'의 길, 즉 '지원병이 되는 것도, 만주개척의 의용군이 되는 것도, 동아공영권의 의의도' 모두 같은 의의를 갖고 있으며 고로 자신의 '위치'에서 '봉공'하는 길에 매진할 것을 결정한다. 그러한 내용을 담고 있는 삭제된 후반부 세 장의 소제목은 각각 「이만세」, 「의용군」, 「아름다운 정열」이다.

국가에의 봉공을 위해 불타는 정열을 보이는 조선인, 그리고 오히려 그것을 억제하는 일본인. 그런 일본인들에게 유아사는 이만세의 입을 통해 국가에의 '봉공' 의식과 정열이 과부족함을 꾸짖기도 한다.

어느 날 한 통의 편지를 받고 이만세는 상기된 얼굴로 농장에 나타난다. 그 편지는 전장으로 징병되어 나간 그의 형, 태준에게서 온 것이었다. 그 내용은 태준이 전방에서 말라리아와 이질에 걸려 야전병원으로 "불명예스럽게" 이송되었다는 것이었다.

> "이 불명예에 대해 부끄럽게 생각합니다. ……그렇지 않아. 뭐가 불명예라는 거야. 너는 훌륭히 싸웠다. 그리고 병에 걸린 것이 아닌가. 다리 하나를 잃는 거나 병에 걸리거나 매한가지 명예로운 상이군인이다. 너는 우리 농장의 자랑이다."

"불명예가 아닙니까."

만세가 얼굴을 들었다. 아직 반신반의하는 기색이다.

"불명예라니 무슨 말을 하는 거냐. 태준이 불명예라고. 또 한 번 말해 봐라. 그 혀를 뿌리 채 뽑아 버릴 테니."

만세는 머리를 긁으며 이제야 겨우 얼굴이 온화해 졌다.

"그렇다면 다행입니다, 저도 안심했습니다."

…중략…

"태준 군은 절대 알리지 말아 달라고 버텼으나, 조금도 불명예스러운 일도 아니라며, 너는. 훌륭한 상이군인이라 권하여……"

아버지는 편지를 넘기면서 말을 잇는다.

"그것 봐라. 중대장님도 분명히 말씀하시지 않냐. 친절한 중대장님이구나. 태준이는 행복한 놈이지 않느냐. 태준이도 마음가짐이 훌륭하다.

만세는 이번에는 얼굴이 빨개져 눈물을 흘렸다.

"어, 또 만세가 울고 있어, 이번에는 기쁨의 눈물이네."[3]

유아사에 의해 삭제된 「아름다운 정열」 중 한 대목이다. 그는 무엇을 감추고 싶었기에, '전후'에 이 부분들을 삭제하였을까. 아니, '전후'는 그에게 그 부분들을 삭제토록 만들었을까. 우선, 중대장과 태준, 농장의 주인 가족과 만세의 관계로 작품에서 표상되는 일본인과 조선인의 관계 때문일 것이다. 소설은 농장 가족의 일상을 줄곧 서사하다가, 「이만세」 이후 「의용군」, 「아름다운 정열」에서는 그들의 시선을 이만세에 대한 관찰자 시점으로 전환시키고 있다. 그러면서 징병의 자발성

---

3) 池田浩士 편, 『カンナニ 湯淺克衛植民地小說集』, インパクト出版會, 1994, 420쪽.

등 국가에 '멸사봉공'하는 열혈 조선인의 삶과 그것을 지켜주는 일본인의 도덕적 윤리를 그리고 있다. 앞서 언급했듯, 유아사는 「간난이」 이후 조선(인) 소재 소설을 많이 써온 작가로 잘 알려져 있지만, 실제 그 작품들의 하나하나를 들여다보면 그 안의 조선인은 대개 기생, 총각, 선동(鮮童) 등으로 불리는 후경화된 존재로만 그려져 있다. 그런 점에서 후반부 3장을 통해 조선인 이만세를 전경화하고 있는 「푸른 하늘 어디까지」는 다른 작품들에서는 볼 수 없는 예외적인 작품이다. 그 예외성은 그가 '전후' 새롭게 국민문학을 고려한 위에 과거의 작품들을 재출판할 때 두드러질 수밖에 없었다. 그래서 자신의 과거 행적에 윤리적으로 문제가 될 가능성이 있는 '전후' 국민문학에서 예외적인 부분, 즉 스스로 '멸사봉공'하는 타자(조선인)에 대해 억압한 과거를 일체 삭제시킨 것이라 할 수 있다.

유아사는 '전후'라는 패러다임 안에서 앞의 두 작품을 각각 복원과 삭제라는 극단적인 방법을 통해 자기의 과거/타자의 과거를 감추려 했듯, 때로는 '기억과 망각'의 교묘한 재배치를 통한 자기정당화를 위해 그 과거를 '선택적'으로 재현하였다. 이 문제가 중요한 것은 유아사 개인의 문제가 아닌, 일본의 '전후'가 '제국'의 기억을 어떻게 재구해 왔는가라는 문제와 결코 무관하지 않다는 점 때문이다.

일본은 '전후'에 과거 '제국'의 역사를 영위한 가해자로서 '국민'의 역사를 기술하는 것이 커다란 부담이었다. 그 때문에 일본 사회는 '포스트 전후'로의 전환을 서둘러 왔다. 가와무라 미나토(川村湊)의 말을

빌자면, 일본의 '전후'(문학)는 '귀환하는 것(歸ること)'[4]으로부터 시작했으며, '전후' 일본 사회는 과거 '제국'의 역사를 말하는 것 자체를 '소아병적'이라고 할 만큼 금기시해 왔다고 한다. 한편, 1956년에 이미 한 평론가는 '이미 전후가 아니다'라고 주장했다. 그는 '전후'라는 말을 '편리한 것' 혹은 '만능열쇠'라고 비유하여 부정적으로 파악했다. 그리고 그것을 극복하기 위한 '포스트 전후'의 사상을 제안했다.[5] 80년대에 들어서는 민족(혹은 국가)을 방어하기 위해 불의의 전쟁을 가상하는 것마저 주저하지 않는 호전성을 드러낸 '포스트 전후'론이 정치가나 평론가들에 의해 주장되었다. 이른바 '보통국가론'이라 부르는 정치언어의 정체가 그 한 예일 것이다. 또 그 '보통국가론'의 주장은 과거 전쟁의 기억을 망각하고, 전쟁을 영구히 포기한다는 헌법 9조를 폐기하고, 전쟁 수행능력을 갖춘 국가를 구축하는 내용으로 수렴되고 있다.

그리고 가와무라 미나토는 '전후(문학)는 끝났다'는 전제 위에 재일조선인(한국인)문학을 다뤘다. 그는 재일조선인(한국인)문학을 '재일성(在日性)'과 '민족성＝조선성' 사이의 '현실에서 저어(齟齬)하고 모순된 욕망'이 낳은 것이라고 말한다. 재일문학이 국민국가라는 이념 아래서 '과도기적, 예외적인 존재'라고 단언하지만, 이는 조급한 견해인 것처럼 보인다. 재일조선인(한국인)문학의 존재는 '전후' 일본 사회에 왜 재일조선인(한국인)이 존재하고 있는가/존재하지 않으면 안 되었나, 라는 역사와 관련된 문제이다. 자연적인 시간의 흐름에 맡긴 채, 식민지의

---

4)　川村湊,『戰後文學を問う』, 岩波新書, 1995, 1쪽.

5)　中野好夫,「もはや'戰後'ではない」,『文藝春秋』, 1956, 2월호.

역사를, 또 그 역사의 유제(遺制)를 역사책의 페이지 넘기듯 하며 과거의 극복을 말하거나 '역사화'시키는 것은 폭력이나 다름없다. 일본에는 '전후'는 물론이고 오늘날에도 제국주의가 잔존해 있다. 그렇기 때문에 재일조선인(한국인)문학은 쓰여지지 않으면 안 되었던 것이다. 오히려 식민지주의를 '역사화'하려는 폭력적인 '전후'가 존속하는 한, '식민지주의의 유제(遺制)'로서 재일조선인(한국인)이 존재하듯 재일조선인(한국인)문학은 일본 사회에서 계속 존재할 것이기 때문이다.

특히, 90년대는 일본 사회의 전반에 있어서 '소아병적'이라고 할 만큼 금기시해 왔던 식민지 역사를 노골적으로 표면화하기 시작한 시기라고 할 수 있다. 그 분위기는 식민지 역사를 서사하는 것을 독점해 온 좌파나 전후 민주주의 지식인에게도 "철저한 자기반성이 필요"한(와다 하루키和田春樹) 시대임을 깨닫게 하였다. 그런 사회적 배경 속에서 헌법과 전사자 문제 등을 둘러싼 '전후'상과 전쟁 책임에 관한 문제제기로서, 학계에 '역사주체' 논쟁의 단초를 제공한 것이 가토 노리히로(加藤典洋)의 『패전후론(敗戰後論)』(講談社, 1997)이었다. 한국에서도 『사죄와 망언의 사이에서』(창작과 비평사, 1998)라는 타이틀로 번역된 이 책은 '내향적 내셔널리즘'과 '건전한 내셔널리즘'이라는 상반된 비판과 평가를 받아 왔다. 특히 다카하시 데쓰야(高橋哲哉)는, '일본의 3백만 죽은 자를 애도'하는 문제를 부각시킨 가토의 주장은 전후 일본이 거의 대응하지 않으려 했던 '오욕의 기억'을 오히려 망각하게 했다고 보았다. 그리고, 죽은 자의 목소리에 응답할 가능성을 가로막고 만 것이라고 비판하였다. 이른 바 '애도공동체'라는 새로운 '우리들'=공동체를 창안하여 내셔널리즘의 재흥을 꾀하고 있다고 지적하였다. 적어도 식민지 역사는 자/타의 구획을 초월해 존재함에도 불구하고, 가토의 발상엔 이미 그 역사를 자/타로 구획된 범주에 가두려는 의도가 전제되어 있다. 그러하기에 자/타의 구획을 위한 그런 '기억과 망각'의 교묘한 혼재는 바로 역사의 수정을 동반함을 지적하지 않을 수 없다.

'새로운 역사교과서 만드는 모임'의 역사교과서(후소샤扶桑社)는 개인의 차원을 초월한 국민 혹은 민족 단위의 '제국'의 기억에 대한 '선택적' 재현의 전형적인 방식을 취한 것이다. 그것은 주변국의 비판에 특유의 '집단적 침묵'으로 일관했던 예전의 역사교과서 논쟁과는 전혀 다른 성격의 것이었다. 우선, 그 차이는 주변국에 대한 식민지 지배의 역사를 서사화하는 데 있어 적극적이라는 점이다. 그리고, 그 대응논리에서도 타자를 배제한 자기완결적인 구조를 지닌 '국민의 역사'를 적극적으로 옹호하는 데서 출발하고 있다. 그 안에서는 '우리'와 타자를 구분하여 끝없이 후자가 그 역사 안으로 들어오는 것을 억압하는, 즉 배타적 '우리'＝국민을 규정하고자 한다. 그런 역사는 '우리'와 국가를 동일시할 뿐만 아니라, 국가를 위하여 싸워야 한다는 국민을 동원하기 위한 집단적 기억으로서 '국민의 역사'를 제창하고 있다.

3. '전후'의 패러다임으로 재구된 문학자의 식민지 기억

백철은 1975년에 "인생 60년, 문학 40년을 살아오는 데에 있어서 나와 그 문학을 지탱시켜온 모랄리티가 무엇이었던가"[6]를 스스로에게

---

6) 백철, 『眞理와 現實』, 博英社, 1975, 5쪽(이하, 본문에 면수만 기재).

묻는다. 그리고 자신의 60년의 생애가 "실로 파란과 곡절이 심한 계절들이었으며", 그것은 "풍설(風雪)의 계절이요 내게는 수난의 생애"였다는 전제 위에 "반성적인 인생기록"으로서 자신의 '이력'을 세상에 내놓았다.(7쪽) 이 장에서는 그 '이력' 가운데 민족의 '해방'을 전후(前後)로 한 10년간의 기술방식을 살피고, '전후(戰後)적인' 기억에 관해 논하고자 한다.

1940년대 전반은 그 시기에 이미 중견 문학인의 위치에 있던 사람이라면 굳이 회고하기를 꺼려 왔다. 대개의 문학사는 그 시기를 '암흑기'라 규정한다(백철도 또한 그렇게 규정하고 있다). '암흑기'란 표현의 기원은 제국주의에 부역한 이데올로그들의 자기 합리화나 '전후' 한국 현대사를 지배한 반민족적 역사에 대한 망각의 패러다임과 결부되어 있다. 그 사실에서 보면, 백철 등이 '암흑기'로 표현한 의도에는 문학사 안에서 자신들의 죄상을 배제하고 싶은 시기라는 의미가 내포된 것은 아닐까. 물론 그들 개개인에게나 민족에게 1940년대 전반은 깊은 '상처'의 시기였다. 그러나 '암흑기'라는 말로 그 상처를 봉합할 수는 없다. 백철도 자서전의 '후편' 가운데 이 시기에 280쪽이나 되는 분량을 할애하고 있다.

백철이 자신의 '이력', 즉 자서전을 "진리와 현실"이라는 타이틀로 상징하려 했던 이유는 주로 그 1940년대에 관한 기억 때문일 것이다. 그는 60평생을 "어떤 신념적인 모랄리티"(5면)를 가지고 살았노라고 한다. 그렇다면 1940년대 전반기의 그 "신념적인 모랄리티"는 무엇이었으며, 그것이 어떻게 그의 삶을 지배했을까. 그는 1940년대의 자신의 행적을 '처세'라는 말로 일갈하고 있다. 다시 말해, 그는 자신의 삶에서

'진리와 현실'의 괴리는 '처세'에 의한 것이며, 그러기에 적어도 '반성적'이라는 수식이 필요한 '인생기록'으로서 자서전을 쓴다는 자세를 취하고 있는 것이다.

임종국의 저서 『친일문학론』(평화출판사, 1966)의 '백철론'은 『한국의 인간상』(5권, 1965) 중에서 백철이 이광수에 관해 쓴 글을 인용하면서 시작된다.

> 그는 일제의 주구단체(走狗團體)인 조선문인협회의 회장이 됐고, '가야마 미쓰로오(香山光郎)'로 개명하였으며, 태평양 전쟁이 일어난 뒤에는 김기진과 더불어 남경으로 '대동아 문학자협회'에 참석하는가 하면, 학병(學兵)을 권유하기 위하여 각지를 순회하며 친일연설을 하는 등, 실로 무섭고 실로 가증한 짓을 감행하였다.[7]

그리고 임종국은 백철의 글과 생각을 전유하여 백철을 이렇게 말한다.

> 그는 일제의 주구단체(走狗團體)인 조선문인협회의 간사가 됐고, '시라야 세이데쓰(白矢世哲)'로 개명하였으며, 태평양 전쟁이 일어날 무렵에는 '총독부의 기관지 매일신보'의 학예부장으로 재직하는가 하면, 친일사상을 고취하기 위하여 각종 친일좌담회를 개최하는 등, 실로 무섭고 실로 가증한 짓을 감행하였다.

---

7) 임종국, 『親日文學論』(증보판), 민족문제연구소, 2003, 256쪽.

백철의 자서전에서는 '일본의 세계 제패의 날'이 올 것이라고 말했다는 이광수의 근시안적인 현실 판단을 일화로 소개하면서, 그런 시국관은 "한 걸음 앞질러서 우리 민족의 생존을 위하여"[8] 가져볼 수 있는 '신념'일지 모른다고 적고 있다. 앞서 『한국의 인간상』에서 그토록 통렬했던 이광수에 대한 비판으로부터, 해방 후 반민족 행위에 대한 처벌을 위한 법정에서의 이광수의 '민족을 위하여'라는 최후 변론을 그 후 10년 만에 그대로 인정한쪽으로 변한 것이다. 그것은 임종국이 자신의 이광수에 대한 비판을 그대로 원용했듯이, '반성적인' 성찰이 필요한 과거가 있기 때문일 것이다.

그러나 자서전에서의 문제는 첫째 주인공인 자기＝백철이라는 인물의 1940년대 전반기의 과거 행위가 자발적이지 않고 철저하게 피동적으로 그려져 있다. 그가 노골적으로 제국주의에 부역하게 되는 것은 총독부 기관지인 '국민신보'('국문'＝일문 주관지)와 '매일신보'(조선문 일간지)에서 취직한 후부터였다. 그 일자리도 그가 임화에게 자문을 구했을 때 임화가 동물의 '보호색'을 비유하여 권했기에 선택했다고 기억한다. 또 조선문인협회의 주최로 지방순회 시국강연대에 참가했을 때는 녹기연맹의 부인부장인 쓰다 세쓰코(津田節子), 유진오, 최재서와 한 조가 되었는데, 그 가운데 자신의 강연이 "성적 같은 것을 평가하면 내 성적은 가장 하위에 속하는 것"(102쪽)이라고 기억한다. 그가 자서전에서 유일하게 오점이라고 적고 있는 것은 『삼천리』에 「삼립전함진수식장관기(三笠戰艦進水式壯觀記)」를 발표한 것이었다. 하지만 그 또한 "기

---

8) 백철, 『眞理와 現實 文學自敍傳』(後篇), 博英社, 1975, 20쪽(이하, 쪽수만 기재).

자라는 직업인으로서 하는 기계적인 일"의 하나일 뿐이라고 애써 그 의미를 축소하여 기억하고 있다. 이렇게 그의 자서전 가운데 1940년 전반기의 백철은 시국강연대의 일화와 같이 '전체' 속에서 상대적으로 윤리성을 지킨 '나'와 '보호색'을 띤 '나'의 피동적인 모습으로 재구되어 있다. 문제는 논픽션의 자서전이라는 장르적 성격상 그 기억들이 사실의 그물로 걸러진 것이리라 독자들에게 받아들여질 수 있다는 점이다.

다음은 1장의 타이틀이 '정산동(亭山洞) 지주 아들'인 것처럼 자서전의 주인공이 엄연히 '백철'인데도 불구하고, 1940년대에 들어서서는 자기='백철'을 철저히 주변화시켜가며 기술하는 방식을 채택하고 있다는 점을 지적할 수 있다. 오히려 '흡사 일본 중' 같았다는 이광수를 비롯하여, 유독 일본말을 많이 썼다는 김문집, '문단 정치'가였다는 최재서, '북지나(北支那)'에 종군을 나가는 김동인와 박영희, 그 외에도 임학수, 정비석, 계용묵, 이태준 등, 자기와 교류하던 주변의 작가들의 삶이 전경화되어 그려진다. 물론 재혼과 상처, 그리고 다시 결혼, 그 후 북경 특파원으로 나가는 등의 기억들도 그 사이사이에 배치되어 있다. 다시 말해, 그는 당시 기억들을 그렇게 교모히 재배치함으로써, "나 자신 당시의 처세법을 어디다가 해당시키겠느냐" 자문하고 "도피파(逃避派) 제2형"(148쪽)에 해당하는 '나'='백철'을 구축하려 했던 것이다(그는 도피파를 둘로 나눠 제1형은 이태준의 「해방전후」의 현(玄)과 같은 처사(處士)적 도피형이며, 자신이 속하는 제2형은 처세술로써 '요령껏' 지내자는 중간적인 자리와 행동을 했던 형태라고 했다).

그 점은 최재서와 『국민문학』을 기억하는 방식에서 더욱 분명히 드러난다.

다만, 『인문평론』을 위하여 유감된 것이 있다면 그것은 41년 4월에 폐간을 당한 뒤에 『문장』과 같이 깨끗이 그만두어 버리지 않고 그 후신으로서 최재서가 『국민문학』이라고 개제(改題)하여 일문 잡지를 속간했던 일이다. 이것은 결국 주간이던 최재서의 지울 수 없는 허물의 증거로 남은 것이다. 내가 최재서와 사귀어 본 인상으로 해선 그가 『국민문학』 등을 내가지고 적극적으로 말기의 일정(日政)과 타협을 한 일은 잘 이해하기가 어렵다. …(중략)…나는 다시 최재서의 그런 처세성(處世性)을 생각해 본다.(32쪽)

최재서는 분명 "조선어가 조선인에게는 문화의 유산이라기보다 고뇌의 씨앗"(『국민문학』, 1942. 5·6, 편집후기)이라고 했을 정도로 국민주의(문학)에 몰입했고, 당시 국민문학의 문단을 주도한 이데올로그였다. 그러나 백철도 『국민문학』의 이데올로그로서 일익을 담당했던 인물이라는 사실에는 변명의 여지가 없다. 그는 「옛 것과 새 것(旧さと新しさ)」(『국민문학』, 1942. 1)에서 『국민문학』의 창간을 가리켜 "전시하의 우리 문단이 하나의 형태로서 정돈된 것"이라고 평가하였다. 그리고 "불통일한 것을 극복 청산"해야 한다고 덧붙였다. 이렇게까지 적극적으로 『국민문학』을 옹호하고, 「조선문학의 재출발을 말하는 좌담회」(『국민문학』, 1941. 11)와 「국민문학의 일 년을 말하는 좌담회」(『국민문학』, 1942. 11) 등 각종 좌담회에 『매일신보』의 학예부장이라는 직함에 걸맞은 이데올로그로서 참여하였던 그였다. 그랬던 그가 『국민문학』을 단지 최재서만의 죄상으로 뒤집어씌우는 것은 어불성설이 아닐 수 없다. 이광수나 최재서 등의 인물들에 대해 그토록 강하게 비판한 이유는 자신을 그들(혹은 그 집단)에 대한 관찰자의 위치에 세우기 위함이다. 다시 말

해 그들과 자신의 친일행위가 윤리적인 측면에서 정도차가 있음을 드러냄으로써 자신을 변명하기 위한 '도피파'라는 말에 설득력을 부여하기 위함인 것이다.

자서전에서 그는 '성전(聖戰)', 즉 태평양전쟁 4주년을 맞아 '총후국민(銃後國民)'의 열성을 보일 것을 주장하는 문인협회의 기념사를 인용하면서, "당시 이 시국 문화단체들의 주도자 노릇을 한 사람들의 행위를 매도하기 위해서 그 내용을 폭로하는 것"(101쪽)이 아니라고 하였다. 그러면서 이렇게 덧붙이고 있다.

그 당시의 시국과 타협하게 된 구체적 현실적 사정 이야기는 일차 변명할 여지가 있다 치더라도 한번 우리가 눈을 돌려서 더 객관적이고 일반적인 입장에서 문화예술의 자율성을 놓고 볼 때는 여기에 엄연한 문화예술이 서야 할 윤리성의 문제가 있지 않은가 하는 교훈의 뜻에서이다.(같은 쪽, 강조점 – 인용자)

대개의 작가들처럼 '전후'의 최재서는 그의 과거에 대해 침묵으로 일관했으며 결국 "구체적 현실적 사정"을 '변명'하지 못했다. 뒤에서 얘기하겠지만, 그렇게 침묵을 허락한 것도 '전후' 한국 사회를 지배한 망각의 패러다임이었다. 그에 비해 백철은 '전후'의 패러다임을 통해 최소한의 '반성적인' 과거의 기억으로 최대한의 "구체적 현실적 사정"을 '변명'하려 했다. 이를 위해 그는 당시(1940년대)의 문학계와 그 주변 인물들에 관한 관찰자로서의 자신을 설정하였다. 그런 서술태도(기억방식)는 그가 의도한 바든 그렇지 않든 '전후' 한국 사회의 과거에 관한

고백 방식의 하나로 정형화되었다. 그러나 이 또한 또 다른 망각/기억
의 표현 방법 외에 다름 아니라는 것이다.

다음으로 그의 자서전이 8·15를 전후로 1940년대 전반과 후반의
자아의 모습을 단절적으로 형상화하고 있다는 점에 주목할 필요가 있
다. 해방 직후 많은 작가들은 "민족을 위하여"라는 말로 과거 행적을
미화하거나 망각하고, 민족주의로 제어된 자아를 구축하려 하였다. 그
때 민족주의는 해방 후 한국 사회를 지배한 권력이자, '제국'의 부역자
(혹은 그들의 논리)마저도 흡입하는 블랙홀과 같은 강력한 인력을 지닌
것이었다. 특히 이승만 정권의 반공정책으로 그 안에는 좌파 지식인
은 물론 미군정기 이후 '월북'한 지식인들의 과거(혹은 그들의 정신세계)
가 철저히 배제되었다. 그렇게 '전후(한국전쟁 이후)' 민족주의는 반공이
라는 필터로 여과된 '선택적'인 역사를 강요한 망각/기억의 패러다임
으로 유지되었다. 백철도 자서전에서 그 두 가지 점을 통해, 즉 1940년
대 전반과 후반의 자아를 단절적으로 형상화하고 반공을 필터로 함으
로써 과거를 '선택적'으로 기억하고 있다.

백철은 "오늘의 소감은 나와 같은 특수한 개인의 입장에서 이야기
할 것이 아니고 조선민족 전체의 차원에서 감격할 일입니다. 내가 개
인의 처지가 금후 어떻게 될 것인가 하는 것은 극히 적은 일인 줄 생
각합니다."(290쪽)라는 당시 『매일신보』의 부사장이었던 이상협의 말을
통해, 전언하듯 그의 자서전에서 1945년 8월 15일의 의미를 적고 있다.
그리고 "해방 직후의 큰 난맥상의 하나는 어제까지의 허물은 감쪽같이
숨기고 너나 할 것 없이 하루아침에 애국자들로 변신"(302쪽)한 것이며,
그러한 정세 속에서 그는 조선문학건설준비위원회(이하 '문건')의 서기

장 자리를 제안 받았지만, 자기반성의 신상발언을 하고 고사했다고 기억하고 있다. 그렇게 자기반성을 하고 직책을 사퇴한 일은 자기의 경우밖에 없다고 명예스럽게 말한다. 그런 식으로 백철은 해방 직후 좌우의 대립 속에서 자신은 당시를 "반성의 기간"으로 삼고 "주도적인 무대에서 비켜서"(322쪽) '처세'의 자세로 일관했다고 고백한다. 그러면서도 해방 이전의 주변인으로서의 회고와는 다르게 "그동안 필자 자신은 무엇을 하고 있었는가"(같은 쪽)라며 스스로를 주인공으로 내세워 회고하고 있다.

'그 무엇을 하였는가'는 주로 '문건'과의 관계에 맞춰져 회고되고 있다. 즉, '문건'은 이미 공산당과 선이 닿고 있었고, '그들'의 문학운동은 "한낱 정치적인 캠페인"(325쪽)에 불과했기에 비판적으로 거리를 두었다는 점을 강조한다. '문건'의 기관지 『문화전선(文化戰線)』의 편집 책임자였던 그였지만, '문건'의 사람들은 백철에게는 자서전 속의 자기와는 다른 부류의 '그들'이었다. 거기다가 일본인의 눈에 '불령(不逞)한 사람'(당시 민족운동을 하던 사람들을 일제는 '불령선인(不逞鮮人)'이라 하였다)으로 낙인 찍혔다고 자기를 미화하기 위해 끄집어냈던 카프 시절의 기억에 대해서, 이번에는 "일시적인 것이요 또 사무적인 편집일 같은 것"(328쪽)일 뿐이었던 '문건'과의 관계를 설명하기 위해 1930년대 그로부터 전향한 이유까지 연결시켜 반공의 입장에서 '문건'과는 줄곧 비판적인 거리를 두었다고 설명한다. 이렇듯 그는 동일한 과거를 반공 민족주의를 통로로 하여 다르게 해석하였다. 그러면서 자신은 우파인 문필가협회와도 거리를 두고 "모호하고 불투명"(329쪽)한 정치적 입장을 취했다고 한다.

그래서 해방 뒤 '문건'과 나와의 관계라면 이상의 이야기가 그 전부요 그 이상 연결된 것이 없는 셈인데 지금 생각하면 그때 내가 무대에 나서서 날뛰면서 서투른 문학운동의 앞장을 섰던 것보다 자기반성의 기간을 두고 집에 있었던 것이 잘한 일이었다고 느껴지기도 한다.(327쪽)

특히 "대한민국 정부수립이라는 민족적인 큰 경사를 목전에 두고"(361쪽) 북행(北行)한 '그들'이 한국전쟁 당시 인민군과 함께 다시 서울로 돌아온 뒤에 "마치 나는 무슨 큰 죄나 짓고 있는 대죄인(待罪人)"(387쪽)으로서 겪었던 경험들을 회고하며 당시 피해자로서의 '백철'을 재구하고 있다. 백철의 자서전 속의 '백철'은 분명 '전후'의 망각/기억의 패러다임을 통해 새롭게 만들어진 것이다. 즉, 서울여대, 동국대, 서울대, 중앙대 등에서 교수를 역임하고, 국제펜클럽의 한국본부 위원장을 지내는 등의 이력을 내세울 수 있을 만큼 성공한 문학인으로서 백철은 반공 민족주의 국가의 패러다임을 통해 1940년대라는 과거를 재구하여 자서전 속의 '백철'을 창조해 낸 것이다. 물론 그것은 백철이라는 개인이 기억과 망각을 교묘하게 혼재시켜 '과거'를 재구성하는 능력만으로 가능했던 것은 아니다. 다시 말하지만, '전후' 한국 사회가 그의 그런 탁월한(?) 능력을 발휘할 수 있도록 하였던 것이다.[9]

---

9) 지금까지의 논의를 더 넓은 지평에서 살펴보기 위한 한 가지 예로서 1988년의 '7·19해금조치(120명의 월북문인에 대한)' 이후의 이태준을 들 수 있을 것이다. 그 이후에야 그는 '월북' 작가에서 '지사(志士)'로 분단의 한국문학사의 전면에 재등장한다. 이태준은 독립 직후 발표한 소설 「해방전후」를 통해 독자가 받아들여주길 원하는 식민지 시기의 '진정한 자기'의 상을 재구한다. 이 소설에서 주인공 '현'은 "시국물이나 일문에의 전향이라면 차라리 붓을 꺾어버리려는" 인물로 그려져 있다. 앞서 본문에서도 언급했으나, 백철도 자서전에서 도피파의 제1형으로서 "가령 상허의 「해방전후」의 스토리에 나오는 주인공처럼 시골로 내려가서 낚시질이라도 하면서 시국을 넘긴 예"(147쪽)를 든 바 있다. 그러나 백철은 이태준과 「해

4. 식민지 기억으로서의 '국문학'을 넘어서

2000년대 초반, 일본의 두 문학연구자가 일어일문학 관련 학회의 초청으로 각각 방한했다. 그들의 방한은 시기와 장소는 달랐지만, 강연 내용은 일본 '국문학(사)'의 탄생=창조와 그것이 지니는 정치적 의미를 비판적으로 지적한 비슷한 주제였다. 혹자는 일본의 '센고(戰後)'는 오히려 메이지(明治) 시대의 '국민' 사상의 복원을 꾀하는 데서 출발해 왔다고 지적한다. 그 같은 관점에서 보면, 메이지 시대(1890년대 도쿄제국대학 국문학과 교수가 주도하고 그 출신자들이 계승한)의 '국문학' 탄생=성립이 지니고 있는 정치성을 탈구축하려는 노력은 일본의 '센고' 비판이라는 성격을 동시에 지닌다고 할 수 있다. 강연자 중 한 사람은 메이지 시기의 '국문학'의 성립 과정이 '센고'에는 어떻게 재현되는지를 중점적으로 논하였다. 또 다른 한 사람은 자신의 강연 내용이 이미 '오래 전'에 출판하려던 기획이었다는 전제 위에서 강연하였다. '오래 전'에 기획한 바 있는 내용이라는 그의 말처럼, 일본에서 '국문학' 탄생=성립에 관한 연구 성과는 1990년 이후 이미 많은 연구물을 통해 축적되

방전후」의 '현'을 동일화시키고 있지 않다. 실제 이태준이 『대동아전기(大東亞戰記)』(1943), 「목포조선현지기행(木浦造船現地奇行)」(『新時代』, 1944. 6), 「제일호선의 삽화(第一號船の揷話)」(『國民總力』, 1944. 9) 등을 썼던 사실로 보아, 이태준이 소설에서 그리고 있는 자기상과 '현'은 그리 가까운 곳에 존재하지 않다. 그럼에도 불구하고 사소설적 고백의 형식을 띤 「해방전후」를 통한 그의 기억의 재구성은 한국사회에서 그대로 연구자들에 의해 수용되어 왔다. 그리고 '7·19해금조치' 이후 문학사에서 그 소설은 그의 '지사'상을 창조하는 데 중요한 근거가 되어 왔다. 그렇게 볼 때, 한국 사회가 반공 민족주의 국가라는 패러다임 안에서 재구성된 문학사를 극복하는 과정에서도 식민지 역사는 그것에 오히려 구애되어 읽혀왔음을 지적할 수 있다(정종현, 「제국/민족 담론의 경계와 식민지적 주체-1940년대 이태준 '문학'에 나타난 혼종성」, 『상허학보』 13집, 2004 참조).

어 왔다. 그 두 연구자의 강연은 그런 성과를 한국의 '일본학'계에 전달하려는 의도를 전제한 것이었다.

그러나 강연회장의 반응은 두 강연 모두 두 나라의 '국문학'이라는 용어, 아니 사상에 대한 이해의 차이를 그대로 담고 있듯 냉담했다. 그들 중 한 사람에게 필자가 들은 후일담인데, 간담회의 토론자리에서 한국의 일본학 연구자들이 오히려 일본의 연구자들보다 더 '일본적인 것=국문학적인 것'에 구애받고 있는 듯한 인상을 받았다고 했다. 외국문학 전공자는 연구 대상의 외국문학과 자국문학 사이의 공통분모보다는 '차이'에 민감하게 반응하기 일쑤이다. 그것이 외국문학자의 '숙명'과 같은 것이기도 하지만, 한편 그것이 자국 내에서는 어떤 '특권'과 같은 것처럼 구가되기도 한다. 한국의 일본문학 전공자의 그런 '숙명'과 '특권' 의식이 그에게 더 '일본적인' 인상을 주었는지 모른다.

한편, 필자는 그와는 반대 상황을 연출한 학회 풍경을 일본에서 경험한 바 있다. 이번에는 한국인 발표자가 일본의 '국어'나 '국문학'이라는 용어와 사상에 대해 비판적으로 논하자, 그 자리에서 한국의 사정을 질문하던 한 일본인 연구자는 이렇게 의문을 제기한다. "그런데 당신은 왜 한국에서는 '국어'나 '국문학'이라는 사상에 대해 문제제기(비판)하지 않느냐?"고.

앞에서 소개한 학회장의 두 풍경은 한일 양국 사이의 '국문학'의 문제를 둘러싼 차이가 '전후' 어떻게 배태되어, 또 오늘에 이르러 어떠한 양상으로 나타나고 있는가를 여실히 보여주고 있다. 1차적인 의사소통에 문제를 야기시키는 그런 차이를 극복하기 위해서는 '국문학'과 같은 민족주의 표상체계가 안고 있는 양국의 컨텍스트적 지식의 상호전달이 우선 필요할 것이다. 또 그를 위해서는 자/타를 가로지르는 대안적인 역사인식에 바탕을 둔 트랜스내셔널(transnational)한 실천의 장의 마련이 긴요하다. 식민지시대의 기억과 제도에 관해서는 물론 그것이 포스트 콜로니얼 시대에 어떻게 재생되었는가가 그러한 실천의 장을 통해 논쟁되어야 할 것이다. 물론, 구제국주의 측은 식민지의 타자를 포섭해 온 역사를 갖고 있기 때문에, 국민＝국가를 초월한 담론 생산의 가능성을 잠재적으로 갖기 쉽다. 반면, 구식민지 측은 제국주의의 트랜스내셔널한 역학에 의해서 침투되어 온 역사를 갖고 있기 때문에 그것에 저항하기 위한 민족주의가 필요했다. 그렇기 때문에 양자의 사이에서 그 민족주의의 틀을 넘어서기 위한 어려움이란 물론 서로 질적으로 다른 것이다. 지금도 우리는 그 기억과 제도 등의 사실들로부터 결코 자유롭지 못하기 때문에 과거의 트랜스내셔널한 사실들, 즉 식민지 역사에 집착해야 하는지 모른다.

다음은 일본에서의 '국문학' 비판처럼 한국의 '국문학' 비판이 과거 식민지 역사 비판의 차원에서 가능한지의 논거를 제시하고자 한다. 한국의 식민지 제도의 극복 과정이 보여주는 아이러니, 즉 독립 후 식민지주의의 재현 방식의 문제를 살피게 될 것이다.

스테판 딜세는 그의 저서를 통해 대학의 역사는 "사상사와 제도사(制度史) 사이의 공통의 영역"에 있음을 강조하였다.[10] 식민지 조선의 최고학부이자 유일의 대학이었던 경성제국대학(이하, 경성제대)은 우리 사상사와 제도사의 측면에서 식민지시대를 읽는 데 중요한 텍스트가

---

10) ステフアン・ディルセー, 池端次郎譯, 『大學史 －上－』, 東洋館出版社, 1988, 3쪽.

아닐 수 없다. 그 경성제대 사학과에는 '국사학', '동양사학', '조선사학'
이 전공으로 개설되어 있었다. 그 가운데 '국사학'=일본사학을 전공
으로 선택한 조선인은 한 명도 없었다. 그러나 '국문학'=일본문학, 조
선문학, 지나문학, 영문학이 개설된 문학과에서 '국문학'을 선택한 조
선인은 서두수(2회)와 최성희(8회)가 있었다. 그런 점에서 식민지 대학
의 조선인은 언어보다 역사를 더 본질적인 것으로 여겼다고 판단할 수
있다.

'국사학'과 '국문학'과 같은 '국가학'에 대한 조선인의 전반적인 경
원 현상과 잠재적 '국가학'의 성격을 띤 조선사학이나 조선문학에 조선
인이 몰렸던 현상은 조국이 식민지에 놓여 있는 상황에서 자기 민족에
대한 주체적 인식에 따른 결과라고 할 만하다. 그 가운데 '국가학'과의
관계에서 상대적으로 자유로운 '동양사학'의 성격과 존재는 흥미롭다.
학문에 대한 주체적 인식이 아직 완전하지 않은 상태(근대 '조선사학'의
성립 단계)에서 타자 특히 식민지배자의 역사에 대한 탐구는 불가능하
지는 않더라도 힘든 일이었다. 그런 차원에서 조선사학을 선택한 숫자
만큼 조선인이 전공으로 선택했던 동양사학은 '국가학'으로서의 '국사
학'=일본사학과 잠재적 '국사학'으로서의 조선사학 사이의 중간적 지
점에 있었다. 다시 말해, 앞서 언급했던 바에 따르면 트랜스내셔널한
실천의 장으로서 동양사학이 존재했다고 할 수 있다.[11]

그러나 이미 1970년대에 동양사 전공자는 한국의 동양사가 "조선

---

11) 박광현, 「경성제국대학 안의 '동양사학'」, 윤해동 외 편, 『역사학의 세기』, 휴머니스트,
   2009 참조.

및 인접 지역을 대상으로 했던 이른바 조선학의 연구전통"[12]과 "국사의 외연이나 관계사의 일환"[13]으로 연구되어 왔던 카테고리에서 벗어나야 한다고 자기비판을 제기한 바 있다. 그것은 결국 동양사학자의 자기정체성과 직접적으로 관련을 지닌 자기비판이라고 볼 수 있다. 정재각(9회)은 "동양사의 성립을 먼저 긍정하여 놓고 그것을 뒷받침한 구체적인 내용을 찾아서 우왕좌왕하고 있는 것이 오늘날의 우리나라 동양사학의 선후도착(先後倒錯)의 실정"이라고 하였다. 또한 그 원인은 "일본동양사학의 그러한 실정에서 유래한" 때문이라고 덧붙였다.[14] 그렇게 해서 '국사학'을 넘어선 트랜스내셔널한 실천으로서의 동양사학 가능성은 상실되었다. 하지만 그런 사정들이 단지 경성제대 동양사학 출신자들 개인의 문제만은 아닐 것이다. 중요한 것은 그것이 유일한 대학의 사학과의 전공편성과 관련한 정치성의 자장에서 유래한 것이라는 점이다.

해방 후 한국의 사학계는 일본 특유의 국사, 동양사, 서양사라는 3체제를 그대로 답습하면서도, 동양사학 안에서도 일본사를 도외시하였다. 그것은 분명 식민지시대 '국사학'으로서의 기억 때문이었다. 그와 같이 '우리'＝국민국가라는 제도를 새롭게 창안해 내기 위해 오히려 그것을 상대화해야 할 대상임에도 불구하고 일본사를 배제해 왔다. 과거 '국문학'＝일본문학의 기억에 미치는 정치적 자장 때문에, 물론 '전후' 일본(어)문학도 1963년까지 대학의 학과 차원에서 개설되지 않고

---

12) 윤남한, 「동양사연구의 회고와 과제」, 『역사학보』 68, 1975, 107쪽.
13) 윤남한, 「회고와 전망」, 『역사학보』 49, 1971, 115쪽.
14) 정재각, 「동양사 서술의 문제」, 『역사학보』 31호, 1967.

배제되었다.

이희승의 『조선어학논고』(을유문화사, 1945)는 대개 해방 이전의 『한글』에 실린 논문들을 재수록한 저서이다. 그 저서 본문의 '조선어'는 '국어'로 일괄적으로 변경되었다. 그럼에도 불구하고 책의 표제만은 '조선어'를 '국어'로 바꾸지 않았다. 그 점에 대해 야스다 도시아키(安田敏朗)는 '국어'라고 표제를 달면 아직 '일본어'로 오해될 소지가 있기 때문이라고 추측하고 있다.[15] 다시 말해 그 때의 '조선어'는 식민지시기의 '조선어'와 해방 후 복권된 '국어'라는 양자 사이의 존재로서 사용되었다는 것이다. 같은 의미에서 김사엽의 『조선문학사』(정음사, 1948)가 『개고(改稿)국문학사』(정음사, 1954)로 개칭되는 '국문학'으로의 복권 과정도 마찬가지의 경로를 거친다. 이러한 사실들로, 경성제대 안에서 학문을 수련한 그들에게 이미 내면화된 과거의 '국어'=일본어가 얼마나 강력한 정치적 자장이었는가를 읽을 수 있다. 또한, 더 넓게는 해방 후 '국사', '국문학사' 등 '국민사'를 구축하는 과정에서 한국의 학계는 과거의 '국민사=일본사=제국사'의 자장으로부터 자유롭지 못했으며, 오히려 이념적인 면에서는 과거의 그것을 전유하는 방법으로 '국민사'를 구축해왔음을 알 수 있다. 따라서 한일 양국에 존재하는 민족주의를 넘어서, 식민지시대의 '국문학'이 포스트 콜로니얼 시대의 '국문학'으로 어떻게 재현되고 또 극복되었는가를 살피는 것은 트랜스내셔널한 역사 실천의 하나가 될 수 있는 것이다.

앞서 소개한 학회장의 두 풍경에서처럼 1차적인 의사소통에 문제

---

15) 安田敏朗, 『「言語」の構築』, 三元社, 1999, 315쪽.

를 야기하고 있는 것은 아직 한일 양국 관계에서 '국문학'과 같은 민족
주의 표상체계가 안고 있는 컨텍스트의 상호 이해가 부족했기 때문이
라 할 수 있다. 하지만 그와 같은 장의 계속적인 실천은 식민지 기억을
결코 역사화하지 않고, 앞으로 더욱더 자/타를 가로지르는 대안적인
역사인식을 하나, 둘 쌓아가는 계기가 될 것으로 믿는다.

5. 결국, 식민주의의 유제들

어떠한 민족주의도 배타적인 타자를 상정하지 않고는 성립하거나
유지될 수 없다. 특히, 식민지 기억을 민족주의로 해석하려 하지만, 오
히려 어느 시대보다 타자=제국과의 긴밀한 관계 속에서 형성된 것이
역사의 실상이다. 그것은 민족이라는 단위에 기초한 인식, 즉 민족과
타자(혹은 반/비민족)라는 이분법을 초월해 오히려 트랜스내셔널하게 진
행되어 왔다. 그런 과거의 기억/역사를 재현한 문학과 제도 안에서 '민
족적인 것' 혹은 민족주의는 타자와 관계를 기억/망각하는 방법을 통
해 재구된 것이 적지 않다.

친일인명사전과 관련해 논쟁이 한참 진행 중인 때에 조선일보 등
의 언론을 비롯한 일각에서는 '친일청산'의 요구가 민족(혹은 국민)의
'분열'을 조장하는 것이라 비난한 바 있다. 그러나 그런 인식은 피해자
로서 민족(집단)의 기억과 '전후'의 반공주의로 재생된 국민(집단)의 기
억을 결합시킨 데서 출발한 것이다. 또한 그것이 실패했음은 이미 해
방 직후 '반민특위'의 와해를 통해 경험했고, 그 경험이 얼마나 오랫동
안 우리를 식민지 역사로부터 자유롭지 못하게 했는가는 역사의 '반복'

을 통해 경험했다.

빌 애쉬크로프트는 포스트 콜로니얼이 "식민주의 시기로부터 현재에 이르기까지 제국주의적 영향으로부터 자유로울 수 없었던 모든 문화를 포괄하는 통칭적 개념"[16]이라고 했다. 그렇게 볼 때, 과거 식민지 역사에 대한 비판과 반성은 자/타의 구획이 필요치 않은 인류 보편의 과제이며, 또한 현재적 진행형의 과제이다. 식민지 역사를 기억(회고)하고 논하는 데서 자/타를 구획하는 패러다임이야말로 오히려 우리를 얽매고 있는 식민지 역사의 유제(遺制)라고 할 수 있다.

---

16) 빌 애쉬크로프트 외, 이석호 옮김, 『포스트 콜로니얼 문학이론』, 민음사, 1996, 12쪽.

제11장

'인양(引揚げ)' 서사와 이데올로기

1.

1945년 8월 15일 제국 일본은 해체되었다. 근대 일본은 일본 열도를 벗어나 "전방위에 걸친 집약적인 방사형의 식민지 제국"[1]을 형성하고 있었다. 그런 제국의 해체와 동시에 이 권역 내의 사람들은 마치 제자리를 찾아 흘러가기라도 하는 듯 이동하였다. 이 같은 사람들의 이동은 그들이 생활해온 사회경제적인 모든 관계의 격변을 동반하는 동시에 제국적 질서의 종언을 의미하는 '탈식민화'의 일환으로서 전개되었다.

특히 제국의 신민(臣民)으로서 식민지에서 생활해온 사람들의 귀환을 두고 이른 바 '인양(引揚げ)'이라 부른다. 지금도 역사 용어의 하나

---

1) 姜尚中, 『オリエンタリズムの彼方へ』, 岩波書店, 1996, 86쪽.

로 사용되는 '인양'이라는 말은 애초 두 가지의 착시가 예정된 용어였다. 하나는 일본이라는 국가와 일본인이라는 정체성이 균열과 단절 없이 존속한다는 착시이다. 사실 일본의 패전은 전시기의 국민 혹은 일본인이라는 결속에 균열과 단절을 표면화시켰다. 옛 종주국과 옛 식민지의 차이에서부터, 남성과 여성, 전재민(戰災民)과 비전재민, 본토거주자와 '인양'자, 전사자 가족의 유무, 옛 식민지민과 일본인 등과 같은 제국과 식민지의 관계, 성별, 계층, 체험의 차이, 지역, 심성 등 전시와 전후의 상황의 차이가 모든 관계에 있어서 국민 혹은 일본인이라는 정체성에 균열을 낳게 만들었다. 하지만 개인적인 체험의 서사마저 그 용어 자체가 함의한 이데올로기 때문에 쉽게 국민적 체험으로 전회됨으로서 제국의 해체 이후에도 균열과 단절 없는 국민의 연속성이라는 착시를 만들어내는 기제로 이용되었던 것이다. 다른 하나는 '인양'이라 하면 침몰선을 끌어올린다는 의미를 떠올리듯, 그러한 처지에 놓인 국민들에 대해서 국가권력이 '인양'의 시혜(施惠)를 베풀었다는 착시 효과이다. 이렇듯 이 용어는 과거 제국의 역사를 은폐하는 이데올로기의 역할을 했다. 다양하고 개별적인 '인양'의 개인사는 '풀뿌리' 식민의 역사를 누락시킨 채 국민국가의 서사로 환수될 운명이 이미 예정된 것이었는지 모르겠다.

사실 패전 직후 일본 사회에서는 '인양'의 서사가 제국주의의 억압과 그에 대한 저항의 역사를 정통으로 삼은 역사관의 뒤에 숨어 그다지 이야기되지 못했다. 또한 그 시기에는 과거 '제국'의 역사를 말하는 것 자체를 '소아병적'이라고 할 만큼 금기시해 온 경향이 있었다.

2.

1950년대 말 일본에서는 '전후' 논쟁이 벌어졌다. 그때 '이미 전후가 아니'라며 '전후'의 종식을 주창했던 논자들에게 '전후'란 식민지 역사로부터의 구속을 의미했다. 그래서 그들은 그 구속으로부터의 자유를 위해 이른바 '포스트 전후'를 주창하기 시작했다. 그런 상황 속에서 일부 식민지 관료 출신자들을 중심으로 스스로의 식민지 체험을 직접 발화하는 움직임이 일어났다. 그것은 제국의 역사, 즉 가해자로서의 과거로부터 자유롭고자 하는 기획이었다. 사실 이 기획은 1958년에 조선 근대사를 위한 신진학자들의 모임, 즉 사료연구회가 주도한 것이었다. 이 사료연구회는 미야타 세쓰코(宮田節子), 가지무라 히데키(梶村秀樹), 강덕상 등과 같은 한국 근대사 연구에 있어 기라성 같은 '진보적' 학자들을 배출한 모임이었다. 그들은 '인양' 사업을 주도하던 '조선인양동포세화(世話)회'의 후신인 우방협회의 핵심 멤버인 총독부 고관들을 불러 강연회를 개최했다. 강연자들은 "조선에 살았던 우리들이 과거의 지식과 경험, 그리고 그 오랜 경험에 대한 자기비판을 기초로 하여 일반의 이해와 보급에 노력해야 할 필요"가 있다는 견지에서 식민의 역사를 직접 발화하기 시작했다.[2] (그 기획의 결과는 가쿠슈인(学習院)대학의 동양문화연구소에 녹취기록물로 소장되어 있다.)

그리고 10여 년이 지나 '인양'의 방대한 기록물들이 체험기나 사진

---

2) 그 결과물 중 일부가 『식민통치의 허상과 실상』(정재정 옮김, 미야타 세쓰코 해설·감수, 혜안, 2002)이라는 제목으로 한국에서 출간된 바 있다.

집으로 제작되어 출판되기 시작했는데, 그것은 마치 여러 민족이 혼거(混居)하던 사회가 최종적으로 붕괴하는 장면을 독자들에게 제공한 것이었다. 『재외방인 인양의 기록 – 이 조국에 대한 절실한 모정(在外邦人引揚の記録 – この祖国への切なる慕情)』(1970), 『일억인의 쇼와사4 공습·패전·인양(一億人の昭和史4 空襲·敗戦·引揚)』(1975), 『일억인의 쇼와사 일본점령1 항복·진주·인양(一億人の昭和史 日本占領1 降伏·進駐·引揚)』(1980)과 같은 사진집들이 발간된 예가 대표적이라 할 수 있다. 하지만 거기에서 '인양'은 오로지 비참한 '고난'으로 가득 찬 일본인의 체험, 즉 피해자적인 기억을 중심으로 기록되었다. 당시 문학계에서도 역시 일본의 '전후' 문학의 종착점을 제시하고, 동시에 재일문학이나 식민 2세들의 문학을 그 '포스트 전후' 문학의 안으로 포섭함으로써 '역사화'하려는 흐름이 일어났던 건 마찬가지였다. 그러한 흐름 속에 식민 2세 출신자들에 의한 체험기가 다수 출판되었고, 그 같은 식민의 기억은 개인의 서사를 넘어 국민적 고난의 역사로 전회되어 오히려 내셔널리즘 '재생'의 서사나 복고주의적 노스탤지어의 서사로 읽히기 시작했다.

3.

생사의 고비를 넘어 만주에서 남하하는 한 가족. 세 아이를 업고 안고 손잡고 여자 혼자서 굶주림에 허덕이며 향하는 패전 국민으로서의 귀향길. 그들은 '일본인'으로서의 자기를 감추고 얼마 전까지 지배자로 군림했던 땅, 조선을 지난다. 때로는 구걸도 하고 때로는 죄인이 도망친다는 손가락질까지 받았다. 생사를 넘나든 시간. 조선인의 작은 친절에 감사의 눈물을 흘리는, 지배–피지배의 위계가 전복된 시간. 식민지배의 과거는 없다. 겨우 목숨만 부지한 채 떠나는 고행. 이윽고 부산에 도착한 후 "두 번 다시 보고 싶지 않은 산을 뒤로 하고" 배에 오른 그들은 깊은 잠에 빠져들었다. 하카타(博多) 항에 도착한 후 후지하라가 처음 발견한 것은 바로 '나'와 일본 여자와의 차이였다. 자신도 여자였다는 새로운 자각. '내지'의 동족 여자와 자기를 변별하는 화자의 의식은 바로 '국민'이라는 동일성에 대한 와해의 지점이기도 했다. 하지만 가족과의 상봉, 즉 국민적 동일성의 복구를 통해 그 와해의 순간은 봉합되어 안도로서 '인양'의 서사는 마무리된다.

이 내용은 패전 후 '인양' 서사의 원형이라고 할 만한 작품으로 역시 후지하라 데이(藤原てい)의 『흐르는 별은 살아 있다』(위귀정 옮김, 청미래, 2003)이다. 얼마 전 한국에서도 번역된 이 작품은 원래 1949년에 처음 발표되어 이후 꾸준히 재출판된 것은 물론 영화, 연극, 드라마 등의 다양한 장르로 재창작되어 대중적 인기를 누린 베스트셀러이다.

1945년 8월 15일, 그날을 경계로 한반도에서는 일본의 통치기구 및 일본인과 조선인 사이의 관계가 확연히 바뀌기 시작했다. 패전 당시 무려 70만 명이 넘는 재조일본인은 이른 바 '옥음(玉音)방송' 즉 천황의 항복 선언을 듣는다. 일부 관료들의 경우 단파 라디오를 통해 전세가 불리해졌고 곧 패전을 맞아야 한다는 사실을 알았다고 회고하는 이들도 있지만, 일반 민중의 경우는 그 방송 이후 패전을 인지했다. 그들 사이에는 허탈, 분노, 초조, 불안 등 여러 생각들이 착종하는 가운데, 관료 출신자들을 중심으로 경성 거주자 보호를 비롯해 만주 및 조

선 각지로부터 온 피난민과 '인양'자에 대한 처우 등 민간인 대책을 실질적으로 담당할 조직을 만들어갔다. 그것이 이른바 '경성내지인 세화(世話)회'였다. 그것은 '군과 같은 힘도 없고, 관과 같은 조직도' 없었던 민간조직이었다. 그들의 회고에 따르면, 당초 일본 정부는 식민지 거주 일본인에 대해서 "가능한 현지에 잔류하여 공존공영의 생활을 지속할 것"을 권고했기에 장차 거류민회로 개편할 것을 계획하는 등 잔류할 의사가 있었다고 한다.[3] 하지만 이런 무지각은 오래가지 않았고 조선 내 정세는 그리 녹록하지 않았다. 그들은 '경성내지인 세화회'라는 조직명에서 '내지인'을 일본인으로 변경했다. 조선 및 조선인에 대해서 자신들을 상대화하는 동시에 본국의 일본인과 동일화하려는 이런 움직임은 실제 생활에서는 '인양'을 기다리며 일본인으로서 자기를 감추는 보신의 양상으로 전개되었다. 미군정은 재조일본인들에게 귀국 희망자를 포함해 '분명한 직업이 없는 자, 체재가 필요 없는 자'에 대해서 조선에서의 퇴거를 명했다. 이듬해 1월에는 '총인양(總引き揚)'의 방침이 확정되고 4월까지 3만 명에도 못 미치는 일본인만이 남한에 잔류했다.

그에 비해 북한에서는 소련이 일본인의 송환을 공식적으로 인정하지 않았기 때문에 '인양'이 난항을 겪었다. 전투, 피난, 억류 등에 따른 북한에서의 사망자는, 한 통계에 따르면 군복무자나 만주로부터 건너온 피난민을 포함해서 3만 5천 명에 이른다고 한다. 그렇기 때문에 '인

---

3) 宮本正明, 「解說」, 学習院大學東洋文化研究所 편, 『未公開資料 朝鮮總督府關係者 錄音記錄(5) 朝鮮軍·解放前後の朝鮮』, 2004, 276쪽.

양'의 서사물 중 극적인 면이 부각된 작품은 대개 북한 거주자나 만주 출신 피난민의 체험을 소재로 한 것들이 많다. 가령 앞서 언급한 『흐르는 별은 살아 있다』는 물론이고, 만주 출신으로 고향 상실과 무국적(無國籍)적인 표류성을 그린 아베 고보(安部公房)를 비롯해 식민 2세의 자의식을 기반으로 해서 미야오 도미코(宮尾登美子), 고토 메세이(後藤明生), 모리사키 미나토(森崎湊), 이쓰키 히로유키(五木寛之) 등 일본 문단 내 굴지의 문학상을 수상한 작가들의 작품들이 그 범주에 속한다. 이들은 대개 1960년대에 문단에서 두각을 나타냈는데, 그들은 식민지 출신이라는 자의식이 만들어낸 '원향'으로서의 식민지＝고향과 조국＝이향(異鄕) 사이의 모순과 갈등을 주로 그려냈다. 그것은 어쩌면 '전후' 논쟁이 전개되는 상황 속에서 그 시대를 읽는 시대정신이었다고 할 수 있을지 모르겠다. 어느 평론가는 그것을 가리켜 '인양자 정신'이라고 칭한 바 있다. 그만큼 일본 문학사 중에서는 이질적인 일면을 지닌 그들의 작품에는 "일종의 아나키적인 상태에 대한 회귀 갈망"[4]이 내재되어 있었다. 한편, 그것은 어떤 의미에서 지극히 자기중심적이면서 공동체에 대한 피해자 의식이 충만한 것이기도 했다. 공동체 의식과 전통 의식 안에서 쉽게 회수되는 '일본인' 안에서 그런 그들의 정신은 개인에게는 개인의 사정이 있다는 식의 너무도 확연한 메시지를 전달한 것이다. 하지만 그 개인의 고난 서사가 쉽게 민족의 고난 서사의 차원으로 전화되어 읽혔던 '전후' 일본 사회의 맥락을 간과해서는 안 될 것이다.

---

4) 川村湊, 『異鄕の昭和文学』, 岩波新書, 1990, 217쪽.

다시 말해 이제 우리는 왜 그들이 귀환해야만 했는가 혹은 '인양'되어야만 했는가 하는 그들이 만들어낸 서사의 원점에 대해 다시금 묻지 않으면 안 될 것이다.

제12장

'우리' 안의 일본 문화론
― 은폐와 재생의 '신화'

1. 90년대 전반기의 일본문화론으로부터

1990년대 전반기 한국에서는 『일본은 ○○』, 『일본 문화의 ○○』 식의 타이틀이 붙은 일본문화론이 전대미문의 흥행을 거뒀다. 그 책들의 내용은 과거 식민지 종주국인 타자, 즉 일본을 본질화하는 전형적인 지(知)의 기획 중 하나였다는 점에서 식상하긴 했지만, 당시 시대적 컨텍스트와 잘 맞아떨어져 커다란 대중적 흥미를 불러일으킬 수 있었다.[1]

---

1) 그 중 대표적인 『일본은 없다』(지식공업사, 1993)의 전여옥은 서문에서 "이 책은 '오기에 찬 한국인', 바로 나 자신"이라고 말한다. 이 책의 주어인 '나'는 극히 한정된 자신의 경험을 근거로 "일본은 비정상적인 나라이다. 국가도 국민도 모두가 비정상적"(17쪽)이라고 쉽게 주장한다. 도일(渡日) 전 작자가 알고 있던 '일본'은 '가짜 일본'이고, 도일 후 "우리나라와 커다란 차이"(20쪽)를 발견하는 순간, 비로소 체험한 '진짜 일본'에 관한 정보를 얻을 수 있었

어떤 논자는 90년대 일본 문화론 속의 '왜곡'은 '민족주의의 융성'이
라는 당시 정치적 환경에서 비롯된 것이라고 주장했다.[2] 하지만 해방
후 한국사를 대충 훑어보더라도 90년대보다 훨씬 민족주의가 융성했
던 시기는 쉽게 찾아볼 수 있다. 비근한 예로, 민주주의에 '한국식'이라
는 수식어를 붙여 정치폭력을 정당화했던 유신독재의 규율과 통제의
사상적 뿌리도 민족주의였다. 그에 비하면 오히려 90년대는 선정적인
표제어로 장식된 일본 비판 서적이 범람하는 가운데도, 무라카미 하루
키(村上春樹)나 무라카미 류(村上龍) 등 동시대 일본 작가의 작품이 베
스트셀러 반열에 올라 순위를 다투는 상황이 공존하던 시기였다. 다시
말해, 적어도 그 시기는 과거 어느 때보다 일본 문화에 대중적 관심이
쏠렸던 시기였음은 부정할 수 없다. 그런 점에서 보면, 90년대 일본 문
화론의 홍행 및 그 안에 내재된 일본 '왜곡'은 '민족주의의 융성'으로 말
미암았다기보다 거꾸로 해방 후 철권 같던 민족주의의 '균열'이 초래한
현상이라고 보는 것이 옳을지 모르겠다.

　　이와 같은 현상은 한국의 민족주의를 지탱해온 핵심 축의 하나였
던 '일본' 담론(주로는 반일 담론)의 '균열'을 가져왔다. 즉, '우리' 안의 일

다고 말한다. 결국 저자가 말하고자 했던 것은 두 나라 사이의 '커다란 차이'였다. 물론 '나'
와 타자 사이의 차이를 탐색하는 일은 잘못된 일이 아니다. 하지만 동일하리라는 상상에 기
초해 그 상상을 배반한 차이를 무조건 '비정상적'이라고 생각하는 태도는 문제임에 틀림없
다. 극단은 또 다른 극단과 통한다고 했던가. 또한 전여옥은 『スカートの風』(1990)의 저자
오선화의 발언들을 나열하고 '매국적' 행위라고 비난한다. 그리고 오선화는 일본 내 반한주
의자들이 만들어낸 '유령작가'라고 주장한다. '매국적'이라는 비난 외에 오선화의 논리나 사
유체계를 비판하는 내용은 찾아볼 수 없다. 어쩌면 그 둘의 논리가 서로 너무 닮아있기 때
문에 그것을 비판할 수 없었던 것이 아닐까.

2)　박유하, 『누가 일본을 왜곡하는가』, 사회평론, 2000, 46쪽. 이 글에서는 그가 제시한 선정적
　　제목으로 우리 사회에 문제제기하려 했던 논거들에 대한 상세한 검토는 생략한다.

본을 재구성함과 동시에 일본 문화를 새롭게 독해할 패러다임이 필요해졌을 뿐만 아니라, 적어도 일본에 대해서 문화적 '기원'의 우위를 주장하는 데 치중했던 이전 시기의 일본 문화론과는 달라야 했다.[3]

또한 90년대 일본 문화론이 대중적으로 관심을 끌었던 이유 중 하나는 그것들이 대개 비교 문화론적 방법론을 취하면서, 그를 통해 '우리'의 정체성을 강한 어조로 언급한 데 원인이 있다고 할 수 있다. 그때 역사를 관통(貫通)하는 것으로서 '우리'의 가치와 도덕성에 주목했고, 그 기준으로 일본 문화를 독해했던 것이다. 현대 한국인의 정체성은 극단적일 만큼 일본이라는 타자를 전제로 '상상'되어왔다고 해도 부정하기 힘들 것이다. 언제나 일본은 '우리'＝한국인을 상상하기 위한 공감과 공명(共鳴)을 위해, 또는 '우리'라는 가치를 진단하기 위해 그 무엇보다도 적절한 텍스트였다. 앞으로도 그것은 한국에서 반식민 민족주의 담론의 중심에 존재할 것이며, 식민지 역사를 토대로 한민족이라는 상상체의 형성에 계속 관여할 것이다.

1993년부터 집권한 김영삼 정부는 '신한국'이니 '역사바로세우기'니 하는 캠페인을 통해 '과거' 한국을 청산의 대상으로 삼고 새로운 '우리'의 재구성에 힘을 쏟았다. 80년대 고도성장기를 거친 한국 사회는 사회적 부를 축적함과 동시에 대중의 '우리' 것에 대한 자발적인 관심을 표출하기 시작했다. '우리'의 정체성에 가장 크게 영향을 끼쳐온 타자에 대한 한 사회의 회의는 어쩌면 그 사회가 '우리'를 서사화하기 위한

---

3) 특히 1980년대는 기원론을 둘러싼 문화론이 우세했던 시기라고 할 수 있다. 이 점에 대해서는 뒤에서 다시 상세히 다루기로 한다.

출발점이라 할 수 있을지 모른다. 또한 역설적이긴 하지만, 그것은 사회 내부의 다원적 욕망의 분출을 반증하는 것일지도 모른다.

90년대 일본 문화론의 저자 대부분은 그들의 입장이 일본에 대해 긍정/부정 중 어떤 쪽을 취하든, 한국 사회에서는 오랜 동안 일본이라는 타자의 실상에 '부지(不知)'했다고 주장했던 점에서, 자신을 '지일(知日)'론자의 위치에 두려 했다. '가깝고도 먼 나라'라는 상투어가 난발되던 상황처럼, 90년대 일본 문화론에서 '우리'라는 주어는 일본에 대해, 물리적인 거리감보다 심리적인 거리감을 강하게 느끼는, 그때까지 '가까운 곳의 "알"지 못했던 타자'였다는 데 동의하고 있다. 이처럼 그 논의들의 중심 화제는 '그들'의 문제인 동시에 '우리'의 문제였다. '지일'을 위한 실천은 오히려 일본에 대해 '우리'를 노출하고 싶은 충동과도 같이 연동되는 문제인지 모른다. 거칠게 말하자면, 그것은 자신감에서 기인한 것이었다. 당시 한국은 경제적으로는 고도성장의 정점에 있었을 뿐만 아니라, 정치적으로는 오랜 군사독재를 종식시킨 '문민정부'라는 정권의 도덕성을 강조했던 시기였기에, 그 어느 때보다 '노출'의 자신감에 충만해 있었다.[4]

당시 한국 사회의 대중은 '우리'의 정체성을 서사하는데 일본을 끊

---

[4] 식민지 역사를 중심으로 한 서사 안에 갇힌 과거의 일본론의 태도를 넘어서, 거기에서는 '지금-여기'의 문제로서 '우리'를 노출하기 위해 일본을 서사하기 시작한 것이다. 동시에 거기에는 '우리'의 입장에 선 미래지향적(?) 사고가 관여하고 있다. '일본은 없다'는 입장에서는 미래의 승리를 자축하는 축배를 서둘러 들었고, '일본은 있다'는 입장에서는 잘 사는 '우리'의 미래를 동경하고 있다. 마치 그 둘의 인식은 반일과 친일이 민족주의의 양편에 이분법적으로 존재하는 것처럼 나눠져 있었다. 그렇지만 그런 차이에도 불구하고 한국 사회의 전체적인 맥락에서 보자면, 그 두 입장은 역시나 서로 균형을 견지하며 '우리'를 서사하고 있다. 오히려 그 두 입장의 차이는 '전후' 50년 동안 지속해온 '우리' 안의 일본이 지니고 있는 양면성을 시사한다.

임없이 재생시켜왔음에도 불구하고 일본에 관한 정보가 이제껏 은폐
되어왔다는 동시기 일본 문화론의 주장에 많은 부분 공감했다. 당시
국민의 높은 지지 속에 진행된 식민지 역사의 '청산'을 위해 그 역사가
남긴 '상처'를 기억하는 동시에 기념물들의 철거를 통해 망각하는 극단
의 두 방향에서 동시에 진행되었던, 동시대의 '역사바로세우기'와 같은
방법처럼 말이다.[5]

그렇다면 해방 이후 '우리' 안의 '일본'이라는 은폐와 재생을 거듭한
'신화'는 어떻게 만들어졌을까. 본론에 앞서 먼 길을 돌아왔지만 이 글
의 관심은 거기에 있다.

2. '일본어·일본문학'의 제도화

식민지 조선에서는 '일본론'이라고 할 만한 저서가 존재하지 않았

---

5) '역사바로세우기'가 이념적이고 역동적으로 대중들에게 보여졌던 이유는, 우선 김영삼 정
부가 정권의 정통성과 도덕성을 근거로 내세웠던 '반독재'와 '반일' 때문일 것이다. 그런 가
운데 적어도 식민지 역사의 청산이라는 '반일'을 이념으로 한 국민운동에는 보수와 진보를
불문하고 대중의 열광적인 동조를 이끌어낼 수 있었다. 정권 차원에서 보면 그것은 성공적
이라고 평가할 수 있겠다. "한국의 근현대사가 안고 있는 왜곡은 식민지 역사의 경험에서
비롯되었다." 이런 역사관은 미시적인 정치 현안이나 대일본 정책에 깊숙이 관계되어 있었
다. 박정희 쿠데타 정권 이후 남북 관계에서 경제적 비교우위를 정책의 기조로 삼았다면,
김영삼 정부는 이제까지 거의 정권 차원에서는 무시되어온 식민지 역사청산(군사독재의 역
사청산도 "한국의 근현대사가 안고 있는 왜곡은 식민지 역사의 경험에서 비롯되었다"는 맥락에서
파악되었다)이라는 도덕성의 회복에 힘을 쏟게 된다. 조금은 과장된 해석일지 모르겠지만,
그러한 실천은 '과거'에 대한 사죄에 미온적인 태도를 보여온 일본에 대해서도 역사의 도덕
적 우위를 가시화하기 위한 의도와 무관하지 않다고 여겨진다. 그러나 식민지 역사와 관련
한 도덕적 우위는 일반적으로 한국인의 의식 속에 깊이 자리하고 있는 것이라는 점에서 그
리 새로울 것이 없다. 단지 그런 의식을 현재화(顯在化)시키는 방식 때문에 그것이 역동적
이며 새로운 것으로 받아들여졌을 뿐이다. 그런 현재화는 역사의 도덕성에 근거한 자가 진
단과 자기 노출을 의미한다.

다. 왜일까? 당대 한국소설에 일본인이 등장하지 않는 이유를 검열 때
문이라고 보는 견해가 있다. 과연 그럴까? 물론 표현의 자유가 보장되
지 않던 시기에 식민지 지식인이 식민지 종주국에 대해서 말하는 것
은 결코 쉬운 일이 아니었을 것이다. 하지만 그보다는 식민지 지식인
의 대부분이 일본에 대해 반감을 가졌든, 아니면 동경했든 간에 그것
을 '본질적' 대상으로 인식했거나 지나치게 자기 내면화된 타자로 받아
들였던 탓으로 보는 편이 옳을 듯하다.

1926년에 개교한 식민지 조선 유일의 대학이었던 경성제대 안에서
'국가학=일본학'의 대표학과는 '국문학'과 '국사학'이었다. 하지만 그
두 학과를 전공한 학생 수가 극히 적었다는 사실은 왜 당시 '일본론'이
존재하지 않았을까를 대변해주는 하나의 단서이다.[6] 당시 국사학을
전공한 조선인은 단 한 명도 없었으며, 국문학 전공자는 서두수(2회)와
최성희(8회) 단 두 명이었다. 그나마 그 둘 중 최성희는 이후 법학 전공
으로 옮긴다. 이와 같이 전체적으로 '국가학'을 경원한 현상은 식민지
상황의 자기 민족에 대해 주체적으로 인식한 결과라고 할만하다. 특히
국사학 전공자가 없었다는 사실에서, 우리는 당시 조선인들이 (민족)
주체를 규정하는 조건으로 다른 무엇보다 역사의 본질성에 강조점을
두고 있었으리라 짐작할 수 있다.[7]

1940년대 전반기, 즉 식민지 말기에 오히려 일본 문화론의 성격을

---

6) 이와 같은 현상은 일본에서 유학한 사람들의 경우도 마찬가지였는데, 그들은 대개 일본을
   근대=서양 학문의 보급처로 삼아, 귀국 후 식민지 본국=근대에 타자화된 존재로 조국을
   인식한 위에 사회 활동을 하였다.
7) 이와 관련한 자세한 논의는 이 책의 10장, 특히 4절 참조.

띤 글들이 단편적으로 등장하는데, 그 글들은 총동원 체제하에서 아(我)/적(敵) 혹은 국민/비국민 식의 이항대립적인 사고 위에 민족으로서보다 국민으로서의 '아(我)'의 정체성을 욕망하는 내용의 '국민문화' 혹은 '내선일체'론이 주종을 이뤘다. 따라서 해방 후 한국 사회의 일본문화에 대한 논의는 그와 같은 욕망의 은폐와 재구(再構)를 전제로 출발했을 가능성이 많다. 일본은 한국 지식인들에게 깊게 내면화되었던 만큼 새로운 '국민문화'론의 창안을 위해서는 더욱 철저히 배제하고 타자화해야 할 대상이었기 때문이다.

한국에서 대부분의 문학사는 1940년대 전반기를 '암흑기'라 규정한다. 그 시기가 과연 '암흑기'였는지 아닌지의 문제보다 중요한 문제는 그 용어의 기원이 제국주의에 부역한 이데올로그들의 자기 합리화나 '해방 후' 한국 현대사를 지배한 반민족적 역사에 대한 기억/망각의 패러다임과 결부되어 있다는 데 있다.

1945년 일본제국의 멸망과 함께 일본어는 구(舊)제국 내에서 누렸던 '제국어'로서의 위상을 상실했다. 동시에 '국어'=일본어 상용을 강요받아왔던 한반도에서는 일본어를 배타적으로 타자화하면서 '국어'를 새로이 제작해 갔다. 물론 '국문학'도 마찬가지였다. 당시 국문학의 직면한 과제는 과거 '제국' 문학 혹은 '국문학'=일본문학의 기억을 지우고, 그 기억이 지워진 공간에 과거 국문학으로서의 지위를 상실했던 민족문학을 새롭게 채워나가는 것이었다. 특히 당시 국문학자들 중 경성제대 출신자들은 과거 자신들의 연구성과를 "독학으로 일가를 이룬

보고서"[8]라고 했을 정도로 과거의 경험과 경력을 전적으로 부정했다. 그전까지 종주국과 식민지의 문학자 사이에서는 개인의 정도차는 있었겠지만, 대개 '번역' 과정 없이 서로 간의 문학적 (의사)소통이 가능했다. 식민지시대를 경험한 문학자들은 세계문학을 일본어로 읽고 문학 수업을 했다고 회고하곤 한다. 그들에게 일본어는 이미 문학 언어로서 내면화되어 있었다. 그러나 2차 세계대전 후 한일 양국 상호 간의 공식적인 문학적 소통은 두 '국어' 사이의 '번역'이라는 메커니즘을 전제로 이뤄질 수밖에 없었다. 그러나 이승만 정부는 공식적인 '번역'마저 용인하지 않았고, 일본문학/일본어 연구가 학교 제도상에서 배제되었던 측면에서 보면, 국가 차원에서 철저히 통제의 대상으로 삼고 있었다고 할 수 있다.[9] 그것은 식민지 역사의 청산이라는 시대적 소명과 맞물려 국민의 전폭적 동의를 얻을 수 있던 것이었다. 그런 상황에서 일본어가 문학 언어로서 익숙했던 사람들은 '침묵'할 수밖에 없었다. 그로 인해 흔히 '전후 세대'라고 불리는 사람들 중에는 일본어를 읽고 쓸 수 있는 사람이 전무하다시피 했다. 하지만 식민지 경험자들에게 깊이 내면화된 제국어로서 일본어에 대한 기억은 쉽게 지워지지 않았고, 얼마 지나지 않아 그 기억은 제국어로서가 아닌 타자화된 번역

---

8) 김사엽은 『朝鮮文學史』(正音社, 1948)의 '자서'에서 "조선문학이란 무엇이뇨"를 물으면서 경성제대 '조선문학' 강좌에서 교수받은 내용을, 특히 그 강좌의 교수 다카하시 도오루(高橋亨)의 강좌를 겨냥해 "羊頭狗肉과 같은 엉터리 교수를 생각하면 고소를 금하지 못한다" 할 정도로 비판하고, 영향관계를 전면 부정하였다.(3쪽)

9) 그렇다고 해서 당시 이승만 정부가 일본어를 금지했던 것은 아니다. 이승만은 중국에서 마오쩌둥의 승리에 큰 충격을 받아 반공 통일전선을 겨냥한 태평양동맹의 결성을 다시 추진한바, 이 구도 속에서 1950년 2월 16일 일본을 방문하면서 기존의 대일 강경자세를 누그러뜨리고 한일 간 과거사문제의 전향적 해결을 모색하기도 했다(최원식, 「친일문제에 접근하는 다른 길」, 『창작과 비평』, 2006, 겨울호, 365쪽).

의 대상으로서 새롭게 한국 사회에 등장하게 되었다.

그러한 제국어로 표상된 일본(문화)의 타자화 과정이 얼마나 지난했는지를 보여주는 특집이 잡지 『신천지』에 게재되었다. 서울신문사 발행의 『신천지』는 1946년 1월 15일 자로 창간되어 주로 시사적인 관점에서 정치를 비롯한 경제·사회·문화 등 다방면에 걸친 기사나 평론뿐만 아니라, 시, 소설 등의 문예물도 게재한 종합잡지를 표방했다. 그 창간호에서 문인, 기자, 평론가, 교수 등 '문화인'들에게 "일, 8월 15일 세기적(世紀的) 방송을 들으신 순간의 귀하의 심정을 알고 십습니다"와 "일, 과거 일인(日人)의 악정 중에서 가장 잔독(殘毒)햇다고 생각하시는 죄상(罪狀)몃가지"를 묻는 설문을 받아 싣고 있는데,[10] 그만큼 아직 해방의 감격만을 향유하기에는 식민지 경험의 아픔이 채 가시지 않은 상황 속에서 이 잡지가 창간되었다고 할 수 있다. 또한 "수까락까지 걷어간 강도의 나라 일본제국주의의 무거운 쇠사슬에 꽁꽁묶였던 우리 조선"이 "생지옥"에서 해방되었지만 해방을 대신한 것은 "독립"이 아닌 "혼란"에 빠져 있는 상황에서 편집자는 '문화인'으로서 사회적 책임을 다하겠노라는 잡지 창간의 의도를 명시하였다.[11] 이러한 『신천지』에서 어느 매체보다 일찍 1947년 11·12 합병호를 통해 '일본 특집'이 꾸려지게 된다.

이번에 일본 특집을 꾸미면서 마음 한편 구석에 달라붙어 있는 일편의 꺼림칙한 생각을 씻을 수 없었다. 그것은 오랫동안 그들에게 짓밟혀온 상

---

10) 『新天地』, 1936. 1, 창간호, 70-73쪽.
11) 『新天地』, 1936. 3, 「목차」 페이지 하단.

처가 채 아물기도 전에 일본문제를 이렇게 크게 취급한다는 것이 시기상
조나 아닐까 하는 약간의 가책과, 또 우리의 이번 특집이 과연 옳은 계획
위에 섰느냐 아니냐 하는 의구에서이다.[12]

요컨대 일본문제를 다루는 데 있어 시기와 내용의 정당성에 관해
자문자답하고 있다. 또한 일본의 "더러운 잔재"가 골수 깊이 사무쳐 있
기에 신중을 기해야 할 문제라며 역효과를 우려했다. 하지만 결과적
으로는 전혀 다른 방향에서 아쉬움이 남았다고 고백한다. 사실, 이 특
집에는 모두 16편의 글 중 오쿠보 도시아키(大久保利謙)와 사노 마나부
(佐野学)의 글을 비롯한 일본인의 글이 10편이나 실려 있는 반면, 조선
인의 글은 고작 3편에 불과했는데 홍종인의 「조선과 일본」은 "사십 년
래의 적이 패전 후 초토 우에서 불의불권(不意不倦)하면서 재건에 전력
하고 있다는 사실을 눈앞에 보면서 우리는 무엇을 생각할 것인가"[13]라
는 자문에서 알 수 있듯, 암담한 정치 현실 속에서 수난의 역사를 교훈
으로 삼아야 할 것을 촉구하는 내용이었다. 그 외 당시 군정장관고문
이었던 김길준(金吉埈)의 「전후일본여행기」와 이섭(李燮)의 「자결 직전
에 완성된 고노 후미마로(近衛文麿)의 수기」가 실려 있다. 나머지 3편
은 맥스웰 스튜어트의 「미국의 재일본 업적」 등 이미 발표된 서구인의
글을 모은 것이었다. 이렇듯 가장 주력하려고 했던 "조선인이 본 일본
의 태도"에 관한 글이 결여된, 즉 "원고와 재료를 얻을 길이 없어 이가

---

12) 「日本特輯에對하야」, 『新天地』, 1937. 11·12 합병호, 5쪽.
13) 洪鐘仁, 「朝鮮과日本」, 위의 책, 13쪽.

빠지고 또는 절름발이"가 된 특집을 유감이라고 고백한다.[14] 그 특집을 꾸리기 위해 누구에게 원고청탁을 했는지 알 수 없으나, 그렇게 특집 기획이 의도대로 구성되지 못했던 분명한 이유는 식민지 기억이 깊이 내면화된 조선인에게 아직 일본이라는 존재는 타자화해 글로 표현하기 어려웠던 시기였기 때문이라는 사실이다. 특히, 이 잡지에서는 평소 서구인의 글을 많이 소개하고 있는데 거기에는 흔히 번역자를 병기하고 있다. 하지만 이 시기 극히 드물게 일본어 저자의 글을 10편이나 싣고 있는 반면, 번역자를 누락하고 있다는 사실은 타자로서의 서구(문화)와 일본(문화)에 대한 인식 정도차를 짐작할 수 있는 대목이라고 할 수 있다.

해방된 지 16년이 지난 어느 날, 시인 김수영은 죽음에 관한 선택이 박탈되는 "바보 같은 순간"을 모두 "꿈"이라고 말하고 또 이것이 "피로"와 "광기"일지 모른다는 내용을 1961년 2월 10일 자 일기에다 일본어로 갈겨썼다.[15] 그 일기에는 이렇듯 그냥 일본어로 표기한 문장뿐만 아니라 "스데미"(捨て身) 등과 같이 일본어를 한국어로 표기한 단어가 군데군데 눈에 띈다. 그리고 그는 자신의 시나 혁명, 그리고 혁명을 지지하는 자신을 모두 거짓이라면서 이 문장, 즉 일기만은 "얼마간 진실미"(강조점 - 원문)가 있을 뿐이라고 적었다. 그리고 "어딘가 먼 곳을 여행하고 있는 듯"한 기분에서 "향수인지 죽음인지 분별되지 않는" 세계 혹은 "일본어 속에서 살고 있는" 것인지 모른다고 고백했다. 허위의 현

---

14) 「日本特輯에對하야」, 위의 책, 5쪽.

15) 「일기초(抄)2-1960. 6~1961. 5」, 『김수영전집2』, 민음사, 1981, 508-509쪽.

실=한국어에, 진실의 일기=일본어를 상대항으로 두는 이런 그의 고뇌는 식민지 유산인 이중언어에 대한 단일한 언어=국민국가의 억압으로 인한 것이다. 즉, 식민지 경험을 한 당시 지식인들에게 일본어는 "꿈", '일기' 등과 같은 내밀한 공간에서만 써야 하는 억압의 대상이었던 것이다.

해방 후 20년이 지나 한일 양국은 국교를 정상화했다. 정상적인 외교관계상의 타자로 일본을 인정한 이 사건은 식민지 유제(遺制)로서 일본어를 '기억'하던 문학자들에게는 그 동안 잠재적으로 존재했던 일본어적인 사고를 즉각 외현시킬 수 있는 조건으로 인식되었던 듯하다. 그 하나의 예가 바로 그 이듬해 그들이 『일본단편문학전집』(희망출판사, 1966)을 공식적으로 번역·출판한 사실이다.[16] 여기서도 백철은 중요한 역할을 한다.

『일본단편문학전집』은 백철 등의 편집위원이 선정한 일본작가 100인의 단편을 김용제, 김수영 등 26명이 번역하고, 원작자(혹은 저작권자)의 정식 승인을 밟아 해방 후 한국에서 최초로 번역·출판한 일본문학전집이었다. 거기에는 또한 편집실 이름으로 「일본 근대·현대문학의 흐름」(1권)과 「일본전후문학의 동향」(4권)이란 제하에 일본 근·현대문학사를 개관한 부록이 실려 있다. 백철은 「일본문학의 진수를 감상하

---

16) 이보다 앞서 4·19혁명으로 이승만 정권이 무너지자 대일 문화정책의 변화가 일어났고, 그 때부터 '타자로서의 일본문학'이 새롭게 등장하기 시작했다. 당시 일본에서 1,300만 부나 팔린 고미카와 준페이(伍味川純平)의 『인간의 조건』 등이 번역된 바 있다. 심지어 몇 년 후에는 한국에서 일본소설이 소설부문 베스트셀러에 오르기도 했다. 그 중 작품집의 형태로는 『일본전후문제작품집』(신구문화사, 1960)과 『일본문학선집』(청운사, 1960)이 출판되었다(윤상인 외, 『일본문학 번역 60년 현황과 분석: 1945-2005』, 소명출판, 2008, 14-15쪽 참조).

는 의미」라는 제하의 서문에서 일본문학작품에 대해 "방어"하기보다는 그것을 올바르게 받아들이는 방법이 무엇인지를 고민할 필요가 있다는 주장과 더불어, '일본문학의 본격적인 번역작업인 이 전집은 한국의 현대문학과 "일본어를 전혀 모르는 우리 젊은 독서인"을 위한 좋은 "선물"이 되리라는 확신을 피력했다. 동시에 이 번역은 식민지 유제(遺制)인 자신들의 일본어를 진정으로 타자화할 수 있는 계기이기도 했을 뿐만 아니라, 어쩌면 억압되어온 일본어적인 사고=의식의 급한 분출이었다고도 할 수 있다.[17]

3. 70·80년대 일본문화론의 한 단면
─ 주로 재일조선인 작가의 경험을 통로로

과연 그렇다면 해방 후 제도권에서 일본어 교육을 받은 자가 전무했던 70년대에 '우리'에게 일본(혹은 일본문화)은 어떤 존재였을까? 그 점에 대해서는 70년에 한국을 방문한 재일조선인 작가 이회성의 방한에 대한 대중의 반응을 일본에 대한 호기심으로 판단한 이호철의 발언이 의미 있는 대답이 될 만하다.

이회성의 아쿠타가와상 수상은 한국 사회에 재일조선인문학의 존재를 인지시키는 차원에서 적잖게 영향을 주었다. 이회성은 수상 직후

---

17) 1963년에 비로소 대학에 일본어학과가 설치되긴 하지만, 그들 전공자가 사회에 진출한 것은 4년 뒤이므로, 해방 이후 세대로서 제도 안에서 일본어를 교육받은 사람은 거의 전무한 상황이었다.

인 1972년 6월 13일에 한국일보의 초청으로 한국을 방문했다.[18] 이회성의 방한 일정 중 하나인 「교포문학, 민족문학, 작가의식」이라는 테마로 열린 좌담회(김승옥, 이호철, 백철이 동석-21일 자)에 참석해서 이호철은 그의 방한을 일본문화의 일환으로 받아들이는 일반 대중의 홍분에 '쇼크'를 받았다고 말한다. 그의 발언은 당시 일본문화에 대한 대중적 정서나 재일문학에 대한 한국 사회의 반응을 충분히 짐작케 한다. 1932년생인 이호철과 같은 세대인 박완서(1931년생)가 유년의 자화상을 그린 소설『그 많던 싱아는 누가 다 먹었을까』에서는 해방 직후 한국어 사정에 대해 "고등학교(지금의 학제상으로는 중학교에 해당-인용자 주)이 학년짜리가 가갸거겨부터 배우느라 법석"이었으며, "교과서 외의 읽을거리는 거의 일본의 소설류 아니면 일본말로 된 번역물"(215쪽)[19]뿐이었다고 묘사한다. 그 소설의 '나'와 같은 세대인 이호철은 이회성을 과거 기억 속의 '일본어 작가'의 한 사람으로서 우선 체험했을 것이다. 다시 말해 이호철에게 이회성은 '민족작가'라기보다 '일본어 작가'였다. 그렇기 때문에 이호철의 입장에서 보면, 일본어 독서가 자유롭지 않던

---

18) 당시 신문들은 이회성의 방한을 전후 첫 방문이라고 기록하였다. 하지만 그는 1970년에 이미 방한한 적이 있는데, 그가 한국 국적을 취득한 후 그것이 알려지면서 과거 조총련의 경험이 있고 '조선' 국적이었던 그의 당시 방한 자체를 변절이라고 비판하는 몇몇 재일조선인이 생겼다. 2006년에 필자는 이회성을 직접 만난 적이 있었는데 그때도 그는 1970년 방한할 당시 김포공항에서 기자들이 첫 방한의 감회를 묻는 질문에 자신은 1970년이 이미 방한한 바가 있다는 사실을 분명히 밝혔다고 굳이 강조해 언급할 정도로 당시의 비판에 민감했음을 알 수 있었다.

19) 이호철 또한 초등학교 4학년 때 마로의 자형으로부터 『집 없는 아이』와 나쓰메 소세키의 『마음』을 선물받아 처음 소설과 만났다고 이력을 기록하고 있다. (http://www.leehochul. com/) 이호철은 이회성과 만난 이후 『다듬이질하는 여인』을 비롯해 일련의 소설을 번역한 장본인이다.

상황에서 대중에게는 낯선 이회성이라는 체험은 호기심을 유발할 만한 것이라고 판단했지만, 자신에게는 정작 내면화된 일본어에 대한 기억을 되살아나도록 만든 계기가 되었던 것이다.

1965년 한일 국교정상화 이후 1980년대에 이르는 동안 한국 사회의 경제성장은 일본 자본에 대한 예속을 심화시키는 한편, 한국의 '전후세대' 안에서도 일본 전문가를 절실히 필요로 하게 만들었다. 한국의 대학들은 일본학과(일어일문학과를 중심으로)를 우후죽순 격으로 창과(創科)했고, 다양한 영역에서 일본 전문가들이 배출되었다. 그렇다고 반일 감정이 사그라든 것은 아니었다. 그런 가운데 70·80년대의 한국 내 민주화 요구는 국지적이나마 사회과학서적의 번역·출판이나 반식민·반독재를 지지하는 문학자간 교류 등 진보적 지식인 사이의 교류를 한층 활발하게 만들었다.[20]

하지만 한국 내 일본문화에 관한 관심은 다른 방향에서 촉발되었다. 그 중 재일조선인 작가 김달수의 일본 내에서의 활동이 중요한 위치를 차지했다. 김달수는 20년간이나 '일본 속의 조선문화', 이른바 일본 전역에 남아 있는 고대 조선문화의 유적을 찾아 나섰다. 그것은 일본문화의 원형을 조선문화에서 찾으려는 노력이기도 했다. 식민지 시대 일본 고고학의 조선 '답사'를 방불케 하는 그의 르포르타주는, 적극적인 방법으로 재일조선인의 정체성과 존재의 역사를 규명하려는 데서 출발한 일본문화론이었다.

---

20) 문학자간의 교류는 대표적으로 김지하와 오에 겐자부로(大江健三郎) 사이의 교류를 들 수 있다. 또 80년대에 대학을 다닌 필자도 지적 상상력을 키우는데 일본 사회과학서적의 번역물에 많은 신세를 졌던 것을 기억하고 있다. 그것은 단지 필자만의 기억은 아닐 것이다.

김달수 등의 활동이 한국에는 70년대 후반부터 소개되다가 그가 해방 후 고향방문단 일원으로 처음 방한한 1981년(3월 20일)에 커다란 화제를 불렀다.[21] 1986년에는 조선일보사에서 그의 저서가 번역·출판되었다. 하지만, 그는 조총련에서의 정치 경력 때문에 입국이 금지된 인물일뿐더러 1988년에 해금되기 이전까지 그의 작품은 '금서(禁書)' 딱지가 붙여져 한국에서는 전혀 소개된 바 없었다. 그럼에도 불구하고 그보다 일찍이 『일본 속의 조선문화』만이 '조선'을 '한국'으로 바꾸고 소개될 수 있었던 것은 어떤 이유일까.[22]

그것은 그 저서가 '후예의 거리'나 '태백산맥'과 같은 그의 대표작과는 다른 층위의 민족문제를 다뤘기 때문에 가능했던 것이다. 오히려 고은이 "지금 엄연히 존재하는 한일관계나 민족의 현실로부터 눈을 돌려 도취·마취시키는 역할"을 하였다고 비판한 것처럼,[23] 허무주의적 냄새가 나는 것도 사실이다. 그러나 한국 국민이 과거 일본에 대해 문화전달자라는 식의 '우월성'을 표시하고, 그를 통해 식민지 역사를 위로받기에는 충분한 것이었다. 그렇기에 한국에서는 해방 이후 줄곧 검열 및 판금(販禁)의 그물망에 걸려온 반정부 문사의 글이었더라도 받아들여질 수 있었다. 그 본래의 논지 자체도 그렇지만, 그 번역·전파

---

21) 김달수의 방한 목적은 '재일 교포 수형자에 대한 관용을 청원'하기 위해서였다. 하지만 그의 방한에 대해서 당시 국내외의 민주세력과 그의 옛 동지들은 군사정권 체재에 이용당해 정치적 볼모가 되었다며 강하게 비난했다.

22) 1989년에 일본에서 李寧姬의 『또 하나의 만엽집(もう一つの万葉集)』(文芸春秋社)이 출판된 후 조선일보에서 그것을 연재해 대중적 관심을 끌었던 것도 김달수의 활동이 주목받던 것과 같은 맥락에서 이해될 수 있을 듯하다. 이영희는 그 후 「노래하는 역사」(1994, 조선일보사)라는 제목의 단행권을 출간한다.

23) 『民濤』 6호, 1989. 2, 267쪽.

과정은 식민지 역사가 남겨놓은 정치적, 역사적 콤플렉스 중에 하나였던 차이=차별 의식을 거꾸로 두 문화 사이의 동질성=동류성을 복원시키면서 한국의 우월성을 찾는 방향을 뚜렷이 보여주었다.

그러나 제국 일본이 자신들의 한국에 대한 '합병'이 서방의 다른 식민지와는 다르다고 주장한 근거를 과거로의 '복귀'='복속(復屬)', 즉 양자의 문화적 또는 인종적 동질성=동류성에 두었던 사실을 상기하고 보면, 역사의 아이러니가 아닐 수 없다. 제국 일본은 '일선동조론', '내선일체', '황민화'를 통해 문화적 혹은 인종적 동질성을 조선통치의 이념으로 삼았다. 그렇다면 '일본 속의 조선(한국)문화' 찾기는 식민지 본국과 식민지 사이의 동질성을 근거로 통합을 주장했던 식민지주의의 방법을 전유(appropriation)한 것이라고 할 만하다.

앞서 필자는 재일조선인의 '일본 속의 조선문화' 찾기의 목적이 자신들의 정체성과 자기 존재의 역사를 규명하는 데 있었다고 지적했다. 그것이 시작될 당시만 해도 과거 한반도(대륙)에서 일본으로 건너온 사람들을 '귀화인'이라 불렀다. 김달수 등은 우선 그 용어에 함축되어 있는 의미가 멸시의 대상을 가리키는 것이며 정치적·문화적 복종의 뜻이 내포되어 있다고 보고, 자신들은 엄연히 선진문화의 전달자였다는 의미에서 '도래인(渡來人)'이라고 명명할 것을 주장했다. 그러한 논의의 핵심은 분명하다. 다시 말해, '일본 속의 조선(한국)문화'를 통해, 재일조선인은 '도래인'의 역사를 연장하는 위에서 자신들의 정체성을 찾고 있는 것이다.[24]

---

24) 그러한 의식은 김달수뿐만 아니라, 재일조선인연구자인 이진희와 강재언의 공저, 『韓日

그런 발상은 김달수 등이 조국을 바라보는 관점을 근본에 깔고 있다. 즉, 조국이 불완전한 분단국가라는 데 있다. 그들은 조국이 완전한 국민국가를 희망하는 자신들의 기대를 배반하고 있다고 믿었다. 그들이 대등한 위치에서 국민국가 일본을 대상화하고, 식민지 역사의 속박으로부터 자유로워질 수 있는 유일한 길은 조국통일뿐이라고 생각했다는 점에서 그것은 절실한 문제였다. 하지만 현실에서는 조국이 불완전한 국민국가로 존재했기 때문에, 그들은 자신들의 기원을 조국보다 '도래인'에서 찾으려 했던 것이다. '일본 속의 조선(한국)문화'를 탐색하는 '재일' 조선인의 입장은 그런 의식을 근거로 형성된 것이었다.

하지만 그런 맥락들이 소거된 채, 그들의 논의가 80년대 한국에서는 '우리'가 과거 일본에 문화를 전수한 민족이었다는 자위를 통해 최근 백 년 동안의 역사를 치유하는 방식으로 대중적으로 독해되었던 것이다.

4. 다시 90년대로

특히, 70년대까지 한국사회가 제한했던 일본 관련 학과가 80년대 초부터 우후죽순 격으로 4년제 대학에 개설되기 시작했다. 그런 흐름

交流史』(有斐閣, 1995)의 집필 의도와 책의 구성에서 잘 보여주고 있다. 일본사를 도래(渡來)사의 관점에서 파악하고 있는 이 저서는, '고대조선과 야요이·고분시대'부터 시작해 마지막 장인 '재일(在日)은 산다'로 맺고 있다. 거기에서 마지막 장에서 의도하는 현재진행형의 관점과 도래사라는 저서의 관점이 결합한 것은 '재일'의 아이텐티티를 '도래인' 역사의 연장에 두기 위한 방법이라고 할 수 있다. 그것은 또한 남북한의 입장과 다른 '재일'의 입장을 스스로 주장하기 시작한 시기와 궤를 같이 한다.

은 당시 대학자율화 조치에 동반해 일어난 변화인 동시에 일본어의 사회적 수요가 그만큼 많아졌던 사회 상황과도 깊은 관련이 있다. 그리고 10여 년이라는 세월이 흐른 90년대는 대학에서 일본학(주로 일본어학과 일본문학)이 양적으로 큰 성장을 보인 시기였다. 이제는 전지구화(globalization)의 흐름 속에서 국제 관계가 다변화함에 따라 한국 사회의 현실에서는 오히려 그 공급이 수요를 상회했다. 그러한 상황 변화도 '지일(知日)'의 필요성을 표방한 90년대 한국 사회의 일본문화론의 흥행을 부추긴 원인 중 하나일지 모른다. 그러나 당시 '지일'을 표방한 담론의 대부분이 앞서 1장에서 지적했듯이, 타자의 눈에 비친 자기의 모습에 구애된 나르시시즘, 즉 통속적 민족주의에 빠져 있던 것이 사실이다. 그런 경향은 일본문화론이라기보다 '우리'를 규정하는 안티테제로서 일본을 다룬 것이라는 점에서 오히려 지일=지한을 등식화하는 논리에 가까웠다. 그것은 다원화 시대에 걸맞은 일본학의 성장에 장애가 되었던 면도 없지 않았다. 다양한 일본 사회 속의 다양한 차이를 인정하지 못하는 오류를 반복하는 가운데, '우리'라는 또 다른 단일성에 집착해온 경향을 보였다.

그러나 그런 경향은 식민지 경험을 통해 형성되어온 역사적 맥락에서 이해되어야 한다. 90년대 일본문화론이 그랬듯이 '가깝고도 먼 나라'라는 실제의 원근감을 배반한 일본 이야기는 여전히 '우리'에게 매력(?)적인 이야깃거리임에 틀림없다. 하지만 그 속에서 '우리' 및 일본=타자를 본질화하는 태도는 그 사이의 관계를 역동적으로 바라보는데 장애가 될 뿐이다. 그 때 필요한 것이 바로 국가주의적 상상력에 충실했던 '우리'에 대한 괄호 풀기이다. 최근 국민국가 비판론이나 동아시아론 등 일국가주의를 넘어선 담론의 장에서 일본과 관련된 논의가 서서히 진행되고 있으며, 그런 가운데 '우리'라는 말＝의식에 대한 괄호풀기의 경향이 보이기 시작했다. 90년대 일본문화론의 반성과 그 역사적 기원에 대해 살피는 것을 통해, 지금이야말로 타자에 대한 본질화라는 근대 기획의 늪에 빠진 '우리'의 모습을 찾는 담론에서 벗어날 때임을 새삼 느낀다.

제13장

일본제 번역어와 한국의 근대 번역

1. 동경(憧憬)의 '근대' 와 지옥의 '근대' 사이

우리에게 근대란 무엇인가. 지난 한 세기는 근대라는 그 '새로운 것'에 대해 동경과 부정의 사이에서, 그 답을 찾고 실천하는 과정 속에 있었다고 할 수 있다. 그것은 흔히 집착에 가까울 정도로 보여졌다. 그리고 그러한 상황은 아직 진행중이다. 1960년대 말 이후 대두되어 1970년대를 풍미하던 '내재적 발전론'과 1990년대의 '식민지 근대성'에 관한 논쟁에서처럼, 우리 현실은 어디선가 그 '새로운 것'에 대해 집착한 담론을 반복 – 재생산해 왔다.

근대화의 과정은 번역=이식의 과정이다. 주지하는 바처럼, 근대의 본향인 서구에서 근대를 설명하는 패러다임인 국민국가와 자본주의 체제의 형성, 자의식을 가진 개인이라는 개념의 형성, 그리고 과학적이고 합리적인 사고의 발달 등은 실로 수백 년에 걸쳐 진행된 과정이었다. 원래 서구의 근대 자체가 과정이라면, 우리의 근대는 그 '과정'을 번역하는 과정일 수밖에 없다. 그것이 우리의 근대성을 다의적으로 해석할 수밖에 없는 이유이기도 하다. 그러나 그것이 우리의 근대성을 폄하할 이유가 될 수는 없다. 오히려 그 자체가 맹목적 근대추종과 낭만적 근대부정 사이의 수많은 좌표 위에 존재하는 다원적인 우리의 근대성인 것이다.

서구의 근대가 산업혁명과 프랑스혁명을 거치면서 과거와의 단절과 혁신을 그 특징으로 함에도, 그것이 실상은 오랜 기간에 걸쳐 일어난 과정이라는 사실을 다시 기억하자. 우리의 근대는 그러한 서구의 과정으로서의 근대에 의해 '전근대'='야만'의 타자로 드러나면서 출발하였다. 그 후, 우리는 서구의 근대가 동일한 '전근대'='야만'의 타자로 분류한 일본의 근대를, 더구나 식민지주의라는 여과장치를 거친 근대를 주된 수용의 루트로 삼아왔다.

우리의 근대가 지니는 2차 번역적(혹은 그보다 더 다차적인) 성격은 근대를 인식하는 한계와 혼돈의 정도를 더욱 크게 하였다. 그 때문에 우리에게 서구의 근대는 항상 낯선 것이었지만, 또한 그 때문에 둘 사이의 명백한 차이=대립마저도 모호하고 불확실한 것으로 인식하는 경향이 있어 왔다. 특히 야나부 아키라(柳父章)의 『번역어 성립사정(飜譯語成立事情)』에서 다루고 있는 번역어의 성립과 그 전파 과정을 살펴볼 때, 그 점은 더욱 분명해진다.[1]

야나부의 『번역어 성립 사정』은 근대 초기에 신조(新造)된 사회·개

---

1) 柳父章, 『飜譯語成立事情』, 岩波新書, 1982. 이하 본문 중 인용은 쪽수만 기입한다.

인·근대·미·연애·존재, 혹은 재래의 의미를 전복시키며 번역어로 성립한 자연·권리·자유·그(그녀), 이상의 번역어를 대상으로 그 성립 과정을 살피고 있다. 그렇다면, 이 책의 제목은 왜 번역어 성립의 '과정'이 아니라 그 '사정(事情)'인가라는 의문을 갖게 된다. 그것은 이 책이 다루는 내용이 언어의 문제뿐만 아니라 일본 근대 자체의 혹은 사상과 문화의 번역 문제에까지 미치고 있으며, 번역어들이 직접 근대를 설명하는 요소들이라는 점 때문이다.

그리고 그 번역어들이 이미 한국어에서도 없어서는 안 될 일상어가 되어 버린 용어라는 점에서, 그것들의 성립 '사정'은 우리의 근대를 이해하고 분석하는 데도 깊은 관련되어 있는 것이다. 더 나아가, 한자가 언어체계나 사유체계에 깊이 관여하는 중국을 포함한 동아시아에서 공동의 언어로 사용되는 이들 번역어의 성립사정을 밝히는 것은, 서구 근대사상의 수용과 형성 과정은 물론이고, 동아시아 각국 간의 전파와 연쇄 과정을 밝히는 중요한 테마이기도 하다.

태평양전쟁이 한창이던 1942년에 잡지 『문학계』에 실린 '근대의 초극(超克)'이라는 테마의 좌담에서 가메이 쇼이치로(龜井勝一郎)와 나카무라 미쓰오(中村光夫)는 근대를 가리켜, 각각 '혼란 그 자체'='지옥의 근대'와 '뭔가 대단히 위대한 것'='동경의 근대'라고 지적(회고)하였다(45쪽). 동시대인에게 비춰진 상반된 근대의 모습은, '모던(modern)'이 현실에 부재한 상황에서 조어된 '근대'라는, 현실의 언어로서가 아니라, 현실을 재단하는 규범으로 변해 가는 번역어가 지닌 '숙명'(90쪽)이 가져다준 결과일지 모른다. 저자는 그 이유를 '모던(modern)'의 내용과 현실을 전달하기에는 너무도 의미가 빈곤한 '근대'라는 번역어가 지니는 '카세트(cassette) 효과', 즉 작은 보석상자 안의 내용물이 무엇인지 잘 모르면서 그 자체에 매혹시키는 효과에 의해서 남용되어온 '사정'에서 찾고 있다. 물론 그것은 비단 '근대'라는 번역어에만 한정된 것이 아니다. 저자의 '번역론에 있어서 단어론의 총정리'인 이 저서에서는 거기에 제시된 '근대'와 같은 번역어에는 번역＝이식된 근대의 양의성을 내포하고 있다는 데 주목하고 있다.

그래서, 저자의 번역어의 분석방법은 기본적으로 원어와 번역어의 '사이'를 관찰하는 데서 출발하고 있는 듯하다. 그 '사이'에는 원어의 내용을 담을 만한 현실의 부재, 상등박래성(上等舶來性), 의미의 빈곤, 의미 내용의 추상성, 구체적인 용례의 부족, 생소함 등, 서구의 근대사회와 일본의 현실의 차이에서 비롯된 번역의 어려움과 번역어의 성격이 존재한다. 일본의 대표적인 근대 번역자인 후쿠자와 유키치(福澤諭吉)는 '역자(譯字)를 가지고 원의(原意)를 표현하기에 충분치 않다'고 했다. 그 뜻은 원어와 번역어의 차이에서 비롯된 것이라기보다, 그들 언어가 함의하는 서구의 근대사회와 일본의 현실 '사이'에 존재하는 차이＝대립을 지적한 것이라고 할 수 있다.

예컨대, 저자는 서양어의 '소사이어티(society)'와 일본 재래의 일상어인 '세간(世間)', '교제(交際)', '사(社)'와 '회(會)', '사회' 등을 대칭적으로 놓고 그 사이의 긴장관계를 보여주며, 번역어로서의 '사회'의 생성과정을 분석한다. 저자의 논의를 단순하게 정리하자면, 서양어 - 번역용 일본어 - 번역어라는 경로를 통해 번역어가 성립했다는 도식을 상정할 수 있다. 이때, 번역용 일본어도 저자가 번역어를 분석하는 데 주목하고 있는 '사이' 중에 하나이기도 하다. 특히 그것은 재래의 의미와 생소하고 이질적인 의미가 혼재된 모순을 띤다. 저자의 분석에 따르면, 일본 재래의 일상어인 '세간'은 말 자체에 가치를 부여하는 '번역어 특유의 효과'가 결여되어 도태되었다. 그리고, '교제'는 그 행위의 주체가 필요하기 때문에 '인간 교제', '군신 교제', '가족 교제' 등과 같이 번역되었으나, 특히 군신이나 가족은 교제의 관계가 아니라는 전통적 의미에서 본래의 의미와 생소한 의미를 혼재시켜 '소사이어티(society)'의 번역어로 사용되다 도태되었다. 결국 '사'와 '회'가 조합된 신조어 '사회'는 이질적 의미와 재래의 의미가 혼재된 모순을 보여주고, 그 안에 생소함(혼재된 사실)을 감추는 '번역어 특유의 효과'를 지닌 제3의 의미를 함의하게 되었다고, 저자는 지적한다.

여기서 주목해야 할 것은 그 제3의 의미는 단순히 언어의 차이를 바꾸는 차원에서 만들어진 것이 아니라는 사실이다. 그것은 서구의 근대사회와 그것이 존재하지 않는 일본현실의 '사이'에 존재했던 번역어=번역자의 사상을 집약적으로 보여주는 것이었다. 결국, 그것을 통해 "말은 옳다. 그릇된 것은 현실이다"(40쪽)라는 일본 근대의 전망을 제시하고 있었다고 할 수 있다.

그렇다면, 엄밀히 말해 일본제 한자어 '샤카이(社會)', '긴다이(近代)' 등과는 다른 한국어의 '사회', '근대' 등은 어떻게 수용되었는가. 또한 그 '사이'에서 존재하는 사정들은 어떠했는가. 이런 문제를 풀어나가면서, 이 번역어들이 동아시아의 공동의 자산으로, 혹은 사상의 연쇄로서 새롭게 인식될 때, 우리는 물론이고 동아시아의 근대성을 논하는 지평을 넓힐 것으로 생각한다.

2. 번역어, 근대를 전망한 번역자의 사상

앞서 언급했듯, 번역어＝번역자의 사상은 서구의 근대사회와 그것
이 존재하지 않는 일본현실 '사이'에 존재했다. 구체성을 지닌 일상어
로서는 그 의미를 담기에는 부족한 '저편'의 세계를 추상화하는 작업,
그것이 바로 번역이었다. 그런 추상화 작업 안에서 번역된 언어는 번
역자는 물론이고, 그것을 사용하는 사람들에게 위압적인 생소함을 느
끼게 한다. 하지만 그러한 사실이 사람들에게 그것을 사용하지 않도록
하는 이유가 되기보다, 오히려 어떤 경우에는 사용하는 이유가 되기도
한다고 저자는 지적한다.

그러나 우리는 오늘날 '모던(modern)'을 '근대'라고 번역한다고 해
서, 그 의미에 대해서 별로 생각하지 않는다. 다시 말해, 말의 의미는
그 번역어에 맡겨져 번역자는 의미에 관해 책임지지 않는다. 그것은
'근대'와 '모던(modern)' 사이의 등가성의 획득, 즉 앞서 지적했듯 '말은
옳다. 그릇된 것은 현실이다'라는 번역가의 연역적 전망의 승리 때문
이라고 할 수 있다. 이 승리는 이데올로기의 승리라고 할 수 있다. 왜
냐하면, 결국 번역이란 "하나의 언어에서 다른 언어로의 대칭적 변환
을 유지하는 이데올로기"[2]이기 때문이다.

『번역어 성립 사정』에는 에도(江戶) 말기부터 메이지(明治) 시기까
지 서양서적의 번역서나 번역사전을 주로 인용하고 있다. 그 안에서
저자는 번역이 어려운 것은, 우선 번역어에 상응하는 말이 일본에 없

---

2) 酒井直樹 『日本思想という問題』 岩波書店, 1997, 52쪽.

었기 때문이며, 이 상응하는 말이 없다는 것은 번역어에 대응하는 현실이 없다는 것을 의미한다고 지적한다. 그럼에도 불구하고, 서구의 현실(근대)에서 일본의 현실(근대)로의 대칭적 변환을 유지시킬 수 있었던 것은, '말은 옳다. 그릇된 것은 현실이다'라는 번역적인 연역의 전망을 통해, 말에 가치를 부여한 번역어에 의해서라고 할 수 있다.

> 사람은 말을 증오하거나 동경할 때, 사람은 그 말을 기능적으로 제대로 사용하지 못한다. 오히려 그 말이 사람을 지배하고, 그 말이 사람들을 이용한다. (그 말에 – 인용자) 가치를 부여하는 만큼 사람은 말에 좌우되고 만다.(47쪽)

저자의 말처럼, 번역어에 가치를 부여한다는 의미는, 그 "말의 남용, 유행 현상, 말의 표면적인 의미의 모순, 혹은 이상한 다의성"(48쪽)이라는 면에서 파악해 갈 수 있다. 그래서 번역어 연구는 사전적인 언어의 문제가 아니라, 학문, 사상, 그리고 넓게는 문화의 문제로서 중요한 것이다. 그런 인식에서 출발한 저자의 분석이, 번역이라는 연역논리의 함정이 오히려 일본 현실의 근대 전망을 제시하는 역할을 하였다는 사실에 다다르게 된다.

저자가 예를 들고 있는 것처럼, 일본의 현실 안에서 '살아있는 일본어'를 구사하여 번역하는 방법을 모색하던 후쿠자와의 번역어에서조차, 그것들이 재래의 의미로부터 점차 벗어나 비슷한 의미의 일상어를 배제하고, 새로운, 그리고 이질적인 사상을 말하려 하였다. 번역어는 대개 긍정적인 가치를 지니며(재래의 비슷한 일본어에 비해), 또한 그 의미와 내용은 구체성이 결여된 추상성을 특징으로 한다. 후쿠자와는 그런 번역어의 특징을 통해 일상 속에 '살아있는 일본어'의 의미를 바꾸고, 또한 현실 그 자체를 바꾸려 하였던 것이다. 그러한 번역어의 기능과 역할이 있었기에, 번역어를 근대를 전망한 번역자의 사상이라고 감히 말할 수 있는 것이다.

3. '긴다이(近代)'와 다른 근대(近代)의 발견

이 책의 출발점은 일본은 역사를 통해 일관되게 '번역을 통해 문명을 받아들인 나라'(36쪽)라는 저자의 탄력적인 문화사적 인식에 두고 있다. 그는 「서문」에서, 일본의 학문, 사상의 기본용어가 일상어와 격리되어 있다는 것은 '불행'이라고 지적한다. 하지만 그 '불행'은 일본이 한자를 수용한 이래, 계속되어온 뿌리 깊은 역사적 배경에 있다고 덧붙인다. 이 책을 통해서, 저자가 말하는 '불행'과 그 '불행'의 역사적 배경이 남의 얘기일 수 없다고 느낀 것은 필자만이 아닐 것이다.

여기서, 식민지 조선에 근대 학문을 전파하는 첨병 역할을 했던 경성제대 교수 다카하시 도오루(高橋亨)가 식민지 조선의 근대학문과 번역에 대해서 언급한 내용을 상기해 보자(아래의 글을 쓸 당시는 경성제대 교수가 아니었다. 이 글을 쓴 이듬해에 경성제대 예과의 개학과 동시에 그는 교수로 임명되었다).

비밀리에 일본어를 조선어로 번역함에 있어, 절대(絶大)의 고심을 기우려, 결국 오늘과 같이 조선어가 몇 년 전과는 전혀 모습이 달라져, 극히

새로운 언표 방식을 취하게 되었고, 그 어떤 일본어라도 번역하는 데 거의 지장이 없게 되었다.[3]

번역에 기울인 '절대의 고심'과 그로 인해 얻은 '새로운 언표방식', 앞서 살핀 일본의 번역어의 성립사정에 관한 논의들의 연장선에서 보면, 결코 낯설지 않은 표현들이다. 오히려 '비밀리에'라는 말 때문인지 더욱 긴장감을 느끼게 한다. 저자의 제목을 빌어 말하자면, 한국의 '번역어 성립 사정'의 한 단면을 보여주고 있다. 그 안에서도 저자가 일본의 번역어에서 지적한 '카세트 효과'는 물론이고, 그 '말의 남용, 유행 현상, 말의 표면적인 의미의 모순, 혹은 이상한 다의성'을 지닌 번역어의 존재를 미뤄 짐작하기 충분하다.

그렇다면, 우리 근대 번역어의 성립 사정에서 드러나는 일본의 그것과의 차이는 무엇일까. 앞서 살핀 일본의 번역어 성립의 경로, 즉 서양어 – 번역용 일본어 – 번역어라는 경로와는 다른 경로에서 번역되었을 가능성을 우선 생각해 볼 수 있다. 그러나 그보다는 우리의 근대 번역어가 지닌 일본어로부터의 영향의 비중을 생각한다면, 의미는 서양어에 두면서 그 말이 의미하는 현실은 일본의 번역어에 두는 모순을 통해서 번역되었을 가능성이 높다.

이를테면, (서양어 – 번역용 일본어) – 일본의 번역어 – 한국의 번역어의 경로.

괄호 안의 경로는 단순한 생략을 의미하지 않는다. 일본의 번역어

---

3) 高橋亨, 「朝鮮に於ける文化政治と思想問題」, 『太陽』, 1923. 5, 15-16쪽.

를 통해 인식하는 '말은 옳다. 그릇된 것은 현실이다'라는 전망에 대한 임의의 전제가 담겨져 있다. 그 임의의 전제나 생략 과정에서는 서양어에 대한 다수의 번역어가 경합하고 있었을 가능성도 있다. 그렇지만, 중요한 것은 예의 '근대'나 '사회' 등과 같이 우리가 사용하는 번역어가, '긴다이(近代)'나 '샤카이(社會)' 등 일본제 번역어에 대한 2차적 번역어라는 사실이다. 그렇기 때문에 임의의 전제와 생략의 경로가 무의미한 것이 아니다. 다카하시도 그 점을 '절대의 고심'이라고 표현하고 있지 않은가. '근대(近代)'나 '사회(社會)' 등과 같은 번역어도, 어려운 듯한＝모호한 한자어에는 뭔가 중요한 의미가 있을 것처럼, 독자들이 받아들이는 이른바 '카세트 효과'가 작용했음은 짐작하고도 남는다.

그렇지만, '소사이어티(society)'나 '모던(modern)'과 '샤카이(社會)'나 '긴다이(近代)' 사이의 차이와 '샤카이(社會)'나 '긴다이(近代)'와 '사회(社會)'나 '근대(近代)' 사이의 차이가 상대적으로 경미함을 알 수 있다. 특히 '社會(사회)'나 '近代(근대)'와 같은 기호는 한자어라는 공동의 문자로 사용했기 때문에, 우선 번역 이전의 언어에 대한 생소함을 상쇄시킨다. 그 번역어를 만들어내던 당시의 식자층에게 그런 차이의 정도는 하등의 문젯거리가 되지 않는다. 오히려 동일한 형태의 한자어이기 때문에, 그들 번역어는 동시대적인 차원에서 인식되었을 가능성이 높다. 적어도 거기엔 생소함에 따른 통상의 거리를 유지하려는 방어 기제는 존재하지 않았을 것이다. 이렇게 볼 때, 일본제 번역어의 수용과정은 우리의 식민지 근대성의 한 단면을 드러내주고 있다고 할 수 있다.

일찍이 이광수가 '문학'이란 '리터래처(literature)'라는 서양근대를 번역한 양식의 하나라고 했을 때, 그 둘의 사이를 매개한 개념으로서

'분가쿠(文學)'가 존재했다. 그 때 이광수가 언급한 번역어로서 '문학'의 전망은, 일본(근대)문학사에서 인용하고 있는 것처럼 일본의 '분가쿠(文學)'라는 가까운 곳의 현실에 두어져 있었다. '문학'에 있어 '분가쿠(文學)'는 '리터래처(literature)'와 '분가쿠(文學)'의 거리에 비해 상대적으로 근거리(近距離)에 있는 동경의 대상이었다. 그러한 점은 '사회'나 '근대' 등과 같이 저자가 제시한 다른 번역어의 수용과정도 마찬가지라고 할 수 있다.

우리 근대의 번역 과정이 일본의 근대를 주된 루트로 삼았다는 것을 인정한다면, 이 『번역어 성립 사정』은 식민지주의라는 여과장치에 투과되어 굴절되기 이전의 형상을 한 일본근대사상의 성립 '사정'을 보여주고 있다고 할 수 있다. 그러한 의미에서, 이 저서는 우리의 근대성을 논할 때 새로운 시야를 갖도록 하는 책임이 분명하다. 거기서 한 걸음 더 나아가면, 우리의 근대성을 식민지 역사라는 연역의 장치를 투과시켜 살피는 이제까지의 방법이 아니라, 역으로 굴절되기 이전의 형상에서 굴절의 과정으로 귀납해 가는 방법을 찾기 위한 자료로서 제공될 것이라 믿는다. 또한 그로 인한 우리의 근대성 논의는 아주 상투적인 이야기지만, '주체'로부터의 집착에서 벗어나 그 '주체' 안의 타자성을 발견하는 탄력적인 문화사적 인식 위에서 확장되어 갈 것을 기대한다.

참고문헌

(1) 자료

『朝鮮』/『朝鮮及滿洲』

『朝鮮公論』,『朝鮮之實業』

『韓半島』,『文敎の朝鮮』,『三千里』

『國民文學』,『人文評論』

『新天地』,『民濤』

『綠人』,『綠旗』,『東亞日報』 등

(2) 단행본

한국어

고재석·김환기 옮김, 『일본쇼와문학사』, 동국대학교 출판부, 2001.

고재석 역, 『일본현대문학사』, 문학과 지성사, 1998.

김달수, 『태백산맥』, 임규찬 역, 연구사 1988.

김사엽, 『朝鮮文学史』, 정음사, 1948.

______, 『改稿 国文学史』, 정음사, 1954.

김소운·백철·정비석 편, 『일본단편문학전집』, 희망출판사, 1966.

김수영, 『김수영전집2』, 민음사, 1981.

김윤식, 『한국 근대문학 사상 연구1』, 일지사, 1984.

김윤식, 『최재서의 『국민문학』과 사토 기요시 교수』, 역락, 2009.

나가미네 시게토시, 『독서국민의 탄생』, 다지마 데쓰오·송태욱 옮김, 푸른역사, 2010.

나카니시 이노스케, 『汝等의 背後에서』, 李益相 옮김, 건설사, 1926.

나카지마 아츠시, 『역사속에서 걸어나온 사람들』, 명진숙 옮김, 다섯수레, 2004.

다치하라 마사아키, 『겨울의 유산』, 김형숙 옮김, 한걸음 더, 2008.

미야타 세쓰코, 『식민통치의 허상과 실상』, 정재정 옮김, 미야타 세쓰코 해설·감수, 혜안, 2002.

박완서, 『그 많던 싱아는 누가 다 먹었을까』, 웅진 지식하우스, 1992.

박유하, 『누가 일본을 왜곡하는가』, 사회평론, 2000.

백철, 『朝鮮新文學思潮史』, 白楊堂, 1949.

______, 『真理와 現実』, 博英社, 1975.

______, 『真理와 現実 文学自叙伝』(後篇), 博英社, 1975.

베르나르댕 드 셍삐에르, 『폴과 비르지니 세계문학대전집 7』, 서호성 옮김, 금성출판사, 1990.

빌 애쉬크로프트 외, 『포스트 콜로니얼 문학이론』, 이석호 옮김, 민음사, 1996.

염상섭, 『사랑과 죄』(염상섭전집2), 민음사, 1987.

염상섭, 『광분』, 프레스21, 1996.

유상인 외, 『일본문학의 번역60년 현황과 분석』, 소명출판, 2008.

유숙자, 『在日 한국인 문학연구』, 月印 2001.

이영희, 『노래하는 역사』, 조선일보사, 1994.

이주홍, 『이주홍소설전집2』, 이주홍문학재단 편, 세종출판사, 2006.

이진희·강재언 공저, 『韓日交流史』, 有斐閣, 1995.

이희승, 『朝鮮語学論考』, 을유문화사, 1945.

임종국, 『親日文學論』, 평화출판사, 1966.

______, 『親日文学論』(증보판), 민족문제연구소, 2003.

李忠雨, 『경성제국대학』, 다락원, 1980.

전여옥, 『일본은 없다』, 지식공업사, 1993.

정종현, 『동양론과 식민지 조선문학』, 창작과 비평, 2011.

최효선, 『재일동포문학연구』, 문예림, 2002.

카네시로 가즈키, 『GO』, 김난주 옮김, 현대문학북스, 2000.

테사 모리스 스즈키, 『일본의 아이덴티티를 묻는다』, 박광현 옮김, 산처럼, 2005.

홍기삼 편, 『재일한국인문학』, 솔, 2001.

일본어

安倍能成, 『山中雜記』, 岩波書店, 1924.

________, 『靑丘雜記』, 岩波書店, 1932.

________, 『靜夜集』, 岩波書店, 1934.

________, 『草野集』, 岩波書店, 1936.

________, 「朝鮮文化門外觀」, 『朝鮮文化の硏究』, 朝鮮公民敎育會, 1937.

________, 『朝暮抄』, 岩波書店, 1938.

________, 『靑春と敎養』, 岩波書店, 1940.

________, 『我が生ひ立ち:自敍傳』, 岩波書店, 1966.

李恢成, 『北であれ南であれわが祖国』, 河出書房新社, 1974.

池田浩士 편, 『カンナニ湯浅克衛植民地小説集』, インパクト出版会, 1994.

李進熙・姜在彦, 『韓日交流史』, 有斐閣, 1995.

李順愛, 『二世の起源と「戰後思想」』, 平凡社, 2000.

磯貝治良, 『始源の光』, 創樹社, 1979.

李寧姫, 『もう一つの万葉集』, 文芸春秋社, 1989.

岡良助, 「百人百藝」, 『京城繁昌記』, 博文社, 1915.

吳善花, 『スカートの風』, 角川文庫, 1990.

小田切秀雄, 『現代文學史 下』, 集英社, 1975.

勝又浩, 『Spirit 中島敦-作家と作品-』, 有精堂, 1984.

________, 『中島敦の遍歴』, 筑摩書房, 2004.

川村湊, 「異郷の昭和文学」, 岩波書店, 1990.

________, 『戦後文学を問う』, 岩波書店, 1995.

________, 『生まれたらそこがふるさと』, 平凡社, 1999.

加藤典洋, 『敗戦後論』, 講談社, 1997.

姜尚中，『オリエンタリズムの彼方へ』，岩波書店，1996.

________，『反ナショナリズム』，教育史料出版社，2003.

金時鐘，『「在日」のはざまで』，平凡社，2001.

金石範，『ことばの呪縛』，筑摩書房，1972.

________，『「在日」の思想』，筑摩書房，1981.

金達寿，『金達寿小説全集』，筑摩書房，1980.

金達壽・姜在彦 共編，『手記＝在日朝鮮人』，龍溪書舎，1981.

黒川創 編，『〈外地〉日本語文學選 朝鮮』，新宿書房，1996.

黒田しのぶ，『私の文学鑑賞』，峰書房，1995.

小森陽一他，『岩波講座8 近代日本の文化史 感情・記憶・戰爭』，岩波書店，2002.

酒井直樹，『日本思想という問題』岩波書店，1997.

佐々木充，『中島敦の文学』，桜楓社，1973.

佐藤清，『愛蘭文学研究』，研究社，1922.

________，『佐藤清全集』1・2・3，詩聲社，1963.

清水文吉，『本は流れる－出版流通機構の成立史』，日本エディタスクール，1991.

ステファン・ディルセー，『大学史－上－』，池端次郎訳、東洋館出版社，1988.

高井有一，『立原正秋』，新潮社，1991.

高木市之介，『国文学五十年』，岩波書店，1967.

高崎隆治，『文学のなかの朝鮮像』，青弓社，1982.

竹田靑嗣，『〈在日〉という根拠』，國文社，1983.

武田勝彦，『立原正秋伝』，創林社，1981.

立原正秋，『冬のかたみに』，新潮社，1974.

________，『冬の花』，新潮社，1980.

________，『現代長編文学全集』，講談社，1969.

テッサ・モーリス－スズキ，『北朝鮮へのエクソダス』，田代泰子 譯，朝日新聞社，2007.

鶴見俊輔，『文学理論の研究』，岩波書店，1976.

內藤虎之郎，『內藤湖南全集』6券，筑摩書房，1972.

中島敦，『中島敦全集』1，2，3，ちくま書店，1993.

中西伊之助，『赭土に芽ぐむもの』，改造社，1922.

中西伊之助, 『汝等の背後より』, 改造社, 1923.

中山昭彦 外, 『文学の闇/近代の「沈黙」』, 世織書房, 2003.

中村光夫·氷上英廣·郡司勝義編, 『中島敦研究』, 筑摩書房, 1978.

成田竜一, 『故郷という物語』, 吉川弘文館, 1998.

難波英夫, 『一社會運動家の回想』, 白石書店, 1974.

西村真太郎, 『朝鮮の俤』, 朝鮮警察協会, 1923.

旗田巍編, 『シンポジウム日本と朝鮮』, 勁草書房, 1969.

E. バリバール 外, 『国民とは何か』, インスクリブト, 1997.

朴春日, 『近代日本文学における朝鮮像』(増補版), 1985, 未来社.

安田敏朗, 『「言語」の構築』, 三元社, 1999, 315면.

柳父章, 『飜譯語成立事情』, 岩波新書, 1982.

山室信一 編, 『「帝國」日本の學知』第8券, 岩波書店, 2006.

山本芳明, 『文學者はつくられる』, ひつじ書房, 2000.

湯浅克衛, 『半島の朝』, 教書院, 1942.

尹健次, 『「在日」を生きるとは』, 岩波書店, 1993.

(3) 논문

한국어

고미숙, 「'새로운 중세'인가 '포스트 모던인가」, 『문학동네』, 1995 가을호.

권숙인, 「식민지 조선의 일본인-피식민 조선인과의 만남과 식민의식의 형성-」, 『사회
    와 역사』80집, 한국사회사학회, 2008.

김재용, 「민족문학론과 주체의 문제」, 『실천문학』, 1999 봄호.

김주리, 「이효석 문학의 서구지향성이 갖는 의미 고찰」, 『민족문학사연구』 24, 2004.

박광현, 「식민지 조선에 대한 '국문학'의 이식과 다카기 이치노스케」, 『일본학보』
    59호, 2004. 6.

_____, 「당위와 이념으로서 '창조'된 강좌, 高橋亨의 '조선문학'」, 『韓日국제WORK-
    SHOP 제국의 學知와 경성제대의 교수들』 자료집, 서울대학교 규장각 한국학연

구원, 2007. 6.

______, 「다카하시 도오루와 경성제대 '조선문학' 강좌-'조선문학' 연구자로서의 자기 동일화 과정을 중심으로-」, 『韓國文化』, 2007. 12.

______, 「검열관 니시무라 신타로에 관한 연구」, 『한국문학연구』 32집, 동국대 한국문학연구소, 2007.

______, 「조선에서의 일본어 문학의 형성과 (비)동일성-『韓半島』와 『朝鮮之實業』을 중심으로」, 『문화의 번역과 반역』, 부산대 인문학연구소·점필재연구소 인문한구(HK)〔고전번역＋비교문화학연구단〕 학술대회 자료집, 2010. 4. 23.

______, 「재조일본인의 '재경성(在京城) 의식'과 '경성' 표상」, 『상허학보』 29집, 2010. 6.

박명규, 「경성제대 총장과 식민지대학像」, 『식민권력과 근대지식: 경성제국대학연구』, 서울대학교규장각 한국학연구원 워크숍자료집, 2006. 12. 20.

박진영, 「이산적 정체성과 한국계 미국작가의 문학」, 『창작과비평』, 2004년 봄호.

유희석, 「한국계 미국작가들의 현주소: 민족문학의 현단계 과제와 관련하여」, 『창작과비평』, 2002년 여름호.

윤남한, 「회고와 전망」, 『역사학보』 49, 1971.

윤남한, 「동양사연구의 회고와 과제」, 『역사학보』 68, 1975.

윤대석(2002), 「1940년대 전반기 조선 거주 일본인 작가의 의식구조에 대한 연구」, 『한국소설학회』 17.

이선옥, 「일제강점기의 서울고찰」, 『일어일문학연구』 43, 2002.

이한창, 「재일동포문학연구」, 『외국문학』, 1994년 여름호.

이혜령, 「문지방의 언어들」, 『한국어문학연구』 54집, 한국어문학연구회, 2010. 6.

정재각, 「동양사 서술의 문제」, 『역사학보』 31호, 1967.

최원식, 「민족문학과 디아스포라」, 『창작과 비평』, 2003년 봄호.

최원식, 「친일문제에 접근하는 다른 길」, 『창작과 비평』, 2006 겨울호.

최재철, 「근대 일본인의 한국견문기 연구」, 『외국문학연구』 16, 2004.

한기형, 「문단통치기 문화정책의 성격-잡지 『신문계』를 통한 사례분석」, 『한국근대소설사의 시각』, 소명출판, 1999.

허재영, 「일제강점기 일본어보급 정책 연구」, 『한말연구』 14호, 한말연구학회, 2004. 6.

일본어

安倍能成, 「學校の往来」, 『朝鮮』, 1932. 1.

________, 「船を待つ間」, 『朝鮮及滿洲』, 1934. 1.

________, 「歐洲の街路樹と日本街路樹」, 『朝鮮及滿洲』, 1934. 6.

________, 「ハイデルベルヒた二三日」, 『朝鮮及滿洲』, 1934. 7.

________, 「ローマの新年」, 『朝鮮及滿洲』, 1935. 1.

________, 「ヴエルサイユ宮を訪ふ」, 『朝鮮及滿洲』, 1935. 10.

________, 「羅馬テイヴオリに遊ぶ記」, 『朝鮮及滿洲』, 1936. 1.

________, 「ハムブルヒの印象」, 『朝鮮及滿洲』, 1937. 1.

________, 「竹嶺を越えて浮石寺に遊ぶ」, 『朝鮮』, 1938. 4.

磯貝治良, 「'在日'文学の変容と継承」, 『季刊 靑丘』, 1992 秋 13號.

李孝德, 「ポストコロニアルの政治と「在日」文學」, 『現代思想』, 2001. 7.

李恢成·金芝河 對談, 「民族と國家」, 『新潮』, 1996. 2.

任展慧, 「植民者二世の文学」, 『季刊三千里』, 1976, 春号.

江口渙, 「中西君の作品を通読して」, 『読売新聞』, 1922. 12.

大杉栄, 「勞動運動と労働文學」, 『新潮』, 1922. 10.

小倉進平, 「方言採集追憶漫談」, 『方言』, 1935. 11.

梶村秀樹, 「安倍能成における朝鮮」, 『季刊三千里』, 1979, 秋.

川村湊, 「<在日>作家と日本文學」, 『講座 昭和文學史 第5卷』, 有精堂, 1989.

岸加四郎, 「朝鮮出版文化小観」, 『朝鮮』, 1942년, 10月號.

金貞愛, 「<習作>、あるいは<改作>というレトリック―李恢成の「その前夜」と
    「死者の遺したもの」」, 『文学研究論集』第20號, 2002. 3.

________, 「戰後の<光の中に>―李恢成「夏の学校」」, 『<翻訳>の圏域―文化·植
    民地·アイデンティティ』, 2004. 2.

________, 「ディアスポラ作家·李恢成とアイデンティティ―「つつじの花」から
    「靑丘の宿」へ」, 『한국국제언어학회·일본사회문학회 공동학술발표대회 요지
    문』, 2004. 11.

金達寿, 「新しい朝鮮の文學運動について」, 『世界文學研究』1, 1948.

金達寿, 「日本文学のなかの朝鮮人」, 『文学』27-1, 1959, 1月號.

小山英三，「植民社会学と混血現像」，『高田先生古稀祝賀論文集-社会学の諸問題』，有斐社，1954.

堺利彦，「赭土」の中西君」，『改造』，1922. 10.

佐藤淸(1930)，「朝鮮における詩題」，『京城日報』，12.

高橋亭，「朝鮮に於ける文化政治と思想問題」，『太陽』，1923. 5.

高柳俊男，「中西伊之助と朝鮮」，『季刊三千里』，三千里社，1982年 春號.

中野好夫，「もはや'戦後'ではない」，『文芸春秋』，1956，2月號.

中村新太郎，「日本のなかの朝鮮像」，『日本と朝鮮』，1975，9月號.

________，「朝鮮語の研究」，『警務彙報』，1936. 12.

________，「學修瑣言」，『朝鮮語』，1925. 6.

朴裕河，「暴力としてのナショナル・アイデンティティ」，『文学の闇/近代の「沈黙」』，2003.

________，「一九六〇年代における文学の再編-「國民文學」と「在日文學」の誕生」，『思想』，2003. 11.

朴光賢，「『虎狩』における空間的意味」，『大正大學大學院研究論集』，1999. 3.

渡辺直紀，「中西伊之助の朝鮮の小説について」，『日本學』22집，동국대 일본학연구소，2003. 12.

________，「中西伊之助の朝鮮関連の小説について」，『日本学』22호，2004.

기억과 경계 학술총서

식민주의의 산물, 그 언어와 문학

「현해탄」 트라우마

초판 1쇄 발행일 2013년 1월 31일

지은이 박광현
펴낸이 박영희
편집 이은혜 · 유태선 · 정지선 · 김미령
인쇄 · 제본 태광인쇄
펴낸곳 도서출판 어문학사
　　　　서울특별시 도봉구 쌍문동 523-21 나너울 카운티 1층
　　　　대표전화: 02-998-0094 / 편집부1: 02-998-2267, 편집부2: 02-998-2269
　　　　홈페이지: www.amhbook.com
　　　　트위터: @with_amhbook
　　　　블로그: 네이버 http://blog.naver.com/amhbook
　　　　　　　다음 http://blog.daum.net/amhbook
　　　　e-mail: am@amhbook.com
　　　　등록: 2004년 4월 6일 제7-276호

ISBN 978-89-6184-283-9 93810
정가 22,000원

이 도서의 국립중앙도서관 출판시도서목록(CIP)은 e-CIP홈페이지(http://www.nl.go.kr/ecip)와
국가자료공동목록시스템(http://www.nl.go.kr/kolisnet)에서 이용하실 수 있습니다.
(CIP제어번호: CIP2012005870)

※잘못 만들어진 책은 교환해 드립니다.